www.bbulmedia.com

내 사랑 최비서

ANG ROMANCE STORY

내 사랑 최비서

재롱이 장편 소설

✳ Contents ✳

프롤로그

착륙 방송이 나오자 수혁은 서류를 챙기기 시작했다.

흩어져 있던 서류를 간추려서 가방에 넣고, 노트북의 전원도 껐다.

180이 넘는 키에 남자답게 다부진 그의 외모에 비행 내내 일에 몰두하는 그를 흘깃거렸던 승무원들이 아쉬움에 입맛만 다셨다.

승무원들의 그런 상황은 모른 채 수혁은 부지런히 주변을 정리했다. 그리고 창밖을 내다봤다. 점점 커지는 한글로 된 광고판을 보니 정말 귀국을 했다는 게 실감이 났다.

고등학교 때 미국으로 건너간 뒤 15년 만에 한국 땅을 밟게 되는 수혁이었다.

어릴 적 부모님 두 분이 모두 교통사고로 돌아가시고 조부모님 손에서 자란 수혁은 경영 수업을 위해 어린 나이에 일찌감치 유학을 갔었다. 그리고 그곳에서 대학 졸업 후 현지 법인에서 근무를 했던지라 정말 오랜만에 한국에 들어오게 돼 수혁은 약간 흥분이 되었다. 오랜만에 보게 될 조부모님의 모습 또한 기대되었다.

스튜어디스의 안내에 따라 안전벨트를 하며 착륙을 기다리는 수혁의 마음은 기류에 따라 출렁거리는 비행기처럼 흥분으로 출렁거렸다.

연일 쏟아지는 장맛비에 대한민국 전체는 며칠째 햇빛 한 줌 볼수 없는 날씨였다. 높은 기온에 습기까지 더해지니 사람들의 불쾌지수도 이루 말할 수 없을 정도로 높아져 있었다.

누구 할 것 없이 조금이라도 시원하게 지내기 위해 최대한 얇고 짧은 옷을 선호했다. 이런 날씨에 정장을 갖춰 입은 한 무리의 사람들이 인천공항 국제 청사에 들어서자 사람들의 시선이 집중이 되었다.

모두가 짧고 얇은 옷차림을 하고 있는 것에 비해 검은 정장을 차려 입은 것만 해도 시선이 집중될 판인데 그 무리의 맨 앞에 서서 걸어가는 여자 때문에 다른 사람의 주목을 받았다.

깔끔하게 하나로 틀어 올린 머리에 하얀 피부, 그리고 뒤따르는 사람들과 같은 검은 정장을 입은 모습까지는 여느 오피스 걸과 다르지 않았다.

하지만 그런 그녀가 사람의 시선을 끄는 것은 여느 여자들과 다른 몸매 때문이었다.

현재 우리나라의 전체 식품 중에 다이어트 보조 식품만 매출이 몇 년째 상승하고 있다는 조사 결과를 보더라도 지금은 그야말로 다이어트의 전성시대였다.

마른 여자들도 어떻게든 1킬로그램이라도 더 빼 보겠다고 난리인 판국에 한 번에 시선을 사로잡을 만한 큰 덩치의 여자가 건장한 남자들을 거느리고 로비를 지나가는 모습은 근처의 사람들에게는 꽤나 흥미로운 볼거리였다.

하지만 남들의 시선이 어떻든 간에 전혀 신경을 쓰지 않고 그 무리들은 서둘러 입국장으로 향했다.

수혁이 탄 비행기의 입국 수속을 알리는 글귀가 전광판에 올라오자 서희는 다시 한 번 옷매무새를 가다듬었다.

한국에 도착한 수혁이 바로 업무를 시작할 수 있도록 하기 위해 몇 달 전부터 전화 통화와 이메일로 꾸준히 연락을 했지만 얼굴을 보는 것은 오늘이 처음이라 서희는 잔뜩 긴장이 되었다.

보통의 비서들과는 다른 외모에 수혁이 행여 놀라지 않을까 걱정이 되었다. 겉으로는 아닌 척해도 그녀도 남들의 시선을 의식하지 않을 수가 없었다.

그렇게 초조한 마음을 애써 추스르던 그때 게이트의 문이 열리고 사람들이 쏟아져 나오기 시작했다.

한참을 기다린 뒤 서희는 작은 서류 가방을 들고 나오는 수혁을 볼 수가 있었다.

180이 넘는 키에 남자답고 다부지게 생긴 수혁이 걸어 나오자 이미 사진으로 그를 알고 있던 비서실 직원들이 순간 긴장을 했다.

옆에 서 있던 박 비서도 수혁을 발견했는지 재빠르게 수혁에게 뛰어가 가방을 받아 들었다.

"어서 오십시오, 이사님."

살짝 목례를 하는 박 비서에게 수혁도 목례를 했다.

"반갑습니다."

수혁에게 길을 터 준 박 비서가 서희를 쳐다봤다. 그러자 그녀가 앞으로 나서 수혁에게 인사를 했다.

"안녕하십니까? 이사님. 비서실장 최서희입니다."

"잘해 봅시다, 최 실장."

수혁이 선뜻 손을 내밀어 악수를 청했다.

그녀를 처음 보는 사람들은 으레 몸매부터 훑어보게 마련이었다. 하지만 눈을 똑바로 보며 인사를 하는 그가 뜻밖이었는지 서희가 수혁을 잠시 응했다. 그런 뒤 그녀도 수혁에게 손을 내밀어 악수를 했다.

"잘 부탁드립니다."

인사를 마친 수혁은 비서진들과 몇 명의 경호원들이 터 주는 길을 따라 수혁은 공항을 나가서 그를 기다리고 있던 차에 몸을 실었다.

본사로 향하는 차 안에서 수혁은 앞좌석에 앉아 있는 서희의 뒷모습을 바라보았다.

박 비서라고 소개한 남자 비서가 운전을 하고 서희는 그 옆 조수석에 앉아 있었다. 자세 하나 흐트러짐 없이 앉아 있는 서희의 모습에 수혁은 몇 달 전 일을 떠올렸다.

이제 80을 넘기신 할아버지께서 더 이상 회사를 경영하기에는 힘에 부친다는 말로 그에게 한국으로 들어오라 말씀하셨다.

'수혁아! 이제 내가 힘에 부치는구나. 그러니 들어와. 어차피 네 회사야. 너무 오래 자리를 비워도 안 좋아. 그러니 들어와.'

'아직 배울 것이 많아요. 할아버지.'

'들어와. 들어와서 내 옆에서 배워. 내가 일 잘하는 녀석도 붙여 줄 테니깐 군말 말고 들어와. 혁아, 할미 할애비 얼마 안 남았다. 네 할머니 자나 깨나 너 언제 들어오냐고 난리다.'

몸이 편찮아 장거리 여행이 불편한 할머니가 그를 보고 싶어 한다는 말에 수혁은 더 이상 버틸 수가 없었다. 그래서 급하게 귀국 날짜를 잡았던 것이다.

그리고 한국에서 하게 될 업무의 인수인계를 하는 과정에서 할아버지가 붙여 준 사람이 서희였다.

미국과 한국이라는 거리가 무색할 정도로 일 처리를 똑 부러지게 해내는 모습에 수혁은 혀를 내둘렀다. 그 역시 틈틈이 그룹 내 모든 일에 신경을 쓰고 있었지만 자신보다 더 꼼꼼하고 폭넓게 업무를 이해하고 있는 사람이 있을 거라는 건 상상도 못했던 일이었다.

이메일로 주고받는 일은 그가 원하는 서류를 준비할 수 있는 시간이라도 있지만 전화로 물어보는 일도 그녀는 막힘없이 그가 원하는 대답을 해 주었다.

같이 일했던 4개월의 시간 동안 갈수록 그녀가 궁금해지는 수혁이었다. 그래서 하루는 귀국 준비 상황을 말씀드리러 할아버지에게 전화를 한 김에 그녀에 대해 물었다.

'할아버지 최 실장은 어떻게 알게 되신 거예요?'

– 서희?

'네.'

– 할애비 오랜 지기의 손녀야.

'아……'

– 일 잘하지?

'네, 놀랐어요.'

– 걔가 한 번 해야겠다고 마음먹은 건 해내는 성격인가 보더라. 학교 다니면서도 장학금 한 번 놓친 적이 없대. 덕분에 제 할아버지는 크게 돈 걱정은 안 했나 봐. 나도 데리고 있어 봤는데 보통이 아니야. 나오거든 맞춰서 잘해 봐.

'네. 할아버지.'

할아버지의 말씀이 아니더라도 그녀가 일에 있어서는 완벽하다는 것을 수혁은 부정할 수가 없었다.

일을 하면서 신뢰감이 쌓여서일까. 공항에서 처음 본 그녀의 모습에 수혁은 다른 사람들이 그녀를 처음 보고 느끼는 거부감을 느낄 수 없었다. 그의 눈에 서희는 그저 자신의 일을 완벽하게 해내는 유능한 비서였다.

함께 일해 본 서희는 두말할 것도 없고 기사 대신 운전을 하고 있는 박 비서의 모습에 수혁은 왠지 모를 든든함을 느꼈다.

"두 사람, 앞으로 잘 부탁드립니다."

수혁의 말에 서희가 고개를 돌려 간단한 목례를 했다.

"저희가 드리고 싶은 말씀입니다. 잘 부탁드립니다."

그녀의 말이 끝나자 운전을 하고 있던 박 비서도 큰 소리로 말했다.

"잘 부탁드립니다."

두 사람의 대답에 자신도 모르게 입가에 미소가 지어지는 그
였다.

1장

꽝!

회장실의 문이 부서져라 닫고 들어가는 수혁 때문에 비서들의 어깨가 움찔했다. 요 며칠 비서들은 수혁의 눈치를 보느라 하루하루가 살얼음판을 걷는 것 같았다.

"박 비서님, 실장님 언제 나오신대요?"

"글쎄. 몸이 많이 안 좋으신가 봐. 이렇게 오랫동안 휴가를 쓰신 적이 없는데."

비서실 막내인 제희의 말에 박 비서가 대답을 했다.

"실장님 안 계시니깐 미치겠어요."

"그러니까 그동안 일 제대로 안 배우고 뭐했어? 실장님이 워낙 잔소리하는 걸 싫어하시니깐 그동안 그냥 넘어간 거지. 제희 씨나 민경 씨는 이번 기회에 반성 좀 해."

박 비서의 말에 두 사람은 아무런 대꾸도 못 하고 서류만 만지작거렸다.

서희가 휴가를 내고 딱 3일 만에 BS그룹의 모든 일은 마비가 됐다고 봐야 할 정도로 모든 것이 엉망이 되었다.

처음 서희가 몸이 불편한 것을 이유로 수혁에게 휴가를 신청했을 때만 해도 이렇게까지 사달이 날 것이라는 것은 그 누구도 생각하지 못한 일이었다.

자신의 사무실에 들어와 책상 앞에 앉은 수혁의 미간에도 깊은 주름이 생겼다.

그가 회사를 물려받은 이후로 3년 동안 서희는 수혁과 거의 한 몸으로 움직였기 때문에 제대로 쉰 적이 없었다. 그래서 그녀에게도 제대로 된 휴식이 필요하다는 판단에 그녀의 요청에 따라 휴가를 허락했는데 3주도 아니요 3년도 아닌, 단 3일 만에 그녀의 부재를 이렇게 실감하게 될 줄은 몰랐었다.

박 비서를 제외한 나머지 직원들은 도대체 그동안 뭘 하고 월급을 받아 갔는지 의심스러울 따름이었다.

복잡한 머리를 식히기 위해 커피를 부탁하려고 인터폰으로 손을 뻗던 수혁이 이내 손을 거두었다. 어제 마셨던 커피의 맛이 떠올랐던 것이다. 매일 아침 서희가 자신의 취향에 맞게 내려 주던 커피 맛이 아니었기에 또 한 번 짜증이 나는 수혁이었다. 그래도 따뜻한 차 한 잔이 절실해 결국 수혁은 인터폰을 눌렀다.

– 네, 회장님.

"나 녹차 한 잔 부탁하고, 박 대리 들어오라고 해요."

– 네.

잠시 뒤 박 비서가 녹차가 든 잔을 들고 사무실로 들어왔다.

"부르셨습니까? 회장님."

"최 실장하고 연락해 봤어요?"

"그렇지 않아도 좀 전에 전화를 했었는데 안 받으시던데요."

"그래요?"

"네."

출근하지 않는 주말에도 전화는 꼭 받는 서희가 전화를 받지 않는다고 하자 수혁은 의아했다.

"휴가가 이틀 남았죠?"

"네."

"다시 한 번 더 연락해 보고, 최 실장 출근하면 인사팀에 연락해서 밖의 두 사람 재교육 실시하라고 하세요. 전화나 받고 웹서핑이나 하라고 비싼 월급 주고 일 시키는 거 아닙니다. 그동안 한 일이 없잖아요."

화가 난 수혁의 언성이 점점 높아졌다.

"최 실장 하나 없다고 아무것도 못한다는 건 그동안은 최 실장이 시키는 것만 했다는 소린데, 그럴 바에는 대학생 아르바이트 쓰는 게 낫습니다. 그리고 박 대리도 잘한 거 없어요. 최 실장 업무가 얼마나 많은지는 더 잘 알 거 아닙니까. 내가 시키는 일도 양이 만만치 않은데 소소한 것까지 최 실장이 다 신경 써야 됩니까? 다들 입사한 지 몇 년째인데 회의 준비 하나 제대로 못합니까!"

결국 큰 소리로 박 비서에게 호통을 쳤지만 수혁의 기분은 여전히 나빴다.

아침 임직원 회의 때 가장 기본인 회의록 하나 제대로 챙기지 못

한 직원들 때문에 얼마나 화가 났었는지 그것을 회의 내내 숨기려고 무척 노력을 했었다. 수혁의 호통에 박 대리는 입이 열 개라도 할 말이 없었다. 서희가 워낙 일 처리 속도가 빠르고 정확해 그도 상당 부분을 그녀에게 의지하고 있었던 것이다.

"아무튼 다들 한 번의 기회는 더 줄 테니깐 정신 똑바로 차리고 일하세요."

"네, 회장님."

박 대리가 나가고도 수혁은 화가 풀리지 않아 넥타이를 거칠게 잡아당겼다.

수혁에게 한바탕 잔소리를 들은 박 대리가 비서실로 나오자 두 명의 여비서가 그의 눈치를 살폈다.

"회장님이 뭐라고 하세요?"

"일 좀 똑바로 해. 몇 년 만에 처음으로 휴가 가신 실장님을 꼭 중간에 불러야겠어? 그리고 두 사람, 실장님 출근하시면 재교육 받아야 할 거야. 회장님이 마지막 기회라고 하시니깐 제대로 배워서 와. 알겠어?"

"네에."

그의 말에 두 비서가 모기만 한 소리로 대답했다. 제희와 민경에게 한 소리를 한 후 박 대리는 절실한 마음으로 다시 서희에게 전화를 했다. 그러나 신호만 갈 뿐 서희는 전화를 받지 않았다.

서희는 쉴 새 없이 울리는 전화벨 소리에 짜증이 났다.

대낮임에도 불구하고 오밤중처럼 어두운 집, 안방 침대에 누워 있는 그녀의 모습은 마치 물에 빠진 사람처럼 온몸이 젖어 있었다.

3년간 휴일도 없을 정도로 정신없이 일을 해 왔고, 며칠 전부터 몸살 기운이 있는 것 같아 겸사겸사 수혁에게 휴가를 신청을 했었다. 그러자 수혁도 흔쾌히 허락을 해 줬다.

하지만 가벼운 몸살인 줄 알았던 증상은 그동안의 피로가 한꺼번에 몰려오는 것이었던지 열이 오름과 동시에 식은땀이 온몸을 적셔 손가락 하나도 움직일 수가 없는 지경에까지 이르렀다.

며칠을 누워 있었는지 계산이 안 될 정도로 그녀의 의식은 비몽사몽이었다. 그런 의식을 뚫고 끊임없이 들리는 전화벨 소리에 한없이 늘어졌던 몸에 약간의 힘이 들어갔다.

버릇처럼 침대 옆 탁자를 더듬거려 손끝에 걸리는 핸드폰을 집어 들었다. 그러나 끝내 전화를 받지 못하고 서희는 다시 어둠 속으로 빨려 들어갔다.

몇 번인지도 모를 만큼 전화를 한 박 대리는 이번에도 전화를 받지 않아 안내 멘트로 넘어가는 것을 듣고는 급하게 인사과에 전화를 해 서희의 집 주소를 알아내었다. 그리고 수혁의 사무실로 들어갔다.

"회장님. 아무래도 실장님에게 일이 있는 것 같습니다."

"일?"

"네. 웬만해서는 전화를 꺼 놓거나 안 받으시는 분이 아닌데 종일 전화를 안 받으세요. 혹시나 해서 인사과에 물어서 집 주소를 받아 왔습니다."

박 대리의 말에 수혁이 그를 쳐다봤다.

"아직 전화를 안 받습니까?"

"네. 혼자 사시는 분이라 큰일이 안 생겼나 모르겠습니다."

"그래요?"

수혁은 손을 뻗어 박 대리에게서 메모지를 받았다. 주소를 보니 회사 근처 아파트였다. 시계를 확인하니 마침 퇴근 시간이 다 되어가 수혁은 책상을 정리하고 자리에서 일어났다.

"같이 가 봅시다. 멀지도 않고, 혹시 무슨 일이 생긴 거라면 운전할 사람이 필요하니 둘이 움직이는 것이 좋겠어요."

수혁의 말에 박 대리도 사무실을 나가 퇴근 준비를 했다.

박 대리와 함께 차에 탄 수혁은 계속 서희에게 전화를 했다. 하지만 그녀는 전화를 받지 않았다. 혼자 사는 사람이라 더욱 걱정이 되는 수혁이었다.

수혁이 거듭 서희에게 전화를 하는 동안 어느새 차는 아파트 주차장에 도착했다. 서둘러 차에서 내린 두 사람은 그녀의 집 앞으로 향했다. 그리고 박 비서가 현관문을 두드렸다.

"실장님! 실장님!"

하지만 문 너머에서는 아무런 소리도 들리지 않았다.

박 대리가 연신 문을 두드리며 서희를 불렀다. 박 대리가 문을 두드리며 서희를 부르는 동안 수혁은 다시 한 번 그녀에게 전화를 했다. 그러자 안에서 희미한 벨소리가 들렸다. 문 너머로 벨소리는 들리는데 전화를 받지는 않자 수혁이 빠르게 경비실로 뛰어 내려갔다.

때마침 경비도 그들이 소란을 벌이는 통에 이웃들이 항의 전화를 해서 올라가 보기 위해 경비실을 나서던 참이었다. 경비는 매우 급한 얼굴로 달려온 수혁을 의아하게 바라보았다.

"아저씨, 307호 비상키 있습니까?"

"안 그래도 올라가 보려고 했어요. 무슨 일 있습니까?"

"사람이 안에 있는데 전화도 안 받고 문도 안 열어 줍니다. 일단 문부터 열고 이야기합시다."

다급한 수혁의 말에 경비도 비상키를 급하게 챙겨 들었다. 엘리베이터를 기다릴 새도 없이 두 사람은 뛰어서 서희 집 앞으로 갔다.

챙겨 온 열쇠 뭉치에서 서희의 집 열쇠를 찾은 경비가 문을 열자 수혁이 그를 제치고 집 안으로 들어갔다. 박 대리도 그 뒤를 이어 집 안으로 따라 들어갔다. 창문마다 커튼이 쳐져 있어 집 안은 어두웠다. 벽을 더듬어 가며 스위치를 찾아 불을 죄다 켜면서 수혁이 서희를 찾았다.

"최 실장! 최 실장!"

"실장님! 실장님!"

박 대리도 그녀를 찾았다. 그때 안방 문을 열어 본 수혁이 소리쳤다.

"최 실장!"

수혁의 외침에 박 대리도 서둘러 안방으로 갔다. 그곳에는 서희가 침대 위에 누워 있었다. 하지만 한눈에 보기에도 자는 것이 아닌 아픈 모양새였다. 식은땀으로 온몸은 젖어 있었고, 전화를 받으려고 했는지 한 손에는 핸드폰을 쥔 채 서희가 누워 있었다.

"박 비서, 차 시동 걸어요."

"네. 회장님."

수혁의 침착한 말에 박 대리가 재빨리 밖으로 뛰어나갔다.

"아저씨, 저 좀 도와주십시오."

무슨 일이 일어난 건가 싶어 멍하니 있던 경비도 정신을 차리고 그의 곁에 왔다.

"어떻게 도와 드릴까요?"

"제가 업을 테니 저기 보이는 얇은 카디건 좀 이 아가씨 등에 덮어 주세요. 그리고 저희 나가고 나면 현관문은 아저씨가 다시 잠가 주시면 감사하겠습니다."

"아이고, 그렇게 해요. 젊은 아가씨가 단단히 병이 난 모양이구먼."

그의 부탁대로 경비가 서희의 어깨에 카디건을 덮어 줬다. 그리고 서희를 업은 수혁이 빠르게 집을 빠져나가자 그의 부탁대로 현관문을 잠그고 경비실로 내려갔다.

그것까지만 확인한 수혁은 빠르게 집을 빠져나가 계단으로 향했다. 서희를 업고 일 층으로 내려온 수혁은 박 대리가 미리 시동을 걸어 놓은 차의 뒷좌석에 서희를 눕혔다. 그리고 자신은 뒷좌석에 타면서 할아버지의 주치의인 김 박사에게 전화를 걸었다.

"김 박사님, 저 수혁이입니다."

– 그래. 어쩐 일이야?

"저, 최 실장이 지금 많이 아파서 병원으로 갑니다. 병실 좀 준비해 주세요."

– 뭐? 최 실장이?

"네. 지금 출발했어요. 15분 안에 도착할 것 같습니다."

– 그래, 어서 와. 와서 이야기하자.

전화를 끊은 수혁이 서희를 돌아봤다.

3년 동안 한 번도 본 적이 없는 서희의 흐트러진 모습이었다. 그런 서희가 안쓰러워 수혁이 차에 있는 휴지로 그녀의 이마의 땀을 닦아 주었다.

병원에 도착하자 로비에 나와 있던 김 박사가 수혁을 맞이했다.

의사와 간호사들이 간이 침대에 서희를 눕힌 뒤 급하게 응급실로 향했다. 수혁과 박 대리도 뒤따라 병원으로 들어갔다. 응급실에서 간단히 검사를 한 후 서희는 특실로 옮겨졌다. 그제야 수혁의 전화를 받고부터 정신이 없었던 김 박사가 자신의 방으로 수혁을 불렀다.

"어찌 된 거야?"

김 박사의 질문에 수혁이 마른세수를 했다.

"최 실장은 괜찮습니까?"

"그래. 열 감기에 피로 누적이야."

김 박사의 말에 수혁이 한숨을 쉬었다.

자신을 보좌하느라 그동안 서희가 얼마나 많은 일을 해 왔는지 요 며칠 뼈저리게 느꼈던 터라 서희에게 미안했다. 아울러 나머지 비서들에게 다시 화가 치밀었다.

"서희가 덩치만 컸지 몸이 약해. 어릴 때도 골골했어. 수혁아, 너무 부려 먹지 마라. 저 녀석도 연애도 하고 해야 시집도 가고 해야 할 것 아니냐?"

김 박사의 말에 수혁이 그의 얼굴을 쳐다봤다. 그저 자신의 비서로 알고 있는 줄로만 알았는데 그게 아닌 것 같은 말이었기 때문이다.

"최 실장 잘 아세요?"

"그래. 아버님 친구분 손녀잖니."

돌아가신 수혁의 아버지와 친구여서 수혁의 할아버지인 임 회장을 아버님이라고 부르는 김 박사가 웃으며 말했다.

"서희가 어릴 때 우리 병원에 잠시 다닌 적이 있어. 그래서 내가 좀 안다."

"아. 네."

"과로도 과로지만 영양 결핍도 약간 있어. 혼자 있으면서 제대로 챙겨 먹지 못한 것 같구나."

보통의 성인 여자들보다 덩치가 큰 서희가 영양 결핍이라고 하자 수혁이 믿을 수 없다는 표정으로 김 박사를 쳐다봤다.

"설마요."

"설마가 아니야, 이 녀석아. 서희가 다른 여자들에 비해서 비만이기는 하지만 그렇다고 영양 결핍이 오지 말라는 법은 없어. 너도 그런 선입관 있냐?"

"아뇨. 그런 게 아니라……."

김 박사의 말에 약간 가슴이 뜨끔한 수혁이었다.

"덩치가 크고 작고의 문제가 아냐. 혼자 있으면서 잘 챙겨 먹지 못하니 영양 결핍이 오는 건 당연하지. 서희 할아버지마저 돌아가신 뒤로 챙겨 줄 사람 없이 저 혼잔데 뭘 제대로 챙겨 먹고 다녔겠냐? 보나마나 너 따라다니면서 네 끼니는 챙겨도 제 몸은 안 돌봤을 거야."

김 박사의 말을 듣고 보니 서희가 그의 앞에서 제대로 된 식사를 하는 것을 본 적이 없는 것 같았다.

"영양제 몇 병 더 맞고 병원에 한 일주일 더 입원시켜. 푹 쉬어야 낫는 병이야. 알았어?"

서희가 없는 3일간 악몽 같은 하루하루를 보낸 수혁은 앞으로 일주일을 더 어떻게 지내야 할지 앞이 캄캄했다. 회사에도, 자신에게도 없어서는 안 될 사람이었다는 걸 그녀가 아프고서야 알게 되었다.

게다가 이렇게 아픈 것이 본인 때문인 것 같아 수혁은 마음이 편하지 않았다. 병원에서 연결해 준 간병인에게 서희를 부탁하고 수혁은 집으로 향했다.

엉망이었던 오전 회의부터 아픈 서희를 데리고 병원으로 향한 오후까지 하루를 정말 어떻게 보냈는지 알 수 없을 만큼 정신이 없는 수혁이었다.

다행히 저녁 약속이 없어 그는 정말 오랜만에 일찍 집에 들어왔다. 현관에서 신발을 벗으며 무심코 거실을 둘러본 수혁은 자신도 모르게 고개를 저었다. 세련되고 깔끔한 거실의 인테리어도 모두 서희의 솜씨였던 것이다.

또 한 번 느끼는 그녀의 능력에 수혁은 속으로 혀를 내둘렀다. 그가 평소보다 일찍 퇴근을 하자 집안일을 봐 주시는 도우미분이 잘됐다는 듯 그를 찾았다.

"저, 회장님."

윗도리를 벗고 셔츠의 단추를 풀려던 수혁이 도우미의 목소리에 방문을 열었다.

"무슨 일이십니까?"

"오늘 세탁소에서 옷들을 찾아왔는데 어떻게 할까요?"

"어떻게 하다니요?"

"그동안 최 실장님이 옷을 코디해 주셨거든요. 전 시키는 대로 걸어만 놨어요."

도우미의 대답에 수혁은 다시 한 번 할 말을 잃었다.

"일단 옷장에 걸어 두십시오. 제가 알아서 입겠습니다."

"네. 그런데 최 실장이 왜 연락이 없는지 모르겠네요."

"최 실장이 지금 몸이 불편해 잠시 휴가를 냈습니다."

"그래요? 몸이 아파서 어쩐대요? 그럼 회장님, 내일 아침 식사는 어떻게 할까요?"

"조찬 약속 있습니다."

"아, 그럼 간단하게 챙기면 되겠네요. 원래는 최 실장이 일주일 스케줄 표를 저한테 보내 줘요. 거기에 회장님 옷도 맞춰서 같이요. 그럼 식사나 옷 정리 같은 건 그 표대로만 하면 되는데 며칠 뜸하니 저도 어떻게 해야 할지 모르겠네요."

"그렇군요. 며칠만 더 고생하세요."

"네. 그럼 쉬세요."

도우미가 나가고 수혁은 침대에 앉았다. 다시 저절로 한숨이 나왔다. 하나부터 열까지 서희의 손이 닿지 않은 것이 없었다. 아침에 샤워를 하고 나와서 아무런 생각 없이 입었던 옷도, 조찬 약속이 있을 때와 없을 때 매번 달랐던 아침 식사도, 하물며 사무실에 출근해서 마신 커피까지도 모두 서희의 손이 닿아 있었다는 사실에 수혁은 난감했다.

그저 일적으로만 보조를 받고 있다고 생각했지 이렇게 작은 것 하나까지 세세하게 신경을 쓰고 있다는 것을 전혀 몰랐다. 그런 사람에게 그동안 죽어라 일만 시킨 것 같아 수혁은 어떻게 보답을 해야 할지 난감했다.

앉았던 침대에서 다시 일어나 수혁은 옷을 벗어 빨래 바구니에 던진 뒤 샤워를 하기 위해 욕실로 들어갔다. 샤워기에 물을 틀고 그 밑에 들어가 온몸에 물을 흠뻑 맞았다.

그리고 샤워 퍼프를 집었을 때 수혁은 좀 전에 서희를 업었던 일이 생각이 났다. 지금 생각해 보면 무거운지도 모르고 서희를 업었던 것 같다. 처음에 서희를 먼저 보고 일을 시작했다면 그도 선입견을 가지고 그녀를 대했을지도 몰랐다. 그러나 그는 그녀의 능력을 먼저 알았고, 그것은 외모가 가진 단점을 무시하기에 충분할 만큼 출중한 것이었다.

매사에 일 처리 하나는 똑 부러지게 하는 사람이 왜 자신에게는 신경을 안 쓰는지 수혁도 알 수가 없었다.

처음에는 비서실장으로서 서희를 외부에 대동하고 나가면 주위에서 그녀를 보고 수군거렸었다. 그가 봐도 다른 회사 비서들과 확연히 차이가 나긴 했었다. 보통의 비서실장이라 하면 연배가 좀 있는 남자이거나 그도 아니면 단정하고 깔끔한 이미지의 여자 비서였다.

겉으로야 쉬쉬하지만 비서실과 로비의 여직원들은 회사의 꽃이라며 외모를 중시하는 것은 불문율이었다. 그런데 서희가 그 불문율을 깨 버렸으니 모두들 대놓고 말하지는 못해도 뒤에서 말들이 많았었다.

보통 일은 배우면 된다고 생각하기 때문에 주로 외모 위주로 직원들을 채용했다. 그런 상황 속에 서희의 존재는 파격적이며 남들의 입에 오르내리기 좋을 주제였다. 날씬하고 예쁜 비서들 사이의 뚱뚱한 서희는 어디를 가더라도 시선을 모았다.

하지만 시간이 지나자 상황이 역전되었다. 서희가 수혁을 보좌하면서 완벽하게 회사의 일을 처리하는 것이 업계에 조금씩 소문이 나기 시작했고 그녀를 스카우트하려는 회사가 나타나기도 했던 것이다.

그동안 서희에게 나름 대우를 잘해 주고 있다고 안심하고 있던 수혁이었는데 그녀가 없는 3일 동안 느낀 점은 서희가 그를 잘 봐 주고 있었다는 것이었다. 복잡한 머릿속을 정리하듯 수혁은 서둘러 샤워를 했다.

한참을 자고 난 서희가 눈을 떴을 때 제일 먼저 본 것은 하얀 천장이었다. 끊임없이 울리던 벨소리와 누군가가 문을 두드리는 소리를 들었던 게 어렴풋이 생각이 났다. 그리고 낯익은 하얀 천장을 멍하니 보다가 자신이 누군가에 의해 병원으로 옮겨졌다는 것을 알았다.

"깨어나셨네. 괜찮으세요?"

목소리의 주인을 보기 위해 서희가 고개를 돌렸다. 침대 옆에 웬 중년 여인이 서 있었다.

"누구……."

꽉 잠긴 목 때문에 소리가 제대로 나지는 않았지만 간병인은 서희의 말을 알아들었다.

"나 아가씨 간병하는 사람이에요. 열이 너무 나서 걱정이었는데 다행이네요. 있어 봐요. 의사 선생님 불러올 테니깐."

말을 마친 간병인이 병실을 나갔다. 멍한 정신에 간병인이 닫고 나간 문만 바라보고 있자니 잠시 뒤 간호사와 김 박사가 병실로 들어왔다.

"어, 김 박사님……?"

"서희, 기분 좀 어때?"

김 박사가 서희의 앞머리를 걷어 주며 말했다.

"괜찮아요."

"아프면 바로 병원으로 오지 혼자서 웬 청승이야. 수혁이가 집으로 안 가 봤으면 어쩔 뻔했어?"

"회장님이요?"

"그래. 너 들쳐 업고 왔더라."

수혁이 자신을 업고 왔다는 말에 서희가 얼굴을 붉혔다.

"자세한 건 나도 경황이 없어 못 들었다. 그나저나 서희 너 제대로 챙겨 먹고는 다니는 거야?"

김 박사의 질문에 서희는 눈을 마주치지 못하고 묵묵부답이었다.

"서희야. 혼자 있다고 굶고 그러면 안 된다. 알지?"

"네."

"영양 결핍이야. 이렇게 될 때까지 안 먹으면 어떻게 해. 입원하는 동안은 마음 편하게 지내. 내 누차 하는 말이지만 산 사람은 살아야지. 안 그래?"

"……네."

"수혁이한테는 내가 이야기해 놨으니깐 며칠 푹 쉬어."

서희의 어깨를 두드려 준 김 박사가 다시 병실을 나갔다.

김 박사가 병실을 나가는 것을 본 서희의 고개가 아래로 떨구어졌다. 매번 듣는 소리이지만 산사람은 살아야 한다는 말이 또다시 서희의 가슴을 후벼팠다.

한편 서희가 입원한 지 하루 만에 김 박사에게서 그녀가 깨어났다는 전화를 받은 수혁은 한숨 돌리는 기분이었다. 전화를 끊은 그는 책상 위에 놓았던 서류철을 펼쳤다. 당장은 그녀가 출근하지는 못하겠지만 그래도 그녀가 의식이 돌아왔다는 사실에 왠지 마음이 든든해지는 수혁이었다.

서희가 출근을 못 하게 되자 크게 급한 일이 아니면 자연스레 일정이 뒤로 미루어지게 되었다. 다른 그룹에서도 서희가 휴가 중이라는 말에 약속을 뒤로 미뤘던 것이다. 회장이 아닌 비서가 휴가라는 말에 약속이 미뤄지자 헛웃음이 나오기도 했지만 그 때문에 본의 아니게 수혁도 모처럼 여유 있는 시간을 가지게 되었다.

몸도 마음도 쉬게 되어 그도 그전보다 컨디션이 많이 좋아졌다. 퇴근길에 서희에게 들러야겠다고 마음먹은 수혁이 다시 회사 일에 집중하기 시작했다.

그녀의 소식에 한숨을 돌리는 건 비서실 식구들도 마찬가지였다.

"대리님, 그럼 실장님 언제부터 출근하세요?"

제희가 박 비서에게 물었다.

"병원에서 일주일 정도 쉬어야 한다고 했어. 그럼 퇴원하면 주말이니까 그다음 월요일부터 출근하시지 싶어."

"빨리 오셨으면 좋겠어요."

실장이라는 직함을 달고 있었지만 자기들보다 외모가 달리니 은근 무시했던 두 사람이었다. 하지만 서희가 자리를 비운 며칠 동안 수혁에게 호되게 당하며 새삼 서희를 다시 보게 되었다. 그리고 지금은 하루라도 빨리 서희가 출근을 했으면 하는 바람뿐이었다.

놀아 본 사람이 논다고 일에만 매달려 있던 서희가 편안히 쉬는 것에 적응을 못해 정말 몸살 아닌 몸살이 오려고 할 때였다.

똑똑똑.

노크 소리가 나고 문이 열렸다. 그리고 한 노부부가 병실 안으로 들어서자 침대에 누워 있던 서희가 벌떡 일어났다.

"회장님."

"아냐아냐. 누워 있어."

일어나는 서희를 말리며 두 사람이 의자에 앉았다.

그들은 서희 할아버지의 친구이자 수혁의 할아버지인 임 회장 내외였다. 서희의 입원 소식을 김 박사로부터 전해 듣고는 열 일 제쳐 두고 병원으로 달려온 것이다.

"괜찮아?"

"네. 큰 병도 아닌데 왜 오셨어요."

"그런 말이 어디 있어? 사람이 아프면 얼굴 디미는 게 당연하지.

그래, 좀 쉬면 괜찮은 거야?"

"네, 회장님."

"인석아. 할애비보고 회장님이 뭐야."

임 회장의 말에 서희가 웃었다. 그런 그녀의 손을 황 여사가 잡았다.

"일만 하지 말고 네 몸도 챙겨 가면서 해야지. 아프면 너만 서글퍼."

"네."

"다 큰 녀석이 영양 결핍이 뭐냐. 뭐든 한 가지만 먹는 거 안 좋다고 했지? 내 이것저것 골고루 해서 보낼 테니깐 챙겨서 먹어."

서희의 손을 쓰다듬던 황 여사가 다시 그녀의 머리를 쓸어 내렸다. 환자복을 입고 있는 서희를 보니 마음이 짠해지는 그녀였다.

"아니에요. 괜찮아요."

"괜찮기는. 괜찮은 애가 이 꼴로 누워 있어?"

자분자분 나무라는 황 여사의 말에 서희는 대답을 못하고 고개만 숙이고 있었다.

"서희야."

"네."

"누누이 말하지만 네 잘못 아니다. 그러니 이젠 좀 밝게 살아도 돼. 언제까지 벌주며 살 거냐. 이건 자기 학대야. 너 잘 먹고 잘 사는 게 먼저 간 사람들에게 조금이라도 빚을 갚는 거다. 무슨 말인지 알지?"

"네."

임 회장과 황 여사는 힘없이 대답하는 서희를 보며 착잡한 표정을 지었다. 대답은 저렇게 하지만 마음을 다잡지 못했다는 것을 알고 있어서였다.

집에서 해 온 죽과 간식거리를 간병인에게 건넨 뒤 두 사람은 자리에서 일어났다.

"돈 걱정하지 말고 쉴 때 푹 쉬어. 회사 일 하다 쓰러진 사람이니 당연히 회사에서 해결해야지."

"아니에요."

"아니긴. 우린 간다. 쉬어라."

배웅하려고 일어나려는 서희를 눕혀 놓고 병실을 나서던 임 회장 내외는 때마침 퇴근길에 병원에 들른 수혁과 마주쳤다.

"어! 할아버지."

"그래, 수혁이 왔구나. 퇴근하는 길이냐?"

"네."

"서희 좀 작작 부려 먹어. 얼마나 부려 먹었길래 애가 입원을 해!"

임 회장의 나무람에 수혁이 멋쩍게 웃었다.

"웃지만 말고 잘해."

"알았어요. 집으로 가실 거예요?"

"네 할머니 좋아하는 오리고기 먹고 들어갈 거야."

"네. 맛있게 드세요."

"너도 저녁 굶지 말고."

"네."

임 회장 부부를 배웅하고 난 뒤 수혁이 병실로 들어갔다. 문 열리는 소리에 서희가 고개를 들자 병실로 들어서는 수혁을 발견했다.

"회장님!"

"최 실장, 좀 괜찮습니까?"

"네."

수혁의 모습을 본 간병인이 서희에게 말했다.

"아가씨, 나 잠시 나갔다 와도 될까? 아들이 병원 앞으로 온다고 해서."

간병인의 말에 수혁이 대답했다.

"다녀오십시오."

"고맙습니다."

부부가 돌아가고 간병인도 잠시 외출을 한 뒤 병실에는 수혁과 서희 두 사람만 남았다. 회사에서는 일 때문에 할 말이 많았었는데 일을 빼고 나니 왠지 서먹한 두 사람이었다. 더군다나 서희는 수혁이 자신을 업고 왔다는 김 박사의 말이 떠올라 고개도 들 수가 없었다.

고개를 숙이고 있는 서희를 수혁이 찬찬히 살펴봤다. 항상 하나로 틀어 올리던 머리는 등 뒤로 가지런히 내려와 있었고 검정색의 딱딱한 정장만 입던 것과 다르게 환자복이긴 하지만 하얀색 옷을 입고 있는 모습이 평소의 서희와는 다르게 보이게 했다.

"몸은 좀 어떻습니까?"

"괜찮습니다."

"김 박사님 말씀이 며칠 푹 쉬어야 한다고 하니 회사 걱정 하지 말고 쉬어요."

"그러면 일이 많이 밀릴 텐데……."

"다른 사람들도 이참에 일 좀 배워야죠. 그동안 최 실장이 맡아 온 일이 너무 많았어요. 그렇게 하는 것 없이 사무실에 자리만 채우고 있을 것 같으면 차라리 출근 안 하는 게 나아요. 그리고 최 실장도 너무 혼자 일을 끌어안고 있지 말고 아랫사람에게 좀 시키고 해요. 내 말 무슨 말인지 알겠죠?"

"네, 회장님."

아파서인지 평소보다 기운이 없는 모습에 수혁도 마음이 편하지 않았다. 계속 앉아 있으면 서희가 쉬지 못할 것 같아 수혁이 자리에서 일어났다.

"쉬어요. 내가 있으면 쉬지도 못하겠네."

수혁이 일어나자 서희도 침대에서 일어나려고 했다.

"아니. 그냥 있어요. 최 실장 환자예요."

"네."

수혁의 만류로 앉아서 목례를 하는 그때 머리카락이 스르륵 앞으로 쏟아지며 서희의 하얀 목덜미가 드러나 수혁의 눈에 와 닿았다.

옛말에 엎어진 김에 쉬어 간다고 이왕 이렇게 된 것 수혁도 이 여유를 느긋하게 즐기기로 했다. 어차피 다음 주에 서희가 출근을 하게 되면 또다시 정신없이 바빠질 것이 당연하기 때문에 그도 쉴 수 있을 때 쉬어야겠다는 생각을 했다.

그래서 평소 같으면 간단하게 샤워만 했을 텐데 오늘은 퇴근 준비를 하는 도우미에게 욕조에 물을 받아 달라고 부탁을 했다.

그의 부탁대로 욕조에 물을 받아 놓은 도우미가 퇴근을 하자 수혁은 주방으로 갔다. 그리고 가끔 잠이 오지 않을 때 마시는 위스키를 잔에 붓고 욕실로 가져갔다.

욕실 앞 파우치 룸에서 옷을 전부 다 벗은 뒤 술잔을 다시 집어 들고 욕조에 몸을 담갔다. 따뜻한 물이 온몸을 감싸 오자 그는 자신도 모르게 신음 소리를 냈다.

"음."

가져온 술을 한 모금 마신 뒤 그가 욕조에 거의 눕다시피 몸을 기대었다.

그동안 피로에 지친 몸이 나른하게 풀어지며 눈이 저절로 감겼다.

아무 생각 없이 눈을 감고 있던 수혁의 머릿속에 좀 전에 봤던 서희의 하얀 목덜미가 떠올랐다. 항상 단정하게 올림머리를 하고 있어 늘 보던 그녀의 목덜미가 왜 오늘 그의 눈에 띄었는지 수혁도 모를 일이었다.

그 순간 신체의 한 부분이 반응을 하자 놀란 수혁이 감았던 눈을 번쩍 떴다. 그러고는 아래를 내려다봤다. '나 여기 있소.' 하며 존재감을 나타내는 분신을 쳐다보며 수혁은 기가 차 실소를 터뜨렸다. 아무리 늘씬하고 아름다운 여자를 봐도 반응이 없던 놈이 서희의 목덜미에 반응을 하니 기가 찰 노릇이었다.

"야, 인마! 번지수가 틀렸어."

수혁이 타박을 해 보지만 수그러들 기세가 아닌 분신을 쳐다보고 한숨을 쉬었다.

그 밤, 수혁은 몇 해 만에 가장 긴 밤을 보냈다.

모두에게 교훈을 줬던 서희의 휴가가 끝나고 그녀의 출근 날이되었다. 그것을 상기시킨 수혁은 입가에 잔잔하게 미소를 띠었다.

분신이 자신의 의지를 반하고 폭동을 일으킨 이후로 수혁은 서희의 병문안을 가지 않았다. 그저 유능한 직원이라고 생각한 서희에게 자신의 몸이 반응을 했다는 것에 혼란스러워 그녀를 똑바로 쳐다볼 자신이 없었던 것이다.

사무실에 들어서자 박 대리를 비롯한 직원들이 자리에서 일어났다.

"커피 한 잔 부탁해요."

"네."

툭 던지듯 커피를 부탁한 수혁은 얼른 회장실로 들어가 책상에 자리를 잡고 앉았다. 곁눈질로 서희가 평소의 자기 자리에서 본인을 맞이하는 모습에 수혁은 저도 모르게 입꼬리가 올라갔다.

수혁의 주문에 서희가 내려 준 커피를 들고 들어갔던 민경이 그 미소를 목격했다. 저도 모르게 보게 된 수혁의 미소에 놀란 그녀가 사무실에서 급하게 나왔다.

"세상에. 회장님이 이 주 만에 웃으셨어요."

그동안 살얼음판을 걷는 것 같았던 비서실 직원들이 한숨을 내쉬었다. 하지만 기분이 좋았던 것도 잠시, 오늘부터 일주일씩 교대로 두 사람은 인사팀으로 재교육을 받으러 가야 하는 현실에 의미가 다른 한숨이 나왔다.

"대리님, 진짜 가야 돼요?"

민경이 볼멘소리로 물었다.

"회장님 한 번 하신 말씀 번복 없는 거 잘 알잖아."

"휴."

민경과 제희는 별달리 항의할 방도도 없고, 자신들의 잘못이 무엇인지 알고 있었기 때문에 그저 한숨만 내쉴 수밖에 없었다. 그 모습을 본 박 대리도 진지한 얼굴로 두 사람을 타일렀다.

"가서 제대로 다시 배워 와. 솔직히 우리들 그동안 너무 나태했어. 사실이잖아. 그래도 사직서 제출 안 하고 재교육에서 끝나는 걸 다행으로 생각해."

"네……."

민경이 먼저 인사팀으로 내려가고 본격적인 업무에 돌입한 회장실은 그야말로 전쟁터로 돌변했다. 서희가 입원해 있는 동안 미뤄졌던 일들이 한꺼번에 진행이 되면서 남은 두 사람이 처리해야 할 일들이 상상을 초월할 정도로 많았다.

평소 서희가 시키는 간단한 심부름이나 복사 정도만 해 오던 제희가 일의 속도를 따라잡지 못하고 허덕였다. 그리고 산처럼 쌓인 결재 서류들을 분류하다가 그동안 이 많은 일을 서희 혼자 해 왔다는 생각이 들자 더욱더 서희에게 미안한 마음이 들었다.

"저기. 실장님."

제희가 조심스럽게 서희를 불렀다.

"응?"

컴퓨터 모니터에서 눈을 떼지 않은 채 서희가 대답했다.

"어떻게 이 많은 일을 혼자 하셨어요?"

제희의 말에 서희가 고개를 돌려 그녀와 얼굴을 마주 봤다.

"조금만 신경 쓰면 다 할 수 있는 일이야. 내가 그동안 복사시킨 서류, 조금만 관심 가지고 봤으면 어느 정도 흐름은 알 수 있었어.

회장님은 닥치는 대로 일하시는 분이 아니야. 조금만 관심을 가졌더라면 미팅하는 부서 순서 정도는 금방 파악할 수 있었을 거야. 그럼 준비하는 것도 쉬워지고, 자세하게 내용은 몰라도 최근 회사 돌아가는 분위기 정도는 알수 있게 돼."

서희의 말에 제희는 더 이상 대답을 할 수가 없었다. 그녀의 말대로 복사를 부탁하면 열심히 복사만 했었지 복사가 끝나는 동안 서류 한 장을 안 읽어 봤었다. 시키는 대로만 일을 해 온 게 사실이었다. 꼼꼼하지 못한 자신의 행동에 변명의 여지가 없음을 느낀 제희는 조용히 서류를 훑어봤다.

수혁의 사무실도 비서실과 마찬가지로 정신없이 바빴다. 수혁은 오히려 다행이라고 생각했다. 비록 본 사람은 없지만 그날 밤, 서희를 상대로 자신이 한 행동에 줄곧 그녀를 의식적으로 피해왔다.

하지만 언제까지 안 보고 살 수는 없는 일. 보고를 위해 사무실에 들어오는 서희를 상대할 때마다 수혁은 난감했다. 평소에는 그냥 넘겼을 일인데 사소한 것 하나까지 그녀에게 신경을 쓰게 되었던 것이다.

오늘도 좀 전에 서류를 건네는 그녀의 손가락을 봤을 때 만져 보고 싶다는 생각을 했다. 오동통하지만 생각보다 가늘고 길게 뻗은 손가락과 깔끔하게 다듬어진 손톱을 무심코 쳐다봤을 때 그런 생각이 들었다.

그리고 그런 생각을 하는 자신을 발견하고 속으로 많이 놀랐다. 그저 유능한 비서라고만 생각해 왔었는데 생각지도 못한 난감한 상황에 빠지게 되었다.

며칠 전에도 그녀가 무의식적으로 양복을 털어 주는 손길에 움찔했다. 속으로는 그냥 여직원일 뿐이라고 다짐을 해도 자신도 모르게 서희에게 관심이 가고 신경이 쓰이는 것을 막을 수가 없었다.

아픈 사람에게 느끼는 동정심이라고 스스로 몇 번을 되뇌고 다짐을 해도 어느샌가 본인도 모르게 서희의 햐얀 목덜미가 생각이 나 수혁은 몇 번이나 냉수마찰을 해야만 했다.

2장

수혁의 처지는 아랑곳없이 하루하루 시간은 잘도 흘러갔다. 그동안 수혁은 무슨 관음증 환자라도 된 것처럼 시간만 나면 서희를 흘깃거렸다. 그것을 아는지 모르는지 서희는 그저 제 할 일만 할 뿐이었다.

회장이 되고 3년 동안 불도저처럼 일을 추진하던 수혁이 서희의 병원행을 계기로 일을 조금씩 줄이기 시작했다.

그전에는 눈앞에 주어진 모든 일을 한꺼번에 해결하려고 했었다면 지금은 조금 덜 급한 일은 시간을 두고 천천히 진행하도록 하는 방향으로 방식을 바꾼 것이다.

그렇게 하자 직원들도 편해졌지만 그도 한결 여유 있는 생활을 하게 되었다.

오늘은 모처럼 그를 보고 싶어 하는 할머니를 위해 일찍 퇴근을 하였다. 그리고 본가로 향하는 길에 꽃집에 들러 황 여사가 좋아하는 장미꽃을 한 다발 사서 할머니의 집으로 향했다. 드디어 본가에 도착해 집 안으로 들어서자 음식 냄새가 진동을 했다.

"어서 와. 고생 많지?"

"괜찮아요. 그런데 뭘 하셨길래 이렇게 맛있는 냄새가 나요?"

"너 좋아하는 삼계탕 했다. 얼른 씻고 와."

오랜만에 세 식구가 둘러앉아 식사를 했다. 땀을 흘리면서도 잘 먹는 손자의 모습에 황 여사는 마냥 기분이 좋아 수혁의 앞으로 반찬을 가져다 놓았다.

"어서 먹어."

"너 먹이려고 네 할머니가 불 앞에 서서 직접 삶았어. 많이 먹어."

"네."

마주 앉아 손자가 먹는 모습을 흐뭇하게 보던 임 회장이 아내에게 말했다.

"한 마리는 잘 싸 놨어?"

"네. 반찬도 이것저것 해서 잘 싸 놨어요."

황 여사는 그가 무슨 말을 하려는지 알고 있다는 듯 바로 대답했다.

"수혁이, 나중에 갈 때 서희 집에 좀 들러라."

"최 실장 집에요?"

"그래. 가는 길에 할머니가 싸 주시는 음식 가져다주고 가."

할아버지의 말씀에 수혁이 그동안 궁금했던 이야기를 꺼냈다.

"알았어요. 그렇게 할게요. 그런데 할아버지 최 실장 말이에요. 일하는 것 보면 똑소리 나는데 자기 관리는 왜 안 하는 걸까요?"

수혁의 말에 황 여사가 수저를 놓으며 한숨을 쉬었다.

"휴, 그러게. 그래서 할미도 속상해. 살만 빼면 얼마나 예쁘냐. 아기 땐 꼭 인형 같았어."

"어렸을 땐 날씬했었나 보네요?"

황 여사는 재차 한숨을 내쉬며 고개를 끄덕였다.

"그런데 왜 살이 찐 거예요?"

"그게 말이다."

황 여사가 말을 꺼내다 말고 임 회장을 쳐다봤다. 아내의 눈길에 끄응 하는 소리를 내던 임 회장이 어렵게 입을 열었다.

"서희가 어릴 때 좀 아팠다."

"아파요?"

"그래. 그래서 병원에 한참을 다녔어."

임 회장도 수저를 놓았다.

"그게 서희가 학교에 들어가기 전이니깐 7살 때구나. 서희 애비가 산을 타는 걸 좋아했어. 그 뭐냐. 등산 동아리? 뭐 거기서 서희 엄마를 만났나 보더라. 사고가 나던 날도 비가 많이 온 뒤라 산에 가는 걸 서희 할아버지가 말렸어. 그런데 기어코 서희까지 데리고 등산을 간 모양이더라. 어른들도 비 온 뒤에 산 타는 게 힘든데 이제 7살짜리가 잘 타면 얼마나 잘 탄다고……. 아휴! 서희가 그때 다리를 헛짚어서 미끄러졌는데 부부가 서희를 붙잡으려다 실족사했다. 그 어린 것이 눈앞에서 제 부모가 그리된 것을 보고는 한동안 정신을 놨어. 제 할아버지가 속을 엄청 끓였지. 그때 서희가 아무것도 먹으려고 하질 않았다."

말을 하면서도 황 여사는 가슴이 먹먹했다. 그 어린것이 얼마나 충격이 컸으면 곡기를 끊을 생각을 했는지 지금 생각해도 속상한 일이었다. 잠시 말을 끊고 물 잔을 들어 목을 축인 황 여사가 말을 이었다.

"휴, 너무 안 먹어서 제 할아버지가 같이 죽자고 난리를 치니깐 먹긴 먹는데 눈앞에 있는 거 하나만 먹는 거야. 그러니 영양 불균형에 살만 찌는 거야. 정신과 치료도 받아 보고 했는데 결국 본인이 의욕이 없어서 치료가 소용이 없었지. 그래도 그렇게라도 먹는 게 어디냐고 제 할아버지는 좋아했는데. 휴! 뭐가 잘하는 짓인지 모르겠구나."

할머니의 말씀에 수혁은 할 말을 잃었다. 그저 자기 관리를 못해서 그런 거라고만 생각했지 서희에게 그런 아픔이 있는지 몰랐던 것이다.

"그러니 너도 서희 좀 챙겨."

"네. 알았어요."

수혁 자신도 일찍 부모님이 돌아가셔 혼자라는 느낌이 무엇인지 잘 알았다. 할아버지, 할머니가 채워 줄 수 없는 그 무언가가 있었던 것이다. 하지만 서희의 이야기를 듣고 보니 자신의 허전함은 그녀에게 견줄 것이 못 된다는 생각이 들었다.

오랜만의 오붓한 시간을 뒤로하고 수혁이 집으로 돌아가기 위해 자리에서 일어났다. 그런 그에게 황 여사가 쇼핑백을 내밀었다.

"수고스럽더라도 서희 가져다줘. 삼계탕하고 반찬이야."

"네 알았어요. 걱정하지 마세요."

쇼핑백을 받아 든 수혁이 집을 나섰다. 이미 늦은 시간이라 연락

없이 찾아가는 것은 실례일 것 같아 수혁은 차를 출발시키기 전에
서희에게 전화를 했다.

– 여보세요?

수화기 너머에서 서희의 목소리가 들리자 수혁의 심장이 갑자기
뛰기 시작했다. 그 갑작스러운 반응에 입이 열리지가 않았다. 왜
제 심장이 이런 반응을 보이는지 알 수가 없었다.

– 여보세요? 회장님?

다시 한 번 들리는 그녀의 목소리에 수혁이 정신을 가다듬고 헛
기침을 한 후 말을 했다.

"최 실장, 뭐하고 있었어요?"

– 네?

"뭐하고 있었냐고 물었습니다."

– ……그냥 있어요.

"오늘 본가에 들렀어요. 할머니 부탁으로 줄 것이 있어요. 집에
들르겠습니다."

– 네. 알겠습니다.

서희와 통화를 끝낸 수혁이 차에 시동을 걸었다. 그리고 조수석
에 둔 쇼핑백을 쳐다봤다.

할머니가 챙겨 주신 삼계탕을 서희가 맛있게 먹는 모습을 상상
하니 저절로 기분이 좋아지는 그였다. 저도 모르게 쇼핑백을 한
번 더 쳐다본 수혁이 시동을 걸고 서희의 집을 향해 차를 출발시
켰다.

서희의 아파트 앞에 도착한 수혁은 할머니가 챙겨 주신 쇼핑백
을 들고 차에서 내렸다. 서희가 사는 동에서 약간 떨어진 곳에 차

를 세워 둔 터라 조금 걸어야 했다.

가벼운 발걸음으로 걸어가는데 아파트 단지 안에 있는 작은 슈퍼 앞에 진열되어 있는 과일이 눈에 들어왔다. 할머니가 챙겨 주신 것도 있지만 빈손으로 가는 것은 예의가 아닌 것 같아 수혁은 사과를 비롯한 다양한 먹을거리를 샀다.

할머니의 말씀대로라면 서희가 자신을 위해 장을 보진 않을 것 같아 골고루 여러 가지를 샀다. 할머니가 챙겨 주신 음식에 자신이 산 음식을 한가득 들고 서희의 집 앞에 도착한 수혁이 벨을 눌렀다.

딩동, 딩동.

"네!"

초인종 소리를 듣고 서희가 현관에 나와 문을 열었다.

"어서 오세요. 회장님."

"실례 좀 하겠습니다, 최 실장."

수혁은 문을 열어 주는 서희를 지나쳐 신발을 벗고 집 안으로 들어갔다. 그런 그를 뒤따라 서희가 현관문을 닫고 거실로 들어갔다. 양손에 한가득 짐을 들고 있는 수혁이 서희를 보며 물었다.

"이거 어디에 놓을까요?"

"이리 주세요."

서희가 급히 그의 손에서 짐을 받아 들려고 하자 수혁이 만류했다.

"어딘지만 말해요. 생각보다 무거워요."

"그럼 이리로 오세요."

서희가 앞장서 수혁을 주방으로 안내했다. 그녀가 가리킨 식탁 위에 짐을 내려놓은 수혁이 양복 재킷을 벗었다.

"최 실장. 미안한데 나 시원한 물 한 잔 주겠습니까?"

"네. 잠시만요."

냉장고 문을 열고 물병을 꺼내는 모습을 수혁이 가만히 지켜봤다. 냉장고 안은 그가 생각한 대로 텅 비어 있었다.

서희가 건네는 물 잔을 받아 든 수혁이 그 안에 담긴 물을 시원하게 마셨다. 그리고 식탁 위에 잔을 내려놓고 쇼핑백과 비닐 봉투 안에 들어 있는 물건들을 꺼내기 시작했다.

"이건 할머니가 보내시는 거예요. 삼계탕하고 밑반찬 몇 가지입니다. 그리고 이건 오면서 보니 요 앞 가게에서 파는 과일이 좋아 보여 내가 좀 사 왔습니다."

수혁이 음식들을 줄줄이 꺼내며 말하자 서희가 눈이 동그래져 물었다.

"뭘 이렇게 많이 사 오셨어요?"

"내가 그동안 최 실장을 너무 부려 먹은 것 같아 미안해서 그래요. 그냥 뇌물이라고 생각해요."

수혁의 말에 서희는 할 말을 잃었다. 멍하니 잔뜩 쌓인 음식들을 내려다보다 정신을 차리고 그것들을 챙겨 냉장고에 넣으려고 하자 수혁이 말렸다.

"일단 먹고 넣어요. 최 실장 저녁 먹었습니까?"

"아니……."

대답을 못하고 어물쩍거리는 서희의 얼굴을 본 수혁이 싱크대를 훑어봤다. 그의 생각대로 저녁을 먹지 않았는지 싱크대는 물기 하나 없이 말라 있었다.

서희를 다시 한 번 쳐다본 수혁이 싱크대 서랍장을 뒤져 큰 국그
릇을 찾아내었다.

"저기 회장님, 나중에 먹어도 돼요."

안절부절못하며 자신을 말리는 서희는 아랑곳없이 수혁이 그릇
에 아직 따뜻한 삼계탕을 옮겨 담았다.

"할머니가 직접 하신 거예요. 최 실장 분명히 안 먹어서 쓰레기
통으로 간다에 내 전 재산을 걸죠. 할머니 정성도 있으니 먹어요.
먹는 거 보고 가야겠어요."

집에서 가져온 밑반찬의 뚜껑까지 열어 놓고 수혁은 서희를 의
자에 앉혔다. 그리고 본인도 맞은편에 앉았다.

정말 서희가 식사를 하기 전에는 움직일 생각이 없는지 수혁은
자신이 사 온 사과 하나를 셔츠에 대충 닦더니 먹기 시작했다.

그런 수혁을 난감한 표정으로 쳐다보더니 서희가 수저를 들어
음식을 먹기 시작했다. 음식을 먹기 시작하는 서희의 모습을 보던
수혁이 사과를 먹는 속도를 늦추었다.

사실 오랜만에 할머니가 해 주시는 음식으로 과식을 한 상태라
사과가 들어갈 리 만무했지만 서희가 식사하는 모습을 보고 싶어
무리해서 먹었던 것이다.

할머니의 말씀이 사실이었는지 서희는 다른 반찬은 손대지 않고
눈앞에 놓인 삼계탕만 먹고 있었다.

수혁은 젓가락 한 벌을 더 가져와 서희의 그릇 위로 반찬들을 집
어 올려 주었다. 그러자 서희가 놀라 그를 말렸다.

"회장님 제가 먹을게요. 괜찮아요."

"최 실장이 편식이 심한지 몰랐습니다. 골고루 좀 먹어요."

서희의 말에 아랑곳하지 않고 수혁이 계속 반찬을 집어 주자 서
희가 포기를 하고 식사를 계속했다. 하지만 생각보다 양이 적은지
작은 닭을 반 정도 먹은 서희가 수저를 놓았다.

"다 먹었어요?"

"네……."

만족할 만한 식사 양은 아니었지만 이것도 어딘가 싶어 수혁이
자리에서 일어났다.

"그럼 난 이만 갑니다. 나머지는 냉장고에 넣어 두고 먹어요."

"네, 회장님."

"최 실장."

"네?"

수혁은 현관 앞으로 배웅 나온 서희의 양어깨에 손을 얹었다. 그
러자 서희가 놀라 그를 쳐다봤다.

"나 최 실장하고 오래 일하고 싶어요. 일 처리 속도도 빠르고 나
하고 호흡도 잘 맞고……. 일하면서 이렇게 잘 맞는 사람 만나는
거 정말 운이 좋아야 한다는 거 알아요. 그러니깐 최 실장도 몸 아
껴 가며 일해요. 밑에 직원들도 좀 시켜 가면서. 이번에 다들 겪어
봐서 앞으로는 잘할 거예요. 그 점은 신경 안 써도 될 것 같은데
난 최 실장이 자신에게 신경을 좀 썼으면 좋겠어요. 내가 말하는
건 다이어트의 문제가 아니에요."

혹시 자신의 말을 서희가 오해할까 봐 수혁이 그녀의 눈치를 보
며 말을 이었다.

"이번에 병원에서 그러는데 영향 불균형이라더군요. 아파서 쓰
러지면 최 실장이 좋아하는 일, 더 이상 못해요. 골고루 잘 챙겨서

먹어요. 내 말 알겠죠?"

"네……."

작은 소리로 대답하는 서희의 어깨를 한 번 두드려 준 뒤 수혁이 현관을 나섰다.

서희는 문단속을 하고 주방으로 돌아왔다. 식탁 위에는 맛깔스러운 음식들이 늘어서 있는 게 보였다. 물끄러미 그것들을 바라보다가 그녀는 수혁이 짚었던 어깨에 가만히 손을 올렸다.

서희의 집을 나선 수혁도 자신의 손을 내려다봤다.

자신도 왜 서희의 어깨를 두드려 주었는지 이유를 정확하게는 몰랐다. 하지만 손바닥에 와 닿는 서희의 체온이 따스하게 느껴진 건 확실했다. 다시 한 번 손을 내려다본 수혁은 차에 올라 집으로 향했다.

집으로 돌아와 거실 소파에 가방을 던진 수혁이 재킷 주머니에 있는 핸드폰을 찾아 박 비서에게 전화를 걸었다.

"여보세요?"

– 네, 회장님.

"너무 늦게 미안해요."

– 아닙니다. 무슨 일이십니까?

"회사 근처에 도시락 전문점이 있어요?"

– 글쎄요. 주의 깊게 안 봐서 모르겠습니다. 왜 그러십니까?

"내일 출근하면 알아봐요. 앞으로 외근 나갈 때 도시락을 이용합시다."

– 네?

"박 대리도 그날 병원에서 들었잖아요. 최 실장 영양 결핍이랍니다. 박 대리 말대로 혼자 생활하니 챙겨 주는 사람 없고, 내가 보기에는 외근 나가서 식사도 박 대리랑 같이 하는 게 아닌 것 같은데 그럼 그냥 다 같이 도시락을 먹는 게 어떨까 싶어서요. 사 가지고 온 도시락을 버릴 수는 없으니 억지로라도 먹지 않겠습니까?"

ㅡ 아, 네. 좋은 생각인 것 같습니다. 회장님 말씀대로 사실 실장님이 매번 식사할 생각 없다 하셔서 저 혼자 먹었거든요. 회장님 말씀대로 도시락을 버릴 수는 없으니 드시겠네요. 내일 제가 출근해서 알아보겠습니다.

"그래요. 늦은 시간에 미안해요."

ㅡ 아닙니다. 쉬십시오.

박 대리와의 전화를 끊은 수혁이 그제야 씻기 위해 옷을 벗었다.

다음 날부터 수혁이 외근하는 날은 사무실로 도시락이 배달되었다. 가격은 신경 쓰지 말라는 수혁의 주문으로 박 대리가 질 좋은 도시락집을 알아보았기 때문에 도시락은 언제나 맛있었다.

수혁과 박 대리의 생각대로 돈 주고 산 도시락을 버리지는 못하겠다며 서희도 같이 먹었다. 어쩌다 수혁과 같이 먹게 되는 날은 수혁이 지켜보고 있어 반찬을 모두 비워야 했다.

본인은 조금 힘들어하는 것 같았지만 바라보고 있는 수혁은 기분이 좋았다. 자신의 생각대로 서희가 따라와 줘서 좋았고, 비록 눈치를 보며 먹는 것이긴 해도 골고루 잘 먹는 모습에 수혁은 마냥 좋았다.

도시락을 먹는 장소는 그때그때 달랐다. 외근 가는 길에 공원이 있으면 거기서 먹기도 하고, 수혁이 점심 약속이 있는 날은 식당에 양해를 구해 먹기도 했다.

매번 배달되는 도시락을 민경과 제희가 부러워해 가끔은 그 두 사람도 시켜 먹는 일도 생겼다. 서희 때문에 회장실에서 도시락을 먹는 진풍경이 벌어지긴 했지만 그녀에게 제대로 된 식사를 하게 할 수 있다는 생각에 수혁은 다른 것은 신경 쓰지 않기로 했다.

서희의 도시락을 챙기는 데에 열을 올리는 며칠을 보내다 보니 서희가 입원을 해 미루어졌던 일들이 어느 정도 마무리가 되었다. 업무가 조금 여유로워진 것을 확인한 수혁이 회식을 잡았다.

다른 부서와는 달리 긴장의 연속인 비서실 식구들이 그나마 스트레스를 풀 수 있는 것이 회식이라는 것을 잘 아는 수혁은 웬만하면 자주 회식을 하기 위해 노력을 했다. 그래서 이번에도 바쁜 일이 마무리되자마자 보상 차원에서 회식부터 챙겼다.

인사팀의 재교육에 바쁘게 돌아가는 사무실에 정신이 없었던 두 여직원이 회식을 제일 반겼다.

수혁의 배려로 회식 때에는 금액에 관계없이 직원들이 먹고 싶은 것으로 메뉴가 결정되기 때문에 두 사람은 어디로 갈 것인지 결정하느라 한창 들떠 있었다.

"박 대리님은 어디가 좋으세요?"

두 눈을 반짝이며 물어 오는 제희의 모습에 박 대리가 웃었다.

"하하. 일을 그렇게 해 봐. 눈에서 레이저 나오겠네."

"힝! 열심히 하고 있어요."

"알았어. 메뉴는 알아서 골라. 실장님 최근에 아프셨으니깐 몸보신되는 거면 더 좋고."

"알았어요."

그리고 나서도 퇴근 전까지 어디로 갈 것인지 한참을 고민하는 두 사람이었다.

한편 직원들과 회식 약속을 한 수혁도 최대한 일을 빨리 끝내려고 분주하게 일하고 있었다. 그러나 그 와중에도 서희의 걱정을 하고 있는 자신을 발견했다.

항상 메뉴는 직원들이 좋아하는 것으로 결정하도록 했으나 매번 회식 때마다 서희가 제대로 먹는 것을 본 기억이 없었다. 그래서 이번에는 내심 그녀가 좋아하는 메뉴를 선택하기를 바랐다. 아니면 서희의 몸보신에 도움이 될 만한 메뉴였으면 더욱 좋겠다는 생각도 했다.

그렇게 퇴근 시간이 가까워 오고 일이 얼추 마무리가 될 즈음 박 대리가 사무실로 들어왔다.

"회장님. 장소를 정했습니다."

"그래요? 어디로?"

"네. 제희 씨도 그렇고 민경 씨도 그렇고 실장님이 최근 아프셨으니깐 몸보신하러 가자는 의견을 냈습니다. 그래서 장어구이집으로 정했습니다."

말은 안 했지만 내심 직원들이 정한 메뉴가 마음에 들어 수혁이 고개를 끄덕였다.

"그럼 할아버님이 잘 가시는 곳 알죠?"

"네, 회장님."

"거기 예약해요. 7시쯤이면 되겠네."

"네, 알겠습니다."

회장실에서 나온 박 비서가 예약을 하라는 말을 전하자 제희가 '앗싸'를 외치며 수화기를 집어 들었다. 그 모습을 보던 박 비서가 고개를 흔들며 웃었다.

차에서 내려 식당 안으로 들어가는 수혁의 발걸음이 빨라졌다. 처리해야 할 일이 있어서 6시 정각에 퇴근 준비를 모두 마친 직원들부터 식당으로 보낸 상태였다.

직원들보다 조금 늦게 식당에 도착한 수혁이 방으로 들어서며 서희부터 눈으로 찾았다. 하지만 그가 찾는 서희는 방에 없었다.

"최 실장은 안 왔습니까? 내가 나올 때 사무실에서 못 본 것 같은데……."

서희가 자리에 없음에 수혁은 짜증이 났다. 자신도 왜 그러는지 모르겠으나 요즘 눈앞에 그녀가 안 보이면 저도 모르게 신경질이 났다. 그런 수혁의 날이 선 목소리에 민경이 약간 움찔거리며 대답했다.

"일이 조금 남으셨대요. 바로 오신다고 했어요."

민경의 말에 겉옷을 벗고 자리에 앉은 수혁이 바로 서희에게 전화를 걸었다.

- 네, 회장님.

"최 실장 지금 어딥니까?"

- 사무실입니다만…….

"빨리 식당으로 와요. 오늘 그렇게 급한 일 없는 것 알아요."

– 저기 회장님.

"올 때까지 우리 식사 안 합니다."

제 할 말만 하고 전화를 끊는 수혁 때문에 서희는 난감했다. 이제껏 회식 자리에서 자신을 챙겨 준 적이 없는 수혁이었는데 요 근래 갑자기 관심을 받게 되니 얼떨떨할 뿐이었다.

오늘 회식도 사무실에서 대충 시간을 때우다 마칠 즈음에 식당에 들어가 인사나 하고 나올 생각이었다. 하지만 수혁이 엄포를 놓으니 어쩔 수 없이 가방을 챙겨 들고 사무실을 나섰다.

회사 근처에 있는 식당으로 가자 직원이 그녀를 방으로 안내했다. 방으로 들어가자 정말 식사를 안 하고 있었는지 깨끗한 불판에 이제 막 고기를 올리고 있었다.

"먼저 드시지 그러셨어요. 배고프실 텐데."

서희가 테이블 맨 끝에 자리를 잡고 앉자 수혁이 그녀를 불렀다.

"최 실장 기다린다고 했잖습니까? 그리고 이리 와요."

옆으로 물러나 앉으며 수혁이 서희를 불렀다. 그러자 직원들의 시선이 서희에게로 집중이 되었다. 끝에 앉아 있던 서희가 이러지도 저러지도 못하고 있자 박 대리가 나섰다.

"실장님, 어서 이쪽으로 오세요. 몇 명 안 되는 식구 뚝뚝 떨어져 앉을 필요 없잖아요. 이리로 오세요."

박 대리까지 나서서 그녀를 부르자 서희가 마지못해 자리에서 일어났다. 수혁의 옆에 앉아 있던 제희가 옆으로 비켜나며 자리를 만들었다.

쭈뼛쭈뼛 수혁의 옆자리에 앉은 서희는 가시방석이었다. 하지만 모처럼의 회식 분위기를 망칠 수 없어 서희는 고개를 숙이고 음식을 먹기 시작했다.

직원들과 이야기를 나누며 수혁이 서희를 힐끗 쳐다봤다. 역시나 그가 예상했던 대로 서희는 자신의 앞에 있는 야채만 먹고 있었다. 불판 위에서 맛있게 익고 있는 장어에는 서희의 젓가락이 가지 않고 있었다.

그런 서희를 다시 한 번 더 쳐다본 뒤 수혁이 직접 장어를 서희의 접시 위에 올려 주었다. 그러자 직원들의 시선이 다시 집중이 되었다.

수혁의 행동에 서희도 당황해 그를 쳐다봤다. 하지만 그런 서희는 관심이 없다는 듯 무심한 목소리로 수혁이 말했다.

"최 실장 잘 먹어요. 이번에 최 실장 입원하고 나 할아버지한테 엄청 깨졌어요. 일만 시킨다고, 또 아파서 나 혼나게 하지 말고 얼른 먹어요."

"네."

모기만 한 소리로 서희가 대답을 하고 장어를 입에 넣자 수혁이 직원들과 나누던 대화를 이어 갔다. 그러고도 회식 중간 중간마다 수혁은 서희를 챙겼다.

다른 회사와는 달리 회장의 나이가 젊어서일까? 수혁이 끼여 있음에도 불구하고 회식 분위기는 항상 좋았다. 하지만 오늘, 그전과 달라진 점이 있다면 처음부터 서희가 회식에 참여했다는 것이고 수혁이 그런 그녀를 챙긴다는 것이었다.

식사가 어느 정도 마무리가 되자 제희와 민경이 2차를 가자고 졸랐다. 수혁을 향해서도 같이 가자 졸랐지만 자신이 같이 가면 직원들이 불편해할까 봐 박 대리에게 카드만 넘겨주고 수혁이 먼저 자리를 떴다. 마지막 뒷정리까지 끝낸 서희도 먼저 자리를 떴다.

제일 불편한 두 사람이 자리를 뜨고 조촐하게 세 사람만 남게 되자 간단하게 맥주 한 잔을 더 하기 위해 호프집으로 향했다.

테이블 하나를 잡고 앉아 안주와 술을 주문하고 나자 민경이 조심스럽게 입을 열었다. 사실 장어구이집에서 부터 궁금해서 입이 근질근질했던 말이었다.

"회장님이 요즘 실장님을 부쩍 챙기시는 것 같지 않아요?"

민경이 꺼낸 말에 제희도 냉큼 동조하고 나섰다.

"맞아요. 박 대리님은 어떻게 생각하세요?"

박 대리가 대답을 하려고 하자 직원이 술과 안주를 내왔다. 500cc잔을 하나씩 손에 든 세 사람이 건배를 한 뒤 박 대리가 입을 열었다.

"나도 이번에 알았는데 실장님이 큰 회장님 친구분 손녀래. 그래서 회장님이 챙기시는 걸 거야. 게다가 이번에 실장님 아프시고 모두가 힘들었던 건 사실이잖아. 또 아플까 봐 그러시겠지."

"대박! 진짜예요? 실장님이 큰 회장님하고 그런 인연이 있었어요?"

"응. 아무도 모르는 일이었어. 두 분 다 말씀을 안 하시니 알 수가 있나? 이번에 같이 병원에 안 갔으면 나도 모를 뻔했어."

"네."

여직원들은 박 대리의 말에 쉽게 수긍해 주었다. 그리고 곧 나온 안주에 정신이 빼앗겨 방금까지 했던 대화의 내용은 금세 잊어버리고 말았다.

　요즘 들어 수혁이 서희에게 보이는 행동이 일반적으로 상사가 직원에게 가지는 마음이 아니라는 것을 어렴풋이 느낀 박 대리지만 확실해지기 전까지는 입조심을 하기로 한 그였다.

3장

오늘도 정해진 시간에 일어나 항상 하던 대로 출근 준비를 하던 서희가 방을 가로지르다 말고 가만히 거울을 들여다봤다. 거기에는 몇 달 후면 나이 30이 되는 뚱뚱한 여자가 서 있었다.

긴 머리는 하나로 틀어져 단정하게 올려져 있었고, 피부는 하얗다 못해 창백할 정도였다. 밝게 웃어 본 지가 언제인지 기억도 나지 않았다.

돌아가신 할아버지나 주위 어른들은 부모님의 사고가 그녀의 탓이 아니라고 했지만 동네 어른들이 부모 잡아먹은 년이라고 수군대는 소리를 들었을 때 그녀는 죽고 싶은 심정이었다.

그날 부모님을 따라 산에만 가지 않았으면, 아니 자신이 발을 헛디며 미끄러지지만 않았어도 그녀도 다른 사람들처럼 엄마 아빠가 있는 행복한 가정에서 컸을 텐데…….

다른 사람들의 말처럼 부모님의 죽음이 모두 자신의 탓인 것 같아 한때는 부모님을 따라 죽으려고 했었다.

그래서 끼니를 끊었더니 이번에는 할아버지가 난리가 나셨다. 자식 앞세운 것도 속이 무너질 일인데 손주까지 못 보내신다며 자신이 먼저 죽는다고 엄포를 놓으셨다. 그래서 그녀는 할아버지를 위해 억지로 먹었다.

그저 배만 부르면 된다는 생각에 제 앞에 있는 음식만 먹다 보니 당연히 영양 불균형이 왔다. 그리고 할아버지가 안 계실 때는 물도 입에 대지 않고 지냈기 때문에 몸의 균형이 무너졌다. 몸이 음식이 들어올 때 최대한 영양분을 비축하려고 하다 보니 당연히 먹는 것은 얼마 없어도 살은 빠지질 않았다.

그나마 할아버지가 살아 계실 때는 옆에서 챙겨 주셔서 덜했지만 돌아가시고 옆에 아무도 없는 지금은 말 그대로 죽지 않기 위해 생각날 때마다 음식을 먹었고 자연스레 폭식을 하게 되었다. 그러니 평소에 잘 먹지 않아도 살은 빠지지 않는 악순환이 계속되었다.

지나간 일들을 회상하며 한참을 멍하니 거울을 보던 서희가 문득 정신을 차리고 출근을 서둘렀다.

오늘은 오전의 이사급 회의부터 부서장 회의까지 줄줄이 회의가 잡혀 있어 정신없는 하루가 될 것이었다.

같은 시간 수혁은 벌써 집을 나서고 있었다. 직원들의 출근 시간은 8시 30분이지만 서희는 보통 한 시간 정도 일찍 출근을 하는 것 같았다. 오늘은 그도 그 시간에 맞춰 출근 준비를 했다.

조찬 약속이 잡히지 않은 날은 도우미가 전날 미리 아침을 준비해 놓고 퇴근을 하지만 혼자서 챙겨 먹는 것이 번거로웠다. 그러다 생각한 것이 도시락이었다. 어차피 그도 식사를 해야 하고 서희도 분명 굶고 나올 것이 당연하니 도우미에게 도시락을 부탁했다. 지금 수혁은 그 도시락을 들고 회사로 향하고 있는 중이다.

수혁이 사무실에 도착하니 생각대로 서희 혼자 사무실에 나와 있었다. 평소보다 일찍 출근한 수혁을 보고 서희가 놀란 얼굴로 물었다.

"회장님. 아직 출근 시간이 멀었는데……."

"알아요. 최 실장 아침 먹었습니까?"

"아뇨."

"잘됐네요. 나랑 아침 먹읍시다."

"네?"

책상 앞에서 자신을 쳐다보는 서희의 팔을 잡고 수혁이 회장실로 향했다. 얼떨결에 수혁을 따라 회장실로 온 서희는 그가 꺼내어 놓은 도시락에 놀라서 그를 쳐다봤다.

"이게 다 뭐예요, 회장님?"

"조찬 약속이 없는 날은 혼자서 밥을 먹는데 그게 싫어 아주머니에게 부탁드렸더니 이렇게 많이 준비하셨네요. 그러니 같이 먹어요."

자신이 부탁해서 2인분의 도시락을 준비해 놓고는 죄 없는 도우미 핑계를 대는 수혁이었다.

도시락을 꺼내는 수혁을 보던 서희가 자리에서 일어나 준비실로 갔다. 그리고 녹차를 미지근하게 준비해서 사무실로 돌아왔다. 그새 이미 수혁은 도시락을 먹을 준비를 마치고 있었다.

"어서 와요. 다들 출근하기 전에 얼른 먹어요."

"네."

수혁의 맞은편에 앉아 찻잔을 테이블 위에 올려놓고 서희도 젓가락을 들었다. 도시락에는 잡곡밥에 갖가지 반찬들이 정갈하게 담겨져 있었다. 뭐부터 먼저 먹어야 할지 몰라 서희가 도시락을 쳐다보자 수혁이 서희의 밥 위로 반찬을 올려 줬다.

"최 실장 가만히 보면 편식이 정말 심한 거 알아요?"

"아닙니다."

"아니긴, 지금도 뭘 먹을까 고민 중이었죠? 다 큰 어른이 그게 뭡니까? 결혼해서 아이들한테 편식한다고 혼내지도 못하겠어요, 최실장은."

수혁의 말에 서희의 얼굴이 붉어졌다. 그러고는 말없이 식사를 시작했다.

결혼…….

자신이 행복할 자격이 있을까?

부모님과 할아버지를 먼저 보내고 그녀는 여자로서의 평범한 일생을 포기했다. 자신 때문에 먼저 간 부모님 그리고 돌아가실 때까지 손녀 걱정으로 제대로 마음 편하게 지내 본 적이 없는 할아버지…….

모두에게 아픔만 준 자신이 감히 다른 사람들처럼 사랑하는 사람을 만나고 웃고 즐기고 또 가정을 이루고 아이를 낳고 산다는 것은 먼저 간 가족들에게 죄짓는 기분이었다.

어쩌면 그래서 일에만 매달렸는지 모를 일이었다. 비서라는 직업이 자신이 아닌 남을 도와주고 위해 줘야 하는 일이니 그렇게 해서라도 마음의 짐을 덜고 싶었던 것이라는 생각도 들었다.

더군다나 그 상사가 할아버지가 돌아가시고 자신을 친손녀처럼 걱정해 주고 챙겨 주신 분들의 손자가 아닌가…….

말없이 밥을 먹고 있는 서희의 밥 위에 반찬을 얹어 주며 수혁이 그녀를 자세히 살폈다. 자신이 뱉은 말 가운데 무엇이 그녀의 심기를 건드렸을까? 생각은 딴 곳으로 가 있고 거의 무의식적인 움직임으로 식사를 하고 있는 그녀의 모습에 수혁의 마음이 무거워졌다.

아무 말 없이 식사에만 몰두해서인지 어느새 도시락은 비워져 있었다. 다 먹은 도시락을 서희가 주섬주섬 챙기자 수혁은 좀 전에 서희가 가져온 녹차를 마셨다.

"잘 먹었습니다, 회장님."

도시락을 챙겨 나가며 서희가 인사를 했다.

"그래요. 잘 먹었다니 다행이네요. 커피 한 잔 더 부탁해요."

"네."

뒤돌아 사무실을 나서는 서희의 어깨가 다른 날보다 처져 보이는 수혁이었다.

출근 전 서희가 예상했던 대로 하루가 어떻게 흘러가는지 모를 정도로 정신이 없었다. 오전에 수혁이 챙겨 온 도시락이 아니었다면 오전을 무슨 힘으로 보냈을지 모를 정도로 바빴다.

생각보다 길어진 회의 때문에 비서실 직원들은 도시락을 주문해 사무실에서 늦은 점심을 먹기 시작했다. 주문을 할 때 제희가 애교 섞인 목소리를 내더니 평소보다 반찬 가짓수가 많았다. 네 사람이 옹기종기 모여 앉아 막 식사를 시작하려고 할 때 인터폰이 울렸다.

그러자 민경이 재빠르게 수화기를 들었다.

"네, 회장님."

— 거기 최 실장 같이 있습니까?

"네. 이제 막 식사하시려고 해요."

— 그럼 최 실장한테 다음 회의팀 준비 자료하고 도시락 들고 들어오라고 해요. 시간이 없으니 먹으면서 할 이야기가 있다고 전하고.

"네, 알겠습니다."

"무슨 일이야?"

인터폰을 끊자마자 박 대리가 민경에게 물었다.

"실장님, 다음 회의 자료 챙겨서 회장실로 가 보셔야겠어요."

"어, 실장님 식사 전이신데?"

"도시락 가지고 들어오시래요. 시간이 촉박하니 식사하면서 말씀 나누자고 하시던데요."

민경의 말에 서희는 벌써 서류를 챙기고 있었다. 그러자 제희가 옆에서 서희 몫의 도시락 뚜껑을 다시 닫아 주었다.

"정말 회장님은 너무하셔. 밥은 먹어야 할 거 아니에요."

"오전 회의가 너무 늦게 끝나서 그런 걸 어떡해. 민경 씨, 미안하지만 앉기 전에 두 분 드실 차 좀 부탁해."

박 대리의 말에 민경이 준비실로 들어가 매실차 두 잔을 타서 서희 뒤를 따라 회장실로 들어갔다.

수혁이 소파에 앉아 도시락을 먹으며 서류를 보고 있었다. 서희와 민경이 들어오자 고개를 들어 두 사람을 쳐다봤다.

"편하게 식사해야 되는데 미안해요."

"괜찮습니다."

서희가 맞은편 자리에 앉고 민경이 차를 내려놓고 나가자 수혁과 서희는 식사를 하며 회의를 시작했다.

고급 도시락이기는 했지만 밥 먹을 때조차 사무실에서 한 발짝도 나가지 못했을 정도로 바쁜 하루였다. 그나마 밥심으로 남을 오후 회의도 무사히 마칠 수 있었다. 정신없이 하루가 지나고 퇴근 시간이 다가오자 모두들 녹초가 되었다.

그 와중에 서희는 오늘 있었던 회의록을 정리하고 있었다. 그런 서희의 서류를 민경이 빼앗으며 말했다.

"실장님, 내일 하셔도 되잖아요. 오늘 일은 여기서 끝내고 시원하게 맥주나 한잔 먹으러 가요, 네?"

평상시 그녀에게 사적으로는 말을 거는 일이 별로 없던 민경이 애교를 부리며 말하자 서희가 놀란 얼굴로 그녀를 쳐다봤다.

"네? 실장님. 같이 가서 맥주 한잔해요."

일 외에는 직원들과 어울려 본 적이 없는 서희가 망설이자 박 대리가 거들고 나섰다.

"직원들과도 어울리고 하세요. 오늘 너무 바쁜 날이었잖아요. 이런 날 실장님이 사 주시는 맥주 한잔 먹고 싶어요."

평소 그녀의 성격을 잘 아는 박 대리까지 나서자 서희가 한숨을 쉬었다.

"그래요. 그럼."

"와!"

그녀의 말에 직원들이 사무실인 것을 잊고 소리를 쳤다.

수혁이 먼저 퇴근을 하고 사무실 정리를 끝낸 직원들이 회사 근처에 있는 호프집으로 향했다. 네 사람은 둥근 테이블에 자리하고 앉아 식사 겸 안주가 될 만한 것과 맥주를 주문했다.

이런 상황이 처음이라 서희는 영 어색하기만 했다. 주변을 둘러보며 어리둥절해할 때 점원이 맥주와 안주를 날라 왔다. 그 모습에 서희가 다시 술자리에 집중을 하자 목이 말랐는지 먼저 시원하게 맥주 한 잔을 들이켠 제희가 서희를 향해 질문을 던졌다.

"실장님은 어떻게 그렇게 일을 잘하세요?"

"그냥 하는 거지……."

며칠째 이어지는 제희의 칭찬에 서희가 부끄러워하며 대답했다.

"에이, 그냥이 아닌 것 같은데요?"

조명이 어두운데도 서희의 얼굴이 붉어지는 것을 본 제희가 두 눈을 반짝이며 물었다.

"그냥 열심히 하는 거야."

거듭된 제희의 질문에 서희가 다시 대답했다.

"그래도 뭔가 노하우가 있을 거 아니에요?"

"글쎄…… 나도 생각을 안 해 봐서 모르겠어. 그냥 습관이라고 해 두자. 자연스럽게 급한 일부터 처리하는 게 습관이 돼서 그럴 거야. 큰회장님 모시면서 김 비서님에게 배운 게 많아. 김 비서님이 워낙 유능하시잖아."

서희의 말에 민경과 제희가 고개를 끄덕였다.

두 사람은 그저 윗사람이 시키는 대로만 하고 전화만 잘 받으면 된다고 생각했었다. 그런데 외모만 보고 무시했던 서희를 왜 다른 회사에서 서로 스카웃을 하려고 하는지 이번에 느낄 수 있었다. 두 사람은 그녀가 하려는 말이 무엇인지 어렴풋이 느꼈다. 그리고 그동안 자신들이 얼마나 나태했었는지 깨달았고 조금 부끄러워졌다.

처음으로 화기애애한 모습을 보이는 세 여자를 보던 박 비서가 화장실을 핑계로 자리에서 일어났다. 화장실 방향의 모퉁이를 돌아 보이지 않는 곳으로 간 그는 수혁에게 전화를 걸었다.

– 여보세요?

"네, 회장님. 저 박 대립니다."

– 네. 무슨 일이죠?

"저희 사무실 식구들끼리 회사 근처 호프집에서 맥주 한잔하고 있는데 오시겠습니까?"

– 호프집?

"네. 실장님이 오늘 한잔 사신다고 해서 다들 모여 있습니다."

– 최 실장도 같이 있습니까?

"네."

– ······.

박 대리의 대답에 수혁은 한동안 말이 없었다.

– 저기, 박 대리······.

"회장님. 저 눈치 없는 놈 아닙니다. 그동안 어떻게 보셨는지 모르겠지만 입도 무거운 놈입니다."

– ······.

박 비서의 말에 수혁은 할 말이 없었다. 그가 뭔가를 눈치챈 듯이 말했고, 그것이 뭔지 자신도 알아챘다. 수혁은 자신의 행동에서 뭔가 이상한 점이 있었는지 생각을 했다. 대답 없이 조용한 수혁의 반응에 박 비서가 말을 이었다.

"다른 직원들은 몰라도 하루 8시간 이상을 붙어 있는 저는 속일 수가 없습니다. 아니라고 우기시면 할 말이 없습니다만, 실장님 아프시고 난 뒤에 회장님 행동이 변한 거 보면서 대충 짐작했습니다. 큰회장님 닮으셔서 식사를 편하게 하셔야 한다는 것도 알고, 조미료가 많이 들어간 음식 안 드신다는 것도 압니다. 그런 분이 늦은 밤 도시락 가게를 찾으실 때 조금 의아했었습니다."

– 박 대리…….

박 대리의 말에 수혁이 당황해 그를 불렀다.

"사장님께서는 아니라고 하고 싶으시겠지만 도시락이 온전히 실장님을 위한 것이라는 거 눈치챘습니다. 여직원들에겐, 실장님과 큰회장님의 일만 이야기했으니 챙기시는 모습을 이상하게는 보지 않을 겁니다."

자신도 잘 몰랐던 습관들을 예로 들며 박 비서가 조목조목 짚어 주자 수혁은 할 말을 잊었다.

잠시 생각을 하던 수혁이 대답했다.

– 알았어요. 일단 만나서 이야기합시다. 장소가 어디예요?

수혁에게 호프집 위치를 가르쳐 준 박 대리는 서둘러 자리로 돌아갔다.

수혁은 전화를 끊자마자 박 대리가 불러 준 장소로 나가기 위해 외출 준비를 했다.

그리고 마지막으로 거울을 봤을 때 비친 모습에 실없는 웃음이 나왔다. 서희를 만나러 간다는 생각에 본인도 모르게 얼굴에 미소를 머금고 있었던 것이다.

"뭐가 어떻게 돌아가는지 모르겠다."

혼잣말을 중얼거린 수혁은 서둘러 집을 나섰다.

박 대리가 일러 준 장소에 도착하니 편하게 앉아 있던 비서실 직원들이 벌떡 일어났다. 회사 근처라 그런지 그를 알아보고 인사를 하는 다른 부서의 직원들도 있었다.

"회장님, 여긴 어떻게?"

"일 때문에 박 대리하고 통화하다 알았어요. 오늘 바빴는데 술값은 당연히 내가 내야죠."

놀란 얼굴을 하고 있는 네 사람에게 말한 뒤 수혁이 직원을 불렀다. 그리고 홀에 있는 손님 중에 BS그룹 직원인 것을 증명할 수 있는 사람들의 술값을 받지 말라고 전했다. 옆 테이블에서 그 소리를 들은 직원들이 환호성을 질렀다.

"와!"

"먹고 즐기세요. 대신 내일부터 다시 열심히 합시다."

"네!"

환호하는 직원들에게 간단한 목례를 한 뒤 수혁이 자리에 앉아 있는 비서실 직원들에게 나직하게 말했다.

"여기 있는 직원들이야 매일 나하고 부딪히는 사람들이니 덜할 테지만 나머지 사람들은 내가 있는 게 스트레스일 거예요. 그러니 우리는 장소를 옮겨서 마십시다."

수혁의 말에 네 사람은 자리를 옮기기 위해 일어섰다. 수혁이 제안한 장소로 옮기기 위해 택시로 움직이기로 했다. 한꺼번에 탈 수는 없어 두 팀으로 나누었는데 어쩌다 보니 서희와 수혁이 같이 움직이고 나머지 직원들이 다른 택시로 움직이기로 했다.

택시 뒷좌석에 수혁과 나란히 앉게 된 서희는 불편했다. 외근으로 함께 움직일 때도 그녀는 항상 조수석에 앉았기 때문에 수혁과 같은 공간에 있다는 의식을 해 본 적이 없었던 것이다. 하지만 지금은 숨소리가 들릴 정도로 나란히 앉아 있으니 어색하고 불편한 게 사실이었다.

그런 서희의 기분을 알 리 없는 수혁은 곁눈질로 서희를 살피기 바빴다. 무릎 위에 올려 둔 가방 위에 가지런히 모으고 있는 두 손은 지난번에 본 것처럼 통통하면서도 길게 뻗어 있었고 차창 밖에서 들어오는 가로등 불빛에 그늘이 진 속눈썹은 마스카라로 올리지 않았음에도 예쁘게 말려 올라가 있었다.

한참을 그녀를 훔쳐보던 수혁의 핸드폰이 울리자 서희가 놀라서 그를 쳐다봤다. 고개를 돌리는 그녀에게 들킨 것 같아 괜히 헛기침을 하며 수혁이 전화를 받았다.

"흠흠. 여보세요. 박 대리 무슨 일입니까?"

– 저기, 회장님. 2차는 두 분이서 가셔야겠습니다.

"아니, 갑자기 왜요?"

서희의 눈치를 살피며 수혁이 물었다.

– 저기…… 민경 씨가 클럽에 가자고 졸라서요. 두 분도 가시겠습니까?

조심스럽게 물어 오는 박 대리에게 수혁이 대답했다.

"그런 자리까지 내가 같이 가면 제대로 놀 수나 있겠습니까? 세 사람만 가세요. 이렇게 된 거 전 최 실장하고 술이나 한잔하고 들어가야겠습니다."

수혁의 통화 내용을 듣던 서희가 놀라서 그를 쳐다봤다.

"오늘 비용 신경 쓰지 말고 놀아요. 대신 내일 지각은 아무도 없는 겁니다. 제희 씨한테 꼭 전해요."

싹싹하고 성격 좋은 제희가 은근히 지각을 자주 한다는 것을 아는 수혁이 말했다.

– 알겠습니다. 그럼 내일 뵙겠습니다.

박 대리와의 전화를 끊은 수혁이 서희를 보며 말했다.

"세 사람 클럽에 간다고 합니다. 민경 씨가 박 대리한테 졸랐나 봐요."

"그럼 저희도 그냥 들어가죠."

"아뇨. 이렇게 된 거 둘이서 술이나 한잔합시다."

더 이상 거절을 못하게 단호하게 말한 수혁이 앞을 보자 서희도 한숨을 쉬며 바로 앉아 고개를 숙였다.

수혁이 안내한 곳은 한적한 바였다. 회원제인지 사람이 많지 않아 조용한 분위기에 인테리어가 꽤 고급스러웠다. 수혁이 자주 오는 곳인지 반갑게 맞이하는 직원의 안내로 두 사람은 조용한 창가로 자리를 잡았다.

소파의 등받이가 높아 앉으면 다른 좌석에서는 잘 볼 수 없어 얼굴이 잘 알려진 사람들이 자주 찾는 곳이었다. 두 사람이 자리에 앉자 수혁이 직원에게 바로 주문을 했다. 술이라고는 회식 때 마시는 맥주가 전부인 서희는 수혁이 하는 대로 따를 수밖에 없었다.

간단한 안주가 나오고 수혁이 주문한 술이 나오자 그가 서희에게 술을 권했다. 그런 뒤 자신의 술잔에는 그가 직접 술을 부었다.

앞에 놓인 술잔을 물끄러미 바라보는 서희를 한 번 바라본 수혁은 자신의 술잔을 비웠다.

그의 시선을 느낀 것인지 서희가 제 앞에 보이는 술잔을 들어 단숨에 마셨다.

"흠! 흠!"

급하게 마시다 사레가 걸린 것인지 서희가 잔기침을 하자 수혁이 물 잔을 내밀었다.

자신이 건네는 잔을 받아서 물을 마시는 서희를 바라보던 수혁은 잠시 생각에 빠졌다.

정확하게 언제부터 이런 감정이 생겼는지 단정 지을 수가 없었다. 하지만 이런저런 이유로 자신이 서희에게 관심을 가지게 되었고, 이제는 하루 종일 서희가 신경 쓰였다.

그녀의 작은 손짓 하나에 괜히 몸이 간질거렸고, 도우미에게 아침 도시락을 부탁할 땐 서희의 건강을 위한 메뉴 위주로 부탁했다.

철없는 나이에 연애를 할 때도 상대에게 이런 설렘을 느낀 적이 없었다. 그런데 3년을 옆에 붙어서 자신을 보좌해 온 서희에게 이런 감정을 느끼게 되자 수혁도 솔직히 당황스러웠다. 서로가 안 보고 살 수도 없는 입장이라 수혁은 어떻게든 자신의 감정에 결정을 내려야 한다는 것을 깨달았다.

박 비서까지 자신의 마음을 눈치챘다면 이미 자신도 모르는 사이에 서희에게 마음이 많이 건너갔다는 것을 의미했다. 수혁은 술잔을 보고 있던 고개를 들어 서희를 바라봤다.

아무 말 없이 생각에 빠져 있는 수혁을 바라보던 서희가 갑자기 고개를 드는 수혁의 눈길을 피해 들어올 때 이미 둘러본 실내 인테리어를 둘러보는 척 고개를 돌렸다. 하지만 어두운 조명에서도 확연히 붉어진 얼굴을 본 수혁이 마음을 다잡았다.

할머니의 말씀에 따르면 서희는 수혁이 상상할 수도 없는 힘든 시절을 보냈다. 그런 서희에게 어떻게 다가가야 할지 머리가 아플 정도로 고민도 했었다. 이리저리 고개를 돌리다 다시 자신과 눈이 마주친 서희가 고개를 숙이자 수혁은 그녀에게 먼저 말을 걸었다.

"최 실장."

"네."

"이제부턴 그냥 서희라고 부를게요."

"……네?"

"솔직히 우리 두 사람, 부모님이 살아 계셨다면 어릴 때부터 오빠 동생으로 지냈을 수도 있었어요. 늦었지만 이제라도 남매처럼 지내는 것도 괜찮을 것 같아요."

생각나는 대로 말을 뱉은 수혁은 고개를 끄덕였다.

그녀가 놀라지 않게 천천히 다가가는 게 좋은 방법인 것 같았다. 마음에 상처가 많은 서희에게 갑자기 마음을 고백한다면 놀라서 또다시 자신만의 세계의 갇히게 될지도 모른다는 생각이 들었기 때문이다.

수혁의 말에 서희는 아무 말 못 하고 술잔만 만지작거렸다.

"할아버지 할머니도 서희 걱정 많이 하셔. 나도 그렇지만 혼자인 서희가 애틋하신 것 같아. 이미 그분들한테는 서희가 손녀야. 우리 둘 잘 지내는 모습 보여 드리는 것도 괜찮을 것 같은데 서희 생각은 어때?"

수혁은 서희와 편하게 지내고 싶어 할머니 할아버지까지 들먹였다. 그리고 은연중에 말도 편하게 놓았다. 그리고 서희를 빤히 쳐다봤다.

임 회장 부부의 이야기가 나오자 서희도 마지못해 고개를 숙이고 대답을 했다.

"네."

"참 짧게도 대답한다."

수혁의 말에 서희의 고개가 더 아래로 떨구어졌다.

일할 때에는 매사에 똑 부러지고 야무지면서 정작 자신에게는 물러 터진 서희를 보니 수혁은 한숨이 나왔다.

술을 못하는 것인지 안 마시는 것인지 서희의 술잔이 도통 비워질 기미가 없자 수혁이 직원을 불렀다. 남은 술은 키핑을 부탁하고 계산도 끝냈다.

"가자. 너무 늦었어. 너도 쉬어야지."

수혁의 말에 서희가 자리에서 일어났다. 그는 서희를 택시로 집까지 바래다준 뒤 자신의 집으로 돌아갔다.

집으로 들어온 서희는 샤워를 한 뒤 잠옷으로 갈아입었다. 핸드폰을 충전기에 꽂은 뒤 침대 옆 협탁에 올리고, 침대에 누웠다. 이 모든 일이 기계적으로 이루어졌다.

침대에 누워 잠을 청하려던 서희의 머릿속에 문득 수혁의 얼굴이 떠올랐다. 부모님과 할아버지가 돌아가신 뒤 그녀를 이렇게 살갑게 챙겨 준 사람이 없어 서희는 솔직히 얼떨떨했다.

물론 임 회장 부부가 그녀를 챙겨 주시기는 했었다. 하지만 항상 같이 있는 것은 아니었기에 이렇게 옆에서 살뜰하게 챙겨 준 것은 수혁이 처음이었다.

처음에는 회사 일에 차질이 생길까 봐 그런 줄로만 알았는데, 회식 자리에서도 그렇고, 아침 도시락까지 챙기는 그 때문에 서희는 사실 요즘 난감했다. 게다가 오늘 난데없이 오빠 동생을 하자니, 더더욱 갈피를 잡을 수가 없는 서희였다.

머릿속은 복잡하나 무거운 눈꺼풀을 이길 수가 없어 서희는 저도 모르게 잠에 빠져들었다.

4장

　식사 때 간혹 수혁이 서희를 챙기는 일을 제외하고는 유별날 것
이 없는 하루하루가 지나가고 있었다. 그러던 어느 날, 회사로 수
혁을 찾아온 사람이 있다는 연락이 왔다. 한 시간 뒤에 있을 회의
에 필요한 서류를 정리하던 제희가 로비에서 걸려 온 전화를 받았
다.

　"여보세요? ……네. 잠시만 기다리세요."

　수화기를 손으로 막은 제희가 서희를 불렀다.

　"실장님! 로비에 회장님을 찾아오신 분이 계시다는데요."

　"그래요? 누군지 신원 확인했어요?"

　수혁을 찾아오는 대부분의 사람들은 미리 선약이 되어 있는 사
람이거나 회사 중역들이어서 로비에서 이렇게 연락 올 일이 없었
다. 그래서 서희는 신원 확인부터 했다.

　그녀의 말에 전화로 로비의 보안 직원과 다시 몇 마디 나눈 제희

가 말했다.

"세광그룹 김혜아 양이라고 합니다."

김혜아!

그녀도 잘 아는 사람이었다. 자기중심적이고, 남을 배려할 줄 모르지만 자신의 매력적인 외모로 뭐든 이루어진다고 생각하는 사람이었다. 게다가 서희의 학창시절 악의적으로 그녀를 놀리고 괴롭혔던 인물 중 하나였다.

서희는 그 이름을 듣자마자 과거를 떠올리고 말았다. 부모님의 사고 이후로 가장 좋지 않은 기억으로 남아 있는 그 시절의 기억이 그녀의 얼굴을 굳게 만들었다.

고등학교 때의 일이었다. 1학년, 같은 반도 아니었던 김혜아는 일부러 자신을 찾아오면서까지 험한 말들을 늘어놓곤 했다. 그녀가 주로 했던 말은 뚱뚱하고 못났으니 공부만 한다는 식의 놀림이었다. 그리 틀린 말도 아니고, 서희 자신이 외모에 크게 신경 쓰는 타입이 아니었기 때문에 그럭저럭 넘어갈 수 있었다.

그러나 결정적으로 서희와 사이가 안 좋아지게 된 계기는 따로 있었다. 어디서 들었는지 그녀의 부모님 사고에 대한 이야기를 떠들고 다니기 시작했던 것이다. 서희더러 부모 잡아먹은 년이라고 학교에 소문을 내어 결국은 수능을 앞두고 서희가 전학을 가기에 이른 것이다.

원래는 전학이 안 되는 상황이었지만, 워낙 학교에 소문이 크게 났었다. 그것 때문에 서희가 소문을 피해 학교에 나가지 않는 날이 많아지게 되었다. 그리하여 결국 임 회장의 도움으로 학교를 옮겼고 그곳에서 수능을 봐 대학을 갔다.

그런데 질긴 인연일까? 우연히도 같은 대학에서 혜아를 다시 만난 것이다. 평소 그녀의 성적으로 봤을 때는 결코 올 수 없는 학교였지만 돈이면 안 되는 것이 없는 세상에서 대학 정도는 그들에게는 우스웠으리라.

아무튼 대학에 와서도 혜아의 이유 없는 악담과 뒷담화는 계속해서 이어졌다. 같은 과가 아니었고 고등학교 때와는 많은 것이 달라 그 소문들이 그녀에게 크게 영향을 미치지는 않았지만 나빴던 사이는 그대로 굳어지게 되었다.

그런 그녀가 수혁과 약속이 있는 것도 아닌데 찾아왔다니 돌려보내고 싶은 마음이 굴뚝같았으나, 그래도 나중에 어떤 후환이 돌아올지 몰라 수혁에게 보고했다.

"회장님."

– 네. 무슨 일입니까?

다음 회의까지는 아직 시간이 남아 있는데 서희가 인터폰을 울리자 수혁이 의아해하며 물었다.

"로비에 세광그룹의 김혜아 씨께서 와 계신답니다."

– 김혜아?

"네. 어떻게 할까요?"

잠시 말이 없던 수혁은 짧고 나직하게 한숨 비슷한 소리를 내더니 대답했다.

– 들여보내요. 그리고 최 실장, 차 좀 부탁합니다.

"네. 알겠습니다."

로비에 혜아의 방문을 허락한다는 연락을 한 뒤 서희는 준비실로 들어갔다. 제희나 민경을 시켜도 될 일이었지만, 혜아와 마주치기 싫어 서희가 직접 차를 끓이기로 했다.

찻물을 올리고, 잔을 꺼내서 준비를 할 때 밖이 소란스러워지며 혜아의 목소리가 들렸다.

"들어오는 데 절차가 왜 이리 까다로워?"

화려하게 치장한 혜아가 대뜸 반말을 하니 제희의 표정이 굳었다. 하지만 애써 표정을 숨기며 수혁의 사무실에 노크를 했다.

"회장님, 김혜아 씨 오셨습니다."

"들어오라고 해요."

"네. 들어가십시오."

혜아가 들어간 뒤 사무실 문을 닫으며 제희가 머리를 쥐어박는 흉내를 내었다. 그러나 안으로 들어가는 혜아는 아무것도 모른 채 도도한 표정을 유지하며 책상 앞에서 일어나는 수혁을 바라보았다.

"오빠!"

친근한 호칭에 일어서던 수혁이 멈칫했다. 그녀는 친구인 혜석의 동생으로 사석에서 한 번 봤던 게 전부였다. 이렇게 찾아올 이유도 없고 친근한 호칭을 허락한 적도 없었다. 일단 찾아온 손님이라 만나 보자 생각했는데 혜아의 반응에 기분이 살짝 언짢아졌다.

"어서 와요. 그런데 어쩐 일이에요?"

사무실 한가운데에 있는 소파로 혜아를 안내한 수혁도 맞은편에 같이 앉았다.

잠시 뒤 제희가 찻잔을 들고 사무실로 들어와 탁자 위에 잔을 올려놓았다.

"고마워."

혜아가 인사를 건네는 말을 듣고 수혁의 얼굴이 굳어졌다.

제 딴에는 아버지의 비서에게도 하지 않는 고마움을 표현한 것이었다. 하지만 평소 나이가 어리다고 함부로 반말을 하지 않는 수혁으로선 그녀의 언행이 마음에 들지 않았다.

혜아에게 반말을 들은 제희도 굳어진 얼굴로 사무실을 나섰다. 항상 웃는 얼굴의 그녀가 굳은 표정으로 사무실을 나가자 수혁이 마음이 다시 한 번 더 불편해졌다.

하지만 자신이 방문을 허락한 손님이니 접대를 소홀히 할 수 없어 최대한 웃는 얼굴로 혜아에게 물었다.

"그런데 어쩐 일이에요?"

"말 놓으면 안 될까요? 친구 동생인데 말 높이면 저 불편해요."

사무실 인테리어를 둘러보며 혜아가 대답하자 수혁이 기분이 다시 나빠졌다. 구경하는 것이 아니라 마치 자신의 사무실 인테리어를 평가하는 듯한 표정이었기 때문이다.

기분이 상할 대로 상한 수혁은 다시 차분한 목소리로 물었다.

"그건 차차 하기로 하고. 정말 어쩐 일이에요?"

"지나가는 길에 차나 한 잔 얻어먹으러 왔죠. 안 되면 그냥 가려고 했는데 다행히 이렇게 한 잔 마시고 가네요."

천연덕스럽게 이야기하는 혜아를 보며 수혁은 기가 찼다.

당차다 해야 할지, 무모하다 해야 할지 당최 감이 안 서는 아가씨였다. 단정하고 예의 바른 그의 친구인 혜석과는 180도 다른 모습에 수혁은 두 사람이 정말 남매인지 의심스러운 생각도 들었다.

어이없는 행동을 하는 혜아를 쳐다보며 다시 찻잔을 들어 입으로 가져갈 때 책상 위에서 인터폰이 삐, 소리를 내며 울렸다.

혜아에게 목례를 한 뒤 수혁이 자리에서 일어나 인터폰을 눌렀다.

"네."

– 회장님, 회의 시간 다 되어 갑니다.

서희의 목소리에 손목에 차고 있던 시계를 흘깃 본 수혁이 말했다.

"알았어요."

수혁이 전화를 받는 모습을 본 혜아가 자리에서 일어났다.

"바쁘신 것 같은데 이만 갈게요. 차 잘 마셨어요."

수혁과 같이 더 있고 싶었으나 회의를 알리는 인터폰에 마지못해 일어서는 혜아의 얼굴에는 아쉬움이 가득했다. 하지만 더 이상이 무례한 아가씨와 마주 보고 싶지 않은 수혁이 서둘러 그녀를 배웅했다.

"바빠서 멀리는 못 나가요. 잘 가요."

"네."

혜아가 수혁에게 인사를 하고 나간 뒤 문이 닫히자 수혁이 다시 시계를 확인했다.

회의가 시작되려면 아직 한 시간이나 남았다. 어떤 이유 때문인지 몰라도 전화를 해 준 서희가 고마웠다.

서희는 수혁에게 인터폰을 한 뒤 얼른 준비실로 들어갔다. 어떤 마음으로 전화를 했는지 본인 스스로도 무척 당황스러웠다. 혜아에게 안 좋은 기억 때문인지, 아니면 그녀와 수혁이 마주 앉아 담소를 나누는 걸 상상하다 기분이 나빠졌기 때문인지 원인은 알 수 없었다.

하지만 아무튼 두 사람이 마주 보고 차를 마신다는 생각을 하자마자 저도 모르게 수화기를 들었다. 그리고 전화를 끊고 나서야 저도 모르게 올라오는 부끄러움에 커피를 핑계로 얼른 준비실로 들어왔던 것이다.

빈손으로 나갈 수 없어 잔에 커피를 따르고 있는데 혜아가 나가는 것인지 밖이 부산스러웠다. 잠시 뒤 조용해지자 서희가 커피 잔을 들고 사무실로 나갔다.

"손님 가셨어?"

"네. 그런데 정말 꼴불견이에요."

"왜?"

"우리가 자기 직원이에요? 어디서 반말이에요? 반말이."

"원래 그런 사람이야. 그러려니 해."

"아시는 분이에요?"

"조금 알아."

민경의 질문에 대답하는 서희의 입술에 씁쓸한 미소가 번졌다.

"하긴…… 있는 집에 딸이 하나니 오냐오냐했겠죠."

세광그룹 하면 BS그룹만큼이나 유명한 대기업이었다. 그 집에 외동딸이 있다는 것은 웬만해선 다 아는 사실이었다. 민경과 제희가 혜아를 비롯한 재벌가의 사람들을 상대로 입방아를 찧기 시작했다.

"다음 회의 준비나 잘해 둬."

"네."

서희가 그녀들의 말을 자르며 대화를 정리했다. 다행히 더 이상 말이 길어지지 않고 다들 회의 준비에 들어갔다.

제희와 민경이 먼저 회의실로 가고 서희는 회의에 쓰일 서류를 정리해 수혁의 사무실로 들어갔다. 서류를 가지고 들어오는 서희를 본 수혁이 보고 있던 서류를 책상에 내려놓았다. 그리고 그녀가 건네는 서류를 받아 든 수혁이 그것을 훑어보며 서희에게 말했다.

"좀 전에는 고마웠어요."

"네?"

"느닷없이 찾아와서 난감했는데 최 실장이 잘 넘겨 줘서 고마워요."

"네."

무엇을 말하는 것인지 알아채자 서희의 얼굴이 붉어졌다. 시선을 피하며 아주 작은 목소리로 네, 하는 대답만 간신히 했다.

"그런데, 그런 생각은 어떻게 한 거예요?"

"그게……."

갑자기 물어 오는 수혁의 질문에 서희는 난감했다. 평소와 다르게 대답이 곧바로 나오지 않자 수혁이 서희를 올려다봤다. 별다른 질문이 아니라고 생각했는데 서희가 눈에 띄게 당황하고 있었다.

그런 서희를 수혁이 계속 쳐다보자 서희가 입술을 질끈 물더니 대답했다.

"그게…… 예약이 안 되어 있는 손님인 데다가 다음 회의 때까지 좀 쉬셔야 할 것 같아서……."

작고 느리게 나오는 목소리를 끝까지 들어 준 수혁이 슬쩍 미소를 보였다.

"어찌 됐든 최 실장 덕분에 난감한 상황은 모면했어요. 한 번 본 사람인데 찾아와서 나도 좀 놀랐거든."

"네."

수혁의 말에 서희는 속으로 가슴을 쓸어내렸다. 혹시 왜 그랬냐, 타박이라도 하면 어쩌나 내심 조마조마했던 것이다.

속으로 안도의 한숨을 내쉬는 서희에게 나가도 좋다는 사인을 보낸 뒤 수혁은 서류를 다시 검토하기 시작했다. 하지만 서희가 사무실을 나가자마자 좀 전에 보여 준 서희의 귀여웠던 표정이 생각나 저도 모르게 입가에 미소가 지어졌다.

오후에 들어간 회의를 마지막으로 비서실의 하루가 마감이 되었다. 모처럼 만에 야근이 없자 다들 저녁 약속을 잡느라 정신이 없었다. 그런 와중에 수혁이 서희를 호출했다.

"부르셨습니까? 회장님."

"오늘 약속 있어?"

반말로 물어 오는 수혁 때문에 서희가 놀라서 되물었다.

"네?"

"서희, 오늘 저녁 약속 있냐고."

"아뇨."

"잘됐네. 본가에 갈 건데 같이 가자."

"회장님 댁에요?"

"응. 할머니가 너 보고 싶으시대. 약속 있으면 어쩔 수 없고."

계속 반말로 이야기하는 수혁이 적응이 안 되어 서희가 대답하는 것도 잊고 그를 말똥말똥 쳐다봤다.

"이제 퇴근 시간이니깐 오빠 동생이잖아."

"네……."

그제야 수혁의 행동이 이해된 서희가 작은 목소리로 대답했다.

"저하고 같이 오라고 하세요?"

"응. 할머니가 거동이 불편하시니깐 집으로 가서 뵈어야 할 것 같아."

"네. 준비할게요."

"나중에 내가 데려다 줄 테니깐 차는 두고 가."

"……네."

머뭇거리는 대답을 남기고 사무실에서 나오자 다른 직원들은 이미 퇴근 준비를 마치고 그녀를 기다리고 있었다.

"실장님! 저희 퇴근할게요."

"그래요. 오늘 수고했어요."

"먼저 갑니다."

세 사람이 비서실을 나가자 뒤이어 수혁이 사무실을 나왔다. 서희가 머뭇거리며 옷을 챙기는 동안 묵묵히 기다린 수혁은 유쾌한 미소로 서희를 챙기며 본가로 향했다.

한편 수혁의 본가에서는 집에 오는 손자와 친손녀 같은 서희를 위해 수혁의 할머니인 황 여사가 이것저것 준비하느라 저녁 내내 종종거리고 있었다. 다리가 불편해 오래 서 있지는 못한다 해도 주방 식탁 의자에 앉아 감독을 하는 것만도 보통 일이 아니었다.

"성산댁, 이따가 서희 가져갈 반찬은 통에 골고루 담아."

"네. 걱정 마세요. 사모님."

"혼자서 잘 챙겨 먹나 몰라."

"그러게요. 저도 그게 걱정이에요."

서희가 아플 때 직접 음식을 해 날랐던 성산댁이라 서희가 걱정되기는 매한가지였다. 서희가 가져갈 반찬을 챙기는 성산댁의 손길이 더 분주해졌다.

오랜만에 집에 들른 수혁과 마찬가지로 오랜만에 보는 서희 때문에 모처럼 임 회장의 집은 활기를 띠었다.

이제는 현역에서 물러나 집에서 난을 가꾸며 하루를 보내는 임 회장 부부는 나란히 앉아 차를 마시는 두 사람을 보며 흐뭇해했다. 더군다나 몇 주 전 입원까지 했던 서희의 안색이 예전보다 좋아진 것 같아 더 기분이 좋아지는 부부였다.

"서희는 요즘 잘 챙겨 먹고 다니는 게야?"

"네."

"네 할미가 요즘 거동하기가 영 시원찮아 예전처럼 자주 못 들여다 봐. 말로만 그러지 말고 잘 챙겨 먹고 다녀."

"네. 그럴게요."

임 회장의 말에 황 여사가 서희의 손을 쓰다듬었다.

"그만하세요. 그래도 얼굴이 훨씬 좋아졌잖아요."

말을 하며 황 여사가 서희의 얼굴을 쓰다듬었다.

"아기 때는 얼마나 예뻤는데. 데리고 다니면 인형이라고 서로 안아 보자 그랬어."

황 여사의 말에 서희가 얼굴을 붉혔다.

"아니, 인물은 지금도 어디 가서 안 빠져. 얼굴에 손 하나 안 대고 저 정도면, 그 뭐냐? 자연 미인? 그래, 자연 미인이지. 허허허."

임 회장의 말에 서희의 얼굴이 더 붉어졌다.

"그만하세요. 서희 얼굴 터지겠어요."

"그래? 허허허."

수혁의 말에 임 회장이 크게 웃었다. 그러면서도 수혁이 최 실장이 아닌 서희라고 부른 것에 내심 놀랐다. 그건 황 여사도 마찬가지인지 남편을 쳐다봤다. 서로 눈빛을 주고받는 조부모님의 의중을 알면서도 수혁은 차만 마시고 있었다.

네 사람이 도란도란 대화를 나누고 있을 때 성산댁이 저녁 준비가 끝났다며 알리러 왔다.

"밥 먹자. 네 할머니하고 성산댁이 저녁 내내 종종거렸다."

임 회장의 말에 모두 자리에서 일어나 주방으로 향했다. 그의 말대로 식탁 한가득 음식들이 차려져 있었다.

"다리도 아프신데 뭘 이렇게 많이 하셨어요?"

"내가 했냐? 성산댁이 고생했지."

수혁의 부축을 받아 의자에 앉으며 황 여사가 대답했다.

"아주머니 고생하셨어요."

"뭘…… 그렇게 많이 한 것도 아닌데. 많이 먹어. 서희도."

"네."

자리에 앉은 임 회장이 수저를 들자 본격적으로 저녁 식사가 시작되었다.

많이 한 게 아니라고 성산댁은 말했지만, 어디에 먼저 젓가락을 가져가야 할지 모를 정도로 푸짐한 반찬에 한 사람을 제외하고는 식탁에 앉은 사람들 모두가 행복한 고민을 했다.

행복한 고민에서 제외된 한 사람, 서희는 먹을 것이 푸짐하게 차려졌음에도 다른 반찬에는 눈도 주지 않고 제 앞에 있는 콩나물만 집어 먹으며 식사를 했다. 그런 서희를 맞은편에서 빤히 보던 수혁이 성산댁을 불렀다.

　"아주머니. 여기 작은 접시 하나만 주세요."

　"접시?"

　"네."

　"그래, 알았어."

　수혁의 말에 성산댁이 작은 접시를 그에게 건넸다. 그러자 수혁이 그 접시 위에 반찬을 골고루 담기 시작했다. 손자가 뭘 하나 가만히 지켜보던 황 여사의 입가에 작은 미소가 걸렸다. 수혁이 골고루 반찬을 담은 접시를, 서희의 앞에 있던 콩나물 접시를 치우고 그 자리에 놨던 것이다.

　열심히 먹던 콩나물 접시가 치워지자 놀란 그녀가 고개를 들었다.

　"밥 한 공기 다 먹을 동안 그 반찬 다 먹어. 안 그럼 내가 직접 먹인다."

　수혁의 말에 서희가 얼른 고개를 숙였다. 숫제 밥그릇 속으로 들어갈 기세였다.

　둘 사이에 어떤 일이 있었는지 몰라도 서희에게 편하게 말을 놓는 손자와 또, 수혁이 시키는 대로 접시 위의 반찬들을 비우는 서희를 지켜보는 노부부의 눈빛에 놀라움이 가득했다.

　바쁜 일과 속에 밖에서 사 먹는 밥이 아닌 오랜만에 맛보는 집밥으로 배를 채운 두 사람은 후식으로 나온 과일까지 먹고 나서야 임 회장의 집을 나섰다. 황 여사가 챙겨 준 밑반찬을 들고 두 사람은 서희의 집으로 향했다.

"저기, 아파트 입구에 세워 주세요."

"생각보다 무겁던데, 집까지 들어 줄게."

"아니에요. 괜찮아요."

서희의 말에 아무런 대꾸 없이 수혁은 운전만 했다. 그런 수혁을 가만히 쳐다보던 서희가 한숨을 폭 내쉬며 다시 앞을 쳐다봤다. 포기하는 듯한 제스처를 보이는 서희를 곁눈으로 훔쳐본 수혁은 그녀 몰래 웃으며 서희 집으로 향했다. 수혁은 그녀의 말대로 아파트 입구에 주차를 했다.

자신이 말했던 대로 아파트 입구에 차를 세우자 수혁이 그냥 가려나 보다 생각했던 서희는 금세 울상이 되었다. 어느새 먼저 차에서 내린 수혁이 뒷좌석에서 쇼핑백을 꺼내며 서희를 불렀기 때문이다.

"서희야, 얼른 내려. 집에 가자."

수혁의 말에 서희가 얼른 차에서 내렸다. 그리고 수혁의 손에서 쇼핑백을 받아 들려고 손을 내밀었다.

"저 주세요. 늦었는데 가서 쉬셔야죠."

"괜찮아. 몇 분이나 걸린다고. 가자."

수혁은 쇼핑백을 건네받기 위해 뻗은 손을 잡으며, 서희를 집 방향으로 이끌었다. 자신의 손을 잡아끄는 수혁의 행동에 서희가 놀라 얼굴이 빨개져 손을 빼려고 힘을 줬다.

"회, 회장님. 손, 손 놓아주세요."

얼마나 놀랐는지 말까지 더듬는 서희였다. 그런 서희를 뒤돌아보며 그가 말했다.

"여기 회장님이 없어서 손 못 놔주겠다."

"아, 저, 저……."

말을 잇지 못하고 결국 서희는 수혁에게 이끌려 집으로 향해 걸었다. 가벼운 발걸음으로 걷던 도중 지난번에 과일을 샀던 슈퍼가 보이자 수혁이 그녀의 손을 놓았다.

이제야 그냥 갈 생각인가 싶어 속으로 좋아하던 서희가 다시 울상이 되었다. 수혁이 슈퍼로 들어간 것이다. 지난번에 과일을 한 아름 산 것을 기억하고 있었던 것인지 슈퍼 주인이 수혁을 반갑게 맞았다.

"아이고, 어서 와요. 이번에는 뭘 드릴까요?"

"안녕하세요? 지난번처럼 과일 좋은 걸로 좀 주시고요, 녹차 티백 있죠? 그거 하나 주세요."

수혁의 말에 슈퍼 주인이 얼른 밖으로 나와 여러 가지 과일을 골고루 봉투에 담았다. 그리고 다시 안으로 들어와 수혁이 찾는 녹차를 챙긴 뒤 계산을 끝냈다.

"그런데, 총각 어디서 본 것 같은데."

잔돈을 거슬러 주며 주인이 그에게 말을 걸었다. 아마 뉴스 같은 데에서 나오는 모습은 봤는데, 기억을 못하는 것 같았다. 그가 회장으로 취임한 뒤, 나이 어린 수혁이 BS의 수장이 되었다는 사실 때문에 한동안 나라가 떠들썩했던 것이다.

"누구 닮았다는 소리 많이 듣습니다."

아무렇지 않게 능청스러운 대답을 한 뒤 수혁이 슈퍼 밖으로 나왔다. 그때까지 서희는 슈퍼 앞에서 어찌할 줄 몰라 하며 서 있었다.

쇼핑백에 과일을 산 봉투까지 한 손에 들며 수혁이 다시 서희의 손을 잡았다. 그러자 서희가 다시 빨개진 얼굴로 손을 빼려고 했다.

"저기……."

"서희야. 저기가 아니라 오빠다."

"제가 들고 갈게요."

끝내 오빠라는 말을 하지 못하고 서희가 말했다. 그런 서희를 돌아본 수혁이 그녀의 얼굴을 보더니 갑자기 크게 웃었다.

"하하하! 얼굴이 왜 이렇게 빨개? 오빠랑 손잡는 게 그렇게 창피해?"

"아뇨, 아뇨."

그의 얼굴을 쳐다보지 못하고 서희가 급하게 대답했다.

"그럼 빨리 걷자. 오빠 서서히 팔 아파 온다."

수혁의 말에 서희가 걸음을 빨리했다.

팔이 아프다는 수혁 때문에 평소보다 급하게 걸은 서희가 집 앞에 도착해서 빠른 손놀림으로 현관문을 열자 수혁이 그녀를 제치고 먼저 거실로 들어갔다. 그리고 주방의 식탁 위에 가져온 것들을 올려놨다.

그런 수혁을 뒤로하고 서희는 방으로 와 가방을 화장대에 올려놓은 뒤 다시 주방으로 향했다. 그새 어디서 찾은 것인지 수혁이 주전자에 물을 끓이고 있었다.

"제가 할게요."

수혁은 다시 식탁 위의 봉투를 열며 방금 자신이 산 과일들을 꺼내기 시작했다. 얼른 그의 손에서 봉투를 빼앗은 서희가 과일들을 냉장고에 챙겨 넣었다. 반찬들도 꺼내 넣으며 냉장고 정리를 하는 서희를 본 뒤 수혁은 거실로 나갔다.

벌써 세 번째 그녀의 집에 오는 것이지만 매번 경황이 없었던 터라 집을 제대로 본 적이 없었다. 하지만 거실로 나온 수혁은 이내 실망을 했다. TV와 작은 소파 이외에는 아무것도 없어 거실이 휑했던 것이다. TV 테이블 위에는 그 흔한 액자 하나 없었다.

"저기, 오······빠."

멍하니 거실을 보던 수혁은 서희의 오빠 소리에 놀라 뒤를 돌아봤다. 서희가 빨개진 얼굴로 그를 쳐다보고 있었다.

"왜?"

그가 놀란 표정을 지으면 서희가 다시 움츠러들 것 같아 수혁은 태연하게 대답했다. 하지만 속으로는 터져 나오는 웃음을 참으려고 노력을 해야 했다.

"저기, 차 준비 다 됐어요."

"그래."

다시 한 번 삭막한 거실을 둘러본 뒤 수혁이 주방으로 향했다.

식탁 위에는 언제 준비한 것인지 녹차와 과일이 가지런히 놓여 있었다. 흔히 사람들이 오해하는 것 중에 하나가 뚱뚱한 사람은 움직이는 것이 둔할 것이라는 생각인데, 서희를 보면 그런 것도 아닌 것 같았다.

수혁이 먼저 자리를 잡고 앉자 서희도 맞은편에 앉았다. 비록 티백이지만 구수한 녹차를 한 모금 마시며 수혁이 서희에게 물었다.

"여기서 회사까지 얼마나 걸려?"

"시간요?"

"응."

"아무리 밀려도 20분 안에는 도착해요."

"그래?"

"네."

턱을 손가락으로 문지르며 생각에 잠긴 듯한 소리를 내던 수혁의 눈이 순간 반짝거렸다.

"그럼 나도 이쪽으로 옮길까?"

"네? 콜록콜록!"

수혁의 말에 서희가 놀라 기침을 했다. 식탁 위에 있는 티슈를 뽑아 서희에게 건네며 수혁이 말했다.

"뭘 놀라? 회사하고 가까워서 좋을 것 같아서 그래. 아침에 차가 밀리면 정말 짜증나거든."

"네."

수혁이 말을 하며 서희의 얼굴을 살폈다. 사레가 걸려서 그런 것인지 그의 말에 놀라서인지 서희의 얼굴이 당혹감에 붉어져 있다.

"출근하면 이쪽 방향으로 천천히 알아봐. 평수는 지금 사는 집하고 비슷하면 더 좋고."

"네."

"서희는 좋아하는 게 뭐야?"

"좋아하는 거요?"

"응. 음식은 내가 봐서 알고, 다른 거 뭐 좋아하는 것 없어?"

"글쎄요. 특별히 생각해 본 적이 없어요."

서희의 대답은 잠시의 틈도 없이 곧바로 튀어나왔다. 생각도 해보지 않는 서희의 태도에 살짝 속이 상했지만 내색하지는 않았다.

"그래?"

"네."

무덤덤하게 차를 마시는 서희를 한 번 쳐다본 수혁이 자리에서 일어났다.

"쉬어. 내일 회사에서 보자."

"네."

자리에서 일어나는 수혁을 배웅하기 위해 서희도 현관으로 향했다. 현관 입구에서 신발을 신으며 수혁은 거실을 다시 한 번 둘러보았다. 그리고 그가 신발을 신기를 기다리고 있는 서희의 앞머리를 흩트리며 말했다.

"잘 자라. 내일 보자."

그 말을 남기고 수혁이 현관을 나섰다.

머리카락을 건드리는 행동에 놀란 서희는 수혁이 가고도 한참을 꼼짝없이 서 있었다.

서희의 집에서 나온 수혁은 엘리베이터 안에서 자신의 손을 내려다봤다. 그도 의도치 않은 행동이었다. 본인도 놀랐는데, 서희는 오죽하랴. 꼭 귀신을 본 것처럼 서 있던 서희의 얼굴이 떠오르자 수혁의 입가에 미소가 피었다.

수혁이 가고도 서희는 한참을 그 자리에 서 있었다. 그러다 정신을 차리고는 주방으로 향했다. 식탁을 치우면서도 어떤 정신으로 움직이고 있는지 본인조차도 알 수가 없었다.

거의 기계적으로 설거지를 하고 샤워를 한 뒤 안방으로 와 침대에 누운 서희는 아무도 없는 집에 누가 볼세라 천천히 제 앞머리에 손을 가져가 만졌다.

돌아가신 아버지 말고는 그녀의 머리를 이렇게 만진 사람이 없었다. 정말 오랜만에 느껴 본 감촉이었다. 아버지 생각이 나서일까, 그 밤 서희는 잠을 제대로 이루지 못했다.

5장

    수혁의 지시대로 서희는 요즘 그의 집을 알아보느라 정신이 없었다. 천천히 알아보라고는 했지만, 조금 있으면 가을 이사철이라 그전에 알아보는 것이 좋을 것 같아 서두르는 서희였다. 하지만 생각처럼 쉽게 집을 구할 수 없자 서희는 난감했다. 그러던 중 부동산 중개인에게서 연락이 왔다.

    – 저기, 집 구하신다고 했죠?

    "네."

    – △△아파트에 원하는 평수 아파트가 나왔어요.

    "네? 어디요?"

    – △△아파트요.

    중개인에 말에 서희는 힘이 빠졌다. 그가 말한 아파트는 본인이 사는 아파트 이름이었다.

    선뜻 대답을 못 하고 있는 서희에게 중개업자가 다시 말했다.

─ 어떻게 하실래요? 보겠다는 사람이 또 있기는 한데, 아가씨가 먼저 부탁을 하고 가서 내 먼저 전화하는 거유.

잠시 고민을 하던 서희가 대답을 했다.

"그럼, 집은 언제 볼 수 있죠?"

─ 다음 주 아무 때나 와요. 여기 살던 사람이 이번 주말에 이사를 가요, 외국으로. 그러고 나면 집이 비니깐 아가씨 편할 때 와서 봐요.

"네. 그럼 몇 동 몇 호인지 불러 주세요."

중개인이 불러 주는 호수를 받아 적은 서희가 잠시 갈등을 하다가 수혁의 방으로 들어갔다.

똑똑똑.

"들어오세요."

노크 소리에 서류를 보던 수혁이 고개를 들어 문을 응시했다. 서희가 작은 메모를 들고 사무실로 들어서고 있었다.

"무슨 일입니까?"

"저번에 말씀하신 집, 구했습니다. 보고 결정하시겠습니까?"

"그래요? 생각보다 집이 빨리 구해졌네요. 위치가 어떻게 됩니까?"

수혁의 질문에 서희가 메모지를 건넸다. 그녀가 건넨 메모지에 적힌 주소를 보고 수혁이 물었다.

"여기는, 최 실장이 사는 그 아파트 맞습니까?"

"네. 그렇게 됐습니다. 주말에 이사를 나간다고 하니 원하시는 시간 아무 때나 보실 수 있다고 합니다."

"그래요?"

서희의 집 근처라면 좋겠다는 생각을 했는데 같은 아파트라고 하니 수혁은 더 이상 머뭇거릴 이유가 없었다.

"그냥 계약하세요. 아파트 구조야 비슷하겠죠."

"그래도 한 번 보셔야 되지 않을까 싶은데……."

서희가 당황하며 말끝을 흐리자 수혁은 시원스럽게 웃으며 수긍했다.

"그래요? 그럼 주말에 봅시다. 인테리어를 하려면 시간이 걸리니 빠를수록 좋겠죠."

"그럼 부동산에 연락해 놓겠습니다."

"그래요."

사무실에서 나온 서희는 곧장 중개인과 통화해 약속 시간을 잡았다.

모처럼 골프 약속이 없는 일요일.

주중에는 거의 시간을 낼 수가 없기 때문에 수혁은 주말에 회사 중역들과 골프를 쳐야 하는 일이 없으면 웬만해서는 약속을 잡지 않고 집에서 푹 쉬려고 노력했다. 그럼에도 수혁은 아침 일찍부터 부산했다. 오늘은 서희와 함께 집을 구경하기로 한 날이라 일찍부터 서둘렀던 것이다.

하지만 너무 서둘러서일까, 준비를 다 끝내고 시계를 보니 약속 시간보다 한 시간이나 이른 시간이어서 수혁은 헛웃음이 나왔다.

그래서 할 일 없이 TV를 보며 시간을 때웠는데, 도중에 시계를 몇 번이나 봤는지 기억도 나지 않았다.

마지막으로 시간을 확인하고 집을 나서는 수혁의 발걸음은 어느 때보다 활기찼다.

서희도 일요일 아침에 약속이 잡히는 것은 오랜만이라 일찍부터 서둘렀다.

일어나서 샤워를 하고 머리를 말린 뒤 옷을 입기 위해 옷장 문을 열었을 때, 서희의 입에서는 저절로 한숨이 나왔다. 옷장 속에는 온통 어두운색 계열의 정장만 한가득이었던 것이다.

하긴 회사에 출근할 때 빼고는 외출이라는 것을 해 본 적이 없으니 어쩌면 당연한 결과였다. 한참을 망설이던 서희는 그나마 편해 보이는 옷을 골라 입고 거울 앞에 섰다.

그리고 화장대 위에 있는 고무줄을 집었다. 그러나 잠깐 멈칫한 그녀는 그것을 다시 놓았다. 출근도 하지 않는 날인데 굳이 묶을 필요가 없겠다는 생각이 들어서였다. 긴 머리를 곱게 빗어 내릴 때, 현관의 벨이 울렸다.

딩동, 딩동.

"누구세요?"

안방에서 현관으로 나오며 서희가 물었다.

"오빠다."

이제는 자연스럽게 오빠라고 말하는 수혁의 목소리에 서희는 얼굴을 붉히며 문을 열었다.

"오셨어요?"

"응, 준비 다 됐어?"

"네."

그녀의 대답에 수혁이 서희를 찬찬히 훑어봤다. 평소보다는 편한 차림새였다. 하지만 여전히 사무실에서 근무하던 모습 그대로를 옮겨 놓은 것 같아, 수혁의 인상이 찌푸려졌다. 그나마 평소처럼 올림머리를 하지 않은 것이 다행이라고 할까?

반면 그의 차림새는 짙은 감색의 면바지에 하얀색 티셔츠를 입어 한껏 스포티한 모습이었다. 그런 수혁을 한 번 쳐다본 뒤 서희는 속으로 한숨을 삼켰다.

말은 안 해도 자신을 바라보는 서희의 시선을 느꼈던 차라 수혁은 더 이상의 말은 하지 않고, 집 안으로 들어왔다.

"아침은 먹었어?"

"아뇨. 아직……."

식사를 했다고 거짓말을 해도 대번 알아채는 수혁이라 서희는 솔직히 대답했다.

"그럼 얼른 집 보고 아침 먹으러 가자."

그의 말에 서희가 방으로 들어가 가방을 가져오자 수혁이 다시 신발을 신고 밖으로 나갔다. 아파트를 나선 두 사람은 바로 앞에서 중개인을 만나 그들이 살펴볼 집으로 향했다.

생각보다 수혁은 집이 마음에 들었다.

어떻게 알고 딱 맞춘 것처럼 서희가 사는 아파트 옆 동이었다. 거기다 층수도 같아 베란다가 마주 보고 있는 점도 수혁은 마음에 들었다.

"애초에 지어질 때 동마다 평수가 다르게 지어졌어요. 여기 이 동하고 저 뒤쪽에 있는 동이 이 아파트에서는 제일 큰 평수예요."

중개인의 설명에 수혁이 고개를 끄덕이며 집을 둘러봤다. 방 3개에 거실이 다른 곳보다 넓어 수혁은 마음에 들었다.

"그런데 다른 층은 없나요?"

아무래도 같은 층이라는 게 못내 걸린 서희가 물었다.

"이 집도 갑자기 외국 들어가는 바람에 난 거예요. 좀 있으면 이 사철이라 다들 그때 집 내놓지 요즘은 있나요? 더군다나 요즘엔 부동산도 불경기라 매물도 없고 매수도 없어요."

중개인의 말에 서희는 또 한 번 속으로 한숨을 삼켰다. 서희의 타는 속도 모르고 집을 대충 둘러본 수혁이 말했다.

"서희야, 계약하자. 명절 전에 인테리어 하려면 지금 계약해야 할 것 같아."

"아이고! 생각 잘하셨어요. 요즘 이만한 집 없어요. 그럼 지금 계약서 쓸까요?"

부리나케 계약 이야기부터 꺼내는 중개인에 수혁까지 빨리 결론을 지으려고 해서 분위기에 휩쓸려 계약을 결정지었다. 주말이 되기 전 서희가 이미 이전에 관한 서류를 모두 점검을 한 뒤라 계약서에 사인만 하면 되었다.

"새댁이 얼마나 꼼꼼한지. 신랑은 좋겠어요. 요즘 젊은 사람들 뭐든 대충대충인데, 얼마나 꼼꼼하게 따지는지, 내가 진땀 좀 뺐어요."

중개인의 말에 화들짝 놀란 서희가 아니라고 말하려고 입을 여는데 수혁이 그녀의 말을 가로챘다.

"네. 꼼꼼해서 좋습니다. 바깥일만 신경 쓰면 되니깐 한결 수월합니다. 하하하."

"그러게요. 안에서 든든하게 지키고 있어야 남자는 바깥일을 하면서도 든든합니다. 장가 잘 가셨수."

계속되는 중개인의 서희 칭찬에 수혁은 기분이 좋아졌다.

두 사람의 대화를 더 이상 듣고 있을 수 가 없어, 서희가 말을 끊으며 끼어들었다.

"잔금은 내일 보내면 될까요?"

"있어 봐요. 내 계좌 번호 줄 테니."

중개인이 자리에서 일어나 책상으로 가자 수혁이 서희를 보며 웃었다. 그런 수혁을 마주 볼 자신이 없어 서희는 중개인만 뚫어져라 쳐다봤다.

집주인의 계좌를 받아 들고 두 사람은 늦은 아침을 해결하기 위해 수혁의 차로 움직였다. 수혁은 평소 접대를 위해 자주 가던 한 정식집으로 서희를 데리고 갔다.

예약을 하지 않았음에도 불구하고 지배인이 수혁을 알아보고 조용한 방으로 안내했다. 수혁에게서 주문을 받은 직원이 나가자 서희는 눈 둘 곳을 몰라 고개를 숙이고 가방끈만 만지작거렸다. 항상 박 대리나 다른 사람들과 함께 식사를 했지, 회사가 아닌 바깥에서 단둘이 식사를 하는 것은 처음이라 서희는 영 어색했다.

하지만, 그런 서희와는 달리 수혁의 머릿속은 다른 생각으로 바빴다.

뚱뚱하긴 해도 여느 여자들보다 피부가 하얗고 좋았다. 잘 살펴보면 할머니 말씀대로 생김도 제법 예쁜 편이다. 조금만 꾸며도 저 예쁜 얼굴이 돋보일 것 같은데 도통 자신을 챙길 줄 모르는 서희이다 보니 수혁은 오늘 마음먹고 서희를 바꾸기로 작정했다. 그래서 머릿속으로 어디를 가야 할지 생각 하느라 불편해하는 서희를 신경 쓸 겨를이 없었다.

두 사람이 머릿속으로 다른 생각을 할 때, 직원들이 음식을 서빙

해 왔다. 두 명의 직원이 상 위에 말 그대로 상다리가 부러질 정도의 음식들을 늘어놓았다. 깔끔하게 음식을 서빙한 직원이 공손한 인사를 하고 방을 나가자 본격적인 식사가 시작 되었다.

음식은 나무랄 데 없이 맛있었다. 식사 도중 간간이 서희의 편식을 막기 위해 수혁이 그녀의 숟가락 위에 반찬을 집어 올려 줬다. 서희도 이제는 제법 어색해하지 않고 수혁이 주는 반찬을 잘 받아 먹었다. 그만큼 더 가까워진 것 같아 식사 내내 수혁의 입가엔 미소가 떠나지 않았다. 음식을 어느 정도 비우자 후식으로 수정과가 들어왔다. 수정과 잔을 집어 들며 수혁이 서희에게 말했다.

"오늘 별다른 약속 없지?"

"네."

"잘됐네. 그럼 나하고 오늘 같이 있자."

"네?"

"뭘 그리 놀라? 오랜만에 쇼핑 갈 건데 서희가 좀 봐 줘. 그 정도는 해 줄 수 있지?"

수혁의 말에 지레 겁먹었던 서희가 무안해하며 대답했다.

"제가 뭘 알아야 봐 드리죠."

"내 옷 코디 서희가 한다며. 아줌마한테 들었어. 빼지 말고 같이 가자."

언제 도우미와 그런 이야기를 했는지 모든 것을 알고 이야기하는 수혁의 말을 더 이상 거절할 수 없어 서희는 같이 가겠다는 약속을 했다.

모처럼 만의 느긋한 식사를 마친 뒤 두 사람은 백화점으로 향했다. 그의 말대로 수혁의 옷 몇 가지를 산 뒤 황 여사의 옷을 사겠다는 말로 서희를 설득한 수혁은 여성복 코너로 향했다.

수혁은 구경하는 척 능청을 떨며 서희에게 어울릴 만한 옷을 골랐고, 서희는 황 여사에게 어울릴 만한 선물을 고르고 있었다.

하지만 수혁은 얼마 지나지 않아 크게 실망을 했다. 진열되어 있는 옷 중에 그녀에게 맞을 만한 사이즈가 없었던 것이다. 겨우 화를 참고선 서희가 고른 할머니 스카프만 계산을 하고 매장을 나왔다.

운전을 하며 수혁이 서희에게 분통을 터트렸다.

"어떻게 이럴 수가 있냐? 그 많은 옷 중에 어떻게 사이즈가 다양한 게 없어?"

제 이야기인 줄 모르는 서희가 대답을 했다.

"그런 매장에 할머니가 입으실 사이즈 없어요. 맞춤이면 모를까……. 거긴 진짜 모델 같은 사람들이나 입는 옷들만 있어요."

서희의 말에 수혁은 가슴을 쓸어내렸다.

서희에게 '옷 한 벌 사 주마.' 하고 데려갔으면 서희가 상처를 받았을 것은 뻔한 일이었기 때문이다.

"할머니 선물 건네 드리고 갈까? 어차피 집에 가는 길이잖아."

"그렇게 해도 될까요?"

"그럼, 좋아하실 거야. 전화해 봐."

"네."

운전을 하는 수혁을 대신해 서희가 황 여사에게 전화를 했다.

"여보세요?"

– 누구세요?

"할머니, 저 서희예요."

- 그래. 아이고, 어쩐 일이니? 뭔 일 있는 거 아니지?

"네. 전 괜찮아요."

- 그럼 다행이다.

"저기……."

- 왜? 뭔 일인데 뜸을 들여?

"수, 수혁이 오빠 집 계약하고 나온 김에 쇼핑했거든요."

할머니에게 자신을 오빠라고 말하는 서희 때문에 수혁은 운전을 하면서도 실실 새어 나오는 웃음을 감출 수가 없었다.

- 그래? 잘했구먼.

"같이 간 김에 제가 할머니 스카프 하나 샀어요. 집에 가는 길에 들러서 드리려고요."

- 오냐, 어서 와. 와서 저녁 먹고 가면 되겠다. 어여 와.

"네."

언제나처럼 반겨 주는 황 여사의 목소리에 서희도 기분 좋게 대답을 하고는 조심스럽게 전화를 끊었다.

"뭐라 하셔?"

곁눈질로 통화를 끝내는 것을 확인한 수혁이 물었다.

"와서 저녁 먹고 가래요."

"잘됐네. 어서 가자."

서희가 전화를 끊는 것을 본 수혁은 본가로 가기 위해 서둘렀다.

한편, 서희와 전화를 끊은 황 여사는 성산댁을 불렀다. 두 아이가 저녁 식사를 하고 간 지 얼마 지나지 않았지만 그래도 반가운 마음에 마음이 급해지는 황 여사였다.

"성산댁!"

급하게 자신을 부르는 소리에 성산댁이 주방에서 뛰어 나왔다.

"네. 부르셨어요?"

"수혁이랑 서희 온다네. 저녁 준비해야겠어."

"네."

다시 주방으로 향하는 성산댁을 따라 소파에서 일어서는 아내를 보며, 임 회장이 물었다.

"애들 온대?"

"네."

아내의 대답에 임 회장이 고개를 갸웃거렸다.

"일요일인데 어찌 같이 있대?"

남편의 말에 황 여사가 다시 소파에 앉았다.

"글쎄요. 나도 뭐가 뭔지 잘 모르겠어요. 서희가 수혁이를 오빠라고 불러요."

"그래? 오빠라고 불러?"

아내의 말에 임 회장이 놀라 물었다.

"네. 지난번에도 그렇고 애들한테 뭔 일 있는 것 같아요."

"아무래도 그렇지?"

임 회장도 그렇게 느꼈는지 아내에게 물었다.

"나중에 오면 수혁이한테 임자가 물어봐. 서희보다는 그쪽이 빠를 거야."

"안 그래도 그렇게 하려고요."

"그래."

"나 바빠요. 나머지는 나중에 이야기해요."

수혁이 항상 바빠 얼굴 보기가 힘들었는데 최근 들어 자주 보게 되니 이유야 어찌 됐든 기분이 좋은 임 회장 부부였다.

저녁 준비가 거의 끝나 갈 때쯤 수혁과 서희가 도착했다.

나란히 들어오는 두 사람의 모습에 임 회장 부부는 기분이 좋았다. 거기에다 서희도 예전보다 얼굴이 좋아진 것 같아 황 여사의 입가에는 웃음이 끊이질 않았다.

오늘은 눈치 빠른 성산댁이 여러 반찬들을 한꺼번에 담은 접시를 준비해 줘 서희는 편식을 하지 않고 식사를 했다.

"이렇게 골고루 먹으니 얼마나 좋아?"

서희의 숟가락 위에 고기를 얹어 주며 황 여사가 말했다.

"할머니도 드세요."

"오냐오냐."

황 여사가 뿌듯한 미소를 지으며 서희는 바라보자 임 회장도 질 수 없다는 듯 서희를 불렀다.

"서희는 밥 먹고 할애비랑 바둑 한 판 두자."

"바둑이요?"

서희가 바둑을 둔다는 사실을 몰랐던 수혁이 물었다.

"몰랐어? 서희 바둑 실력이 상당해. 최가 놈한테 제대로 배웠거든. 넌 명함도 못 내밀어."

임 회장의 말에 수혁이 서희를 쳐다봤다.

뭐가 그리 창피한지 서희가 수혁의 눈을 피해 고개를 숙이며 식사에만 열중했다. 그 모습을 지켜보는 노부부의 눈빛이 예사롭지 않았다.

식사를 마치고 서희는 임 회장을 따라 국화차 두 잔을 들고 서재
로 들어가고 거실에는 수혁과 황 여사만 남았다. 손자가 차를 마시
는 모습을 유심히 보던 황 여사가 입을 열었다.

"어찌 된 게야?"

"네?"

"서희랑 어떻게 된 거냐고."

"보시는 대로예요."

할머니의 질문에 수혁이 아무것도 아니라는 듯 대답했다.

"보는 대로라니?"

"전 서희한테 관심 있고, 서희는 아직 절 어려워하고요."

"서희한테 관심 있어?"

자신들의 짐작이 어느 정도 들어맞자 황 여사가 놀라서 되물었
다.

"네……. 싫으세요?"

큰일 아니라는 듯 대답하기는 했지만 혹시 할머니가 싫다 하실
까 봐 수혁이 조심스럽게 물었다.

"내 생각이 맞았구나. 싫기는! 똑똑하지 조신하지, 지금도 네 옆
에서 안식구처럼 하나부터 열까지 챙겨 주는데 우리야 좋지."

황 여사의 말에 수혁이 한시름 놓으며 웃었다.

"그런데 수혁아."

걱정스러운 목소리로 자신을 부르는 황 여사의 목소리에 수혁이
좀 전보다 다소 가라앉은 목소리로 대답했다.

"네. 말씀하세요."

"네가 힘들까 봐 그게 걱정이다. 서희가 마음의 문을 닫은 지가

너무 오래돼서 너 힘들까 봐 그게 걱정이야."

"……."

"내 새끼지만 너도 아범하고 어미 먼저 보내고 힘들게 컸는데, 서희는 너보다 더 큰 상처가 있잖니. 할미는 그게 걱정이야. 저 녀석이 덩치만 컸지 아직 제 감정 표현하는 건 애야. 사랑이라는 게 서로 쿵짝이 맞아야 재미가 있지, 한 녀석만 열심히 드밀면 쉽게 지쳐."

"네, 무슨 말씀인지 알겠어요."

할머니가 하시는 걱정이 어떤 것인지 어렴풋이 느낀 수혁이 대답했다.

"네가 들으면 서운할지 몰라도 할미는 서희가 더 신경 쓰여. 다른 녀석하고 연애하다 상처받고 다치면 우리가 보듬어 줄 수 있는데, 혹여 너하고 잘못되면 서희는 더 이상 갈 곳이 없어. 그러니 마음 단단히 먹고 시작해. 내 말 무슨 말인지 알지?"

한 그룹의 안주인이라는 사람은 역시 달랐다. 수혁이 미처 생각하지 못한 것까지 이미 내다보시고 말하는 할머니에게 수혁은 존경하는 마음까지 생겼다.

"네. 그래서 저도 급하게 서두를 생각 없어요. 천천히 가까워지려고 일부러 이사하는 거예요. 서희 집 근처로."

"그래? 알아서 잘할 거라 믿는다."

"걱정 마세요."

수혁의 대답에 마음이 든든해진 황 여사가 말을 이었다.

"솔직히 있다 하는 집 여식들 제 부모 믿고 망나니 같은 것들이 얼마나 많으냐? 그 어디냐? 세광의 여식도 얼마나 못됐던지. 쯧쯧,

부모 밑에서 크면 뭐해? 하는 짓이 그 모양인데. 그런 거 보면 우리 서희는 예쁘게 잘 컸어. 잘 도닥거려서 네 사람 만들어."

할머니의 입에서 생각지도 않은 혜아의 이야기가 나오자 수혁이 의아해하며 물었다.

"김혜아 씨가 왜요?"

"참! 그 집 아들하고 너 친구지?"

이제야 세광의 아들과 수혁이 친구라는 것을 깨달은 황 여사가 물었다.

"네. 혜석이가 제 친구예요."

황 여사를 고개를 끄덕이고는 굉장히 기분 나쁘다는 표정을 짓더니 다시 입을 열었다.

"그 뭐니? 친구 따돌리는 거."

"왕따요?"

"그래, 그거. 둘이 같은 학교였는데, 그 아이가 어디서 알았는지 학교에다 서희 소문을 내면서 왕따를 시켰단다. 고3이라 전학이 안 되는 상황이었는데, 네 할아버지가 여기저기 부탁해서 겨우 학교 옮겼잖니. 내 그래서 그 집안 식구들 별로 안 좋게 봐. 자식은 부모의 거울이라고 했어."

생각지도 못한 이야기에 수혁은 머리가 멍했다. 그리고 이제야 얼마 전 혜아가 찾아왔을 때 서희가 한 행동이 이해가 되었다. 나름 서희만의 소심한 복수였던 것이다.

"제가 잘할게요."

"그래, 잘해라. 아니 잘할 거라 믿는다."

언제나 듬직하고 신중한 손자가 친손녀처럼 여기는 서희를 마음에 두고 있다니 약간 놀란 것은 사실이었다.

또, 서희의 현재 상황이 남들이 보기에는 썩 좋지 못한 것도 사실이었다. 하지만 제 부모가 그리된 것이 서희의 탓도 아니고, 그 아이가 평생 짊어져야 할 짐도 아니었다.

인명은 재천이라고 제 명이 그것밖에 안 돼서 그리 젊은 나이에 허망하게 간 것이라고 황 여사는 생각했다. 다만, 굳이 마음에 걸리는 것이 있다면, 어린것에게 못 보일 꼴을 보이고 가서 서희가 평생 아픔을 가지고 살아야 한다는 것이었다. 하지만 본인이 봐도 듬직한 손자가 이제 서희의 곁에 있어 줄 것이라 생각하니 마음이 놓였다.

두 사람이 돌아가고 아내에게 자초지종을 들은 임 회장도 한시름 내려놓는 기분이었다.

서희의 할아버지와는 그야말로 죽마고우였다. 한동네에서 나고 자라 6.25도 같이 겪었다. 임 회장의 아버지가 일찍 돌아가시고 집안 형편이 어려울 때, 옆에서 물심양면으로 도와주신 분이 서희의 증조 할아버지였다.

그런 친구의 손녀가 상처를 가지고 혼자 살아가는 것을 보기가 힘들었는데, 다행히 손자 놈이 좋아하게 되었다 하니, 평생 둘을 옆에 끼고 살 수 있겠다 싶어 더 기분이 좋아지는 임 회장이었다.

추석 전에 수혁의 아파트 인테리어를 끝내려고 서두르다 보니 서희의 하루하루는 어떻게 지나가는지 모를 정도로 바빴다. 회사에서 퇴근을 하고 집으로 돌아오면 수혁의 아파트로 가 일의 진행 상황을 파악했다. 오늘도 저녁 약속이 있는 수혁이 약속 장소로 향하

는 것을 배웅한 뒤 서희는 한창 공사 중인 수혁의 아파트로 출발했다

서희가 몇 번이나 부탁을 해서인지 공사는 다행히 빠르게 진행이 되고 있었다. 집을 한 번 더 둘러본 뒤, 자신의 집으로 가기 위해 밖으로 나올 때, 서희의 핸드폰이 울렸다.

삐리리.

"여보세요?"

– 서희야, 어디니?

기업인들 저녁 만찬에 갔던 수혁의 전화였다.

"오빠 집 둘러보고 나왔어요. 이제 제 집으로 가려고요."

– 그래? 그럼 아직 집에 안 들어간 거네?

"네. 왜 그러세요?"

– 미안한데 이쪽으로 와 줄래?

"갑자기 왜요?"

분명히 기사와 같이 갔는데 수혁이 그녀를 호출하자 무슨 일이라도 생겼나 싶어 서희는 당황했다.

– 이 기사가 아들이 다쳐서 급하게 병원으로 갔어. 다리를 다친 것 같은데 와이프가 많이 놀랐나 봐. 아무래도 난 술을 더 마셔야 할 것 같은데, 대리운전은 좀 못 미더워서. 수고스럽겠지만 와 주면 안 될까?

이 기사 아들이 다쳤다는 말에 서희는 더 이상 고민을 할 수가 없었다.

"그럼 제가 갈게요."

– 퇴근했는데 미안해. 이따가 봐.

전화 통화를 마친 서희는 아파트 단지 밖으로 나와 택시를 잡았다. 그리고 오늘 저녁 만찬이 열리는 호텔로 출발했다.

아들의 갑작스런 사고로 이 기사를 먼저 집으로 보낸 수혁은 잠시 생각을 했다. 호텔 측에서 제공하는 대리운전을 부를 것인지 아니면 서희를 부를 것인지. 밑져야 본전이라는 생각에 전화를 했는데 흔쾌히 승낙을 하는 서희 때문에 기분이 좋아지는 수혁이었다.

서희에게 전화를 하고 다시 룸으로 돌아오자 다들 그를 반겼다.

"무슨 일이라도 있는 건가?"

친구의 아버지이자 세광의 회장인 김 회장이 물었다.

"기사가 일이 생겨서 먼저 보냈습니다."

"그래? 그럼 차는 어떻게 하려고?"

김 회장이 수혁의 잔에 술을 따르며 물었다. 수혁도 굳이 김 회장이 권하는 술을 마다하지 않았다. 평소 모이는 총수들 중에 나이가 가장 어린 수혁이다 보니 한 번씩 이렇게 모이는 날이면 어른들이 주는 술을 거절하지 못해 평소보다 항상 과음하게 되었다. 또, 수혁도 일부러 주는 술을 다 받아먹는 편이었다.

게다가 다들 자식 가진 부모들이라 아직 미혼인 그에게 딸을 한번 선보이려 애를 썼다. 거절하는 것도 한두 번이지 매번 그러기가 미안해 이제는 일부러 술을 주는 대로 마셨다. 그럼 취한 것을 핑계로 자리를 일찍 뜰 수가 있었기 때문이었다. 그리고 최근 서희가 마음에 들어오고부터는 더욱 그런 자리가 힘든 수혁이었다

"최 실장 불렀습니다."

술잔을 입에 가져가며 수혁이 대답했다.

최 실장이라는 말에 김 회장의 얼굴에 반가운 기색이 비쳤다.

"그래? 그 일 잘하는 최 실장 말인가? 큰회장님께서는 어디서 그런 인재를 구하셨나 몰라. 허허허. 자네 회사만 아니면 내 벌써 스카우트했어."

"네. 우리 최 실장 정말 일 잘하죠. 저희 할아버지 죽마고우의 손녀 됩니다, 최 실장이."

"그래? 허허허. 아무튼 큰회장님이 인복은 있으셔."

할머니에게 혜아와 서희의 이야기를 들은 후라 수혁은 서희를 일부러 우리 최 실장이라며 감쌌다. 하지만 자신의 딸과 서희와의 관계를 모르는 김 회장은 그저 수혁이 일 잘하는 최 실장을 많이 아끼는구나 하는 생각만을 할 뿐이었다.

한참 이야기를 나누고 있던 수혁은 주머니에서 느껴지는 진동에 핸드폰을 꺼냈다. 핸드폰에는 서희의 이름이 떴다. 어른들에게 양해를 구하고 룸에서 나온 그가 전화를 받았다.

"여보세요?"

좀 전보다 약간 나른한 목소리로 수혁이 말했다.

– 회장님. 호텔에 도착했습니다.

전화기 너머에서 들리는 서희의 목소리에 수혁은 저절로 지어지는 미소를 지울 수가 없었다.

"그래요? 로비 카운터에 차 키 있을 거예요. 차는 뒤쪽 주차장에 있고."

– 네, 알겠습니다.

서희의 전화를 끊은 수혁은 먼저 자리를 뜬다고 알리기 위해 다시 룸으로 들어섰다.

한편 서희는 수혁이 말한 로비 카운터로 향했다. 카운터를 지키고 있던 여직원이 그녀를 알아보고는 차 키를 건넸다. 그것을 받아 든 서희가 몸을 돌려 주차장 쪽으로 나갈 때 누군가가 알은척을 했다.

"어머! 서희 아니니?"

목소리가 들리는 쪽으로 그녀가 고개를 돌리니 거기에는 혜아가 서 있었다.

한껏 치장을 해 잡지에서 금방 빠져나온 것 같은 모습이었다.

"그래, 혜아구나."

모르는 척하고 싶지만 어떻게든 저 하고 싶은 대로 하고 마는 성격을 아는지라 서희가 마지못해 대답을 했다. 그런 서희를 알 만하다는 표정으로 혜아가 위아래로 훑어본 뒤 말했다.

"어쩜 넌 하나도 안 변했니? 정말 그대로다. 취직은 했니?"

학생 때와 별반 달라지지 않은 그녀의 외모를 비꼬며 혜아가 말했다. 그 사실을 모를 리 없는 서희가 침착하게 대답을 했다.

"그러게 그렇게 됐어. 그러는 너도 크게 달라진 건 없는 것 같아."

서희가 하는 말이 제 성격인 것을 모르는 혜아는 자신의 외모를 두고 하는 말인지 알고 대답했다.

"나야 늘 그렇지 뭐! 항상 노력을 하거든."

한껏 자신감이 넘치는 목소리로 혜아가 대답했다. 그때 서희의 핸드폰이 울렸다.

혜아에게 간단하게 눈인사를 건넨 서희가 수혁의 전화를 받았다.

"네, 회장님."

– 지금 어디야?

"로비에 있습니다."

– 그래? 그럼 기다려 내가 지금 내려갈게.

"지금요?"

서희가 자리를 뜨지 않고 있는 혜아를 흘깃거리며 대답했다.

– 응. 금방 내려갈 거야.

"네."

서희가 전화 통화를 하는 것을 본 혜아가 물었다.

"너 기사로 취직했니? 하긴 그 몸매에 어디 제대로 된 직장에 취직이라도 됐겠어? 그나마 다행이다, 애. 기사로라도 취직해서."

혜아의 어처구니없는 말에 서희는 그저 웃음만 나왔다.

"야! 왜 대답을 안 해? 사람 말이 말 같지 않니?"

앙칼진 목소리로 따졌는데도 서희가 대답할 기미를 보이지 않자 혜아가 다시 서희를 다그치기 위해 입을 열었다. 그런데 그때 수혁이 서희의 등 뒤에 다가왔다.

"최 실장, 미안해요. 퇴근했는데 다시 불러서."

수혁의 목소리에 서희가 돌아봤다.

"회장님!"

수혁의 갑작스런 등장에 혜아의 얼굴이 순간 찌푸려졌다. 그가 서희에게 굉장히 다정하게 말했기 때문에 더욱 그러했다. 하지만 곧바로 환하게 웃으며 수혁에게 말했다.

"오빠! 안녕하세요?"

"네. 또 뵙네요. 최 실장 차 키는 받았나요?"

인사를 건네는 혜아에게 간단한 인사만 던진 수혁이 서희를 다시 보며 말했다.

"네, 열쇠 받았습니다. 두 분 말씀 나누세요. 주차장에서 기다리 겠습니다."

"아뇨. 같이 갑시다. 그런데 두 사람 아는 사이입니까?"

수혁의 질문에 혜아가 얼굴 한가득 미소를 지으며 말했다.

"고등학교, 대학교 동창이에요."

혜아 때문에 서희가 전학을 간 것을 다 알고 있는 수혁으로서는 뻔뻔한 혜아의 대답에 기가 찼다. 하지만 표현을 할 수가 없어 웃어 보였다.

"그렇습니까? 이런 우연이 다 있군요."

수혁이 자신의 말에 맞장구를 쳐 주자 기분이 좋아진 혜아가 다시 말했다.

"그런데 오늘 일찍 가시네요."

"네. 제가 좀 과음을 해서 먼저 갑니다. 실례지만 먼저 자리를 뜨겠습니다."

혜아가 보기에도 수혁의 얼굴이 피곤해 보여 더는 붙잡고 이야기를 할 수가 없었다.

"피곤해 보이세요. 얼른 가서 쉬세요."

혜아의 말에 수혁이 대답을 했다. 그리고 서희의 등을 손바닥으로 살짝 밀며 말했다.

"네. 그럼 먼저 가겠습니다. 최 실장 갑시다."

"네."

서희와 함께 주차장 쪽으로 가는 수혁을 보는 혜아의 눈빛이 빛 났다.

조수석에 앉아 서희가 운전하는 차를 타고 가는 수혁의 기분은 솔직히 반반이었다. 두말없이 자신을 데리러 온 서희 때문에 기분이 좋았다가, 우연히 들은 두 사람의 대화에서 혜아가 서희를 무시하는 것이 확연하게 보였기에 화가 나기도 했다.

복잡한 마음으로 서희를 보았지만 그녀는 운전을 하느라 그의 눈빛을 못 느끼는 것 같았다.

"서희야, 네 집으로 가자."

"네?"

"차는 아파트에 놓고 난 택시 타고 가야겠어. 내일 네가 차를 가져오든지 내가 너희 아파트로 가든지 하면 되겠네."

"아니요. 모셔다 드릴게요."

"아냐. 너 혼자 택시 타고 가는 것도 신경 쓰여. 내 말대로 하자."

말을 마치고 눈을 감아 버리는 수혁 때문에 서희는 어쩔 수 없이 자신의 아파트로 차를 돌렸다.

그동안 수혁은 정말 잠이 든 것인지 꼼짝하지 않고 눈을 감고 있었다. 그런 수혁을 서희가 힐끗거리며 쳐다봤다.

주차장에 도착해서 차를 세우는 동안에도 수혁은 미동도 없이 눈을 감고 있었다. 주차를 끝낸 서희는 그를 흔들어서 깨워야 할지, 깰 동안 기다려야 할지 한동안 고민을 했다. 하지만 시간이 벌써 12시가 다 되어 가 수혁을 깨우기로 했다.

우선 차에서 내려 뒷좌석에 둔 수혁의 서류 가방을 챙겨 들고, 차 문을 열어 수혁을 깨웠다.

"오빠! 일어나세요."

"……."

"오빠!"

흔들어도 소용이 없자 서희가 수혁의 팔을 잡아당겼다.

"오빠, 일어나세요."

그의 팔을 잡아당기는 순간 서희가 수혁의 쪽으로 끌려갔다. 그리고 그의 가슴에 서희가 안기게 되었다. 남들이 보기에는 서희가 그를 잡아당기다 힘이 모자라 끌려간 것처럼 보였을 것이다.

하지만 실상은 잠이 든 척한 수혁이 서희를 역으로 잡아당겼던 것이다. 순식간에 그의 품에 안긴 서희가 놀라 일어나려고 하자 수혁이 서희의 팔을 잡았다.

"서희야, 오빠 어지럽다. 좀 잡아 줄래?"

어두운 밤이라 표가 안 나서 그렇지 지금 서희의 얼굴이 새빨개졌고 용광로만큼 뜨거워졌다. 더군다나 귀에 대고 말하는 수혁의 숨결에 온몸에 소름까지 돋은 서희였다. 그녀는 재빨리 몸을 일으켜 다시 수혁을 잡아당겼다.

"오빠! 일어나세요."

다시 자신을 당기는 서희의 힘에 수혁은 못 이기는 척 일어났다. 그리고 비틀거리며 서희에게 의지해 걷기 시작했다. 약간의 취기가 오른 것도 사실이었다. 그렇지만 생각만큼 많이 취한 것은 아니어서 서희에게 기대어 걷는 것이 솔직히 곤욕 이었다.

하지만 서희의 어깨에 둘러진 팔 아래에서 느껴지는 뭐라고 표현할 수 없는 포근함과 말랑함에 수혁은 팔을 치우고 싶지 않았다.

술에 취해 몸을 가누지 못하는 수혁을 부축해 걷는 서희도 힘들기는 마찬가지였다.

자신에게 의지하여 걷는 수혁을 힘들게 택시에 태워 보낸 뒤 서희는 집으로 돌아왔다. 그를 부축하느라 땀을 흘린 서희가 샤워를 하고 나오자 수혁에게서 도착했다는 문자가 와 있었다.

머리를 말리고 침대에 앉은 서희가 핸드폰을 충전기에 꽂았다. 그리고 핸드폰을 손으로 한 번 쓸고 누웠다. 잠을 자기 위해서 눈을 감은 서희의 코끝에 수혁의 스킨 냄새가 아련하게 밀려왔다.

오빠인 혜석의 친구들 모임에서 우연히 수혁을 만난 뒤, 혜아는 그를 잊을 수가 없었다. 여러 가지 방법으로 수혁을 만나려고 시도를 했지만, 구설수에 오르내리는 것을 싫어하는 수혁이 얼마나 철저하게 스케줄을 따라 움직이는지 그 틈새를 찾기가 힘들었다.

그래서 얼마 전에는 창피함을 무릅쓰고, 그의 회사에 찾아갔다. 친구의 동생이라는 점이 크게 작용했던 것이었지만 그와 마주 앉아 차를 마시고 돌아왔다는 상황에 혜아의 기분은 한껏 고무되어 있었다.

그리고 오늘, 아버지의 모임 장소를 알아낸 후, 우연인 척 그를 만나러 호텔까지 찾아온 것이었다. 그런데 뜻밖에도 거기서 서희를 만나게 돼, 혜아는 기분이 좋지 않았다.

혜아는 서희가 싫었다. 학교 다닐 때부터 뭔가 꼭 집어 말할 수 없는 열등의식을 서희에게 가지고 있었다. 그 시작은 고등학교 입학식이었다.

공부를 썩 잘하진 못해도, 세광의 딸이라는 이유로 중학교 내내 교내의 학생 대표로 각종 행사에 참가를 해 왔던 혜아에게는 뚱뚱하고 부모도 없는 서희가 입학식 때 학생 대표로 선서를 한다는 사실은 받아들일 수 없는 일이었다. 그래서 단상으로 나가는 그녀를 보며 분노했었다.

당연히 제가 할 줄 알고, 최대한 멋을 내어 입학식장에 갔었다. 하지만 본인이 아닌 서희가 교장 앞으로 나가는 것을 본 혜아는 당황했다. 누가 보는 것도 아닌데 그녀의 얼굴은 불이 붙은 것처럼 달아오르고 쥐구멍에라도 들어가고 싶은 심정이었다.

그런데 문제는 거기서 끝나지 않았다. 고등학교 내내 혜아는 서희 때문에 절망감을 맛봐야 했다. 공부깨나 한다는 과외 선생님을 붙여도 성적이 늘 중하위권을 도는 혜아와는 달리 학원 한 번 다니지 않고도 전국 석차가 항상 상위 몇 퍼센트 안에 드는 서희 때문에 선생님들에게 늘 비교당하곤 했던 것이다.

늘 우울한 얼굴에 살이 뒤룩뒤룩 찐 서희와 비교당하는 것 자체가 혜아는 기분이 나빴다. 본인이 부족한 것은 생각 안 하고 그저 모든 것이 서희 때문이라고 생각했다. 그리고 결국엔 혜아가 주동해서 서희를 왕따시키기 시작했다.

처음 놀림의 타깃은 외모였다. 돼지 같다고 놀리는 것은 기본이요, 체격 유지를 하려면 많이 먹어야 한다며 제가 먹다 남은 밥을 마치 개밥 주듯 한꺼번에 서희의 식판에 붓는 것은 예사였다. 나쁜 것은 전염이 빠르다고 했던가, 혜아의 행동에 어느덧 친구들이 하나둘 동참하기 시작했고, 어느새 서희는 전교생이 인정하는 왕따가 되었다.

하지만 그때까지만 해도 자기 세계에 갇혀 살던 서희는 친구들의 행동에 아랑곳없이 조용히 학교를 다녔다. 성적표를 받아 들고 기뻐하는 할아버지의 얼굴을 보는 것이 유일한 낙이었던 서희는 그런 것에 신경을 쓸 여유가 없었던 것이다.

그렇게 1학년과 2학년을 보내고 같은 반이 된 3학년 때, 결정적인 사건이 일어났다. 서희의 돌아가신 어머니와 친하게 지내시던 분이 혜아의 어머니와 나누던 대화를 우연히 듣고 서희의 부모님의 일을 그녀가 알게 되었던 것이다. 그리고 그것을 학교에 가서 소문을 내었다.

원래 왕따였던 서희라 소문은 금세 전교에 퍼졌다. 그때까지 혜아나 친구들이 하는 행동에 반응을 보이지 않았던 서희가 부모님에 관한 소문이 나자 학교에 나오지 않았다.

며칠 그녀가 보이지 않자 혜아는 승리감에 도취되었다. 서희가 할아버지에게는 학교에 간다고 나와서는 온종일 놀이터에 앉아 있다가 하교 시간이 되면 집으로 돌아갔다는 걸 혜아가 알 리 없었고 안다고 해도 신경 쓰지 않았을 거였다

결국 임 회장이 나서서 서희를 전학시켜 버렸지만 이런 자세한 내막은 모르고 그저 서희가 자신을 피해 전학 간 것으로만 아는 혜아에게는 오늘 서희를 본 것이 기분 나쁜 일일 뿐이었다.

아직도 학교 다닐 때와 별반 다르지 않은 몸매에 촌스러운 외모로 수혁의 가까이 있다는 것에 짜증이 났다. 도저히 그 모습을 두고 볼 수가 없을 것 같았다.

수혁이 친구인 혜석의 체면 때문에 어쩔 수 없이 차 대접을 한 것은 꿈에도 생각 못 한 혜아는 수혁의 곁에 있던 서희 때문에 마음이 더 급해지는 것을 느꼈다. 거기에다 오늘 호텔 로비에서 본 수혁의 모습에 집으로 돌아가는 짧은 시간에도 점점 더 마음이 조

급해졌다. 혜아는 집에 돌아오자마자 곧장 오빠인 혜석에게 전화를 했다. 신호음이 길게 이어져 슬슬 신경질이 나려고 하는 때에, 건너편에서 전화를 받았다.

– 여보세요?

"오빠!"

– 어, 늦은 시간에 웬일이냐?

자고 있었는지 조금 가라앉은 목소리가 시큰둥하게 대답했다.

"왜? 전화하면 안 돼?"

– 아니, 너무 늦은 시간이라 그렇지. 뭔 일 생겼나 싶어서.

"뭔 일은 아니고, 오빠, 수혁 오빠랑 친해?"

화장대에 앉아 거울에 제 얼굴을 비춰 보며 그녀가 물었다.

– 수혁이?

"응."

– 밤늦게 전화해서 한다는 말이 그거야? 또 무슨 사고를 치려고?

"사고는 무슨 사고? 내가 언제 사고 치고 다녔니? 묻는 거에 대답이나 해. 오빠 수혁 오빠랑 친해?"

혜아는 날카롭게 대꾸했다. 건너편에서 한숨 소리와 함께 건성으로 대답하는 목소리가 들렸다.

– 꽤 친한 편이지. 갑자기 그건 왜?

"수혁 씨 사귀는 사람 있어?"

친하다는 오빠의 말에 혜아의 얼굴이 밝아지며 다시 물었다.

– 아니, 없는 걸로 아는데.

"그럼, 어떤 스타일 좋아해?"

이제는 대놓고 물어보는 혜아였다.

– 글쎄. 지금까지 여자 만나는 것을 못 봐서 나도 잘 모르겠네. 그런데 너 수혁이한테 관심 있냐?

여자를 만난 적이 없다는 오빠의 말에 혜아가 의자에서 벌떡 일어났다. 그녀의 얼굴에서 웃음이 떠나지 않았다.

"응. 그러니깐 오빠가 다리 좀 놔 줘. 워낙 바빠서 얼굴 한 번 보기 힘들어."

오빠를 이용해 수혁의 옆에 다가갈 생각을 하니 혜아는 마치 당장 내일부터 그와 사귀기로 한 것처럼 들떴다. 하지만 혜석의 반응은 그녀의 예상과 달랐다.

– 너 언제 수혁이 만난 적 있어?

대뜸 정색을 하며 물어 오는 목소리에 혜아는 대수롭지 않게 며칠 전 일을 이야기했다.

"며칠 전에 지나가는 길에 들렀다고 차 한 잔 달라고 하니 주던데?"

– 뭐? 회사로 찾아갔어?

"응. 왜? 뭐가 잘못됐어?"

그녀는 왜 혜석이 정색을 하는지 모르겠다며 콧방귀를 뀌었다. 하지만 굳은 그의 목소리는 풀리지 않았다.

– 회사에 그렇게 찾아가고 그러지 마. 수혁이 친구인 나도 약속해야 볼 수 있을 만큼 바빠.

"알았어. 아무튼 여자는 없다는 말이네? 끊어."

오빠와의 전화를 일방적으로 끊은 혜아는 기분이 좋았다. 우선 수혁에게 여자가 없다는 것에 기분이 좋았다. 그리고 두 번째는 친구인 오빠도 약속을 잡아야 만날 수 있는 수혁에게 무작정 찾아갔는데도 차를 대접받고 왔다는 사실에 기분이 좋았다. 수혁이 자신을 특별하게 생각하는 것 같은 생각이 들었던 것이다.

자신만의 해석으로 수혁이 본인에게 관심이 있는 것으로 결론을 내린 혜아의 기분은 좋아졌다. 혜아는 전화를 하느라 일어났던 화장대 앞에 다시 앉아 화장을 지우기 시작했다.

수혁을 만날 때 좋은 피부를 유지하기 위해서는 일찍 잠자리에 드는 것만큼 좋은 것이 없었다. 그렇게 기분이 들뜬 혜아는 평소보다 빨리 잠자리에 들었다.

6장

다음 날, 아침 일찍 일어난 수혁은 서희의 집으로 가기 위해 택시를 탔다. 어제 팔 아래에서 느껴지던 서희의 감촉 때문에 잠을 설쳤다. 하지만 차를 가지러 간다는 핑계로 아침부터 서희를 볼 생각을 하니 약간의 피곤함은 아무것도 아니었다.

아파트 앞에서 내려 어제 주차해 놓은 곳으로 가니 서희가 기다리고 서 있었다.

"안녕하십니까? 회장님."

"출근 전이이니까 오빠야. 넌 잘 잤어?"

"네."

대답을 하며 운전석으로 가는 서희를 수혁이 말렸다.

"내가 할게. 차 키 줘."

"아뇨, 제가 할게요."

"괜찮아. 이리 줘."

서희가 들고 있는 차 키를 향해 수혁이 손을 뻗었다. 꼭 쥐고 있는 그것을 낚아채려다 보니 그녀의 손에 자신의 손이 겹쳐졌다. 한번 만져 보고 싶다고 생각했던 하얀 손. 수혁은 키를 핑계 삼아 서희의 손을 잡았다.

차 키를 가져가기 위해 손을 뻗었던 수혁이 자신의 손을 잡고 놓지 않자 서희의 얼굴이 점점 붉어졌다. 그러면서 잡힌 손을 빼려고 힘을 줬다.

"저, 저기 오빠. 손, 손 좀 놔주세요."

기어 들어가는 목소리로 서희가 말하자 수혁이 고개를 숙여 서희를 바라봤다.

수혁의 의미를 알 수 없는 눈빛에 서희의 목이 자라목처럼 기어들어갔다. 잔뜩 움츠러든 그녀의 어깨를 두드려 준 뒤 수혁이 차에오르자 서희도 깊은 한숨을 내쉬고 차에 올랐다. 하지만 서희가 조수석에 올라 문을 닫을 때까지 수혁은 시동을 걸지 않고 가만히 앉아 있었다.

출근 시간이 다 되어 가는데 미동도 없는 수혁 때문에 애가 탄서희가 그를 불렀다.

"저기 오빠, 이러다간 늦겠어요."

서희의 목소리에 수혁이 생각에서 벗어나 그녀를 돌아봤다. 아무래도 콩깍지가 제대로 씐 것 같았다. 남들이 뭐라 해도 그의 눈에는 서희가 마냥 예뻤던 것이다.

조금 전 그랬던 것처럼 수혁이 또 빤히 쳐다보자 눈 둘 곳이 없어 서희가 창밖을 보며 딴청을 피웠다. 그때 어젯밤에 맡았던 수혁의 스킨 냄새가 훅 나면서 그가 서희에게 다가왔다. 동그래진 눈으로 그를 쳐다보자 수혁이 팔을 뻗으며 귓가에 대고 말했다.

"안전벨트 하고 가야지."

"네."

당황해하는 서희 때문에 수혁은 속으로 웃음을 삼켰다. 그리고 더 지체했다가는 진짜 지각을 할 것 같아 서둘러 차를 출발시켰다.

회사에 도착해서 하루를 시작하면서도 서희는 정신이 없었다. 자신을 빤히 쳐다보던 수혁의 눈빛이 자꾸 떠올랐기 때문이다. 무의식적으로 일을 하면서도 실수가 없다는 게 그나마 다행이었다. 그렇게 정신없이 오전이 흘러가고 점심시간이 되었다.

이제는 수혁이 서희를 챙기는 것이 자연스러운 일이 되어서 비서실 직원들도 이상하게 생각하는 사람이 없었다. 최근 들어서는 외근이 없어 모두들 식당으로 내려가고 비서실에는 서희만 남았다.

수혁이 구내식당으로 내려가면 다른 부서의 직원들이 불편해하기 때문에 비서실 직원들이 식사를 마치고 올라오면 두 사람은 외부로 나가 식사를 했다.

하지만 오늘은 세 사람이 구내식당으로 내려가자 수혁의 지시로 도시락을 배달시켜 지금 두 사람은 회장실에 마주 앉아 있었다. 시원한 매실차 한 잔씩을 앞에 두고 두 사람은 도시락을 먹기 시작했다.

골고루 먹지 않으면 수혁이 반찬을 집어 주기 때문에 서희는 최대한 골고루 먹기 위해 노력을 했다. 그런 서희를 힐끗거리며 수혁도 식사에 열중했다. 절반쯤 먹었을 때, 갑자기 회장실 문이 열렸다. 문이 열리자 놀란 두 사람의 시선이 모두 그쪽으로 향했다. 거기에는 혜아가 서 있었다.

"어머! 사무실에서 식사하시는 거예요?"

한 손에 쇼핑백을 들고 혜아가 걸어 들어오면서 말했다. 갑작스런 혜아의 방문에 서희가 급하게 일어났다.

"어떻게 들어오셨습니까?"

"어머 얘는, 친구끼리 무슨 높임말이야? 얼굴을 기억하고 있었는지 로비에서 그냥 통과시켜 주던데?"

탁자 앞으로 걸어온 혜아가 쇼핑백을 내려놓으며 말했다.

"그런데 넌 기사가 상사하고 밥도 먹니?"

혜아의 말에 기가 찼지만 서희는 별다른 대꾸 없이 주섬주섬 도시락을 챙겼다. 그 모습을 보던 수혁이 말했다.

"최 실장, 커피 부탁해요."

"네."

대답을 한 서희가 밖으로 나가자 혜아가 소파에 앉았다.

"초밥 좀 사 왔는데 도시락을 드셔서 못 드시겠다. 그죠?"

말을 마친 혜아가 늘씬한 다리를 보란 듯이 꼬았다. 그런 혜아를 한 번 쳐다본 수혁이 말했다.

"사무실에 없으면 어쩌려고 연락도 없이 왔습니까?"

"밑져야 본전이라고 생각했죠."

그때 서희가 커피 잔을 가지고 들어오자 혜아가 싱긋 웃으며 말했다.

"고마워, 서희야."

목례를 하고 돌아서는 서희를 수혁이 불렀다.

"최 실장, 이거 초밥이라는데 이걸로 식사 계속해요."

"괜찮습니다."

"아니. 그냥 가지고 나가서 먹어요. 사 온 사람 성의도 있는데……."

평소와 다른 굳은 그의 목소리에 서희가 도시락을 받아 들었다.

"네. 알겠습니다. 잘 먹을게 혜아야."

수혁의 지시대로 서희가 쇼핑백을 가지고 나가자 그 모습을 보는 혜아의 속이 부글부글 끓어올랐다. 사 온 사람 성의를 생각해서 맛이라도 볼 거라 생각했는데 가방째 서희가 가지고 나가자 속이 상했던 것이다.

그에게 가져다주려고 고급스러운 곳에서 비싼 걸로 사 왔는데, 그것을 서희가 홀랑 가져가니 속이 쓰렸다. 하지만 수혁의 앞에서 표현을 할 수 없어 꾹 참는 혜아였다.

한편 쇼핑백을 가지고 나온 서희는 난감했다. 수혁의 말대로 식사를 마저 해야 했지만, 그렇다고 혜아가 사 온 초밥을 혼자서 먹기에는 뭐했던 것이다. 잠시 고민을 하던 서희는 초밥을 냉장고에 넣어 놓고 다시 자리로 돌아왔다.

잠시 뒤 식사를 마친 직원들이 사무실로 들어오고 얼마 지나지 않아서 혜아가 사무실에서 나왔다.

지난번에 그녀에게 안 좋은 기억이 있었던 직원들의 표정이 미세하게 일그러졌다. 하지만 비서로서 그런 티를 내지는 말아야 했기에 애써 밝은 얼굴로 나가는 혜아를 배웅했다. 혜아가 사무실을 나가고 잠시 뒤 서희의 인터폰이 울렸다.

"네, 회장님."

- 잠시 들어와요.

"알겠습니다."

수혁의 호출에 서희가 사무실로 향했다. 예고 없는 혜아의 방문 때문인지 수혁의 얼굴이 평소보다 굳어 보였다. 여전히 소파에 앉아 있던 수혁이 혜아가 들어오자 그녀에게 말했다.

"아까 김혜아 씨가 가져온 도시락 먹었어?"

"아뇨, 아직……."

"그럼 그거 가지고 들어와. 같이 먹자."

"아뇨, 회장님. 전 괜찮습니다."

"도시락 절반도 못 먹었어. 그냥 가지고 와. 너 안 들어오면 내가 비서실로 나간다."

수혁의 엄포에 서희는 하는 수 없이 도시락을 챙겨 들고 회장실로 들어 왔다. 서희가 도시락만을 들고 들어가자 눈치 빠른 박 대리가 민경에게 부탁했다.

"민경 씨, 아무래도 좀 전의 손님 때문에 두 분 식사를 제대로 못 하신 것 같은데 뭐 마실 거라도 드리고 와요."

"네. 아휴, 그 여자는 처음부터 별로더니 갈수록 밥맛이에요. 하필 점심시간에 찾아올 게 뭐예요?"

"그러게요."

민경의 말에 옆에 있던 제희도 맞장구를 쳤다.

한편 회장실에는 혜아가 사 온 도시락을 펼쳐 놓고 수혁과 서희가 마주 보고 앉았다. 그를 위해 신경 써서 골랐는지 초밥은 고급 생선들 위주로 구성되어 있었다.

"김혜아 씨가 신경 좀 썼는데?"

같이 들어 있던 나무젓가락을 들어 서희에게 주면서 수혁이 말했다.

"그냥 혼자 드시지……."

"군소리 말고 먹어. 최 실장도 그렇겠지만 나도 혼자 먹는 밥, 맛없어."

수혁의 말에 서희는 더 이상 말을 못하고, 젓가락을 집어 들었다. 그때 노크 소리가 나며 민경이 녹차를 가지고 들어왔다.

"고마워요."

수혁이 인사를 하자 민경이 가벼운 목례를 하고 사무실을 나갔다. 중단되었던 식사를 다시 하며 수혁은 계속 서희를 힐끗거렸다. 그러면서 비싸고 맛있는 초밥을 서희의 앞으로 밀었다.

평소와 다른 수혁의 분위기에 서희는 아무 말 없이 그가 건네는 초밥을 먹었다. 조용한 분위기에서 식사가 마무리되자 수혁이 녹차로 입을 헹구며 서희에게 물었다.

"김혜아 씨하고 잘 아는 사이야?"

"그렇게 잘은 아니고……."

혜아의 관계를 어떻게 설명해야 할지 난감한 서희가 말끝을 얼버무렸다. 그런 서희의 모습에 어젯밤 호텔에서의 일이 생각이 난 수혁은 화가 치밀었다.

"최서희, 오빠 봐."

단호한 수혁의 목소리에 서희가 고개를 들었다.

"너, 죄졌어?"

"……아뇨."

"그런데, 왜 당당하지 못해? 평소에 똑 부러지게 일하는 최서희, 어디 갔어? 말 더듬지 말고 네 의견 다 말해야지! 왜 멍청하게 그래?"

수혁의 모습에 서희의 눈이 커졌다.

"내가 화내는 건 지금 일 때문만은 아냐. 김혜아 씨 앞에서도 하고 싶은 말 당당하게 못하잖아. 호텔에서 기사냐고 물었을 때 왜 비서실장이라고 말 못 해?"

서희가 놀란 얼굴로 쳐다보자 한 손으로 소파를 내리쳤다. 평소와는 다른 자신에게 놀란 서희가 입을 다물지 못하고 쳐다보자 수혁이 소파를 내리쳤던 손으로 머리를 쓸어 올리며 한숨을 내쉬었다. 그리고 자리에서 일어나 인터폰을 눌렀다.

– 네, 회장님.

박 대리의 목소리에 수혁이 물었다.

"오늘 오후 스케줄 어떻게 됩니까?"

– 3시에 회의가 잡힌 것 빼고는 특별한 것은 없습니다.

"그럼 회의를 미룹시다. 내일로. 가능하겠습니까?"

– ……네, 가능합니다. 내일 오전으로 미룰 수 있습니다.

잠시 스케줄 표를 확인하던 박 대리가 대답했다.

"알겠습니다. 그럼 회의 미루세요. 그리고 최 실장 지금 나하고 나갑니다. 박 대리가 퇴근 때까지 수고 좀 해 주세요."

말을 마친 수혁이 인터폰을 끄고 재킷을 집어 들었다. 그리고 아직도 멍하게 앉아 있는 서희의 손목의 잡아채어 사무실 밖으로 나갔다. 평소에 웬만해서는 큰 소리가 나지 않는 수혁의 방에서 고함 소리가 나자 비서실 직원들이 모두 놀랐다.

그런데 잠시 뒤 회장실의 문이 벌컥 열리고 수혁이 서희를 데리고 사무실을 나가자 직원들은 어리둥절했다.

"무슨 일이죠?"

"그러게요. 좀처럼 화를 잘 안 내시는데."

제희와 민경의 말에 박 대리가 대꾸했다.

"신경 끄고 일들 해. 우리는 특히 입조심인 거 몰라?"

박 대리의 말에 민경은 다시 서류로 눈길을 돌렸고, 제희는 탁자를 치우려고 회장실로 들어갔다.

서희를 차에 태운 수혁은 차를 몰아 그의 집으로 향했다. 남들 눈과 귀를 신경 쓰지 않고 이야기 나눌 수 있는 조용한 곳이 필요하다고 생각했기 때문이었다.

아무 말 없이 굳은 얼굴로 운전을 하는 수혁의 눈치를 살피며 서희는 속으로 한숨을 내쉬었다. 수혁이 왜 화를 내는 것인지 당최 이유를 몰라 더욱 갑갑할 뿐이었다.

그저 자신과 혜아의 관계를 설명하기가 어려워 망설였던 것 뿐인데 수혁이 화를 내니 당황스러웠다.

"내려."

아무런 대꾸 없이 서희가 가만히 앉아 있자, 수혁이 서희의 팔을 잡아당겼다.

"힘 빼지 말자. 내려."

그가 당기는 힘에 서희가 마지못해 차에서 내리자 수혁이 서희를 데리고 집으로 들어갔다.

직접 현관문을 열고 들어가자 평소보다 일찍 퇴근한 수혁을 본 도우미가 놀라 쳐다봤다.

"아주머니. 오늘은 좀 일찍 퇴근하셔야겠습니다."

두 사람의 분위기가 심상치 않은 것을 눈치챈 도우미가 서둘러 앞치마를 벗었다.

"그럼 오늘은 일찍 퇴근할게요. 저녁 준비는 다 되어 있으니 최 실장이 챙겨 드리면 되겠네."

도우미가 서둘러 나가는 것을 본 수혁이 주방으로 가 벌컥벌컥 물을 들이켜 마음을 진정시키고 다시 거실로 나오니 서희가 창밖을 바라보고 있었다.

"서희야."

수혁의 부름에 서희가 돌아섰다.

"이리 앉아 봐."

재킷을 벗으며 수혁이 말했다. 잠시 그를 바라보던 서희가 다가와 소파에 앉았다. 수혁도 그녀의 옆에 자리 잡고 앉으며 입을 열었다.

"사무실에서는 화내서 미안해. 그런데 내 말이 틀린 것은 아니잖아."

서희는 대답 없이 앉아 있었다.

"어제 김혜아 씨가 너한테 하는 말을 우연찮게 들었는데 제대로 대꾸 못 하는 네 모습에 속이 상해서 나도 모르게 큰 소리가 나왔어. 미안하다."

그의 말에 가만히 앉아 있던 서희가 물었다.

"왜요? 왜 화가 나세요?"

그녀의 질문에 수혁이 서희를 바라봤다. 그리고 눈을 맞추고 말했다.

"내가 왜 식사 때마다 챙기는지, 차 키 받을 때 손을 잡는지, 술

취한 척하며 널 안는지 모르겠어? 김혜아 씨가 너한테 함부로 말하는 것에 왜 화내는지 그게 궁금해?"

"네. 궁금해요. 왜 그러세요, 저한테?"

아직도 그의 행동들을 이해하지 못한 서희가 그를 바라보며 물었다.

"글쎄 왜 그럴까?"

대답은 하지 않고 자신의 두 눈을 뚫어져라 보기만 하는 수혁 때문에 서희가 열이 오르는지 얼굴이 점점 붉어졌다.

"……최서희한테 관심이 생겼거든. 처음에는 그냥 유능한 비서라고 생각했는데, 시간이 갈수록 최서희가 여자로 보이는 거야."

수혁의 말에 서희의 얼굴은 더 붉어지고, 눈이 동그래졌다.

"네?"

"나 임수혁이, 최서희를 좋아한다고. 무슨 말인지 모르겠어?"

수혁의 말에 서희가 급하게 고개를 숙였다.

그의 말에 서희는 정신을 차릴 수가 없었다. 그냥 자신이 아프면 일에 지장이 생길까 봐 챙기는 것이라고 생각했지 수혁이 다른 마음을 가지고 있다는 것은 꿈에도 생각해 본 적이 없었기 때문에 많이 당황스러웠다.

"왜, 왜요?"

"글쎄……. 사람이 사람 좋아하는데 이유가 있어야 돼? 너 좋아하는 데 아무 이유 없어. 그냥 어느 날부터 네가 눈에 들어왔고, 이제는 네가 마음에 들어왔어. 더 이상 어떤 설명이 필요해?"

"왜…… 저예요?"

혼란을 가득 담은 눈으로 서희가 수혁을 바라봤다.

"마음이 시키는 일을 내가 어떻게 알겠니?"

수혁이 그녀와 눈을 맞추며 말했다.

"난…… 불행한 사람이에요. 그냥 직원으로만 봐 주세요."

"왜 불행한 사람이야? 부모님이 일찍 돌아가셔서? 그럼 나도 불행한 사람이야. 나도 서희랑 같거든."

"그게 아니라……."

"알아. 서희 부모님이 어떻게 돌아가셨는지 할아버지한테 들었어. 그런데 서희야. 그거 서희 잘못 아니잖아. 잘못을 따지자면 오히려 비 온 뒤에 널 데리고 산에 가신 두분을 원망해야지. 하지만 그건 단지 운이 나빴던 것일 뿐이야. 네 잘못이 아니야."

"아니에요. 내가 미끄러지지만 않았어도……."

수혁이 말을 하는 사이 눈물이 차올라 울먹이는 서희의 뒷머리를 손으로 당겨 품에 안으며 수혁이 말했다.

"아냐. 그날은 정말 운이 안 좋았던 거야. 그러니깐 네가 불행한 아이라는 생각 하지 마. 네가 왜 불행해. 난 널 볼 때마다 행복해지는데."

수혁의 다정한 말에 서희가 울기 시작했다.

"사, 사람들이…… 내가 부모 잡아먹은 애라고 했어요. 오빠도 나 때문에 불행해질 거예요."

"그런 말이 어디 있어?"

아무 생각 없이 어린 서희에게 상처를 준 사람들을 수혁은 속으로 욕했다. 그러면서 서희의 등을 두드려 줬다.

"아니야. 그건 남 말 하기 좋아하는 사람들이 하는 소리야. 그런 말이 어디 있어? 그 사람들이 틀린 거야."

"흐흐흑."

"내게 오기 겁나면 그냥 있어. 내가 갈게. 도망만 치지 마. 그러기만 해 봐. 지구 끝까지 쫓아갈 거니깐."

수혁은 서희의 등을 두드려 주며 실컷 울게 놔두었다.

수혁의 품에 안긴 서희는 꽤 오랫동안 눈물을 흘렸다. 어느 정도 울음이 잦아들었을 때 서희가 고개를 들었다. 너무 울어 코까지 빨개진 얼굴로 수혁에게서 얼른 떨어지려고 했다. 하지만 수혁이 안고 있는 팔에 힘을 더 주며 놓아주지 않자 서희가 말했다.

"오, 오빠 놔주세요."

"아니. 그렇게는 못하겠어."

그러면서 감은 팔에 힘을 더 주는 수혁이었다.

품 안에 안겨 숨 한번 제대로 쉬지 못하는 서희를 보며 수혁이 웃었다.

"서희야. 오빠가 안 잡아먹어. 숨 쉬어."

"……놔주세요."

이러다간 정말 사람 하나 잡겠다 싶어 수혁이 팔을 풀자 서희가 얼른 저만치 떨어져 앉았다.

"서희야. 오빠가 그냥 하는 말 아냐. 이제 숨길 생각도 없고, 숨기고 싶지도 않아. 그러니깐 좀 전에 말한 것처럼 그냥 기다려. 그럼 내가 다 알아서 할게."

"……회장님하고 할머니가 싫어하실 거예요."

"아니 좋아하셔. 내가 벌써 말씀드렸어."

수혁의 말에 서희가 숙이고 있던 고개를 들었다.

"두 분은 언제나 내 편이고, 네 편이야. 그러니깐 더 이상 겁먹지 말고 도망만 가지마."

"휴, 뭐가 뭔지 모르겠어요."

정말 혼란한 표정으로 서희가 말했다. 그런 서희의 옆으로 수혁
이 다가가 앉으며 다시 품에 안았다.

"괜찮아. 이제 차차 알게 될 거야."

뜻하지 않은 상황에 서희에게 마음을 고백하게 된 수혁이지만,
오히려 잘됐다는 생각을 했다. 그리고 이제는 더 이상 서희가 상처
받지 않게 자신이 지켜 줘야겠다고 생각했다.

그에게 붙들려 나온 터라 차가 없는 서희를 집으로 바래다준 뒤
수혁은 회사로 돌아갔다. 그가 퇴근한 줄로만 알았던 직원들이 모
두 놀라 자리에서 일어났다.

"박 대리, 보안 담당 불러 줘요."

"네, 회장님."

수혁이 심상치 않은 표정으로 보안담당을 찾고는 회장실로 들어
가자 박 대리가 급하게 보안실로 연락했다. 잠시 뒤, 박 대리의 연
락을 받은 보안 팀장이 긴장된 얼굴로 올라왔다.

똑똑똑.

"들어오세요."

수혁의 허락이 떨어지자 옷매무새를 다시 가다듬은 보안 팀장이
회장실 안으로 들어갔다.

창밖을 바라보던 수혁이 인기척에 뒤돌아섰다.

"부르셨습니까, 회장님."

"오늘 안내데스크 직원이 누굽니까?"

"김미숙 씨와 강영주 씨입니다. 무슨 언짢은 일이라도 있으십니까?"

"한 번 왔던 외부인이라도 약속이 되어 있지 않으면 비서실로 연락이 와야 정상 아닙니까?"

보안 팀장은 점심시간에 수혁을 찾아왔던 혜아를 두고 하는 말인 것을 바로 눈치챘다.

"죄송합니다."

"언제부터 마음대로 외부 손님을 로비에서 통과시켰습니까? 누군지 알고 그렇게 일 처리를 합니까?"

분명 자신의 부하 직원의 실수였기 때문에 보안 팀장은 입이 열 개라도 할 말이 없었다.

"앞으로 직원 교육 똑바로 시키십시오. 전 두 번은 없습니다."

"네. 시정하도록 하겠습니다."

"그럼 나가 보세요."

팀장이 나가자 수혁은 넥타이를 풀어 헤쳤다. 오늘 혜아의 방문이 서희에게 고백하는 계기가 되기는 했지만, 그렇다고 계속 이렇게 약속도 정하지 않고 불쑥 방문을 하는 것을 그냥 두어서는 안 되겠다는 생각을 한 수혁이 일단 보안 팀에 주의를 주었다.

혜아가 보안 팀의 말을 듣느냐 마느냐에 따라 수혁의 다음 행동이 달라질 것이었다.

자신을 집 앞에 데려다 주고 다시 회사로 들어가는 수혁을 본 서희는 집 안으로 들어왔다. 그리고 옷도 갈아입지 않은 채 거실 소파에 앉았다. 지금 자신에게 어떤 일이 일어났는지 도무지 알 수가 없었다.

솔직히 그동안 자신을 챙겨 주는 수혁을 의식을 안 했다면 거짓말이었다. 어린아이처럼 숟가락 위에 반찬을 올려 주는 것도, 회식 자리에서 챙겨 주는 것도, 혼자 먹기 싫다는 핑계로 그녀의 식사를 챙기는 것까지. 지금 생각해 보면 이 모든 것을 어쩌면 자신이 즐기고 있었는지도 모른다는 생각이 들었다.

어린 나이에 남들은 생각지도 못한 일을 겪으며, 서희는 자신도 모르게 안으로 숨을 생각만 했었다. 아직도 기억에 또렷이 남아 있는 부모님의 마지막 모습과 사춘기 시절 내내 홀로 남은 손녀 걱정에 하루라도 마음 편하게 지내 본 적이 없는 할아버지를 보며, 자신이 남들처럼 웃고 즐기고 기뻐하는 것은 먼저 간 식구들에게 죄 짓는 일인 것만 같았다.

그래서 되도록이면 남들과 어울리는 것도 피해 왔고, 항상 죗값을 치른다는 생각으로 묵묵히 있는 듯, 없는 듯 살아왔다. 그런데 그런 자신을 수혁이 좋아한다고 하니, 어떻게 해야 좋을지 몰랐다.

한동안 그렇게 멍하니 거실에 앉아 있던 서희가 갑자기 일어나 작은방으로 갔다. 그리고 먼지가 쌓여 있는 상자들을 뒤지기 시작했다.

한참 뒤 서희는 두툼한 앨범 하나를 찾아내었다. 애타게 앨범을 찾아 놓고도 서희는 쉽게 그것을 펼치지 못하고 한참을 망설였다. 그러나 이내 결심을 한 듯 조심스럽게 표지를 넘겼다.

제일 첫 장에는 하얀 피부에 인형같이 예쁜 아기가 카메라를 응시하며 웃고 있었다. 서희의 돌 사진이었다. 그다음 페이지를 펼치자 서희의 부모님과 할아버지의 사진들이 있었다. 모두들 서희를 안고 행복해하는 모습이었다. 그렇게 앨범을 넘기던 서희의 손이 멈추었다.

그녀의 손이 멈춘 페이지에는 부모님이 환하게 웃으며 찍은 사진이 있었다. 사진 속에는 두 분이서 어깨동무를 하고 계셨다. 그리고 정말 환한 미소를 보이며 카메라를 바라보고 계셨다.

부모님이 돌아가시고는 한 번도 꺼내 보지 않은 앨범이었다. 할아버지가 돌아가시기 전 이 집으로 이사해 왔고, 입원한 할아버지의 간호를 돕느라 짐 정리를 차일피일 미뤄 왔다. 할아버지가 돌아가시고는 혼자서 마주하게 될 과거의 행복했던 기억에 차마 정리를 못 했었다.

그렇게 15년 전 이사한 후, 한 번도 열지 않은 작은방은 서희의 봉인된 기억 창고처럼 먼지만 가득히 쌓이게 되었다. 한참 두 분의 사진을 보는 서희 두 눈에 어느덧 눈물이 흘렀다. 서희가 가만히 두 분의 얼굴을 손으로 쓸었다.

"엄마, 나 행복해도 돼?"

서희가 물었지만 사진 속의 두 분은 웃고만 계셨다.

"나 행복해도 되냐고. 흑, 흑, 엄마 아빠 잡은 내가 행복해도 되는 거냐고!"

조금씩 들썩이던 어깨가 이제는 크게 흔들리며 서희가 대성통곡을 했다.

부모님의 장례식에서도 이렇게 울지 않았었다. 그런 서희를 보며 어른들은 지나가듯 한마디씩 했다. 어린것이 독하다고, 제 부모 잡아먹고 눈물 한 방울 안 흘린다고.

하지만 그때 서희가 울지 않은 것은 독해서가 아니었다. 자신이 울면 정말 부모님이 하늘로 가는 것이 될까 봐 겁이 나서 울지 못했다. 끝내 서희는 울지 않았지만, 장례식은 끝이 났고, 부모님은 영영 서희의 곁으로 올 수 없는 곳으로 가셨다.

장례식이 끝나고서는 노심초사 그녀만을 바라보는 할아버지 때문에 서희는 마음 놓고 울지 못했다. 그때 못 흘린 눈물을 지금 흘리고 있었다. 얼마나 울었을까? 환하던 방이 어느새 어두워져 있었다.

정신을 차린 서희가 휘청거리며 일어나 안방으로 향했다. 옷을 갈아입고, 간단하게 세수를 한 뒤, 소파위에 올려 둔 가방을 뒤적여 핸드폰을 꺼냈다. 그리고 수혁에게 전화를 했다.

– 여보세요?

"……."

아직 울음의 기운이 남아 있는 서희가 바로 대답하지 못했다.

– 서희야, 왜 그래?

아무 말 없는 서희 때문에 애가 탔는지 수혁이 다시 불렀다.

– 서희야, 무슨 일 있어?

걱정스런 목소리로 자신의 안부를 묻는 그의 목소리에 서희는 다시 가슴이 먹먹해졌다. 그러려고 전화를 한 건 아니지만 다정한 그의 목소리를 듣자 또다시 울음이 터졌다.

"오, 오빠! 흐흐흑."

갑자기 울음을 터트리는 서희 때문에 수화기 너머에서 수혁이 놀랐다.

– 왜 그래? 집이지? 오빠가 갈게. 기다려.

서둘러 전화를 끊은 수혁이 차 키를 챙겨 들고 사무실을 박차고 나갔다.

감정을 잘 추슬렀다고 생각했는데, 막상 수혁의 목소리를 들으니 다시 터져 나오는 울음을 서희는 막을 수가 없었다. 또 그렇게 하염없이 울고 있을 때, 현관에서 벨 소리가 들렸다.

딩동, 딩동.

"서희야!"

뒤이어 수혁의 목소리가 들리자 서희가 비틀거리며 일어나 현관 문을 열었다.

"오빠⋯⋯."

땀과 눈물로 범벅이 된 서희가 문을 열어 주자 수혁이 얼른 안으로 들어왔다.

"서희야!"

서희는 수혁의 외침을 들으며 서서히 어둠 속으로 빨려 들어갔다.

수혁은 무너지듯 안겨 오는 서희를 안아 들었다.

그리고 지난번에 아픈 서희를 발견했었던 안방으로 가 서희를 눕혔다. 얼마나 운 것인지 얼굴은 퉁퉁 부어 있었고, 온몸은 땀에 젖은 것 같았다. 일단 병원에 전화해 김 박사를 불렀다.

서희가 쓰러졌다는 말에 김 박사가 얼른 오겠다는 말을 건네고 전화를 끊었다. 이렇게 주위 사람 모두가 자신을 아끼고 걱정하는데 그것을 모르고 자신만의 세계에 갇혀서 불행을 자초하는 서희가 안쓰러워 수혁이 젖은 머리카락을 가만히 쓸어 올렸다.

그리고 자신도 놀란 마음을 진정시키기 위해 물을 마시러 주방으로 향했다. 그때 빼꼼히 문이 열린 작은방이 보였다. 열린 방문을 닫기 위해 수혁이 방 앞으로 갔을 때, 방 한가운데 펼쳐진 앨범을 보았다. 그리고 먼지로 뒤덮인 방 안의 모습이 눈에 들어왔다.

허리를 숙여 일단 앨범을 주워 든 수혁은 사진 속에서 처음으로 서희의 부모님을 볼 수가 있었다. 그리고 먼지가 뽀얗게 내려앉은 상자들을 보고, 오늘 서희가 왜 실신할 정도로 심하게 울었는지 짐작하게 되었다.

일단은 앨범을 접어 한쪽에 놓아둔 뒤 다시 주방으로 향하려고 하는데 현관에서 벨소리가 들렸다.

딩동, 딩동.

"누구세요?"

"수혁아, 나다."

"네."

김 박사의 목소리를 알아듣고는 얼른 현관으로 몸을 돌렸다.

"어떻게 된 거야? 서희는?"

"안방에 있어요."

수혁의 안내에 김 박사가 급하게 안방으로 들어갔다. 그리고 찬찬히 진찰을 하더니 수혁에게 말했다.

"괜찮아. 기운이 빠진 것뿐이야. 한숨 자고 나면 괜찮아질 거야. 그래도 온 김에 영양제 한 대는 놔 주고 갈게."

서둘러 가져온 링거를 서희의 팔에 연결했다. 그리고 방 한구석에 있는 옷걸이를 옮겨 와 링거를 거기에 걸었다. 그리고 서희가 푹 잘 수 있게 두 사람은 거실로 나왔다.

"어떻게 된 거야?"

김 박사의 말에 잠시 머뭇거리던 수혁이 그를 데리고 작은방에 갔다. 그리고 서희가 보던 앨범을 그에게 보여 줬다.

"이걸 봤나 봐요. 먼지가 많이 쌓여 있는 것을 보니 그동안 한 번도 안 본 것 같은데……."

수혁의 말대로 먼지가 가득 쌓인 방을 둘러본 김 박사는 방에서 나와 거실 소파에 앉았다.

"갑자기 왜 그랬을까? 제 부모하고 관련된 건 쳐다보지도 않던 애야. 마음에 변화가 생긴 것 같은데, 수혁아, 넌 뭐 아는 거 없냐?"

김 박사의 말에 수혁이 머뭇거렸다. 그러자 그 모습을 보던 김 박사가 다시 말했다.

"아는 것 있으면 말해 줘. 어쩌면 서희의 심리치료를 다시 시작해도 될 것 같아서 그래."

"그럼, 치료가 가능하다는 말입니까?"

"서희에게는 본인의 의지가 치료야. 밖으로 난 상처는 꿰매고 약 바르면 낫지만 마음속에 생긴 병은 오로지 본인의 의지가 약이 될 수 있지. 겉으로 드러난 상처가 아니니 작정하고 숨기면 의사도 어쩔 수 없어. 그동안 서희가 그래 왔어. 하지만 제 스스로 부모님의 사진을 꺼내서 봤다는 건 뭔가 발전 가능성이 있다는 소리 아니겠냐."

가만히 김 박사가 하는 말을 들은 수혁이 입을 열었다.

"사실…… 제가 서희를 좋아합니다. 그것도 많이요."

수혁의 말에 김 박사가 놀라서 쳐다봤다.

"오늘 말했어요. 그것 때문에 마음에 변화가 온 것 같기도 한데."

"네가 서희를?"

"네."

"하하하. 그랬구나, 그랬어. 하하하."

수혁은 큰 소리로 웃는 김 박사를 난감한 눈으로 바라봤다.

"그래. 그만 웃으마. 잘됐어. 이제 서희도 사랑받고 살아야지. 주위에서 어른들이 입으로만 걱정하는 것보다 내 사람이 챙겨 주는 게 더 좋지. 잘됐어. 하지만 수혁아, 반걸음만 천천히 가거라. 순진한 우리 서희 놀란다. 하하하."

짓궂은 표정으로 말하는 김 박사의 표정을 보며, 과연 사실대로 말한 게 잘한 일인지 걱정이 되는 수혁이었다.

이마에서 느껴지는 따뜻한 느낌에 서희가 서서히 눈을 떴다.

"기분 괜찮아?"

수혁이 부드러운 손길로 서희의 이마와 머리를 쓰다듬으며 말했다.

"어떻게 된 거예요?"

잠긴 목소리로 그녀가 물었다.

"어떻게 되긴. 우리 최서희 양께서 너무 열렬히 날 반기다가 기절한 거지."

수혁의 말에 서희가 피식 웃었다.

"어? 웃을 줄도 아네?"

그의 말에 서희가 다시 피식 웃었다.

"그래. 그렇게 웃자, 우리."

수혁은 아무것도 묻지 않고 그저 서희의 머리만 쓰다듬어 주었다. 그의 손길에 서희가 가만히 눈을 감았다 떴다.

"제가요…… 너무 느려 터져서 오빠가 갑갑할지도 몰라요."

"그래."

"아직은 제가 오빠를 좋아하는 건지 잘 모르겠지만요. 오빠가 조금 신경 쓰이기는 해요."

"그래. 그렇게 천천히 오는 거야. 네가 오고 내가 가면 언젠가는 만나게 되어 있어."

"네."

"더 자. 오늘 온종일 너무 울어서 탈진한 거래. 푹 쉬어야 해."

수혁의 따뜻한 손길을 느끼며 서희는 다시 잠으로 빠져들었다.

서희가 다시 잠드는 것을 본 수혁이 거실로 나왔다. 온종일 운 서희만큼은 아니지만 수혁도 온몸의 기운이 다 빠져나갈 정도로 정신이 없는 하루였다.

하지만 서희가 서서히 자신에게 마음의 문을 여는 것 같아 피곤하면서도 기분이 좋아지는 수혁이었다. 기운이 없는 서희를 혼자 두고 가기가 뭣해 소파에 몸을 뉘인 수혁이 전화기를 꺼내 할머니에게 전화를 했다.

－ 여보세요?

"할머니."

－ 그래. 수혁이니?

"네. 저녁은 드셨어요?"

－ 그럼. 시간이 몇 신데. 넌?

"저 지금 서희 집에 있어요."

 - 왜? 뭔 일 있는 게야?

지난번 서희가 병원으로 실려 간 뒤, 서희의 건강에 부쩍 신경을
쓰는 황 여사였다.

"제가 말했어요."

 - 뭘? ……말했어?

"네."

손자가 하는 말뜻을 알아들은 황 여사가 물었다.

 - 놀라지 않던?

"놀랐나 봐요. 그리고 돌아가신 부모님 생각이 많이 나는지 너무
울어서 탈진했어요."

 - 저런, 병원에는?

"김 박사님 다녀가셨어요."

 - 잘했구나. 내 다시 말하지만 서희한테 잘해!

"네. 그런데 할머니."

 - 그래. 왜 그러니?

"내일 성산댁 아주머니 서희 집으로 좀 보내 주세요."

 - 갑자기 성산댁은 왜?

"반찬도 좀 부탁드리고, 청소 좀 부탁드리려구요."

 - 청소?

"네, 자세한 건 나중에 말씀드릴게요."

무슨 일인지는 몰라도 생전 부탁이라고는 모르는 손자가 한 말
이라 황 여사는 흔쾌히 승낙을 했다.

 - 그래, 그러마.

"네. 쉬세요."

전화를 끊은 수혁이 자리에서 일어나 재킷을 벗었다. 그리고 욕실에서 간단하게 세수를 한 뒤 다시 소파로 돌아와 고단한 몸을 누이고 잠이 들었다.

7장

"오빠 일어나세요."

수혁은 자신을 깨우는 서희의 목소리에 눈을 떴다. 어느새 아침
이 되었는지 거실이 환하게 밝아져 있었다. 뻑뻑한 눈을 손으로 비
비며 수혁이 자리에 일어나 앉자 서희가 생수를 내밀었다. 물 잔을
받아 한 번에 시원하게 마신 수혁이 서희에게 잔을 건네자 서희가
얼굴을 붉히며 주방으로 들어갔다. 잠시 정신을 차리기 위해 앉아
있는 수혁에게 서희가 편의점 봉투를 내밀었다.

"이게 뭐야?"

봉투를 받아 들며 그가 물었다.

"저기, 집에 아무것도 없어서……. 면도기랑 칫솔이요."

"그래? 고마워."

봉투를 가지고 욕실로 들어가는 수혁을 본 서희가 다시 주방으
로 향했다. 그리고 수혁의 세면도구와 함께 사 온 시리얼을 그릇에

부었다. 냉장고에 황 여사가 챙겨 줬던 반찬들이 있었지만 일어나 보니 밥을 하기엔 늦은 시간이었다. 혼자였으면 그냥 출근했겠지만 수혁이 있어 큰마음 먹고 사 온 시리얼이었다. 우유까지 챙기고 난 뒤 서희도 출근을 위해 옷을 갈아입기 위해 안방으로 향했다.

욕실에 들어가서야 봉투 안을 들여다본 수혁은 면도기에 속옷까지 사 온 서희의 꼼꼼함에 혀를 내두르며 얼른 샤워를 했다. 옷은 아무래도 지금 옷 그대로 출근한 다음 사무실에 비상시에 입을 수 있게 구비해 놓은 것으로 갈아입어야 할 것 같았다.

수혁이 샤워를 하고 나오자 서희가 그를 불렀다.

"오빠. 밥은 아니어도 아침은 드셔야죠."

"그래? 아침이 있어?"

서희를 따라 주방으로 들어가니 시리얼이 그릇 안에 얌전히 담겨 있었다. 그리고 그 옆에는 우유가 있었다.

"정말이네? 먹자, 뭐든 먹어야 움직이지."

자신 때문에 준비한 아침이라는 것을 알고 수혁은 크게 반응해 주며 식탁 앞에 앉았다. 그리고 비록 미국에서 질리도록 먹어서 쳐 다보기도 싫은 시리얼이었지만 정말 맛있게 먹었다.

수혁과 서희, 두 사람의 관계가 발전된 줄 모르고 즐거운 마음으로 홍콩에 쇼핑을 다녀온 혜아가 수혁에게 가기 위해 한껏 치장을 했다. 그리고 그를 위해 준비한 넥타이를 챙겨서 집을 나섰다.

국내에 몇 대 없다는 스포츠카를 몰고 그의 회사 앞에 도착한 혜아는 안내데스크의 여직원에게 웃어 보이며 로비를 지나 안으로 들어가려 했다. 그런데 지난번과 달리 안내 직원이 그녀를 막았다.

"어디 가십니까?"

"어머, 왜 이래요? 나 세광의 김혜아예요. 당연히 회장님 뵈러 왔죠."

말을 마친 혜아가 다시 안으로 들어가려고 하자 이번에는 남직원이 막아섰다.

"죄송합니다. 비서실에 연락해 보겠습니다. 잠시만 기다려 주십시오."

"뭐야?"

혜아가 소리치는 것에 아랑곳없이 남직원이 비서실로 전화를 했다.

"여보세요? 네. 회장님을 찾으시는 손님이 계셔서요. 네. 김혜아 씨라고 합니다."

정중하게 용무를 전하는 남직원을 혜아가 눈을 부릅뜨고 지켜보고 있었다.

"……네, 알겠습니다. 수고하십시오."

전화를 끊은 직원이 혜아에게 말했다.

"잠시 뒤 회장님께서 외부 활동이 있으신 관계로 지금은 만나실 수가 없답니다. 죄송합니다."

"뭐라고? 이봐! 내가 누군지 알고 그러는 거야!"

"죄송합니다."

사과의 말만을 남긴 채 직원이 자리로 돌아갔다. 큰 소리를 치며 씩씩거리던 혜아는 문득 주변을 둘러보았다. 보는 눈들이 많아 안으로 들어갈 수 있는 상황이 아니라는 걸 깨달은 혜아는 돌아설 수밖에 없었다.

쫓기듯 로비에서 나와 차로 향하면서도 혜아는 분한 마음을 다스리지 못했다. 차 문을 열고 수혁에게 주기 위해 정성스럽게 포장한 넥타이를 아무렇게 집어 던졌다. 외부 활동을 나간다고 했지만 그녀는 그것을 믿지 않았다. 분한 마음을 이기지 못하고 한참이나 씩씩거리던 혜아는 차에 시동을 걸고 핸들을 거칠게 꺾어 빠르게 그곳에서 벗어났다.

로비에서 온 전화를 받은 서희의 기분은 썩 좋지 않았다. 업무에 관계되는 사람을 제외하고는 출입을 제한하라는 수혁의 지시로 혜아를 돌려보내기는 했지만 그녀의 성격을 알고 있는 서희로서는 또 찾아올 것이 분명한 혜아가 신경 쓰였다. 그리고 수혁의 지시가 있었지만 마음대로 돌려보낸 것도 신경이 쓰였다. 때마침 결재를 받을 서류가 있어 그녀는 수혁의 사무실로 향했다.

똑똑.

"들어오세요."

노크 소리와 함께 서류를 가지고 들어오는 서희를 본 수혁이 보고 있던 서류에서 눈을 뗐다.

"기획실에서 올린 서류입니다. 실장님이 올라오셔야 되는데 외부에 나가실 일이 생겨서 부탁하고 가셨습니다."

"그래요?"

"네. 이번에 하청계약을 맺기로 한 공장의 시찰을 직접 다녀오신다고 하셨습니다."

"알겠습니다."

그녀에게서 받아 든 서류에 눈길을 주며 읽고 있는데 서희가 나갈 기미를 보이지 않자 수혁이 다시 고개를 들었다.

"최 실장, 뭐 할 말 있습니까?"

"그게……."

"말해 보세요."

"좀 전에 로비에 혜아가 찾아왔는데……."

혜아가 왔었다는 말에 수혁이 서류를 내려놓고 서희를 바라봤다.

"그래서?"

"음…… 좀 있다가 외부로 나가신다고 못 만난다고 했습니다."

"그래?"

"네."

"왜?"

"네?"

수혁의 질문에 서희가 당황해 그를 쳐다봤다. 그런 그녀의 모습이 귀여워 속으로 웃음을 참으며 다시 물었다.

"왜 그랬냐고."

말투가 어느새 상사와 직원이 아닌 연인 관계로 돌아온 수혁이었다.

"음…… 약속도 안 되어 있었고."

"또? 그게 다야? 약속이 안 되어 있는 거?"

"……."

"서희야, 더듬지 말고 이야기해. 약속 없이 찾아온 손님 돌려보낸 거 당연한 거야."

수혁의 말에 서희가 두 눈 질끈 감고 말했다.

"싫어서요. 혜아가 오빠 만나는 거 싫어서요."

그녀의 말이 끝나자 수혁이 의자에서 약간 일어났다. 그리고 앞에 서 있는 서희의 팔을 당겨 그의 옆에 세웠다.

"싫었어?"

"네."

대답을 하면서 얼굴이 붉어지는 서희를 보고 수혁이 의자에서 일어났다. 그리고 서희의 눈을 바라봤다.

"잘했어. 나도 다른 남자가 서희랑 단둘이서 이야기하면 싫을 것 같아. 당연한 거야. 창피해할 필요 없어. 그리고 김혜아 씨는 친구 여동생이야. 난 아무런 감정 없어. 그 점은 걱정 안 해도 돼."

"네. 알았어요."

"다음에 또 찾아오면 오늘처럼 해. 알았지?"

말을 마친 수혁이 서희의 이마에 입을 맞추었다. 그러자 놀란 서희가 얼른 한 발 뒤로 물러섰다.

"하하하."

수혁이 웃으며 서희에게 말했다.

"서희야, 너 얼굴이 너무 붉어서 지금은 못 나가겠다."

수혁의 놀림에 서희가 급하게 사무실을 나갔다. 그런 서희의 뒷모습을 보는 수혁의 입가에는 미소가 떠나지 않았다.

서희가 천천히 마음을 열겠다고 약속을 한 뒤부터 두 사람은 퇴

근을 같이 했다. 때마침 수혁의 아파트 인테리어 공사도 끝나 필요한 것을 쇼핑하러 다니느라 함께 있는 시간이 더 늘어난 두 사람이었다.

오늘은 주방에서 쓸 용품을 구입하기 위해 마트로 향했다. 쓰던 것을 다시 써도 되지만 여자는 쇼핑을 하면서 스트레스를 푼다는 소리를 어디선가 들은 수혁이 이참에 주방용품을 바꿔야겠다며 서희를 데리고 나온 참이었다.

워낙 겉으로 감정 표현을 안 하는 그녀여서 마트로 가는 내내 서희는 별다른 반응이 없었다. 처음에는 수혁도 괜히 왔나 싶었지만, 쇼핑을 하면서 반짝이는 눈빛을 보니 오기를 잘했다는 생각이 들었다.

마트 안을 이곳저곳 둘러보던 서희가 그의 눈치를 보더니, 슬그머니 한쪽으로 발걸음을 옮겼다. 그러자 쇼핑카트를 끌고 다니던 수혁이 뒤따라갔다. 그곳은 마트 한쪽에 있는 애견 센터였다. 사람이 유리벽에 다가서자 진열장 안에 있던 강아지들이 서로 알아 달라고 꼬리를 흔들며 애교를 부렸다.

하지만 서희의 눈이 향해 있는 곳은 맨 아래 칸에 있는 강아지였다. 한눈에 봐도 작고 힘없어 보이는 강아지였다. 축 처져 있는 것이 어딘가 아픈 것 같았다. 유리벽에 기대어 서서 서희가 한참 그 강아지를 쳐다봤다. 그 모습을 보던 수혁이 서희의 손을 잡고 센터 안으로 들어갔다.

"어서 오세요."

"저기 진열장 맨 아래에 있는 녀석 좀 봅시다."

"저기 하얀 말티즈요?"

"네. 그 녀석이요."

"걔는 분양 안 해요. 많이 아프거든요."

주인의 말에 서희가 쪼그리고 앉아 강아지를 쳐다봤다.

"치료비가 너무 많이 나와서 저희도 엄두를 못 내고 있어요. 다른 건강한 애기들로 고르세요."

그녀의 말에 수혁이 서희를 바라봤다.

"서희야 어떻게 할래?"

"그냥 가요. 출근하면 제대로 챙겨 주지도 못해요."

아쉬운 표정이 가득한 채로 서희가 자리에서 일어났다. 그 감춰지지 못한 아쉬움이 마음에 걸린 수혁은 결심을 하고 다시 주인을 보았다.

"근처에 동물 병원이 있습니까?"

"병원이요? 저 아이 데려가시게요? 비용이 엄청날 텐데……."

"그냥 저 녀석으로 주십시오."

사람과는 달리 의료보험이 안 돼 비싼 수술비 때문에 심장 기형을 수술해 줄 수가 없었던 주인은 마음에 갈등이 생겼다. 막상 데려간다는 사람이 생기니 기쁘기도 했지만 아픈 강아지 뒤치다꺼리하다가 못 키우겠다고 버리면 어쩌나 싶었다.

"정말 데려가실 거예요?"

"네. 저 녀석한테 필요한 용품 챙겨 주시고 가까운 병원 좀 가르쳐 주십시오."

단박에 결정을 내리는 수혁의 말에 주인이 센터 안을 돌아다니며 이것저것 챙겼다. 사료부터 집까지 모든 것을 봉투에 담아온 주인이 수혁에게 말했다.

"물건값만 받을게요. 저 아이 데려가서 잘 키워만 주세요."

말을 마친 주인이 명함 한 장을 수혁에게 건넸다.

"저 아이 진찰하신 선생님 병원이에요. 한번 가 보세요."

명함을 건넨 주인이 진열장 문을 열고 작은 강아지를 꺼냈다.

"가서 아프지 말고 잘 살아."

그러고는 양손에 짐을 든 수혁 대신 서희에게 강아지를 건넸다. 너무 작아 부서질 것 같은 강아지를 품에 안은 서희의 얼굴에 긴장감이 역력했다.

주인에게 인사를 하고 나와 좀 전에 골라 둔 주방용품까지 계산한 뒤 두 사람은 마트를 나섰다. 쇼핑한 주방용품을 수혁의 집에 내려 둔 뒤 두 사람은 강아지를 데리고 서희의 집으로 향했다.

이동 중에도 강아지는 아픈 것인지 기운을 못 차리고 눈을 감고 있었다. 서희의 집 거실 한쪽에 사 가지고 온 개집의 포장지를 뜯고 자리를 잡은 뒤 서희가 안고 있던 강아지를 놔주었다. 그러자 킁킁 냄새를 맡던 강아지가 어둡고 구석진 자리로 비틀거리고 들어가 자리를 잡더니 다시 잠이 들었다.

그 모습을 보던 수혁은 왠지 강아지가 서희를 닮았다는 생각을 했다. 서희도 한참 강아지를 쳐다보더니 자리에서 일어나 애견 용품들을 정리하기 시작했다.

수혁은 주인에게서 받아 온 명함을 보고 병원으로 전화를 걸어 강아지의 상태에 대해 설명을 듣고 수술 날짜를 잡았다. 전화를 끊은 수혁이 작은 녀석의 등을 손가락으로 쓰다듬으며 말했다.

"얼른 나아서 언니랑 오빠랑 행복하게 살자."

그의 말에 대답이라도 하듯 두 눈을 깜박이는 강아지였다.

집 안을 부지런히 오가는 서희를 잠시 쳐다보던 수혁이 서희를 불렀다.

"서희야 이리로 와 봐."

"네."

그의 앞으로 오는 서희의 팔을 붙잡고 수혁이 작은방으로 이끌었다. 영문을 모르고 따라가던 서희가 작은방의 문이 열리자 놀라서 그를 쳐다봤다. 먼지로 가득하던 방의 상자들은 어느새 치워져 있었고, 상자 안의 물건들이 가지런히 정리되어 있었다.

"어떻게 된 거예요?"

"성산댁 아주머니 다녀가셨어."

서희가 쓰러지던 날 수혁이 할머니를 통해 성산댁에게 서희의 작은방을 치워 줄 것을 부탁했다. 서희가 눈치채지 못하게 미리 경비실에 부탁을 한 뒤 이틀에 걸쳐 성산댁이 낮에 몰래 찾아와 청소를 해 놓았던 것이다. 그리고 기회만 엿보다가 오늘 서희에게 방을 공개한 것이었다.

"그동안 어머님 아버님 갑갑하셨을 거야. 서희야. 힘들고 어렵겠지만 부모님이시잖아. 그리고 누구보다 널 사랑하신 분들이야. 네가 이렇게 슬퍼하고 계속 마음의 상처를 가지고 살아간다면 두 분도 편하지 않으실 거야. 그러니 이겨 내자. 내가 옆에 있고, 우리 강아지가 이제 건강해져서 네 곁에 있을 거야. 우리 같이 이겨 내 보자."

그의 말에 눈에 서서히 눈물이 차오른 서희가 머뭇머뭇 수혁의 품에 기대었다.

"정말 털어 낼 수 있을까요?"

"그럼. 그동안 마음고생 한 것만으로도 충분해."

서희의 이마에 입을 맞추며 등을 토닥여 주는 수혁이었다.

수혁의 회사 로비에서 쫓겨난 혜아는 스트레스를 풀기 위해 친구들과 만나기로 한 클럽에 도착했다.

클럽이 줄지어 늘어선 강남이 아닌 시내 판자촌에 위치한 이곳은 지역적인 단점에도 문전성시를 이룰 만큼 유명한 곳이었다. 오늘도 역시 붐비는 사람들을 헤치고 들어가자 먼저 자리를 잡고 있던 친구들이 알은체를 해 왔다.

"혜아야, 여기!"

"그래."

부러질 것같이 높은 하이힐을 신은 혜아가 총총거리며 친구들에게 갔다. 그리고 소파 한쪽에 털썩 주저앉아 옆자리 친구의 술잔을 집어 들어 쭉 들이켰다.

"어머, 왜 그래?"

"오늘 열 받아 죽는 줄 알았어."

"무슨 일 있었어?"

빈 잔에 술을 부어 주며 친구인 주희가 물었다.

"오늘 BS에 갔다가 망신당하고 왔어."

"왜?"

친구의 질문에 혜아가 좀 전에 있었던 일을 이야기했다.

"돌려보낸 그쪽도 좀 그렇지만 너도 그래. 약속도 안 하고 찾아가니? 우리 아버지도 보니깐 엄청 바쁘시던데. 우리 회사보다 큰 BS인데 오죽하겠니?"

"야!"

"아휴, 깜짝이야!"

혜아의 목소리에 주희가 놀라서 쳐다봤다.

"아무리 그래도 그렇지 우리 오빠랑 친구면서 어떻게 그러니? 친구 동생을 막 대해도 되는 거야?"

당최 말이 안 통하는 혜아와 길게 이야기해 봤자 머리만 아플 거라는 걸 아주 잘 아는 주희가 다시 술병을 들어 혜아의 잔을 채워 주었다.

"그러게. 임 회장이 잘못했네. 천하의 김혜아를 문전박대하고."

자기를 비꼬아서 하는 말인지 모르는 혜아는 주희의 말에 기분이 좋아져 잔을 비우며 말했다.

"그러니깐, 너무 사람을 몰라본다는 말이지."

혜아의 투덜거림은 그후로도 계속되었다. 말을 하며 곱씹을수록 화가 나 술을 마셔 대는 바람에 새벽이 되어서야 술자리가 끝이 났다. 얼마인지 모를 만큼의 술값은 계산서도 확인하지 않은 그녀가 지불했다.

새벽에 들어와 겨우 눈을 붙인 혜아가 늦은 아침 주방으로 내려가자 오빠인 혜석이 있었다.

"너 또 밤새 술 마신 거냐?"

"응. 아, 속 쓰려."

"네 나이도 내년이면 서른이야. 언제까지 이러고 다닐래?"

"내가 알아서 해. 오빠나 신경 써!"

부스스한 얼굴로 오전이 다 지난 시간에야 주방으로 내려온 동생의 모습에 잠시 본가에 들렀던 혜석의 얼굴에 한심함이 묻어났다.

"넌 어째 그 나이 먹도록 그 모양이냐."

"왜? 내가 뭐 어때서?"

"여자 나이 서른이 적어? 결혼은 그렇다 치더라도 일도 안 하고 놀고 있는게 말이 돼? BS의 최 실장을 봐라. 너랑 동갑인데 어쩌면 그렇게 다르냐? 최 실장은 다른 회사에서 서로 스카우트하려고 난리야. 돈 들여서 대학까지 보내 놨으면 제 앞가림은 해야지."

부모님도 하지 않는 잔소리를 오빠가 하자 짜증이 난 혜아가 소리쳤다.

"내가 알아서 해. 아침부터 웬 잔소리야! 오빠가 아빠야? 아빠냐고?"

적반하장이라고 더 큰 소리로 말대답을 하는 혜아의 모습에 더 이상 말할 가치를 못 느낀 혜석이 그녀에게서 돌아섰다. 그러고는 아버지 서재에서 필요한 책 몇 가지를 챙겨서 현관으로 향했다. 막 신발을 신는데 쪼르르 달려온 혜아가 그를 불렀다.

"오빠."

"왜?"

"아까 최 실장이라고 했지?"

"최 실장은 왜?"

"혹시 이름이 서희야?"

"그걸 네가 어떻게 알아?"

"최서희 맞아? 걔 운전기사 아니야?"

뜬금없는 말에 혜석이 미간을 찌푸렸다.

"얘가 무슨 소리 하는 거야."

"최서희가 수혁 씨 운전기사 아니었냐고."

"뜬금없이 무슨 운전기사? 비서실장이야."

"정말이야?"

확답을 원하는 혜아의 말을 무시하고 현관을 나서며 혜석이 말했다.

"이름 막 부르는 거 보니까 아는 사람인 모양인데 정 궁금하면 네가 물어보든지."

혜석의 말에 집을 나서는 오빠에게 인사도 하지 않고 혜아는 급하게 자신의 방으로 뛰어 올라갔다. 그 모습을 보던 혜석이 고개를 흔들며 밖으로 나갔다.

급하게 제 방으로 올라온 혜아가 어디론가 전화를 걸었다.

― 안녕하십니까, BS그룹 회장실입니다.

"나 김혜아예요. 서희 있어요?"

인사도 하지 않고 다짜고짜 서희를 찾자 전화를 받은 여자가 짜증이 묻어나는 목소리로 딱 잘라 대답했다.

― 지금 실장님은 회장님과 외부에 계십니다.

"실장? 서희가 운전기사가 아니라, 비서실장이에요?"

뜬금없는 혜아의 말에 여직원이 화가 난 목소리로도 큰 소리를 내지 않으려고 애쓰며 쏘아붙였다.

― 저기요. 김혜아 씨. 어떤 일로 실장님을 찾으시는지 모르겠는데요, 최 실장님은 운전기사가 아니라 저희 실장님이세요. 그리고 그게 이렇게 막무가내로 전화하셔서 물어보실 만큼 대단한 일은 아닌 것 같습니다. 그럼 바빠서 전화 끊겠습니다.

대답을 기다리지도 않고 전화가 뚝 끊겼다. 평소라면 무례하다며 신경질을 부렸을 일이었지만 그것에 신경 쓸 여유도 없이 혜아는 급하게 외출 준비를 했다.

❖　　❖　　❖

서희는 강아지를 데리고 병원을 가기 위해 잠시 외출을 했다. 어제 수혁이 예약을 해 놓은 뒤라 기다리지 않고 바로 진료를 받을 수가 있었다. 이럴 때는 집과 회사가 가까운 게 좋다는 생각을 하며 서희는 의사를 기다렸다.

잠시 뒤 진료실에서 나온 의사가 서희를 불렀다.

"저 녀석이 운이 좋습니다. 좋은 분 만났네요."

후덕한 인상의 남자 수의사가 차트에 기록을 하며 말했다.

"수술하면 괜찮아질까요?"

"심장 기형이라고 해도 심하지는 않아요. 생각보다 간단한 수술이긴 한데 아시다시피 얘들은 의료보험이 안 되니 비용이 부담스러운 게 사실이죠."

"돈은 신경 안 쓰고 있어요. 수술하면 살 수 있는 거죠?"

"그럼요. 수술은 내일 들어갈게요. 오늘 입원시키세요. 수술하고 일주일 정도는 병원에 있어야 할 거예요."

"감사합니다."

의사에게 인사를 하고 나온 서희가 강아지에게 다가갔다.

"오늘부터 일주일간 여기 있어야 한대. 내일 또 올 거야. 수술하고 건강해져서 다시 집으로 가자."

서희의 말에 하루 만에 정이 들었는지 강아지가 애처로운 눈빛으로 그녀를 바라봤다. 그때 간호사가 다가와 서희를 불렀다.

"강아지 이름은 정하셨어요?"

"이름요?"

"그럼요. 예쁜 이름으로 정하세요. 이름 불러 주는 거랑 그냥 부르는 거랑 달라요."

"아…… 잠시만요."

간호사의 말에 잠시 생각에 잠겼던 서희가 수혁에게 전화를 걸었다. 중요한 일이라고 생각되자 그와 의논하고 싶은 마음이 문득 들었기 때문이다.

– 여보세요?

"저기, 오빠."

– 그래. 병원에서는 뭐래?

회의 시간이 빠듯해 같이 병원에 오지 못한 수혁이 걱정스럽게 물었다.

"생각보다 간단한 수술이래요."

– 다행이네.

"내일 수술하기로 했어요. 그런데 강아지 이름이요. 뭘로 하는 게 좋을까요?"

– 맞다. 이름을 안 지어 줬구나. 서희는 뭐로 하고 싶어?

"……글쎄요."

– 음. 행복이 어때?

"행복이요?"

– 그래, 행복이. 우리하고 항상 행복하게 살자고 행복이.

입안에서 행복이라고 몇 번 되뇌어 본 서희가 대답했다.

"네, 좋아요. 행복이로 할게요."

- 그래. 나 이제 회의에 들어가야 돼. 나중에 사무실에서 보자.

"네."

수혁이 정해 준 이름을 들은 간호사도 예쁘다고 해서 서희는 행복이 걱정으로 무거웠던 마음이 조금 편안해지는 것을 느꼈다. 행복이를 입원시킨 뒤 서희는 서둘러 회사로 돌아왔다.

서희가 로비로 들어서자 평소와 달리 내부가 시끌벅적했다. 주변을 살펴보니 여기저기 모여 있는 사람들이 한곳을 흘깃거리며 구경을 하고 있었다.

바로 회의실로 가야 했던 서희는 그들을 그냥 지나쳐 엘리베이터 앞으로 가려고 했다.

그때 보안 담당자가 그녀를 불렀다.

"최 실장님!"

"네?"

"야! 최서희!"

앙칼지게 소리 지르는 혜아를 발견한 것은 그때였다.

그제야 소란의 중심에 혜아가 있다는 것을 알게 된 서희가 안내 데스크로 다가갔다. 그리고, 그녀를 부른 보안 직원의 명찰을 확인했다.

"박인수 씨, 무슨 일입니까?"

"막무가내로 찾아오셔서 회장실로 올라가려는 것을 막고 있었습니다. 비서실 민경 씨하고 통화도 했는데요. 회장님 지금 회의 들어가셔서 만날 수가 없다는데도 이러고 있습니다."

직원에 말에 서희가 혜아를 돌아봤다.

"김혜아 씨, 회장님과 얼마나 가까운지는 모르겠으나 이렇게 행동하시는 거 그렇게 보기에 좋지는 않습니다. 돌아가시죠."

"거짓말이잖아. 네가 이간질해서 못 만나게 하는 거잖아! 너 학교 다닐 때 내가 좀 못살게 굴었다고 일부러 이러는 거 아냐?"

말도 안 되는 억지를 부리는 혜아 때문에 서희는 기가 찼다.

"왜 거짓말이라고 생각하십니까? 확인되면 돌아가시겠습니까?"

서희에 말에 혜아는 대답도 하지 않고 먼저 엘리베이터 앞으로 걸어갔다. 그 모습을 본 서희도 그녀의 뒤를 따라갔다. 때마침 도착한 엘리베이터를 탄 서희는 혜아에게는 눈길도 주지 않고 문만 쳐다보고 있었다.

"너 능력 있다. 난 기껏해야 운전기사겠거니 했는데 비서실장이더라?"

그러면서 서희를 훑어보는 혜아였다.

"난 누구처럼 돈으로 대학에 들어간 건 아니거든."

서희가 자신을 똑바로 쳐다보며 말하자 혜아가 움찔했다. 하지만 내색을 하지 않고 말을 이어 갔다.

"아무리 그래도 너 같은 외모에 취직이 가능하긴 하니? 혹시 너 낙하산으로 들어온 거 아냐? 호호호."

잔뜩 무시하는 표정으로 말한 혜아가 웃었다.

"어떻게 알았니? 나 낙하산이야."

속을 긁어 놓으려고 일부러 꺼낸 말인데 서희가 눈 하나 깜짝하지 않고 대꾸하자 혜아는 속으로 흠칫 놀랐다. 예전에는 놀리기만 해도 얼굴이 벌게지던 서희였는데 이런 반응은 생각지도 못한 거라 그녀의 기세가 살짝 주춤했다.

"누군지 몰라도 더럽게 사람 보는 눈 없다. 얘."

혜아의 말을 흘려들은 서희는 문이 열리자 엘리베이터에서 내렸다. 그리고 곧바로 회장실로 향했다.

그런 서희를 혜아가 빠른 걸음으로 앞질러 걸었다. 그리고 비서실을 지나 회장실의 문을 벌컥 열었다. 얼른 내부를 둘러보았지만 수혁의 모습은 어디에서도 찾아볼 수 없었다.

"이봐요!"

거침없이 행동하는 혜아 때문에 놀란 민경이 그녀를 잡았다.

"지금 뭐하시는 거예요?"

"이 손 못 놔!"

반말을 하는 혜아를 쳐다보는 민경의 얼굴이 찌푸려졌다. 그리고 뒤이어 들어오는 서희를 발견했다.

"실장님!"

"알아. 내버려 둬. 말해서 통할 사람 아니니깐."

"뭐야?"

서희의 말에 혜아가 돌아보며 소리쳤다.

"제 말 틀렸습니까? 로비에서부터 혜아 씨 행동이 상식이 통하는 행동은 아니었죠. 그래서 내버려 두라고 한 겁니다. 회장님 안 계신 거 확인하셨으니 돌아가 주십시오."

정중히 부탁하는 서희의 말을 혜아는 깨끗하게 무시했다. 그러고는 수혁의 사무실에서 그를 기다릴 셈으로 주인 없는 사무실 안으로 들어섰다. 그때 입구 쪽에서 수혁의 목소리가 들렸다.

"최 실장, 이게 무슨 일입니까?"

"오빠!"

마치 제 오빠를 부르듯 다정하게 수혁을 부르는 혜아의 모습에 사무실에 있는 사람들의 얼굴에 기가 찬 표정이 떠올랐다.

"최 실장, 무슨 일이냐고 물었습니다."

혜아는 쳐다보지도 않고 수혁이 서희를 다그쳤다. 서희는 얕게 한숨을 내쉰 뒤 또박또박 상황을 설명했다.

"약속도 안 되어 있고 회장님께서 회의 중이시라 만날 수가 없다고 말씀드렸는데도, 막무가내였습니다. 그래서 안 계신 것 확인시켜 드리고 돌려보내려던 중이었습니다."

"아니, 전 서희가 거짓말하는 줄 알았죠."

좀 전의 앙칼진 목소리는 어디로 간 것인지 나긋한 목소리로 혜아가 말했다. 그런 혜아를 밀어내고 수혁이 사무실로 들어가며 서희를 불렀다.

"최 실장, 커피 세 잔 가지고 들어오고 혜아 씨도 사무실로 들어와요."

그럴 줄 알았다는 거만한 표정으로 혜아가 사무실로 들어가자 민경이 서희에게 말했다.

"실장님, 커피는 제가 가지고 갈게요. 얼른 들어가세요. 저 여시가 무슨 거짓말을 할지 모르니깐."

서희도 어쩔 수 없다는 듯 고개를 끄덕이며 사무실 안으로 들어갔다.

직원들이 준비를 철저하게 한 덕분에 생각보다 회의가 일찍 끝난 수혁은 사무실에서 벌어진 일에 오히려 속으로 쾌재를 불렀다. 혜아를 완전히 떨쳐 낼 수 있는 구실이 생겼던 것이다.

권하지도 않았는데 혜아가 소파에 먼저 앉았다. 그 모습을 보며 수혁이 재킷을 벗었다. 그리고 뒤이어 들어온 서희 쪽을 돌아보았다.

"서희도 이쪽에 앉아."

실장이 아닌 서희라고 이름을 부르자 혜아의 눈이 토끼 눈이 되었다.

세 사람이 자리를 잡자 민경이 커피를 가지고 들어왔다. 탁자 위에 잔을 내려놓고 나가자 수혁이 혜아에게 물었다.

"왜 서희가 거짓말한다고 생각했습니까?"

"그게……."

좀 전처럼 차마 제 입으로 학창 시절에 서희를 괴롭혔다는 말은 못 하고 혜아가 머뭇거렸다.

혜아가 대답을 못 하고 말꼬리를 흐리자 수혁이 다시 말을 이어 갔다.

"여긴 세광이 아닙니다. 이렇게 막무가내로 행동하시면 안 되죠. 혜석이 동생으로서 봐드리는 것도 한계가 있는 겁니다. 우리 BS를 너무 만만하게 보셨군요. 그리고 제 비서들 나이가 아무리 저보다 어려도 지금까지 반말 한 번 해 본 적이 없습니다. 그런데 혜아 씨가 뭐라고 직원들에게 반말입니까?"

은근히 거칠어지는 수혁의 말에 혜아의 얼굴이 붉어졌다.

수혁의 말이 창피해서가 아니라 보잘것없는 서희에게는 다정하게 이야기하면서 자신에게는 다그치는 수혁의 모습이 화가 났던 것이다.

"그러는 오빠는 왜 서희라고 불러요? 최 실장이라고 불러야지."

말도 안 되는 트집을 잡는 혜아의 말에 한숨을 쉬었다. 웬만한 말로는 떨어져나갈 것 같지 않자, 수혁은 준비했던 카드를 꺼내기로 했다.

"우리 약혼할 사이입니다. 그럼 대답이 되겠습니까?"

"뭐라고요?"

거의 비명을 지르다시피 혜아가 반문했다. 옆에 있던 서희도 그 말에 까무러칠 듯 놀란 것이 보였지만 그녀는 일단 입을 열지 않고 그를 지켜보고 있었다.

서희의 반응을 확인한 수혁은 혜아를 정면으로 보며 다시 한 번 못을 박았다.

"저 최서희하고 약혼한다고 했습니다. 이번에는 제대로 들었습니까?"

수혁의 말에 온몸을 부들부들 떨던 혜아가 들어올 때처럼 인사도 없이 사무실을 박차고 나갔다.

"어떻게 하려고 그래요?"

계속 참고 있었던 서희가 뛰쳐나가는 혜아의 뒷모습에서 눈을 돌리며 물었다.

"뭘? 약혼? 하면 되지 뭐가 걱정이야."

수혁에 말에 서희의 얼굴도 혜아 못지않게 찌푸려졌다. 그런 서희는 아랑곳없이 즐거운 얼굴로 식은 커피를 단숨에 마시는 수혁이었다.

수혁의 사무실에서 나온 혜아는 곧장 아버지 회사로 향했다.

'약혼이라니! 그런 여자하고 수혁 오빠가?'

말도 안 되는 일이라고 중얼거리며 혜아는 재빠르게 머리를 굴렸다.

약혼을 무를 수 있는 방법을 찾다가 그녀답게 아주 단순한 결론에 이르렀다. 약혼을 못 하게 하려면 결혼을 하면 된다. 집안을 따져 봤을 때 불가능한 것도 아니라는 생각이 들자 액셀을 밟은 발에 힘이 들어갔다.

세광에 도착한 혜아는 주차장에 차를 아무렇게나 대어 놓고 회장실로 올라갔다. 비서들의 인사를 받는 둥 마는 둥 하며 혜아가 사무실 문을 벌컥 열었다. 서류를 보고 있던 김 회장이 놀라며 그녀를 쳐다봤다.

"연락도 없이 웬일이야?"

"아빠! 나 결혼할래."

아닌 밤에 홍두깨라고 뜬금없는 혜아의 말에 김 회장이 놀라 자리에서 일어났다. 혜아는 말을 마친 뒤 소파에 가방을 던지며 그 옆에 털썩 앉았다.

"좀 조신하게 굴어. 남들 보면 욕해."

"아빤데 뭘. 아빠, 나 결혼할래."

"결혼? 누구하고?"

"수혁 씨랑."

"수혁이라면 임 회장님 댁 손자 말이냐?"

"응."

딸의 말에 김 회장이 혜아를 쳐다봤다.

"차분하게 설명해 봐. 갑자기 수혁이랑 결혼이라니?"

"왜? 아빤 싫어?"

"아니. 싫은 건 아니지만……."

말이야 바른말이지 젊은 나이에 능력도 있고 인물 또한 빠지지
않는 수혁이 사위로 들어온다면 금상첨화겠지만 뜬금없는 딸의 말
에 김 회장이 다시 물었다.

"너 수혁 군이랑 만나고 있었어?"

"아니? 근데 지난번 오빠 모임 할 때 잠깐 봤는데 사람이 괜찮
더라고. 그래서 회사로 찾아가 봤는데 잘해 주던데? 오빠 말이 약
속을 안 하면 자기도 얼굴 보기도 힘들다던데, 난 그냥 만나 줬어.
내가 마음에 있어서 그런 거 아냐?"

"그래? 그냥 만나 줘?"

"응. 그러니깐 아빠가 큰회장님한테 말 좀 해 봐. 나 수혁 씨가
너무 마음에 들어."

대뜸 결혼을 하겠다기에 사귀는 사이인 줄 알고 내심 반가운 마
음이 들었던 김 회장이었다. 하지만 그게 아니라고 해도 딸아이도
그를 꽤 마음에 들어 하고 있었고 수혁도 관심을 좀 보이는 듯해
갑자기 마음이 급해졌다.

"있어 봐. 큰회장님께 넌지시 말 한번 넣어 볼게."

"고마워 아빠!"

혜아는 아빠에게 매달리며 애교를 부렸다.

부모도 없고 뚱뚱하며, 머리 좋은 것 빼고는 볼 것 하나 없는 서
희가 수혁과 잘되는 건 눈 뜨고는 못 볼 것 같아 혜아는 열심히 김
회장을 부추겼다.

혜아 때문에 엉망이 되었던 분위기를 수습한 뒤 나머지 일정을

마치고 퇴근을 한 수혁과 서희는 행복이가 입원해 있는 병원으로 향했다. 수술을 위해 털을 깎은 행복이는 더 작고 수척해 보였다.

"행복아, 얼른 나아서 이름처럼 진짜 행복하게 살자."

수혁이 말하자 행복이가 고개를 들어 그를 바라봤다. 그리고 이내 힘이 없는지 고개를 떨구었다.

"걱정 마세요. 잘 견뎌 낼 거예요."

"잘 부탁드립니다."

의사에게 다시 한 번 부탁을 한 뒤 두 사람은 함께 서희의 집으로 왔다.

황 여사가 챙겨다 준 밑반찬으로 간단한 저녁을 먹은 뒤 서희는 설거지를 하고 수혁은 거실 소파에 앉아 TV를 봤다. 서희의 설거지가 끝나길 기다리며 이리저리 채널을 돌리고 있을 때, 그녀가 찻잔을 들고 거실로 나왔다.

"오빠, 차 드세요."

"그래 고마워."

서희가 건넨 찻잔을 받아 든 수혁이 그녀가 앉기 편하게 한쪽으로 물러나 앉았다. 그러자 서희가 멀찌감치 떨어진 자리에 앉았다.

그런 서희의 모습을 보던 수혁이 잔을 탁자 위에 내려놓고 소파 위에 벌러덩 누웠다. 그러자 자연스럽게 수혁이 그녀의 허벅지를 베고 누운 꼴이 되었다.

"아! 편하다."

그의 갑작스런 행동에 놀란 서희가 말을 더듬었다.

"오, 오빠!"

"그냥 좀 있어. 피곤해서 그래."

정말 피곤한 것인지 눈을 감으며 수혁이 말을 하자 다리를 빼려고 하던 서희가 움직임을 멈추었다.

그런 서희의 허벅지에 편하게 자리를 잡은 수혁이 한 손으로 가만히 그녀의 무릎을 만졌다. 순간 편하게 늘어져 있던 서희의 근육이 긴장을 했다.

"서희야, 다리에 힘 들어가면 오빠 불편해."

그의 말을 듣고 긴장을 풀려고 해도 무릎을 살살 만지는 수혁의 손길에 어쩔 수 없이 몸이 뒤틀리는 서희였다. 이러다 뜨거운 차를 그의 얼굴에 쏟으면 큰일이겠다 싶어 서희가 잔을 소파 팔걸이에 내려놓았다.

"오빠, 그만하세요."

무릎에 놓여 있는 그의 손을 밀쳐 내며 서희가 말했다. 그래도 수혁의 손은 요지부동이었다.

"저기 오빠……."

다시 한 번 그의 손을 밀쳐 내기 위해 고개를 숙일 때 수혁의 손이 서희의 뒷목을 눌렀다. 그리고 그녀의 입술을 삼켰다. 그 입술에서는 서희가 마시던 녹차 맛이 났다.

갑작스런 수혁의 행동에 서희가 크게 당황했다. 그리고 그에게서 떨어지려고 목에 힘을 주자 수혁이 더 세게 그녀를 당기며 아랫입술을 세게 물었다.

"아!"

서희가 아파서 소리를 낼 때 수혁의 혀가 그녀에게로 넘어왔다. 그리고 도망 다니는 서희의 혀를 쫓기 시작했다.

난생처음 해 보는 키스에 서희는 정신을 차릴 수가 없었다. 어떻게 숨을 쉬어야 할지 몰라 얼굴은 점점 달아올랐다.

그런 서희의 상황을 눈치챘는지 수혁이 서서히 입술을 뗐다. 그러면서 마지막으로 서희의 아랫입술을 다시 한 번 세게 빨아들였다.

"순진한 우리 서희, 숨 쉬는 방법 몰라? 코로 숨 쉬는 거야."

그의 말에 서희가 다시 허벅지를 빼내려 그를 밀었다.

"오빠, 비켜 주세요."

하지만 그녀를 약 올릴 작정을 한 것인지 머리에 힘을 주며 수혁이 말했다.

"디저트까지 먹고 나니 진짜 잠 온다. 서희야 한 20분 뒤에 깨워 줘."

"오빠!"

간절한 목소리로 자신을 부르는 서희의 목소리를 무시한 채 수혁이 눈을 감았다. 그런 수혁을 서희는 울상이 되어 바라보았다.

서희를 약 올리기 위해 잠이 든 척 눈을 감았던 수혁은 자신도 모르는 사이 정말 잠에 빠져들었다.

한창 단잠에 빠져 있을 때, 이마 위에서 느껴지는 따뜻함에 부스스 눈을 떴다. 그러자 눈앞에 서희가 보였다.

자고 있는 그의 앞머리와 눈썹을 무의식적으로 쓰다듬으며 다른 생각에 빠져 있었다.

그 모습을 잠시 보던 수혁이 이마에 놓여 있는 그녀의 손을 잡았다. 놀라서 자신을 바라보는 서희의 눈을 보며 손가락 하나를 입으로 넣어 빨았다. 그러자 키스할 때와는 비교할 수 없을 만큼 붉어진 얼굴로 서희가 입을 열었다.

"오, 오빠."

손을 빼려고 하는 서희의 저항을 가볍게 무시한 수혁이 다시 손가락을 빨았다. 그리고 서희에게 말했다.

"나랑 있을 때 다른 생각 하면 이렇게 벌준다."

"아, 알았어요."

그의 손에 힘이 빠진 것을 느낀 서희가 얼른 손을 거두었다. 그 모습을 보던 수혁도 소파에서 일어났다.

"가야겠다. 더 있다간 집에 가기 싫어질 것 같아. 빨리 다음 주가 됐으면 좋겠다. 이사를 빨리 해야 느긋하게 놀고 가지."

그가 자리에서 일어나 옷매무새를 살피자 서희가 한쪽에 걸어 놨던 그의 재킷을 가지고 왔다. 그리고 자연스럽게 그가 재킷을 입는 것을 도왔다. 정말 머뭇거리다가는 집에 가기 싫어질 것 같아 수혁이 현관으로 향했다. 서희도 그를 배웅하기 위해 현관으로 향했다. 구두를 신은 수혁이 서희를 불렀다.

"서희야."

"네."

"이리 와."

그의 말에 서희가 수혁에게 다가갔다. 그런 서희를 수혁이 품에 안았다.

"오빠가 낮에 사무실에서 한 말 빈말 아니야. 연애만 하고 말겠다는 가벼운 마음으로 너 좋아하는 거 아니야. 너한테 먼저 이야기 안 하고 혜아 씨한테 먼저 이야기해서 미안하기는 한데, 이왕 오빠

믿고 따라와 주기로 한 거니 그냥 오빠만 믿어."

수혁이 등을 토닥이며 말하자 그제야 서희도 낮에 사무실에 있었던 일이 생각이 났다. 어쩜 그렇게 까마득하게 잊고 있었는지 본인도 놀라웠다.

"혜아가 가만히 안 있을 텐데……. 성격이 보통이 아니에요."

"알아. 이거 하나만 명심하면 돼. 예전처럼 최서희는 당하고만 있지 않는다는 거. 그거 하나만 명심해. 알았지? 오늘처럼 할 말 다 하는 거야."

"네. 노력할게요."

품 안에 안겨 있는 서희의 느낌이 좋아 말을 끝내고도 수혁은 쉽게 팔을 풀지 못했다. 수혁이 자신을 놓아줄 생각을 하지 않자 서희가 그를 살짝 밀었다.

"오빠 가신다면서요."

그녀의 말에 수혁에 팔에 힘을 더 주었다.

"잘 자라고 키스해 주면 갈게."

그의 말에 서희가 놀랐는지 목덜미에 와 닿는 그녀의 숨소리가 갑자기 거칠어졌다. 그런 그녀를 살짝 밀어내며 수혁이 입술을 내밀었다.

"키스가 힘들면 뽀뽀라도……."

그가 다시 입술을 내밀자 서희가 잠시 망설이다 그의 입술에 쪽 하고 뽀뽀를 하며 금방 떨어지려고 했다. 그런 서희의 뒷목을 잡아 제 욕심을 실컷 채우는 수혁이었다.

떼어 놓기 싫은 서희를 두고 그녀의 집에서 나온 수혁은 자신의 집이 아닌 할아버지 댁으로 향했다. 어른들에게 자신의 생각을 말하고 혜아가 더 이상은 서희에게 상처를 주지 않게 하기 위해 어른 들과 의논을 해 볼 생각이었다.

임 회장 내외는 늦은 저녁 말도 없이 찾아온 손자 때문에 어리둥 절했다. 요즘 들어 자주 들르게 되기는 했지만 이런 경우는 또 처음이었다.

"저녁은 먹은 게야?"

"네. 서희 집에서 먹었어요."

"그래?"

"아무것도 내지 마세요. 차도 마시고 왔어요."

수혁의 말에 주방으로 향하던 황 여사가 다시 발걸음을 옮겼다. 임 회장은 먼저 소파 상석에 앉아 진지한 얼굴로 서 있는 수혁을 올려다봤다.

"다 늦은 시간에 어쩐 일이야?"

"의논 드릴 일이 있어서요."

"의논?"

"네."

"앉거라."

임 회장의 말에 황 여사와 수혁이 소파에 앉았다.

"그래 무슨 일이길래 이 늦은 시간에 찾아온 거냐?"

"저 서희하고 결혼하겠습니다."

"결혼?"

갑작스럽게 나온 단어에 임 회장과 황 여사 모두 놀라 반문했다. 그러나 수혁은 미동도 없이 바로 말을 이었다.

"네. 시기가 좀 빠른 감이 있긴 한데, 불안해서요."

"불안하다니?"

손자의 말에 황 여사가 물었다.

"요즘에 회사로 세광에 김혜아 씨가 들락거립니다."

"세광의 여식이?"

"네. 혜석이하고 친구라 냉정하게 돌려보낼 수가 없어서 한두 번 차를 대접했는데, 하는 행동이 가관이라서요. 직원들에게도 함부로 굴고, 더욱이 서희가 다시 마음의 문을 닫을까 봐 그게 걱정입니다."

"찾아와서 어쩌는데 그래?"

아내가 수혁에게 묻자 임 회장이 화를 내며 말했다.

"그걸 꼭 들어야 알아? 학교 다닐 때에도 망나니더니 하나도 안 변한 게로구나."

"네. 말로만 들었지 그런 안하무인은 처음 봅니다."

"김 회장이 자식 농사를 너무 잘못 지었어. 딸 하나라고 너무 오냐오냐한 것 같아. 그래, 서희에게는 말했고? 그렇게 하자고 해?"

"일단 약혼 이야기만 해 뒀어요."

수혁의 말에 황 여사가 고개를 끄덕였다.

"그래. 약혼하고 결혼은 차차 준비하자. 서희도 기댈 곳이 있어야지."

"서희에게는 말하고 왔어요."

수혁의 말에 부부가 고개를 끄덕였다.

"혹시 몰라서 드리는 말씀인데요……."

"말해 봐. 뭐야?"

수혁은 일어날 수 있는 만약에는 모두 대비하고 싶었다. 조금이라도 틈이 생겨 서희에게 해가 될 일이 발생하는 건 막고 싶어서 조금 머뭇거리며 입을 열었다.

"오늘 혜아 씨가 망신을 좀 당하고 갔어요."

"망신?"

"네. 성격이 워낙 그래서 그냥 넘어가지 않을 것 같은데 혹시라도 무슨 일이 생길까 말씀드려야 할 것 같아서요."

"그래. 그건 내 알아서 하마. 잘됐다, 잘됐어. 허허허. 요놈들 둘다 데리고 살겠구먼. 허허허."

수혁과 서희의 약혼 소식에 기분이 좋아진 임 회장이 크게 소리를 내며 웃었다.

"그렇게 좋으세요?"

"그럼, 좋지. 당신은 안 좋아?"

"저도 좋아요. 그럼 약혼은 추석 지나고 날 잡자꾸나."

"네. 갑자기 놀라게 해 드려서 죄송해요."

"아냐, 아냐. 잘됐구나, 잘됐어."

두 분 모두 평소 서희를 예뻐하시는 건 알았지만 이렇게 좋아하시는 모습을 보니 수혁의 기분도 덩달아 좋아졌다.

"추석에도 서희 혼자 있게 하지 말고 납골당도 같이 다녀오고 여기로 데려와라."

황 여사의 말에 수혁이 따뜻한 미소를 지으며 대답했다.

"혼자 아니에요. 서희 식구가 늘었어요."

"식구? 너 설마, 벌써?"

"할아버지!"

임 회장의 말에 수혁이 깜짝 놀라 큰 소리를 냈다.

"아, 왜, 이놈아! 그럼 갑자기 어디서 식구가 생겨! 요즘에는 흉도 아니야."

임 회장의 말에 수혁의 얼굴이 붉어졌다.

"그게 아니라 서희가 강아지를 키우고 싶어 해서 한 마리 분양 받았어요."

"강아지?"

"네. 마트에서 아픈 녀석을 보고는 못 지나치겠나 보더라고요. 그래서 데려왔어요."

"그래? 어디가 아파?"

"심장 기형이라는데 수술만 하면 괜찮대요. 그래서 입원시켜 놨어요."

"그래? 수술만 하면 산대?"

"네."

"다행이네. 사람이든 짐승이든 생명은 소중한 게야. 잘했어. 잘됐구먼. 다음에 올 때 고놈도 데려와."

두 분께서 싫어하시면 어쩌나 했는데 다행히 좋아해 주시는 것 같아 수혁은 안심이 되었다.

"그럼 전 이만 갈게요."

"가려고?"

"네."

"그래. 가서 쉬어. 이사는 언제 하니?"

"다음 주에 해요."

현관에서 신발을 신으며 수혁이 황 여사의 질문에 대답했다.

"할미가 도와줄 것은 없고?"

"네. 포장이산데요, 뭘."

"그래. 알아서 잘 하겠지."

"갈게요."

"오냐. 조심해서 가."

"네. 들어가세요."

할아버지 집에서 나오며 든든한 지원군을 얻은 것 같아 수혁은
괜스레 기분이 좋아졌다.

8장

포장이사를 맡겨 놨지만 안심이 안 된 서희는 평소보다 일찍 퇴
근을 했다. 명절 연휴가 다가오는 시기라 사무실에도 크게 바쁜 일
이 없어 가능한 일이었다.

다행히 수술이 잘 끝난 행복이를 병원에서 본 뒤, 수혁의 집으로
향했다. 포장이사라 별다르게 할 일이 없다고 했는데도 황 여사가
성산댁을 보냈다. 그리고 평소 수혁의 집에서 일하는 도우미까지
와서 거들어 생각보다 일의 진행이 빨리 되고 있었다. 서희가 집으
로 들어가자 성산댁이 먼저 알은체를 해 왔다.

"서희 왔어?"

"네. 고생 많으시죠?"

"고생은. 일은 다른 사람이 다 하는데. 우린 그냥 입만 놀리고
있어. 안 그래요? 호호호."

"맞아요."

성산댁의 말에 도우미가 맞장구쳤다. 두 사람의 말을 들으며 서희가 집 안을 둘러봤다. 가구며 인테리어 소품까지 모두 서희가 지시한 대로 되어 가고 있었다.

"성산댁 아주머니."

집 안을 둘러보던 서희가 성산댁을 불렀다.

"왜 그래?"

옆으로 다가오는 성산댁에게 서희가 카드 한 장을 건넸다.

"시장 좀 봐 주세요. 아무것도 없을 거예요. 오빠 퇴근하고 여기서 저녁 먹으려면 뭘 좀 해야 할 것 같아요."

"그래. 내 솜씨 발휘 좀 해 볼게. 갑시다."

도우미를 데리고 성산댁이 나가자 서희가 다시 한 번 집 안을 살폈다. 그리고 편한 옷으로 갈아입기 위해 자신의 집으로 향했다. 서희가 옷을 갈아입고 수혁의 집으로 오자 집 정리가 거의 마무리 단계였다.

"실장님, 어떻게, 마음에 드세요?"

BS의 계열사이자 이번 인테리어와 이사를 맡아서 진행한 익스프레스 직원이 서희에게 물었다.

"고생하셨어요. 기간이 짧아서 걱정했는데 다행이네요."

"저희는 추석 지나야 바쁘죠. 마침 한가할 때 일을 주셔서 빨리 끝났어요. 그리고 보너스까지 감사합니다."

"그건 회장님께서 드리는 거예요. 너무 시간이 촉박해서 미안하다고 전해 달라고 하셨어요."

"아닙니다. 아무튼 감사합니다."

꾸벅 인사를 한 직원은 마지막 짐을 정리하기 위해 움직였다.

짐 정리가 끝나고, 직원들이 마무리 청소를 할 때 성산댁과 도우미가 돌아왔다. 그리고 주방에 들어가 저녁 준비를 위해 부산하게 움직였다. 마무리가 되어 가는 모습을 보고 있을때 서희의 핸드폰이 울렸다.

따르릉, 따르릉.

"여보세요?"

– 서희야.

"네, 오빠."

– 짐 정리는 다 됐어?

"네, 거의 다 끝났어요."

– 고생했어.

"제가 뭘요. 직원들이 고생했죠."

– 저녁에 맛있는 거 먹자.

"성산댁 아주머니한테 저녁 부탁드렸어요."

– 그래? 잘됐네. 빨리 끝내고 갈게.

"네."

저녁 시간이 되자 정리를 마친 직원들도 돌아가고, 저녁 준비를 했던 성산댁과 도우미도 돌아갔다. 그러자 수혁의 집에 서희 혼자만 덩그러니 남게 되었다.

괜히 혼자 있는 것이 멋쩍어 정리가 잘 되었는지 둘러본다는 핑계로 서희가 집 안 곳곳을 둘러보고 다녔다. 그러다가도 직업병이 도져서 혹시 빠진 것이 없나 날카로운 눈으로 체크를 할 때, 현관의 벨이 울렸다.

딩동, 딩동.

"누구세요?"

"서희야, 나야."

수혁의 목소리에 서희가 얼른 문을 열었다. 문이 열리자마자 수혁이 와락 그녀를 품에 안았다.

"아! 좋다. 누군가가 날 기다려 준다는 게."

그러면서 서희를 더욱 꼭 껴안는 수혁이었다. 처음에 깜짝 놀란 서희도 이내 그를 마주 안았다.

"오, 많이 늘었네."

마주 안아 오는 서희를 약 올리며 수혁이 말하자 서희가 팔을 풀었다.

"아냐, 아냐. 이러고 잠시만 있자."

수혁의 말에 서희가 다시 팔을 두르자 그가 한 손으로 그녀의 얼굴을 들어 올렸다. 그리고 가볍게 서희의 입술을 훔치고는 서희의 얼굴을 가만히 바라봤다.

입맞춤 뒤 빤히 쳐다보는 수혁의 눈빛에 서희의 얼굴이 붉어졌다. 그 모습이 예뻐 수혁이 다시 서희의 입술을 훔쳤다. 그리고 본격적으로 서희를 맛보기 시작했다.

그녀에게 건너간 혀가 입안을 훑고 다니자 서희가 수혁을 안은 팔에 힘을 주었다. 그것이 자극이 되어 수혁이 갑자기 저돌적으로 나갔다. 서희를 벽으로 밀며 자신의 양복 재킷을 벗었다.

그의 힘에 밀려 뒷걸음치면서 서희는 불안함을 느꼈다. 그의 키스가 싫은 것도 아니고, 이런 스킨십이 싫은 것은 더더욱 아니었다. 하지만 남들보다 풍뚱한 몸매여서 수혁의 반응이 걱정이 되는 것이었다. 좀처럼 서희가 집중을 못 하는 것 같아 수혁이 입술을 떼었다.

"하아, 왜 그래?"

깊은 한숨을 쉬며 수혁이 물었다. 그러면서 서희의 셔츠를 들추기 위해 한 손을 움직였다. 그런 수혁의 손을 서희가 잡았다.

"왜? 겁나?"

이마에 입맞춤을 하면서 물어 오는 수혁을 보며 서희가 고개를 흔들었다.

"그럼 왜?"

"그게…… 내가 너무 뚱뚱해서……."

말을 끝맺지는 않았지만 수혁은 서희가 하는 말뜻을 알아챘다. 말을 하고는 창피한지 고개를 숙인 서희의 얼굴을 한 손으로 들어 올렸다.

그리고 다시 키스를 시작하면서 서희의 허리를 바짝 당겼다. 서로의 하반신이 맞닿자 서희는 깜짝 놀랐다. 비록 경험은 없어도 자신의 아랫배에 와 닿는 단단한 것이 무엇인지 눈치챘기 때문이다. 처음 겪는 일에 놀랍기도 하고 부끄럽기도 해 그를 피한다는 것이 더욱 자극하는 꼴이 되어 수혁은 정말 미칠 노릇이었다.

"너 때문에 이렇게 됐는데, 그런 말이 나와?"

그러면서 자신의 중심을 그녀에게 더 밀었다.

"오, 오빠."

"그래. 서희야. 난 네 몸매 신경 안 써. 그러니깐 신경 꺼."

말을 마친 수혁이 다시 그녀의 셔츠를 들추었다. 이번에는 서희도 별다른 저항을 하지 않았다. 그러자 용기를 얻은 수혁이 아예 속옷까지 밀어 올렸다. 그리고 풍만한 가슴을 만졌다.

"헉!"

생소한 느낌에 서희가 급하게 숨을 들이켰다, 하지만 수혁은 그런 서희의 반응에 아랑곳없이 이번에는 아예 입술을 갖다 대었다. 큰 가슴에 비해 앙증맞을 정도로 작은 가슴 끝을 수혁이 물자 서희는 거의 자지러지는 신음 소리를 내었다. 그리고 다리에 힘이 빠져 아래로 미끄러져 내려갔다.

그러자 수혁이 서희를 더욱 세게 끌어안고 허벅지를 그녀의 다리 사이에 밀어 넣어 무너지는 몸을 지탱했다. 그러면서도 입술은 끊임없이 서희의 가슴 끝을 괴롭혔다. 말은 못 하고 숨만 내쉬던 서희가 더 이상은 못 참겠는지 수혁의 얼굴을 밀어냈다.

"오, 오빠! 나 숨 못 쉬겠어요."

심장이 얼마나 세게 뛰는지 그를 쳐다볼 용기가 나지 않았다. 서희의 행동에 얼굴을 뗀 수혁이 그녀를 여전히 품에 안은 채 숨을 골랐다. 그리고 서희의 이마에 키스를 하며 셔츠와 속옷을 내려 주었다. 그러자 서희의 얼굴이 다시 한 번 더 붉어졌다.

"성산댁 아주머니가 뭐 맛있는 거 해 놓고 가셨나 보자."

부끄러워 고개를 못 드는 서희를 데리고 수혁은 주방으로 향했다. 그리고 오랜만에 정말 맛있는 저녁 식사를 했다.

수혁과 저녁을 먹은 서희는 설거지를 끝내 놓고는 도망치듯 집으로 돌아왔다. 샤워를 하기 위해 옷을 벗으면서도 두근거리는 마음을 진정시킬 수가 없었다. 그리고 처음으로 발가벗은 채 거울 앞에 섰다. 지금까지 자신의 몸을 제대로 본 적이 없어 혼자임에도 쑥스러웠지만 오늘은 왠지 현실을 직시하고 싶었다.

전체적으로 흰 피부와 살이 쪄서 너무 커 보이는 가슴과 튀어나온 배를 보니 한숨이 절로 나왔다. 오늘 수혁의 행동으로 봐서는 조만간 이보다 더한 것도 하게 될 것 같은데……. 자신이 봐도 한심한 몸매에 서희는 다시 의기소침해졌다.

잠시 더 거울을 들여다보던 서희가 갑자기 몸놀림을 빨리해 샤워를 끝냈다. 거실로 나와 핸드폰을 찾아 들고는 급하게 전화를 걸었다.

– 여보세요?

"저기, 김 박사님. 저 서희예요."

– 그래. 서희구나. 잘 지내지?

"네. 박사님은요?"

– 나야 늘 그렇지. 그런데 어쩐 일이야?

"저기……."

– 말해 봐. 왜 그래? 어디 아프니?

"박사님, 병원에 비만 클리닉 있죠?"

– 그럼 요즘 큰 병원들 다 있지. 왜? 다이어트하게?

"……."

다이어트. 원래 말하려고 했던 것이기는 했지만 막상 그 단어를 듣고 나니 바로 대답이 나오지 않았다.

– 하하하. 해야지. 암, 해야지. 곧 있으면 새색신데. 내일 예약 잡아 놓으마. 그런데 서희야!

"네."

– 비만 클리닉 다니면서 우리 심리치료도 좀 받자.

"……."

한동안 들어 보지 못했던 것을 다시 듣게 되자 서희는 반사적으로 움찔했다. 심리치료는 덮어 두기에만 급급했던 일들을 하나하나 꺼내어 봐야 하는 작업이라는 것을 이미 알고 있었기 때문이다.

　－ 이제 든든한 울타리도 생기고, 결혼하면 아기도 생길 텐데 네가 건강해야 돼. 몸만 건강하다고 해결되는 거 아니다. 살 **빼겠다**고 마음먹은 김에 같이 병행하자.

　"꼭 그래야 되나요?"

　－ 그럼. 마음의 안정을 찾아야 다이어트도 더 쉬워. 네가 살이 찐 데에는 정서 불안도 한몫해. 그러니 망설이지 말고 같이 진행하자.

　"살, 빠지겠죠?"

　－ 그럼, 내 약속하마.

　"그러면 내일 찾아뵐게요."

　－ 오냐! 내 당장 예약 잡으마.

　김 박사와의 전화를 끊은 서희는 거울 앞에 서서 자신의 몸을 요리조리 비추어 봤다.

　수혁의 옆에 좀 더 당당하게 서기 위해, 그리고 더 예쁜 모습을 보여 주기 위해 노력을 해야겠다고 결심하는 서희였다.

　서희와 수혁의 약혼 준비와 명절 준비로 오랜만에 분주해진 임회장 부부의 입가에는 웃음이 떠나질 않았다. 연신 수혁이 놈이 제손자라서가 아니라 정말로 능력이 있는 놈이라며 자화자찬을 하는

임 회장 때문에 황 여사도 웃음을 감출 수가 없었다.

"그렇게 좋으세요?"

"그럼, 좋지. 내가 당신한테만 하는 말이지만 내 평생 최가 놈한테 진 빚이 오죽 많아? 아버님 아니었으면 우린 살아도 산목숨 아니었어. 최가 놈 그렇게 가고 서희를 제대로 못 챙겨 주는 것 같아 내내 속상했는데 이제라도 갚아야지. 우리가 잘되고 이름을 날리고 살아도 막걸리 한 병이면 된다던 친구야. 갚아야지. 암! 갚고말고."

남편의 말에 황 여사는 말없이 입가에 미소만 지었다. 임 회장의 말대로 욕심이 없는 분들이었다. 아마 서희의 증조부께서 그렇게 도와주지 않았다면 임 회장과 자신의 결혼도 어려웠을 상황이었다.

남편의 말이 틀린 구석이 없어, 서희에게 더 잘해 줘야겠다는 생각을 했다. 두 내외가 도란도란 대화를 나눌 때 전화벨이 울렸다.

따르릉, 따르릉.

벨이 울리자 바로 전화기로 다가간 황 여사가 수화기를 들었다.

"여보세요?"

- 아, 여사님. 저 세광의 김 회장입니다.

"아, 네. 잘 지내시죠?"

- 네. 두 분께서도 건강하시죠?

"네, 그럭저럭 잘 지냅니다. 회장님 바꿔 드릴 테니 잠시만 기다리세요."

- 네. 감사합니다.

수혁이 언질을 주기는 했지만 막상 김 회장에게 전화가 오니 기분이 나빠지는 황 여사였다.

"전화 받아 보세요. 세광 김 회장이에요."

떨떠름한 표정으로 수화기를 건네는 아내를 한 번 본 뒤 임 회장이 전화를 받았다.

"여보세요?"

― 그간 안녕하셨습니까?

"허허. 김 회장이 어쩐 일입니까?"

― 명절도 다가오고 해서 겸사겸사 안부 전화 드립니다.

"뭐, 큰 소리 안 나면 잘 살고 있는 거지 안부 인사까지야."

― 그래도 큰어른이신데 인사드리는 게 도리죠.

"아무튼 고맙습니다."

― 저기, 회장님. 내일 저녁에 시간 좀 내 주시겠습니까?

"시간?"

― 네. 식사 대접을 좀 하고 싶어서요. 사모님도 같이 나오셔도 됩니다.

수화기에서 흘러나오는 소리에 황 여사가 급하게 고개를 가로저었다.

"우리 안식구는 요즘 바빠서 안 될 것 같고, 염치 불고하고 내 밥 한 끼 얻어먹어도 되겠습니까?"

― 허허 염치라니요, 제가 먼저 청했는데요. 흔쾌히 허락해 주시니 오히려 제가 감사드려야지요. 그럼 한식이면 되겠습니까?

"나야 가리는 음식 없으니 김 회장 움직이기 편한 곳으로 정해요. 집에서 노는 늙은이야 어딘들 어때서."

― 그럼 제가 내일 연락 드리겠습니다.

"그래요. 들어가요."

수화기를 내려놓는 남편에게 황 여사가 말했다.

"딸내미가 제 아버지 반만 닮아도 좋겠고만, 안 그래요?"

"그러게, 그런데 어쩌겠어. 농사 중에 자식 농사가 제일 어렵다는데 마음대로 되나?"

"맞아요. 내일 만나시면 두 번 다시 회사에는 못 들락거리게 단단히 말씀하세요."

"알았어."

아내의 말이 아니라도 서희가 그동안 당한 일을 생각하면 이가 갈리는 임 회장이었다.

다시는 그 집 여식이 두 아이 근처에 얼씬도 못 하게 만들어야겠다는 생각을 했다.

병원 로비를 들어서는 서희의 눈동자가 다른 날 보다 심하게 흔들렸다. 부모님의 일과 한동안 받은 심리치료로 인해 병원은 그녀에게 편한 곳이 아니었기 때문이다. 하지만 더 이상 과거에 얽매여 살지 않겠다고 결심한 이상 흔들리는 마음을 다잡아야 했다. 크게 심호흡을 한 번 하고 난 뒤 서희는 예약이 되어 있는 진료실로 향했다.

"어서 오세요."

부드러운 인상의 여의사가 서희를 반겼다.

"선생님이 말씀하신 대로 미인이신데요?"

"감사합니다."

"선생님께 대충 들어서 알고는 있지만 그래도 필요한 절차니깐 여기 몇 가지 체크를 해 주세요. 그 뒤에 몇 가지 검사를 할게요."

"네."

의사가 내미는 설문지를 받아 들고 서희는 잠시 망설였다. 하지만 이내 수혁의 얼굴을 떠올리고는 깊게 심호흡을 했다. 그리고 의사가 건네준 설문지에 하나하나 신중하게 체크를 해 내려갔다.

한편 후배 의사에게 서희가 도착했다는 연락을 받은 김 박사는 후배의 진료실로 내려갔다.

그리고 창문 너머로 서희가 상담을 하고 있는 모습을 잠시 바라보다 수혁에게 전화를 걸었다. 잠시 신호가 가고 수혁이 전화를 받았다.

― 여보세요.

"수혁아 나다."

― 네, 박사님. 어쩐 일이세요?

"서희 지금 병원에 와 있다."

― 네? 어디 아파요? 저한테는 개인적인 볼일이 있다고만 하고 나갔는데.

"놀라지 마. 아픈 건 아니고 심리치료를 다시 받겠다는구나."

― 정말입니까?

"그래. 그리고 이참에 다이어트를 할 생각인가 보더라."

― 네? 다이어트요?

"그러니 암말 하지 말고 네가 옆에서 챙겨 줘, 같이 운동도 하고."

― 안 빼도 되는데…….

"허허. 녀석아! 그건 네 생각이고 웨딩드레스 입으려면 솔직히 좀 빼야지. 그리고 뚱뚱하면 임신하는 것도 힘들어. 적당히 빼는 것도 괜찮아."

- 네.

"그러니 표 안 나게 옆에서 좀 챙겨 줘. 말 안 한 거 보니깐 너 모르게 하고 싶은 모양인데 다이어트가 혼자서는 힘들어. 옆에서 도와줘야 쉽지. 잘해 줘."

- 네. 잘 알겠습니다.

"바쁜데 전화 너무 오래 붙잡고 있는 거 아닌가 모르겠다. 이만 끊자."

- 네, 고생하십시오.

전화를 끊은 김 박사는 다시 병실 안을 들여다봤다. 늦었지만 이제라도 용기를 내어 준 서희가 대견했다. 그리고 수혁이 옆에서 잘 돌봐 줄 것이라는 것을 믿었다.

시내의 조용한 일식집에 임 회장과 김 회장이 마주 앉아 있었다.

생선을 좋아하는 임 회장을 위해 일식집으로 장소를 정한 김 회장이었다. 저녁 내내 유쾌한 분위기 속에서 식사가 진행이 되었다. 임 회장도 오랜만에 맛보는 깔끔한 음식 맛에 기분이 좋았다. 그런 임 회장의 눈치를 살피던 김 회장이 술잔에 정종을 따르며 말문을 열었다.

"저기 회장님. 수혁 군 결혼은 언제쯤 시킬 생각이십니까?"

"결혼?"

"네. 수혁 군 나이도 있는데 이제 슬슬 생각할 때가 되지 않았습니까?"

"시켜야죠. 결혼을 해야 안정도 되고, 증손주도 빨리 보고 싶으니. 허허허."

드디어 본론을 꺼내는 김 회장을 알아챈 임 회장은 일부러 호탕하게 더 크게 웃었다.

"회장님께서는 마음에 둔 아가씨가 있습니까?"

"글쎄요. 제가 좋아야지. 우리하고 평생 살 거 아닌데 제 맘에 드는 상대를 만나야죠."

술잔을 내려놓으며 임 회장이 말했다.

"그럼 제 딸은 어떻습니까? 이 녀석이 제 오빠 모임에서 수혁 군을 한 번 본 모양입니다. 한번 만나 보고 싶다고 해서 제가 이렇게 청을 넣습니다."

김 회장의 말에 임 회장은 아무 말 없이 자신의 술잔을 채웠다. 그리고 단숨에 잔을 비웠다.

"김 회장. 내말 좀 들어 보겠습니까?"

"네, 말씀하십시오."

"우리 최 실장 아시죠?"

"네. 잘 알죠. 정말 보기 드문 인재입니다."

김 회장은 혼사 이야기 중에 갑자기 서희 이야기를 꺼내는 것에 의문이 들기는 했으나 일단 임 회장의 말을 들어 보기로 했다.

"우리 서희가 내 죽마고우의 손녀 됩니다. 지금이야 내가 이름을 떨치고 살지만 소싯적에는 굶는 건 다반사일 정도로 가난하게 살았죠."

"네. 들어서 잘 알고 있습니다."

"그런 우리 집안에 큰 도움을 주신 분이 서희의 증조부 되십니다. 그분이 안 계셨으면 지금의 BS도 없었을 겁니다. 내 유일하게 계산 안 하고 다 퍼다 줘도 안 아까운 친구가 서희의 조부가 됩니다. 그런데 우리 수혁이처럼 서희도 부모 복이 없는지 7살 때 조실부모했습니다. 제 부모하고 등산을 갔다가 눈앞에서 사고를 당했지요."

"어이구, 최 실장이 충격이 컸겠습니다."

"네. 크다마다요. 제 할아버지가 눈감는 그날까지 서희 걱정에 하루도 편한 날이 없었습니다. 그래도 공부는 곧잘 해서 그 낙에 살았지요."

임 회장의 말에 김 회장이 고개를 끄덕이며 다음 말을 기다렸다.

"그런데 고등학교 때 한 번 난리가 났습니다."

"왜요?"

"친구 중에 하나가 주동을 해서 서희를 왕따 시켰더군요. 제 부모 사고 이후에 먹는 데 장애가 생겨 서희가 뚱뚱해졌습니다만, 처음에는 그것으로 왕따를 시키다가 나중에는 어떻게 알았는지 서희 부모 이야기를 학교에 퍼트려서 부모 잡아먹은 애라고 소문을 내고 다녔더군요. 그때 서희가 학교를 며칠 빠지는 바람에 저희도 그런 일이 있었다는 걸 알게 되었습니다."

"허허. 그런 몹쓸."

"그래서 제가 고3이라는 시기에 아는 연줄 동원해서 억지로 전학시켰습니다."

"잘하셨습니다. 당연히 그래야지요. 그럼 그 학생은 어떻게 됐습니까?"

"시끄러운 것은 서희에게도 안 좋을 것 같아 서희를 전학시키는 걸로 그냥 묻었습니다."

"저런. 최 실장이 참 힘들었겠네요."

"힘들었다마다요. 어린 나이에 너무 마음고생을 많이 했어요."

남의 이야기지만 너무 안된 일이라 김 회장은 혀를 차며 술잔을 비웠다. 그런 김 회장을 보며 임 회장은 말을 이어 갔다.

"그래서, 혜아 양하고 우리 수혁이하고 결혼은 안 되겠습니다."

"네? 갑자기 그건 무슨 말씀이신지?"

서희 이야기를 하다가 갑자기 결혼이 안 되겠다는 말이 나오자 김 회장이 놀라서 물었다.

"김 회장이 말한 것처럼 몹쓸 짓을 한 사람을 손부로 들일 수 없다는 말입니다."

"네?"

제 자식을 이렇게나 모를 수 있나 싶어 임 회장은 속으로 혀를 찼다. 황당해하는 김 회장을 바라보며 술잔을 비운 임 회장은 다시 말을 이었다.

"몰랐습니까? 혜아 양이 어떻게 행동하고 다니는지? 혜아 양 때문에 우리 서희가 고등학교 3년 내내 지옥에서 살았습니다."

임 회장의 말에 김 회장의 얼굴이 사색이 되었다.

어리광이 심하고 고집이 세다고만 알았지, 이렇게 말도 안 되는 행동을 하고 다니고 있는 줄은 몰랐다. 임 회장의 날카로운 눈빛 앞에서 속이 타는 것을 느낀 김 회장이 앞에 놓여 있는 냉수를 들이켰다.

그리고 임 회장에게 물었다.

"사실입니까?"

"나이 먹어서 허튼소리 안 합니다. 그리고 우리 수혁이 서희하고 곧 약혼합니다."

임 회장의 말에 김 회장이 고개를 숙였다. 평소 허튼 말 안 하기로 유명한 임 회장의 입에서 나온 말이다 보니 고개를 들 수가 없었다.

"몇 년 붙어서 다니더니 정이 들었는지 결혼하고 싶다고 해서 둘, 맺어 주기로 했습니다. 며칠 전에 혜아 양에게도 이야기했다고 하던데 거기에 대해선 아무 말도 못 들었습니까?"

임 회장의 말에 김 회장이 깊은 한숨을 쉬었다. 그리고 고개는 더 아래로 떨어지고 어깨의 힘이 빠졌다.

"휴, 갑자기 설쳐 대더라니, 죄송합니다."

입이 열 개라도 할 말이 없는 김 회장이 임 회장에게 사과를 했다. 그런 김 회장의 모습에 임 회장도 마음이 편하지 않았다.

김 회장의 술잔에 술을 따라 주며 임 회장이 말했다.

"못 들었으면 그럴 수도 있지요. 그리고 혜아 양이 저희 회사에 그만 왔으면 좋겠어요. 직원들에게 함부로 하는 것도 보기에 안 좋고, 일하는 사람들에게 방해가 되니 김 회장이 잘 타일러 주면 좋을 것 같습니다."

임 회장이 말을 할 때마다 밝혀지는 혜아의 만행들에 김 회장은 고개를 들 수가 없었다.

"죄송합니다. 주의시키겠습니다."

할 말을 마친 임 회장이 자리에서 일어났다. 그러자 김 회장도 같이 일어났다.

"오늘 밥값은 내가 내고 가겠습니다."

"아닙니다. 제가 모셨는데요."

"그냥 제가 내겠습니다. 김 회장의 청혼을 못 받은 값이라고 쳐두죠."

꼿꼿이 허리를 펴고 방을 나서는 임 회장의 모습에 김 회장의 입 안은 매우 썼다.

집으로 돌아가는 차에 앉아 있는 김 회장의 기분은 차마 말로 표현을 할 수 없을 정도로 엉망이었다. TV 속에서나 보던 일을 제 딸이 했다는 사실에 실망감을 감출 수가 없었다.

딸이라 너무 오냐오냐 키운 것이 화근인 것 같아 착잡함을 누를 길이 없었다. 게다가 회사까지 찾아가서 하는 행동이 엉망이었다는 말에 김 회장은 그야말로 죽고 싶은 심정이었다. 그리고 수혁을 만날 때면 항상 옆에 있을 최 실장을 앞으로 어떻게 봐야 할지도 걱정이 되었다.

여러 가지 생각들로 머리가 복잡할 때 기사가 집에 도착한 것을 알렸다. 무거운 발길로 정원을 지나 집 안으로 들어서자 혜아와 아내가 그를 기다리고 있었다.

"아빠, 어떻게 됐어?"

결과가 궁금했던 혜아가 김 회장의 뒤를 따라 방으로 들어가며 물었다. 하지만 김 회장의 굳은 표정을 보고 일이 잘 안 됐음을 느꼈다.

"왜? 싫대? 진짜 서희 고 기집애하고 결혼하는 거 맞대?"

"혜아야. 네 방으로 가서 지갑 가지고 내려와."

"왜?"

"시키는 대로 해."

평소와 다른 분위기에 혜아가 얼른 제 방으로 올라갔다. 김 회장의 아내도 남편이 평소와 다른 것을 느끼고 조심스럽게 물었다.

"왜 그래요? 임 회장님하고 안 좋은 일 있었어요?"

"휴, 당신도 거실로 나와."

옷을 갈아입은 김 회장이 거실로 나가자 혜아가 소파에 앉아 있었다.

"혜아, 지갑 가져왔어?"

"네, 그런데 갑자기 지갑은 왜요?"

혜아의 질문에 대답하지 않고 김 회장은 지갑을 열었다. 그리고 지갑 속에 있는 카드를 죄다 빼서 챙겼다.

"아, 아빠."

"여보, 왜 그래요?"

"내가 그동안 사람을 키운 줄 알았더니 짐승보다 못한 인간을 키우고 있었어."

"그게 무슨 말씀이세요? 설명을 해 줘야 알죠."

남편의 행동에 놀란 아내가 물었다.

"설명? 설명해 줘? 혜아가 고등학교 때 최 실장을 왕따를 시켰대."

"왕따요? 그게 무슨……. 그리고 뜬금없이 최 실장은 왜 나와요?"

도무지 알 수 없는 말을 하는 남편을 바라보며 아내가 물었다. 그러나 김 회장의 말을 들은 혜아의 얼굴에서는 핏기가 가셨다.

"최 실장이 임 회장님의 죽마고우의 손녀래. 그런데 혜아랑 고등학교를 같이 다녔는데 혜아가 최 실장을 3년 내내 왕따를 시켰대."

"네? 정말이에요? 너, 아빠 말이 사실이야?"

남편의 말에 놀란 아내가 혜아를 돌아봤다.

"……."

혜아가 대답을 못 하자 김 회장이 말을 이어 갔다.

"그냥 왕따도 아니고, 최 실장보고 부모 잡아먹은 애라고 소문까지 냈다고 하는군. 혜아! 아빠 말 틀려?"

"누, 누가 그래요!"

일단 발뺌을 하고 보는 혜아였다. 진실 앞에서도 발뺌을 하는 딸의 모습에 김 회장은 마음 한쪽이 무너지는 것 같았다.

"임 회장님이 그러시더라. 그래서 직접 나서서 최 실장 전학시킨 거라고. 내가 낯 뜨거워서 앉아 있을 수가 없었어. 아무리 철없는 나이라고는 하지만 할 말이 있고 못 할 말이 있지, 어떻게 부모 잃고 힘든 사람한테 그렇게 잔인하게 할 수가 있어. 짐승도 그러진 않아. 사람이 어떻게 그렇게 독하고 모질어."

남편의 말에 놀란 혜아 엄마가 딸을 쳐다봤다. 그의 말이 거짓은 아닌지 혜아의 얼굴 빛이 하얗게 변하고 있었다. 그런 딸의 얼굴을 보며 김 회장이 말을 이었다.

"그리고 혜아 너, 수혁 군, 최 실장하고 결혼하는 거 알고 있었다면서? 그러면서 아빠보고 청혼을 넣으라고 했던 거야? 아무리 생각이 없어도 그렇지, 왜 이렇게 막무가내야? 오늘부터 외출금지에 용돈도 일절 없어. 당신도 애 돈 주거나 나 몰래 외출시키면 이혼 각오해. 그쪽 사람들이 점잖아서 조용히 넘어가는 거지 남들 알아 봐. 우리 얼굴 들고 못 다녀. 내 말 알아들어?"

"알았어요."

김 회장의 말에 아내가 힘없이 대답하자 혜아가 토라져 이 층 제 방으로 올라갔다.

"저, 저, 하는 것 봐. 내가 잘못 키웠는데 누굴 원망해. 휴."

"그런데 정말 임 회장, 서희하고 결혼한대요?"

서희를 본 적이 있는 혜아의 엄마가 그래도 서희보다는 제 딸이 낫지 않을까 하는 생각에 남편에게 물었다.

"그래."

"휴, 좋다 말았네요."

한숨을 내쉬며 하는 아내의 말에 그 의중을 알아챈 김 회장이 그녀를 나무랐다.

"결혼시켜도 골치야. 저렇게 제멋대로인데 이혼한다는 소리 대번 나오지 싶어. 그나저나 앞으로 최 실장을 어떻게 봐."

싫든 좋든 갖가지 행사에서 수혁이나 서희와 얼굴을 부딪쳐야 하는 김 회장은 또 다른 걱정거리에 난감했다.

"자식이 아니라 원수야 원수! 당신 내 말 허투루 듣지 마!"

"알았어요."

딸의 방이 있는 이 층을 바라보며 혜아 엄마는 긴 한숨을 쉬었다. 남편이 이렇게까지 나오면 몰래 혜아를 도와주는 것은 물 건너간 일이었다. 하지만 혜아가 그동안 했다는 행동은 그녀가 봐도 너무 심해서 더 이상 토를 달 수 없는 상황이었다.

어디서부터 일을 풀어야 할지 몰라 혜아 엄마의 입에서는 긴 한숨이 흘러나왔다.

병원에서 돌아온 뒤로 서희는 수혁의 눈치를 보느라 정신이 없었다. 병원에서 받아 온 대로 식단 조절도 하고 운동도 해야 하는데 수혁이 눈치를 챌까 봐 걱정이 되었던 것이다.

　　수혁은 오히려 자신의 눈치를 보는 서희를 보는 재미가 쏠쏠했다. 그래도 너무 서희를 약 올리는 것은 안 될 것 같아 김 박사가 부탁한 대로 서희를 도와주기로 했다. 그래서 퇴근 후 그녀 몰래 백화점에 들러 커플 운동화를 구입했다. 그리고 곧바로 서희 집으로 향했다.

　　딩동, 딩동.

　　"누구세요?"

　　며칠 전 수술 경과가 좋아 생각보다 일찍 퇴원한 행복이를 들여다보던 서희가 현관으로 다가가며 물었다.

　　"나야."

　　문밖에서 들리는 수혁의 목소리에 서희가 급하게 문을 열었다.

　　"약속 있다고 했잖아요."

　　"금방 헤어졌어. 서희야 나 물 한 잔만."

　　"네."

　　소파에 쇼핑백을 내려놓으며 수혁이 행복이를 쳐다봤다. 이제 제법 기운을 차렸는지 그를 알아보고 제집에 들어앉아 꼬리를 흔들었다.

　　"행복이 이제 기운이 나?"

"멍!"

큰 소리는 아니지만 제법 기운을 차리고 소리를 내는 행복이를 바라보는 수혁의 입가에 미소가 걸렸다.

"얼른 상처가 나았으면 좋겠어요. 실컷 안아 주게."

수혁에게 물 잔을 건네며 서희가 말했다.

"그래."

물을 마신 수혁이 소파에 앉아 쇼핑백에서 운동화를 꺼냈다.

"서희야 이리 와 봐."

"이게 뭐예요?"

"운동화. 행복이 낫고 나면 운동시켜야지. 나도 다니던 헬스클럽이 멀어서 이사하고 운동 못 했어. 앞으로 같이 하자, 운동."

수혁의 말에 서희는 속으로 쾌재를 불렀다.

"신어 봐. 안 맞으면 바꿔야 돼."

그의 말에 서희가 소파에 앉아 수혁이 내미는 신발을 신었다. 수혁이 소파에서 내려와 아예 그녀의 발 앞에 앉았다. 그리고 운동화 끈을 조절해 주며 말했다.

"일어나 봐."

"네."

꼭 어릴 때 새 신발을 신어 볼 때 엄마가 해 주듯 수혁이 운동화 끄트머리를 꾹 눌러 보았다.

"안 아파?"

"네, 괜찮아요. 그런데 제 신발 치수는 어떻게 알았어요?"

"다 아는 방법이 있어."

서희가 자리를 비울 때 사무실에서 신는 슬리퍼를 몰래 훔쳐본 것은 이야기하지 않고 수혁이 대답했다. 앉은 김에 수혁이 그녀의 운동화 끈을 매기 시작했다.

"오빠, 지금 꼭 엄마 같다."

"그래?"

"네. 엄마 살아 계실 때 신발가게에 가면 꼭 앞부분 눌러 보고 걸어 보라고 하고선 신발 샀어요."

"난 할머니가. 두 분 돌아가시기 전 기억은 거의 없어. 지금도 사진을 보니깐 얼굴이나마 기억하지 너무 오래돼서 얼굴도 기억이 안 나."

"저도요."

"명절에 아침 일찍 서둘러서 납골당 갔다가 할아버지 댁에 가자. 행복이도 같이 가."

"그래도 돼요?"

"응. 지난번에 말씀드렸어."

수혁은 말을 하면서 오늘따라 움직일 일이 많아 종일 자신을 따라다니며 종종거렸을 서희의 다리를 주물렀다.

"그만해요."

수혁의 손을 쳐 내며 서희가 말했다. 부끄러운지 얼굴이 살짝 붉어졌다.

"뭐 어때. 하루 종일 고생한 내 여자 다리 좀 주물러 준다는데 누가 뭐래? 행복이가 뭐래?"

제 이름이 나오자 누워 있던 행복이가 고개를 들었다.

"하하하. 저 녀석 이제 제 이름 알아듣는데?"

"그러게요."

서희도 그런 행복이를 쳐다보기 위해 고개를 숙였다. 그때 수혁이 서희를 잡아당겼다. 균형을 잃은 그녀가 바닥에 내려앉았다. 그런 서희를 재빠르게 당겨 앉은 수혁이 그녀에게 입맞춤을 했다.

잠시 놀랐던 서희도 이내 눈을 감고 그의 입술을 받아들였다. 그녀가 순순히 키스에 응하자 수혁이 천천히 서희를 밀었다. 그와의 키스에 몰입한 서희가 정신을 차리고 보니 어느새 자신의 몸이 바닥에 뉘어져 있었고 수혁이 자신의 위에 있었다.

"겁나?"

자신의 말에 대답이 없는 서희의 입술을 깨물며 수혁이 다시 물었다.

"최서희, 겁나냐고."

"……모르겠어요."

서희의 솔직한 대답에 수혁이 한 손을 들어 서희의 가슴에 올렸다. 손바닥 아래로 느껴지는 그녀의 세찬 심장 박동에 수혁이 웃으며 말했다.

"이쪽은 더 해 달라는데?"

그의 말에 고개를 돌리는 서희를 보며 웃으며 수혁이 몇 달 전 병원에서부터 탐을 냈던 서희의 목덜미를 물었다.

"아!"

목덜미를 파고드는 그의 이에 서희가 작은 비명을 질렀다. 하지만 수혁은 그녀의 비명에도 아랑곳없이 그녀의 목덜미를 더 세게 빨아들였다. 그리고 한 손으로 서희의 셔츠를 들추고 본격적으로 가슴을 만지기 시작했다.

목덜미에서 시작된 간질거림이 가슴으로 이어지자 서희는 정신을 차릴 수가 없었다. 뭐든 붙잡아야 할 것 같아 그녀는 수혁의 머리를 끌어안았다.

"오, 오빠."

그녀의 목소리에 수혁이 목덜미에서 고개를 들었다. 이제 끝났나 싶어 긴 한숨을 내쉬던 서희가 다시 숨을 들이켰다.

"헉!"

수혁이 그녀의 가슴을 크게 물었기 때문이다. 욕심껏 크게 문 가슴을 힘차게 빨면서 다른 손으로는 남아 있는 가슴을 만졌다.

"아, 아."

양 가슴을 그에게 빼앗긴 채 서희는 가쁜 숨만 몰아쉬었다.

"하아, 하아."

넘어갈 것 같은 그녀의 숨소리에 수혁이 드디어 입을 뗐다. 하지만 여전히 손으로는 가슴을 만졌다.

지난번에도 느꼈지만 서희를 안고 있으면 느낌이 좋았다. 사랑하는 사람이라 스킨십을 하면 당연히 기분이 좋은 것은 기본이고, 서희를 안고 있으면 뭐랄까, 큰 곰 인형이나 손가락으로 쥐면 말랑하면서도 탱글탱글한 마시멜로우 같다고 할까? 아무튼 서희를 안고 있으면 기분이 좋은 것은 사실이었다.

허벅지로 서희의 다리를 더 벌린 후, 완전히 자리를 잡은 수혁이 그녀의 얼굴을 보며 허리를 움직였다. 그러자 정말 터질 것처럼 서희의 얼굴이 붉어졌다. 그런 서희의 얼굴을 보던 수혁이 움직임을 멈췄다.

제 욕심 같으면 당장이라도 그녀를 가지고 싶으나, 그에게 잘 보이려고 스스로 병원까지 다녀온 서희의 노력에 최대한 올라오는 욕심을 눌렀다.

"더 가다간 너 얼굴 터지겠다."

"몰라요."

부끄러워 눈을 감는 서희에게서 일어난 수혁이 그녀의 옷을 정리해 주었다.

"다음에는 끝까지 갈 거야."

그의 말에 부끄러운지 화장실로 숨는 서희를 보고 수혁은 행복이의 등을 쓰다듬어 주었다.

9장

　민족의 대 이동이라는 추석날 아침, 수혁은 이른 새벽부터 외출 준비를 했다. 아침 일찍 서희 부모님과 할아버지가 모셔져 있는 납골당에 다녀오기 위해서 일찍 서둘렀다. 차가 밀리기 전에 다녀와야 자신의 부모님 차례도 지낼 수 있기 때문이다. 덕분에 어제 밤에는 다른 날보다 일찍 잠자리에 들었다.

　준비를 마치고 주차장으로 나가니 서희가 한 손에는 행복이를 안고 다른 손에는 쇼핑백을 들고 현관으로 나오는 것이 보였다. 얼른 뛰어가 쇼핑백을 받아 들자 서희가 환하게 웃었다.

　"행복이 멀미 안 하겠어?"

　"글쎄요. 혹시나 해서 봉투랑 패드 챙겼어요."

　"잘했어. 가자."

　시외 납골당으로 향하는 차 안에서 수혁이 서희에게 물었다.

　"기분이 어때? 매년 혼자 가다가 둘이 같이 가니깐."

"······사실, 명절에는 납골당에 간 적 없어요."

행복이의 등을 쓰다듬으며 서희가 대답했다.

"왜?"

"회장님 내외분이 걱정하실까 봐 간다고는 했는데. 글쎄요. 혼자서 명절 챙기는 게 좀 우습더라고요."

대답을 하는 그녀의 목소리에 쓸쓸함이 배어 나오는 것 같아 수혁의 마음도 무거워졌다.

"앞으로는 나하고 다니면 되겠네."

"네. 우리 행복이도 같이요."

"그래."

너무 일찍부터 서둘러서일까 생각보다 일찍 납골당에 도착한 두 사람은 세 분의 위패에 차례차례 인사했다. 그리고 서희가 준비한 차례상을 차리기 시작했다. 서희가 모든 준비를 마치자 수혁이 먼저 큰절을 올렸다. 두 번 절을 한 뒤, 수혁이 무릎을 꿇고 앉아 말했다.

"할아버님. 그리고 아버님, 어머님, 저 수혁이입니다. 제가 서희를 많이 사랑하게 돼서 저희 곧 결혼합니다. 앞으로 서희 외롭지 않게 사랑하며 잘 살겠습니다. 하늘에서 지켜 주시고, 우리 서희 잘 봐 주십시오."

수혁의 말에 서희의 눈가에 눈물이 맺혔다. 그런 서희의 팔을 당겨 자신의 옆에 앉힌 수혁이 계속 말을 이어 갔다.

"우리 서희가 다시 병원에 다닙니다. 빨리 완쾌될 수 있도록 세 분께서 도와주세요. 부탁드립니다."

수혁의 말에 서희가 놀라서 돌아봤다.

"어떻게 알았어요?"

"다 아는 수가 있어. 세 분께 서희도 부탁드려."

그를 다시 한 번 쳐다본 뒤 서희가 말했다.

"할아버지, 저 용기 내 보려고요. 솔직히 할아버지 돌아가시고 저 너무 힘들었어요. 그리고 너무 외로웠어요. 그런 제게 오빠가 먼저 손 내밀어 줬어요. 그래서 오빠하고, 두 분 어르신 믿고 할아버지가 원하시던 대로 행복하게 살아 보려고요. 저 좀 도와주세요."

울먹이며 말하는 서희의 손을 수혁이 가만히 잡아 주었다.

"그리고 엄마, 아빠. 나 이제 독해지려고. 그동안 두 분한테 미안해하며 살아온 것으로 죗값은 다 했다고 생각하고, 앞으로 행복하게 살아도 되죠? 남들은 뭐라고 해도 나 때문에 엄마, 아빠 잘못된 거 아니지? 아니, 앞으로는 아니라고 생각하고 살게. 엄마, 아빠가 고집 피우고 할아버지 말씀 안 들어서 벌받은 거라고 생각하고 살게. 나 그래도 되지?"

끝내 울음을 터트리는 서희의 어깨를 수혁이 가만히 보듬었다. 그녀의 품에 안겨 있던 행복이도 그녀의 울음소리에 같이 낑낑대었다.

"그만해. 좋은 날 이렇게 우는 사람이 어디 있어? 행복이 놀란다. 어머님, 아버님. 앞으로 잘 살겠습니다. 지켜봐 주세요."

그녀의 등을 한 번 더 다독인 후 수혁이 자리에서 먼저 일어났다. 그러지 않으면 서희가 계속 울고 있을 것 같았기 때문이다.

"서희야, 그만 울고 인사드리고 가자. 집에서 시부모님들 기다리신다."

그의 말에 서희가 피식 웃으며 일어났다.

"너 울다가 웃으면 어떻게 되는지 몰라?"

그의 말에 서희가 다시 웃었다.

"어어?"

"그만 약 올리고 가요."

"그래 가자."

챙겨 온 것들을 다시 정리를 하면서 수혁이 마음속으로 세 분께 다시 한 번 부탁드렸다.

'잘 살겠습니다. 그러니 항상 지켜봐 주세요.'

자리를 정리를 하고 나서는 두 사람의 등 뒤로 따스한 바람이 불었다.

아들 내외가 먼저 가고 항상 쓸쓸하게 지내던 명절에 새 식구가 될 사람이 오니 임 회장 부부는 기분이 좋았다. 사랑해 마지않는 손자가 평소에 마음에 들어 하던 서희와 짝이 된다는 사실에 특히 임 회장의 기분은 더 좋았다.

수혁과 서희가 일찍부터 서두른 탓에 많이 늦지 않은 시간에 수혁의 부모님 차례를 모시게 되었다. 수혁 역시 오랜 외국 생활로 제사나 명절 때 차례를 모시는 건 몇 번 안 되는지라 북적이는 집 안 분위기에 정신이 없었다.

"아범아! 올해는 새아기도 같이 인사한다. 네가 따르던 민식이 여식이다. 앞으로 잘 살게 어멈하고 그쪽에서 많이 도와주거라."

수혁이 들고 있는 잔에 정종을 따르며 임 회장이 말했다.

"원래는 결혼 전이라 같이 인사하는 건 아닌데. 수혁이도 다녀왔

214

으니 서희도 인사하도록 해라. 상견례 한다고 생각해."

임 회장의 말에 황 여사가 행복이를 받아 들었다. 혹여 차례상에 뛰어들까 서희가 안고 있었던 것이다. 황 여사에게 행복이를 건넨 서희가 수혁의 옆에 섰다. 그리고 큰절을 두 번 올렸다.

"서희도 술 한 잔 올리게 해 줘요. 앞으로 제사상 올려 줄 사람인데 이왕이면 제대로 인사해야죠."

"그래. 그게 좋겠네."

아내의 말에 임 회장이 서희에게도 잔을 쥐여 줬다. 그리고 잔에 술을 따랐다.

"며느리 술잔도 받아 봐. 에이, 무심한 놈!"

이렇게 좋은 날 양쪽에 아무도 없이 두 내외만 남았다는 사실에 임 회장은 먼저 간 아들 부부가 원망스러웠다.

임 회장의 말에 서희도 차례상에 술을 올렸다. 모든 순서가 끝나고 차례상을 치운 뒤 식사를 하기 위해 식탁에 둘러앉았다. 명절이지만 가족이 없는 성산댁 덕분에 일이 훨씬 수월했다.

"같이 아침 먹고 성산댁도 좀 쉬어요."

"아니에요. 가 봤자 가족도 없는데. 같이 있는 게 더 좋아요."

"그래도 좀 쉬셔야 하는데……."

서희의 말에 성산댁이 웃었다.

"괜찮아. 나도 부모님 일찍 돌아가시고, 애 없이 남편하고 이혼해서 혼자야. 그래도 회장님 내외분이 식구처럼 대해 주시니 명절에도 같이 있지. 안 그럼 핑계 대고 벌써 쉬었지. 걱정하지 마. 밥먹고 낮잠 한숨 늘어지게 자면 피곤은 풀려."

"그래. 그럼 밥 먹고 우리 여자들끼리 찜질방? 거기에 가자."

"그래요. 그게 좋겠네요. 우리 가서 푹 지져요, 사모님. 호호호."

"일단 남자들 아침부터 줍시다."

서둘러 아침 식사를 마치고 찜질방에 갈 준비를 하고 있는 황 여사와 성산댁에게로 다가온 임 회장이 물었다.

"어딜 간다고 이 난리야?"

"찜질방요."

"찜질방? 서희도 가는 게야?"

"데리고 가려고요."

"서희는 두고 나랑 가."

"네?"

"아침부터 움직인다고 정신없었을 텐데 둘이 쉬라고 하고 나랑 가자고. 눈치가 왜 그리 없어? 한창 둘만 있고 싶을 때 아냐?"

"호호호. 그러네요. 정말 같이 가실 거예요?"

"가 보지 뭐. 뜨끈한 게 좋다며?"

"같이 가요, 그럼."

"알리지 말고 조용히 가자고."

임 회장의 말에 세 사람은 조용히 집을 빠져나왔다.

한편 식사 후 이제나저제나 부를까 싶어 기다리던 서희는 저도 모르게 수혁의 방에서 잠이 들었다. 수혁도 집 안이 조용한 것이 이상해 일 층으로 내려갔더니 아무도 없자 놀라서 임 회장에게 전화를 했다.

"할아버지 어디세요?"

– 찜질방 간다.

"찜질방요?"

– 그래. 너하고 새아기는 좀 쉬어. 맛난 것도 판다니깐 점심 먹고 들어가마. 너흰 알아서 챙겨 먹어.

"같이 가시지. 서희 기다렸는데요."

– 아, 인석아! 너 생각해서 그냥 나왔어. 이참에 증손주 하나 만들든지.

"할아버지!"

대답 없이 끊기는 전화에 수혁은 웃었다. 그리고 다시 이 층으로 향했다.

그가 방으로 들어가자 침대 밑에 누워 있던 행복이가 꼬리를 흔들었다. 오전에 어찌나 재롱을 피우는지 평소 강아지를 싫어하시는 할아버지도 이 녀석의 팬이 되었다.

행복이의 등을 쓰다듬어 준 뒤 수혁이 조심히 침대로 들어갔다. 어찌나 잘 자는지 수혁이 옆에 들어온지도 모르고 서희는 잠에 빠져 있었다. 그런 서희의 등 뒤에 누워 한 팔로 감싸 안고 수혁도 잠이 들었다.

한참을 자던 서희는 귀에서 느껴지는 간지러움에 눈을 떴다. 그리고 자신의 눈앞에 보이는 수혁의 팔에 놀라 고개를 돌렸다. 언제 들어온 것인지 수혁이 등 뒤에서 그녀를 안고 잠에 빠져 있었다. 그의 숨결이 귀에 닿아 간지러웠던 모양이었다. 조심스레 그의 팔을 드는데 등 뒤에서 그의 목소리가 들렸다.

"할아버지가 이참에 손주 하나 만들라고 나가셨는데, 어떻게 할까?"

그러면서 그녀의 얼굴 앞에 있던 손을 아래로 내려 가슴을 만졌다.

"몰, 몰라요."

"애기 엄마 될 사람이 모르면 어떡해?"

"하아, 몰라요."

그가 주는 자극에 한숨을 쉬면서 서희가 기어 들어가는 목소리로 이야기했다. 한 팔로 몸을 일으킨 수혁이 서희의 말랑한 귓불을 물었다. 그리고 가슴을 만지는 손에 힘을 더 주었다.

"아."

그녀의 신음 소리에 수혁이 서희를 돌려 눕혔다. 그리고 입을 맞추었다. 이렇게 큰 집에 아무도 없는 데다가 자신의 침대에 서희가 누워 있다고 생각하니 평소보다 흥분이 되는 수혁이었다. 병원에 다니는 것이 당장에 표가 나는 것도 아닐 텐데 평소보다 서희가 더 예뻐진 것 같아 몸이 단 수혁이었다. 정신없이 서희의 입술을 탐한 뒤 가슴을 맛보기 위해 고개를 숙이자 서희가 그를 불렀다.

"오, 오빠."

"왜?"

"저기, 행복이요."

그녀의 말을 알아들은 수혁이 침대에서 일어났다. 그리고 문을 열고 행복이를 밖으로 내보냈다.

영문 모르고 쫓겨나는 행복이가 애처롭게 쳐다보는 것도 무시하고 수혁이 단호하게 문을 닫았다. 방으로 들어와 다시 서희에게 가면서 수혁이 창문의 커튼을 쳤다. 처음 경험하게 될 일들에 부끄러워할 서희에 대한 배려였다.

침대 앞에 서자 뭐가 그렇게 부끄러운지 이불을 폭 뒤집어쓰고 있는 서희가 보였다. 이불을 살며시 내리자 이번에는 눈을 꼭 감는

다. 침대에 오르며 자연스럽게 서희의 허벅지 사이에 자리를 잡은 수혁이 그녀를 불렀다.

"서희야. 눈 떠 봐."

그의 말에 조심스럽게 눈을 뜨는 모습이 예뻐 수혁이 이마에 입을 맞추었다. 그리고 콧등을 거쳐 입술로 순서대로 입맞춤을 하며 내려왔다. 그러면서 쉴 새 없이 손을 놀려 서희의 셔츠 단추를 풀었다. 그리고 속옷을 밀어 올려 서희의 맨가슴을 만졌다. 놀란 서희가 몸을 들썩였지만 아랑곳하지 않고 수혁은 가슴 끝을 손가락으로 돌리며 만졌다.

"하아. 하아."

키스 중간에 쏟아져 나오는 서희의 신음 소리에 이성을 잃은 수혁이 거칠게 셔츠를 벗겨 내었다. 속옷도 밀어 올려 서희의 머리 위로 벗겨 내었다. 그리고 한쪽은 손을, 한쪽은 입술을 대고 본격적으로 서희를 맛보기 시작했다. 정신없이 몰아치는 수혁 때문에 서희는 거친 신음 소리만 낼 뿐이었다.

"하아, 하아."

거칠게 터져 나오는 서희의 신음 소리를 입술로 막은 수혁이 어느 틈에 그녀의 바지까지 벗겼다. 그리고 팬티에 손을 가져가자 서희가 놀라 그의 손을 잡았다.

"오늘은 도저히 못 참겠다. 서희야."

"어른들 오시면……."

"점심 드시고 늦게 오신대. 통화했어."

흥분 때문인지 약간의 쉿소리를 내며 수혁이 대답을 했다. 그러면서 서희의 팬티도 마저 벗겼다. 그런 뒤 자신도 몸을 세운 뒤 급하게 입고 있던 모든 옷을 벗었다. 그런 수혁을 똑바로 쳐다볼 자신이 없어 서희가 고개를 돌렸다. 그러다 자신의 다리 사이로 들어오는 그의 손가락에 놀라 고개를 돌렸다.

"오, 오빠!"

거의 비명에 가까운 소리를 지르자 수혁이 키스로 입을 막았다. 그리고 손을 놀려 서희가 자신을 받아들일 수 있는지 확인을 했다. 서희의 중심은 낯선 자극 때문에 이미 그를 받아들일 준비가 끝난 상태였다.

허벅지를 벌려 서희의 다리를 더 벌린 뒤 수혁이 서희의 가슴을 입에 물었다. 다시 시작된 자극에 서희가 자신도 모르게 수혁에게 매달렸다. 자신의 목에 감은 그녀의 팔에 힘이 들어가는 것을 느낀 수혁이 자신의 중심을 한 손으로 잡았다. 이미 너무 흥분한 상태여서 조금만 자극을 더 준다면 서희에게 들어가 보지도 못하고 끝날 판이었다. 조심스럽게 서로의 중심을 맞춘 뒤 수혁이 천천히 그녀에게 들어갔다.

"아, 오, 오빠."

아픈지 말을 더듬는 서희의 머리를 품 안에 안으며 수혁이 힘차게 밀고 들어갔다.

"악!"

조금 전과는 다른 충격에 서희가 소리를 질렀다.

"아, 아파요."

"알아, 아픈 거."

대답을 하는 수혁도 실상은 힘이 들었다. 처음으로 맞이하는 남성으로 인해 아픔을 참지 못한 그녀의 속살이 그를 힘차게 조였기 때문이다.

"서희야, 몸에 힘을 빼. 안 그럼 더 아파."

그의 말대로 몸에 힘을 빼려고 노력을 해 보지만 마음대로 되지 않자 서희가 수혁을 쳐다봤다. 서희의 얼굴을 본 수혁이 몸을 숙여 서희의 가슴을 물었다. 다시 시작된 자극에 서희가 몸을 틀었다. 가슴에 시작된 자극에 서희의 온 정신이 팔려 그녀의 속살에서 힘이 빠지는 것을 느낀 수혁이 천천히 허리를 움직였다.

"아."

아랫배에서 느껴지는 감각에 서희가 그의 목에 매달렸다.

"아, 오빠."

처음과는 다른 목소리로 그를 부르자 수혁의 몸이 좀 더 힘차게 움직였다. 그러면서 한 손으로는 그녀의 가슴을 만졌다. 그리고 그동안 상상만 했던 서희를 마음껏 느끼기 시작했다. 서희도 처음과는 다른 자극이 몸 안에서 느껴지자 참지 못하고 애타게 그를 불렀다.

"오빠. 오빠."

"그래, 괜찮아."

한참을 움직이던 수혁이 마지막 절정을 위해서 몸놀림을 빨리하자 서희의 신음 소리도 더 높아졌다.

"아! 아!"

"흑!"

바쁘게 움직이던 수혁이 단말마의 비명을 지르며 움직임을 멈추었다. 자신의 모든 것을 그녀에게 쏟아부은 수혁이 얼굴을 들어 서희의 입술에 키스를 했다.

"최서희, 사랑해."

"저도요."

서희의 대답에 수혁이 그녀를 품 안에 꼭 안았다. 증손주를 바라는 마음에 재미도 없는 찜질방에 두 여자와 같이 있는 할아버지는 생각하지도 못하고 두 사람은 다시 깊은 잠에 빠져들었다.

어른들이 안 계시는 동안 수혁과 사랑을 확인한 서희는 차마 어른들을 뵐 면목이 없어 잠이 깨자 서둘러 집으로 돌아가기로 했다. 다행히 집을 빠져나오는 동안 어른들과 부딪히지는 않았지만 부끄럽고 민망한 상황에 난감했다.

"어떡해요?"

"뭘?"

운전을 하는 수혁을 보며 서희가 묻자 능글맞은 표정으로 수혁이 되물었다.

"아무래도 오빠 이불 싸 가지고 나올 걸 그랬어요."

처음 가진 관계라 사랑의 흔적이 이불에 많이 남은 것이 내내 찜찜한 서희였다.

"괜찮아 대충 빨아서 세탁기에 넣어 놨잖아. 만약에 물어보시면 행복이가 오줌 쌌다고 할게."

"그래도요……. 휴."

걱정이 한가득인 서희를 보며 수혁이 웃었다.

"괜찮아. 나만 믿어."

오히려 증손주 타령을 하시는 할아버지는 두 손 들고 반기실 일이기에 수혁이 서희를 달랬다. 그리고 서희에게 물었다.

"몸은 괜찮아? 아프거나 그렇진 않고?"

수혁의 질문에 서희의 얼굴이 다시 붉어졌다. 좀 전에 나누었던 사랑이 생각이 났던 것이다. 그리고 어른들 걱정에 잊고 있었던 자신의 몸 상태가 생각이 났다. 아랫배도 묵직하고 양 허벅지가 당기는 것이 항상 이렇게 아픈 거라면 수혁과 사랑을 나누는 것을 다시 한 번 더 생각해 봐야겠다는 마음까지 들 정도였다.

"힘들어요."

"처음은 힘들다고 하더라. 가서 푹 쉬자."

"……."

창피해 말을 못 하는 서희를 곁눈으로 쳐다본 뒤 수혁은 빨리 도착하기 위해 운전에 열중했다.

10장

명절 내내 자신에게 눈길조차 주지 않는 아버지 때문에 혜아는
화가 났다. 없는 말을 한 것도 아니고 거짓말을 한 것도 아닌데 김
회장이 자신을 사람 취급을 하지 않는 것이 서희 때문인 것 같아
치밀어 오르는 화를 누를 수가 없었다.

그녀의 말이라면 뭐든 들어주던 엄마도 이번에는 김 회장의 눈
치를 보며 그녀의 작은 행동 하나까지 단속을 하니 더욱 미칠 것
같았다.

그런데 오늘 혜아에게 기회가 왔다. 연휴 마지막 날 친척 집에
인사를 가기 위해 부모님께서 집을 비우신 것이다.

이미 며칠 전 친구인 주희를 시켜 서희의 집을 알아낸 혜아였다.
김 회장에게 카드는 빼앗겼지만 다행히 현금을 꽤 가지고 있었던
터라 집을 빠져나와 택시를 타고 서희의 집으로 향했다.

제가 잘못해 일어난 일이라는 생각은 못하고 모든 것이 서희 때

문이라고 생각한 혜아는 어떻게 서희에게 복수를 할까 하는 생각뿐이었다. 택시가 서희의 아파트 앞에 도착하자 혜아는 지갑에 있는 돈을 잡히는 대로 꺼내 기사에게 건네고 거스름돈도 받지 않고 택시에서 내렸다. 그리고 주희가 가르쳐 준 서희의 아파트를 향해 걸어갔다.

서희가 사는 동으로 가까이 가자 강아지를 안고 있는 서희의 모습이 혜아의 눈에 들어왔다. 어디 운동이라도 가는 것인지 트레이닝복 차림에 강아지를 안고 있는 서희를 발견하자 혜아가 빠른 걸음으로 그쪽을 향해 걸었다. 그리고 다짜고짜 서희를 돌려세워 있는 힘껏 뺨을 때렸다.

짝!

난데없는 봉변에 서희가 놀라 혜아을 쳐다봤다. 품에 안겨 있던 행복이도 놀라 짖기 시작했다.

"김혜아? 너 이게 무슨 짓이야?"

"다 너 때문이야! 다 너 때문이라고!"

이성을 잃은 혜아가 다시 서희를 때리려고 손을 들자 이번에는 서희가 막았다.

"뭐가 나 때문이라는 거야? 뭐가?"

이번에는 서희도 당하지 않고 맞받아쳤다. 그리고 안고 있던 행복이를 땅에 내려놓았다. 행복이도 놀라 연신 짖어 대었다. 난데없는 소란에 지나가던 사람들이 한두 명씩 멈춰 서기 시작했다.

"너 때문에 우리 아빠가 날 벌레 보듯 해. 다 너 때문이야."

"내가 뭐 어쨌는데? 너희 집안일을 왜 나한테 따지냐고?"

"네가 네 부모 잡아먹은 거 사실이잖아. 난 진실만을 말했을 뿐이야. 그런데 왜 내가 욕을 먹어야 해? 왜?"

거의 실성한 사람처럼 악다구니를 하는 혜아의 모습에 서희는 기가 찼다.

"내가 우리 부모님 잡아먹은 거 네가 봤니? 그리고, 설사 그게 사실이라고 쳐도 그것 때문에 3년 내내 학교에서 왕따 당하고 산 내가 너한테 따져야 맞는 거 아니니? 네 잘못 모르고 이렇게 찾아 와서 네가 따질 일은 아닌 거 같은데?"

서희의 말에 혜아가 힘껏 주먹을 쥐었다. 그리고 그녀를 쏘아보 았다. 하지만 혜아의 그런 반응에 아랑곳없이 서희는 제 할 말을 이어 갔다.

"내가 너에게 도대체 뭘 잘못했어? 그동안 솔직히 그게 궁금했 어. 네가 나 살찌는 데 밥 한 끼를 사 줘 봤어? 아님 우리 부모님 돌아가셨을 때 문상이라도 와 봤어? 네가 뭔데 남의 상처를 가지고 소문내고 왕따를 시키니? 정작 따질 사람은 나야."

서희에게서 쏟아져 나오는 말을 들은 사람들이 수군대면서 혜아 를 욕하기 시작했다. 몇몇은 이미 핸드폰을 꺼내 들고 촬영을 하고 있기도 했다.

전 같았으면 움츠러들고 도망가기 바빴을 서희였지만, 그동안 느 꼈던 주위의 관심과 기간은 짧았지만 꾸준히 다닌 병원 치료로 부 모님의 사고가 그녀의 탓이 아니라는 생각을 가지게 된 서희는 처 음으로 당당하게 그 이야기를 입 밖으로 꺼낼 수 있게 되었다. 돌 아가신 할아버지 말씀대로 그건 사고였을 뿐이다. 마음을 그렇게 먹고 나니 혜아가 쏟아 내는 악담들이 이제는 전혀 무섭지 않았다.

"그리고, 오빠가 네 청혼을 거절한 것에 화가 나는 모양인데, 내가 아니어도 너 오빠하고 결혼 못 해. 네가 나 왕따 시켜서 학교에 안 나갈 때 앞장서서 전학시키신 분이 큰회장님이셔. 그런데 널 손주며느리로 들이실 것 같아?"

서희의 말에 얼굴을 일그러뜨린 혜아가 다시 그녀에게 달려들었다.

"너, 너! 내가 가만 안 둬."

혜아가 서희의 뺨을 때리려 팔을 번쩍 들어 올리는 찰나 수혁이 그녀의 팔을 잡았다.

"김혜아 씨. 이 정도까지 바닥인지 몰랐습니다."

서희와 함께 운동을 가기 위해 주차장에서 만나기로 했던 수혁이었다. 현관을 나서는데 여자의 비명과 같은 고함 소리가 들리고, 강아지가 짖는 소리가 들려 급하게 나와 보니 혜아가 서희에게 이미 손찌검을 하고 난 뒤였다.

말릴 생각에 사람들을 비집고 들어가려고 했으나 서희가 이전과는 다르게 똑 부러지게 혜아에게 말하는 것을 보고 그 자리에서 두 사람을 지켜보고 있었던 것이다. 당당하게 혜아에게 맞서는 서희를 보고 마음이 놓여 일을 마무리 지으려 나섰다. 당혹감이 비치는 혜아의 얼굴을 뚫어져라 바라보면서 수혁은 김 회장에게 전화를 했다.

"명절날 좋지 않은 일로 전화 드려 죄송합니다."

― 무슨 일인가?

"지금 혜아 양이 서희를 찾아와 행패를 부리고 있습니다. 이미 서희는 손찌검을 당했고요. 알아서 잘 해결하실 거라 믿었는데 이렇게까지 되니 저희도 그냥은 안 있겠습니다. 오셔서 따님 데려가시죠."

전화를 끊은 수혁이 아직도 분노를 가라앉히지 못한 얼굴로 서희를 노려보는 혜아를 막아섰다.

"이 정도면 집안 망신 제대로 시킨 것 같은데 그만하시죠."

그의 말에 혜아가 소리를 치며 말했다.

"왜 난 안 되는 거예요? 저 뚱뚱하고 부모 잡아먹은 서희보다 집안도 좋고 예쁜 나는 왜 안 된다는 거예요?"

혜아의 말에 주위에서 구경하는 사람들이 혀를 찼다. 남에 대한 배려는 전혀 없고, 자기 중심적이며 이기적이기까지 한 그녀의 모습에 다들 눈살을 찌푸렸다.

"제가 혜아 씨를 선택 안 한 것이 다행이라는 생각이 오늘 다시 한 번 더 드는군요. 이런 사람이 그룹 총수의 아내가 된다면, 그 회사 안 봐도 알지 않겠습니까? 타인에 대한 배려심이나 이해심은 전혀 없고, 뭐가 옳고 그른지도 전혀 자각이 없는 사람과는 일반인들도 평생 같이 사는 것이 힘들 텐데, 저 같은 사람은 더하면 더하지 덜하지는 않을 것 같군요. 더 이상 눈요깃감이 되기 전에 돌아가시는 게 나을 것 같습니다."

수혁의 말에 주위를 둘러보니 구경꾼들이 잔뜩 몰려 있었다. 창피한 만큼 더 분노가 올라 혜아는 사람들을 노려보았다.

"뭐야? 뭘 봐?"

혜아의 말에 사람들이 웃었다.

"왜? 왜 웃어?"

혜아가 악에 받쳐 소리를 지르는데 그녀의 팔을 건장한 남자들이 순식간에 가로채었다.

"악! 너희들 뭐야? 뭔데 이래?"

끝까지 악다구니를 하는 혜아를 남자들이 차로 데려갔다. 사람들도 그들이 지나갈 수 있게 길을 터 주었다. 혜아와 남자들이 사라지자 중년의 남자가 수혁의 앞에 섰다.

"죄송합니다. 회장님."

김 회장의 비서인 이 비서가 수혁에게 정중히 사과를 했다.

"이번이 마지막이었으면 좋겠습니다."

"회장님도 미안하다는 말씀 전하라 하셨습니다. 최 실장님. 죄송하게 됐습니다."

"아뇨. 이 실장님이 잘못하신 게 뭐가 있다고요."

"다신 이런 일 없을 겁니다."

두 사람에게 정중하게 사과를 한 이 비서가 서둘러 차로 향했다. 순식간에 나타났던 검은 정장의 남자들이 자리를 뜨자 주변에 모여 있던 사람들도 하나둘 자리를 뜨기 시작했다. 아직도 불안해하는 행복이를 안아 든 수혁이 서희를 바라봤다.

평소와는 다르게 제 할 말을 다 한 서희가 대견해 아직도 멍하게 서 있는 그녀를 품 안에 안았다.

"오빠!"

"그래 잘했어. 이제야 똑 부러지는 우리 최서희답다."

그의 말에 서희가 얼굴을 들어 그를 쳐다봤다. 좀 전에 혜아에게 맞아 빨개진 서희의 얼굴이 눈에 들어왔다. 그러자 수그러들었던 화가 다시 올라왔다.

"어디서 함부로 손찌검이야! 괜찮아? 안 아파?"

화를 내는 수혁의 말에 그제야 화끈거리는 얼굴을 느낀 서희가 얼굴로 손을 가져갔다.

"많기 빨개요?"

"응. 여자가 힘도 좋아."

안쓰러운 눈빛으로 자신을 바라보는 수혁의 눈빛을 느낀 서희가
말했다.

"나 오늘 잘한 거 맞죠?"

"그럼, 잘한 거 맞아. 잘했어! 앞으로도 계속 이렇게 해야 돼."

대견하다는 듯이 말하는 수혁의 말투에 서희가 키득거리며 웃자
그도 그제야 마음이 놓였다. 오늘 일로 서희가 다시 마음의 문을
닫을까 내심 걱정이 되었던 탓이었다.

"어떻게, 운동할래? 그냥 들어갈까?"

"운동해요. 행복이도 이제 좀 걸어야 돼요."

"그래, 가자."

수혁의 품 안에서 어느 정도 안정을 찾은 행복이를 땅에 내려놓
고, 두 사람은 아파트 뒤에 있는 작은 공원을 향해 걷기 시작했다.

행복이를 앞세우고 두 손을 맞잡은 채 두 사람은 공원을 천천히
돌기 시작했다. 집 안에만 있는 것이 갑갑했는지 행복이도 폴짝폴
짝 뛰며 좋아했다. 갑자기 험악해졌던 분위기에 놀랐던 행복이가
앞서 걸으며 재롱을 피우자 수혁의 입가에도 미소가 어렸다. 그런
그의 얼굴을 본 서희의 얼굴에도 안도의 빛이 어렸다.

"쟤 보니깐 다시 들어갔으면 큰일 날 뻔했다."

"그러게요."

"날씨가 이제 진짜 가을이다, 서희야."

"네."

"겨울이 가기 전에 결혼하자."

수혁의 말에 서희가 걸음을 멈추고 그를 바라봤다.

"왜? 싫어?"

"아뇨. 그런 건 아닌데 너무 빠른 것 같아서요. 약혼 먼저 하고 봄에 결혼해요."

병원에 다닌 지 얼마 되지 않았는데 아무리 열심히 한다고 해도 살이 빠지기 시작할 정도의 시기에 결혼하자는 수혁 때문에 서희는 난감했다. 일생에 한 번뿐인 결혼식에 신부가 예쁘게 보이고 싶은 건 당연한 일인데 수혁이 마음을 몰라주는 것 같아 그녀는 속이 상했다.

"멍멍."

걸음을 멈추자 행복이가 빨리 가자며 짖었다. 그 소리에 두 사람은 다시 걸음을 옮겼다.

"나는 하루라도 빨리 같이 살고 싶은데 넌 아닌가 보구나."

서운한 기운이 가득한 수혁의 목소리에 서희가 머뭇거리더니 말했다.

"그게……. 오빠, 사실 병원에서 심리치료만 하는 거 아니에요."

"그럼?"

서희가 비만 클리닉까지 다닌다는 것을 알면서도 수혁은 시치미를 뚝 떼고 물었다. 서희 스스로 당당하게 말을 해야 중간에 그만두는 일도 없을 테고, 그도 드러내 놓고 그녀를 도울 수 있을 것 같아서였다.

"휴…… 비만 클리닉도 같이 해요."

"그래? 난 지금도 좋은데?"

"그건 오빠 생각이구요!"

무조건 좋다는 수혁 때문에 서희의 목소리가 높아졌다. 그 모습에 수혁이 웃음을 속으로 삼키며 물었다.

"알았어. 그런데 왜 짜증을 내?"

"나, 나도 여자라구요. 약혼식 때는 어쩔 수 없어도 결혼식 때는 예쁘게 보이고 싶단 말이에요."

"나한테만 여자면 되는데."

그의 말에 서희가 째려봤다.

"알았어. 무서우니깐 그만 째려봐."

이젠 제법 자기 생각과 기분을 정확하게 표현하는 서희의 모습에 수혁은 기분이 좋았다.

"그래. 그럼 열심히 노력해서 결혼은 봄에 하자."

말을 마친 수혁이 갑자기 서희의 귓가로 다가왔다.

"많이는 빼지 마. 난 너 안고 있을 때 느낌이 좋으니깐 많이 빼면 혼난다."

"오빠!"

얼굴이 빨개진 서희가 소리를 질렀다. 그러더니 행복이를 데리고 집으로 다시 돌아가기 시작했다.

"서희야! 최서희! 같이 가자."

그런 서희의 뒤를 수혁이 뒤따라갔다.

쾅! 쾅! 쾅!

"아빠! 문 열어 줘요. 엄마! 나 문 열어 줘."

이 실장이 데려간 경호원들에 이끌려 집으로 돌아온 혜아는 그길로 방에 감금이 되었다. 그리고 꼬박 이틀이 지났다.

그 일이 벌어진 지 이틀도 못 돼 SNS를 통해 재벌가의 망나니라는 이름으로 서희와 싸우던 동영상이 엄청난 속도로 퍼졌고 영상 아래에는 갖가지 악플이 달렸다. 배경만 믿고 한 사람의 아픔을 가지고 왕따를 시켜 놓고는 잘못을 깨닫기는커녕 되려 패악을 부리는 여자라는 말들이 대부분이었다.

일명 네티즌들의 신상 털기로 이미 그녀의 신분은 노출이 되었고, 이것은 당장 회사에도 영향을 미쳤다.

자식을 그렇게 키운 사람이 회장으로 있는 회사의 제품은 살 필요 없다며 불매 운동을 하겠다는 사람들이 생겼다. 엎친 데 덮친 격이라고, 고등학교 때 왕따에 가담했던 친구들이 하나둘 증언의 글을 올리면서 김 회장은 완전 사면초가에 빠졌다.

그 자신도 올라오는 글을 보고 그동안 딸이 서희에게 어떤 행동을 했는지 자세히 알게 되어 그 심정은 이루 말할 수가 없었다. 임 회장의 말을 듣고 어렴풋이 짐작만 했는데 진실을 대면하고 보니 그동안 자신에게 깍듯하게 대했던 서희의 얼굴이 떠올라 마음이 더욱 불편했다. 그리고 어떻게 해서든 이 일을 빨리 마무리 해야겠다는 생각이 들었다.

회사가 정상화되는 것도 시급했지만, 서희와 수혁의 약혼이 조만간 열릴 텐데, 그 전에 시끄러운 일은 빨리 정리를 해야겠다는 생각이 들었다.

그는 망설일 것도 없이 전화를 들어 수혁에게 전화를 걸었다.

- 여보세요?

"임 회장, 나 김 회장이네."

- 네. 안녕하시냐는 인사는 못 드리겠습니다.

"어쩌겠나, 내가 자식 교육을 잘못 시켜서 그런 것을……. 그나저나 자네 약혼 전에 소란스러운 일을 만들어서 미안하게 됐어."

- 저희는 신경 쓰지 마십시오.

"말이라도 그렇게 해 주니 고맙네. 내 최 실장을 어떻게 봐야 할지……."

- 서희도 크게 신경 안 쓸 겁니다.

혜아의 일이 있긴 했으나 평소 친구의 아버지로 믿고 따랐던 김 회장이 이렇게 저자세로 나오니 수혁의 마음도 편하지는 않았다. 잠시 생각을 하던 수혁이 다시 말을 이었다.

-……죄송한 말씀이지만 혜아 씨, 치료를 받아 보도록 하는 건 어떻겠습니까?

"치료? 혹시 정신과 치료를 말하는 건가?"

- 네. 서희도 어릴 때 충격과 학창 시절의 일로 최근에 다시 치료를 받고 있습니다. 그런데 의사 선생님 말씀이 피해 학생도 그렇지만 가해 학생도 치료를 받는 게 좋다고 하시더군요.

"그런가? 난 성격 때문에 그런 줄로만 알았는데."

- 지난번에 보니 김혜아 씨가 완전히 이성을 잃을 정도로 분노를 참지 못하더라구요. 그냥 속는 셈 치고 한번 받아 보시게 어떻겠습니까?

"걱정해 줘서 고마워. 내 시간 내서 최 실장에게 사과하도록 함세."

- 들어가십시오.

수혁과 전화를 끊은 김 회장은 당장 주치의에게 전화를 걸었다.

혜아의 일이 일파만파 퍼져 재벌가에서 자식 단속에 정신이 없을 때, 수혁과 서희는 약혼 준비에 정신이 없었다.

약혼이 언론에 발표되기 전에 비서실 직원들에게 먼저 알리기로 하고 회식을 잡았다. 명절을 보낸 지 얼마 되지도 않았는데 회식이 잡히자 민경과 제희는 어리둥절하면서도 어디로 갈 것인지 장소를 정하느라 종일 들떠 있었다. 그동안 두 사람의 관계를 알고 있었던 박 대리만 대충 눈치를 채고 무덤덤할 뿐이었다.

제희와 민경이 정한 일식집으로 향하는 차 속에서 서희는 심호흡을 했다.

"후우. 후우."

"그렇게 떨려?"

"네. 오빠 안 그래요?"

"뭐가 떨려. 그냥 우리 사이 밝히는 건데."

"다른 직원들 어떻게 볼지 걱정돼요."

"그런 걱정 하지 마."

"후우. 후우."

수혁의 말에도 서희는 연신 심호흡을 했다. 두 사람이 일식집에 도착하자 직원들은 이미 도착해 있었다. 방 밖으로 두런두런 들리던 말소리가 수혁이 문을 열자 뚝 끊겼다.

"어? 두 분 같이 오시네요?"

수혁과 같이 들어오는 서희를 보고 민경이 말했다.

서희는 딱히 대답할 말이 떠오르지 않아 어색하게 웃어 보이고 자리에 앉았다.

두 사람이 방에 들어오자 예약할 때 미리 주문한 음식들이 나오기 시작했다. 직원들이 서빙을 마치고 나가자 수혁이 술병을 들어 박 대리에게 먼저 한 잔을 권했다.

"그동안 비밀 지켜 준다고 고생했어요, 박 대리."

"아닙니다. 축하드립니다."

알 수 없는 두 사람의 대화에 제희가 눈이 동그래져서 물었다.

"박 대리님, 회장님하고 무슨 일 있으셨어요?"

"아니, 박 대리 말고 최 실장하고 나하고 일이 있습니다."

"네? 최 실장님하고요? 두 분 집안끼리 아시는 사이라는 거요? 에이, 그건 저희도 알아요."

별거 아니라는 민경의 반응에 수혁이 웃었다.

"아니 그거 말고, 저, 우리 최 실장하고 결혼합니다."

수혁의 말이 끝나자 서희가 부끄러운지 고개를 숙였다. 그리고 생각지도 못한 선언에 두 명의 여직원의 눈이 휘둥그레졌다.

"네? 진짜요? 대박!"

소리를 지른 제희가 아차 싶은지 얼른 손으로 입을 막았다.

"하하하, 괜찮아요. 우리도 이런 사이가 될 줄 몰랐는데 뭘. 놀랄 만해요."

"도대체 언제요?"

아직도 믿어지지가 않는지 두 여직원은 입을 다물지 못했다.

"그럼 박 대리님은 알고 계셨어요?"

"박 대리가 눈치가 빠르더라고, 하하하."

수혁의 말에 여직원들이 일제히 박 대리 쪽으로 고개를 돌렸다. 박 대리는 그저 뿌듯한 얼굴로 어깨를 으쓱해 보일 뿐이었다.

"실장님!"

이번에는 화살이 서희에게 왔다.

"미안해. 내가 자기들하고 친해지게 된 게 얼마 안 돼서 이야기 꺼내려니 쑥스럽더라고. 미안해. 한 잔씩 받아."

평소와는 다르게 서희가 붙임성 있게 이야기하자 두 사람은 어딘가 어색하면서도 신기한 기분을 느끼며 술을 받았다.

"어쩐지 회장님이 실장님 식사를 그렇게 열심히 챙기시더라니. 그때부터 만났어요?"

"아니. 그땐 최 실장은 눈치도 못 채고 있었고, 박 대리만 눈치챘어요. 어찌나 둔한지. 하하하. 아무튼 올해 약혼하고 내년에는 결혼할 계획입니다. 이것저것 준비하다 보면 자리를 비울 때가 많을 텐데 두 사람이 고생 좀 해 줘요. 오늘 뇌물 먹이는 겁니다."

수혁이 다시 내미는 술을 받으며 민경이 말했다.

"이건 너무 싸잖아요."

"하하하. 그럼 나중에 내가 근사한 선물 하나씩 하죠."

"정말요? 회장님 약속 지키셔야 돼요."

선물이란 말에 신이 난 제희가 말했다.

"알았습니다. 얼른 먹고 다른 거 더 시켜요."

그 밤, 처음으로 두 여직원은 수혁과 서희를 놀려 먹는 재미에 푹 빠졌다.

❖　　❖　　❖

인터넷에 퍼진 동영상 때문에 BS그룹의 안주인이 될 서희에게 대중들의 관심이 쏟아졌다. 홍보실에는 서희에 관한 문의 전화가 계속 걸려 왔다.

약혼은 최대한 조용히 치르고 싶었던 수혁이지만 언론의 집중적인 관심에 약혼 보도 자료를 각 언론사에 보내기로 결정했다. 아파트에서 사건이 일어난 5일 뒤 주요 신문에는 두 사람의 약혼기사가 떴다.

속보! BS의 젊은 회장 임수혁, 전격 결혼 발표!

재계의 젊은 피, 임수혁 회장이 전격 결혼을 발표했다.

상대는 BS그룹의 회장 비서실장인 최서희 양으로, 최근 '재벌가의 망나니'라는 제목의 동영상 속에서 부당한 말에도 차분하게 상황을 대처해 화제가 된 여성이다. 큰회장님이라고 불리는 전대 임 회장의 죽마고우의 손녀로서 ……(중략)…… 결혼은 내년 봄으로 계획하고 있으며 아직 정확한 날짜는 확정되지 않았다. 평소에도 빠르고 확실한 일 처리로 임 회장의 업무 수행에 큰 도움이 되었던 최서희 양이 이번 임 회장과의 결혼으로 BS그룹에 얼마나 큰 영향을 줄 것인지 재계의 관심이 집중되고 있다.

빠르게 나온 속보 기사를 접한 임 회장의 입가에는 웃음이 떠나질 않았다.

"하하하 전화위복이라고, 우리 애들 앞으로 좋은 일만 있겠어."

"그래야죠."

옆에 앉아 던 황 여사가 웃으며 말했다.

"준비는 잘 돼 가지?"

"그럼요. 걱정 마세요. 잘 돼 가고 있어요."

"이참에 애들 집도 합치라고 해. 약혼까지 했는데 앞집, 뒷집에 살 건 뭐야?"

"어이구. 그런 건 애들 알아서 하라고 하세요. 어른들이 그런 것까지 간섭하는 거 보기 안 좋아요."

"그래?"

"그럼요."

"알았어."

애들마냥 아이들 결혼에 들떠 있는 남편의 모습에 황 여사는 그저 웃음만 났다.

세상에서 두 사람의 일로 떠들썩하든 말든 서희와 수혁은 평소처럼 하루하루를 보냈다. 다만 달라진 것이 있다면, 출퇴근을 같이한다는 것과 시간만 나면 틈틈이 같이 운동을 한다는 것이었다. 이젠 제법 활달해진 행복이도 운동하는 시간을 좋아했다. 오늘도 집에 돌아와 트레이닝복으로 갈아입는 서희를 졸졸 따라다녔다.

"행복아, 너 데리고 갈 거야. 그러니 얌전히 기다려."

서희가 움직임을 멈추고 말을 했지만 행복이는 서희 뒤를 따라다니는 걸 멈추지 않았다.

나갈 준비를 마친 서희가 리드줄을 챙기자 행복이가 냉큼 뛰어와 꼬리를 흔들며 그녀 앞에 섰다.

"그렇게 좋아?"

"멍! 멍!"

"그래, 얼른 가자. 기다리겠다."

현관에 먼저 달려가 기다리는 행복이를 데리고 서희가 밖으로 나갔다.

이제는 저녁 운동의 코스가 된 공원을 수혁과 서희가 나란히 걸었다. 혜아 덕분에 본의 아니게 유명인사가 된 서희는 운동 중간에 알은척을 해 오는 주민들과도 반갑게 인사를 나누었다. 그 인사의 대부분이 그들의 결혼을 축하한다는 이야기와 힘내라는 이야기였다.

"이젠 나보다 네가 더 유명인사가 됐네."

"그럴 리가요."

"봐, 아주머니들이 온통 서희에게만 인사하잖아."

"오빠는 남자니깐 그런 거예요."

"아무튼 요즘 나보다 유명해진 건 사실이야."

수혁에 말에 서희가 슬쩍 그에게 팔짱을 끼었다.

"그래서 싫어요?"

턱 아래에서 올려다보는 서희 때문에 수혁이 웃었다.

"아니, 좋아. 몇 바퀴 더 돌고 들어가자."

"네."

"흡."

침대 쪽으로 밀며 키스를 해오는 수혁 때문에 서희는 정신을 차릴 수가 없었다.

운동을 마치자 서희의 집에서 저녁을 먹겠다고 우기더니 수혁에게 이런 속셈이 있을 거라고는 생각도 못 했다. 그러나 그나마도 강하게 밀어붙이는 수혁 때문에 생각이 끊겨 버리고 말았다.

혀를 세차게 빨아들이며 입안 곳곳을 누비고 다니는 그의 혀 때문에 서희는 숨도 제대로 쉴 수가 없었다. 한참 입속에서 자유롭게 노닐던 혀가 빠져 가나자 서희는 잠시 숨을 골랐다.

"하아, 하아."

하지만 그 시간도 길게 가진 못했다. 수혁이 그녀의 목덜미를 물었기 때문이다. 귓불을 타고 내려온 그의 입술이 하얀 그녀의 목덜미를 물었다. 그리고 잇자국이 난 자리를 혀로 문질렀다.

"하, 앗."

말은 못 하고 서희가 그의 목에 감은 팔에 힘을 더 주며 매달렸다. 자신에게 몸을 붙여 오는 서희를 살짝 밀어내며 수혁이 트레이닝복 윗도리의 지퍼를 열었다. 그러자 속옷에 싸여진 그녀의 가슴이 나타났다. 서둘러 옷을 벗겨 버린 수혁이 이번에는 속옷까지 벗겼다. 그리고 가슴 끝을 손가락을 이용해 빙글 돌리기 시작했다. 그러면서 잠시 멈췄던 걸음을 계속해 서희를 침대에 눕혔다.

"오, 오빠. 땀 흘렸는데 샤워해야죠."

"괜찮아. 네 땀 냄새도 좋아."

말을 마친 수혁이 손가락을 대신해 그녀의 가슴을 물었다. 그리고 아이가 엄마 젖을 빨듯이 서희의 가슴을 빨아들이기 시작했다.

"흑!"

그의 머리를 끌어안으며 서희가 가슴을 그에게 더 밀었다. 추석 이후 몇 번의 사랑을 나누었지만 매번 다른 방식으로 그녀를 가지는 수혁 때문에 서희는 정신을 차릴 수가 없었다.

한참 가슴을 맛보던 수혁이 이번에는 옆구리로 입술을 가져갔다.

"오, 오빠……."

혀로 옆구리를 쓸어내리자 서희가 자지러졌다.

"그, 그만해요. 헉, 헉."

숨도 제대로 쉴 수 없을 정도로 헐떡이며 서희가 애원을 했다.

"그만할까?"

언제 올라온 것인지 이번에는 귓가에 대고 말하는 그 때문에 서
희의 온몸에는 소름이 돋았다. 흥분으로 이마에 맺힌 땀을 닦아 주
며 수혁은 한 손을 아래로 내렸다. 그리고 서희의 다리 사이를 조
심스럽게 만졌다.

이미 주체할 수 없을 정도로 젖어 있는 그녀를 확인하고 그가 조
심스럽게 안으로 들어갔다. 아직은 익숙하지 않아서인지 서희가 잔
뜩 긴장을 한 채 그를 받아들였다. 목에 둘러져 있는 그녀의 팔에
힘이 들어가자 수혁이 천천히 움직이며 낮게 웃었다.

"흐흐흐, 네가 너무 매달려서 나 숨 못 쉬고 복상사하는 거 아
냐?"

그의 말에 서희가 새초롬하게 쳐다봤다.

"아냐, 아냐."

말을 마친 수혁이 본격적으로 움직이기 시작했다. 그러자 낮게
흘러나오던 서희의 신음 소리가 점점 커졌다.

"아, 아."

흔들리는 그의 움직임에 힘을 잃은 서희의 팔이 침대 위로 떨어
졌다. 수혁은 움직임을 멈추지 않고 살짝 상체를 일으켰다. 그리고
손을 아래로 내려 서희의 중심을 만지기 시작했다. 그리고 그 속에
숨겨져 있던 작은 진주알을 찾아내었다.

"헉!"

그가 선사한 또 다른 자극에 서희는 정신을 차릴 수가 없었다. 방향을 잃은 손은 애꿎은 베개만 뜯을 뿐이었다.

"아, 아, 오, 오빠. 그, 그만."

자극을 더 이상 참지 못한 그녀가 수혁에게 애원했다. 하지만 그녀의 부탁을 무시한 수혁은 움직임을 멈추지 않았다. 아니 멈출 수가 없었다. 그의 손놀림에 서희가 저도 모르게 속살을 조여 그에게도 엄청난 쾌감이 찾아왔기 때문이다.

"흐흐흑."

이제 거의 우는 소리를 내던 서희가 갑자기 소리를 질렀다.

"악!"

그리고 온몸을 떨기 시작했다. 온몸으로 오는 쾌감에 서희는 말을 이을 수가 없었다. 그리고 자신도 모르게 경련이 일어나자 수혁을 바라봤다.

"괜찮아, 드디어 신세계에 온 걸 환영해."

말을 마친 수혁이 다시 움직이기 시작했다.

"아, 아직 멀었어요?"

"난 이제 시작이야."

머리 위에 아무렇게나 널브러진 서희의 두 손에 깍지를 낀 수혁이 자신의 마지막을 위해 다시 속도를 내기 시작했다. 폭풍같이 몰아치는 감각에 서희는 목소리도 나오지 않아 숨만 헐떡거릴 뿐이었다. 좀 전과는 또 다른 자극에 서희의 얼굴이 터질 것처럼 붉어졌다. 그때 수혁이 갑자기 움직임을 멈추었다.

"헉!"

서희에게 자신의 모든 것을 쏟아부은 수혁이 잠시 숨을 골랐다.

그리고 그녀의 땀을 닦아 주었다.

"괜찮아?"

다정한 그의 말에 서희의 얼굴이 붉어졌다. 그런 서희를 쳐다보며 수혁이 그녀의 옆에 누웠다. 그리고 서희를 품에 안았다. 아직 흥분이 가시지 않았는지 피부로 와 닿는 그녀의 숨소리가 꽤 거칠었다. 쌕쌕거리는 숨소리와 겨드랑이를 간질이는 감각에 수혁이 난감한지 서희를 쳐다봤다. 그의 시선이 느껴져 서희가 고개를 들었다.

"왜요?"

"큰일 났다."

말을 마친 그가 시선을 더 아래로 내렸다. 그의 시선을 좇아간 서희의 얼굴이 다시 붉어졌다. 아직 제대로 쳐다본 적도 없는 수혁의 중심이 다시 일어나고 있었다.

"나, 난 몰라요. 더 이상은 기운 없어요."

그의 시선을 외면한 채 서희가 돌아눕자 수혁이 뒤에서 그녀를 안았다. 늘 느끼는 그녀만의 말랑함과 따뜻함에 수혁이 낮게 신음을 뱉었다.

"으음. 최서희 너무 좋은데?"

그러면서 그녀의 엉덩이에 자신의 중심을 다시 밀었다.

"오빠 진짜 기운 없어요."

"알았어. 잠시만 이러고 있자."

그녀를 품에 안고 잠시 쉬려고 했던 수혁은 나른함을 이기지 못하고 잠에 빠져들었다. 거실에는 저녁 식사를 기다리는 행복이만 애처롭게 안방 문을 바라보고 있을 뿐이었다.

회사 생활과 약혼 준비로 바쁜 와중에도 서희는 병원에 가는 것을 게을리하지 않았다. 마음만 먹으면 이렇게 쉬운 것을 왜 그동안 미루고 피하며 살았는지……. 진즉에 이렇게 했더라면 할아버지도 마음 편하게 눈을 감으셨을 텐데 하는 생각이 들어 괜히 죄송스러워지는 서희였다. 오늘도 일찍 회사에서 나온 서희가 병원으로 향했다.

진료는 주로 서희가 생각나는 대로 편하게 이야기하면 의사는 가만히 듣고 있다가 그녀가 생각하지 못한 다른 방향의 이야기를 해 주는 방식이었다. 그동안 너무 자신의 세계에만 빠져서 혼자서 살아온 서희에게는 다른 사람의 생각과 행동을 이해할 수 있는 치료였다. 병실로 들어서자 의사가 그녀를 반갑게 맞이했다.

"어서 오세요."

"안녕하세요?"

"명절에 스타가 되셨던데요?"

의사의 말에 서희가 웃었다.

"스타는요……."

"결혼 축하드려요."

"감사합니다."

"오늘은 어떤 이야기를 하고 싶으세요?"

직접 국화차를 만들어 서희 앞에 내려놓으며 의사가 물었다.

"글쎄요. 오늘은 제 이야기가 아니고 혜아 이야기를 하고 싶어요."

"혜아라면 그 동영상 속 친구분?"

"네."

"그 친구에 대해서 어떤 이야기를 하고 싶어요?"

메모지에 필기를 하며 의사가 물었다.

"그렇게 친한 친구가 아니었어요. 같은 반도 3학년 한 해뿐이었는데, 왜 그렇게 3년 내내 절 못 괴롭혀서 난리였을까요? 이해를 못 하겠어요. 나이가 들고 보니 그 나이 때 외모로 놀리는 건 있을 수 있는 일이라는 생각이 들어요. 그런데 왜 우리 부모님 일까지 꺼내면서 절 괴롭혔을까요? 단 한 번도 제가 먼저 말을 걸어 본 적도 없었고요. 그냥 얼굴만 아는 그런 동창이었는데 말이죠."

서희는 고등학교 때 혜아와 있었던 이야기들을 천천히 이야기했다. 한 번도 꺼내지 못했던 이야기들을 풀어내면서 뭔가 답답했던 한쪽 가슴이 스르륵 풀리는 것 같은 느낌이 들었다.

"상대적 박탈감이죠. 크면서 좌절감을 안 느껴 봐서 그래요. 서희 씨 동영상 사건이 나고 저도 혹시 진료에 도움이 될까 하고 인터넷에서 찾아봤는데 서희 씨는 본 적이 있나요?"

"아뇨. 전 바빠서 인터넷 할 시간이 잘 없어요."

"동영상이 퍼지고 두 분 친구라는 분들이 글을 올렸는데요. 거기서 보니 혜아 씨가 왜 서희 씨에게 안 좋은 감정을 느꼈는지 알 수가 있더라고요."

"어떻게요?"

의사의 말에 서희가 궁금해 물었다.

"혜아 씨는 이름만 대면 알 말한 있는 집 딸에 부족한 것 없이 컸어요. 말만 하면 돈에, 옷에, 하고 싶은 거 다 하고 살아왔죠. 좌절이라는 것을 모르는 게 가장 큰 이유예요. 중학교 때까지 세광의 딸이라고 학교에서조차 대우를 해 줬으니 거칠 것이 없었는데, 고등학교 올라가니 상황이 완전히 바뀐 거죠. 그 또래의 눈으로 봤을 때, 외모가 별로인 친구가 학교 행사나 시험에서 항상 자기보다 앞서 나가니 그걸 견딜 수가 없는 거예요."

의사의 말에 서희는 이해할 수 없다는 표정을 지었다.

"보통 사람 같으면, 해도 안 되는 게 있구나, 하고 자신의 능력을 인정해서 기대치를 낮추는데 혜아 씨는 그런 경험이 없기 때문에 자신의 부족함은 모르고 남 탓만 하는 거예요. 그런 마음이 점점 커지다 보니 서희 씨에게 왕따라는 결과로 나왔던 거구요."

"제가 일부러 그런 게 아닌데……."

"맞아요. 서희 씨 잘못이 아니죠. 혜아 씨 부모님의 교육 방식에 문제가 있었던 거예요. 옛말에 귀한 자식 매 한 대 더 주라고 했어요. 서희 씨도 결혼해서 아이들 키우실 때 되는 거와 안 되는 것을 확실히 정해서 키워야 해요."

"네."

"서희 씨도 무조건 참는 건 안 좋아요. 지난번에 말했지만 의사 전달은 확실히 해 줘야 상대방도 답답하지 않아요. 말하지 않아도 아는 건 광고 속에서나 있는 거예요."

광고를 인용하며 웃는 의사를 따라 서희도 웃었다.

"이번 동영상을 보면서 서희 씨는 참 복받은 사람이구나, 하는 생각이 들었어요."

"왜요?"

"든든한 지원군들이 얼마나 많아요? 우선은 회장님이 그러시고, 선생님한테 들으니 큰회장님도 서희 씨를 엄청 아끼신다면서요. 그리고 우리 선생님은 어떻고요. 서희 씨 다녀가고 나면 어찌나 질문이 많아지시는지 제가 힘들어요. 호호호."

의사의 말에 서희의 얼굴이 붉어졌다.

"오늘은 여기까지 해요. 클리닉 예약되어 있죠?"

"네."

"가서 운동 열심히 하세요. 약혼식이 얼마 안 남아서 열심히 하셔야 될 거예요."

진료실을 나오는 서희의 얼굴이 한층 밝아져 있었다.

11장

　시간이 흘러 어느덧 약혼식 날이 되었다. 가족이 없는 서희를 배려해 황 여사는 호텔의 작은 예식장에서 조촐하게 식을 준비했다. 하지만 작은 소품 하나하나에 신경을 써 소홀함이 없이 준비를 했다. 친지들도 가장 가까운 사람들만 불렀다. 대기실에서 화장을 하는 서희를 보며 황 여사가 말했다.

　"작게 한다고 서운해하지 말고, 결혼식은 크게 하자꾸나. 요즘 약혼 안 하는 집안들도 많이 있다지만 널 대충 해서 데려오고 싶지는 않았는데. 내 미리 결혼 날짜도 잡아 놨어. 그날, 내가 널 세상에서 최고로 아름다운 신부로 만들어 주마."

　혹여, 약혼식을 작게 치른다고 서희가 서운해할까 봐 황 여사가 당부를 했다.

　"괜찮아요."

　"나한테는 네가 손녀딸이나 매한가진데, 그냥 이렇게 서운하게 안 넘어가. 제대로 크게 해서 데려와야지. 수혁이가 너 어디 빼앗길까 봐 걱정이 돼서 약혼하자고 조른 거야. 이거라도 해야 마음이 편할 것 같다면서. 그때 세광의 여식이 설치고 다녀서 더 그런 생각이 들었나 보더라."

"네. 할머니 말씀 이해했어요."

"이렇게 또박또박 말 잘하니 얼마나 좋아?"

예전처럼 망설이지 않고 제 할 말을 잘 하는 서희 때문에 기분이 좋아진 황 여사가 메이크업하는 사람에게 부탁했다.

"예쁘게 해 줘요. 제 신랑이 알아보지 못할 정도로."

"호호호. 사모님, 걱정 마세요. 처음 드레스 가봉할 때보다 사이즈도 좀 줄었고요, 실장님 피부가 워낙 좋으셔서 화장을 많이 안 해도 너무 예쁘세요."

"그래요? 사이즈가 줄었어요? 전 모르겠던데."

"호호호. 확 줄지 않으면 평소에 입고 다니시는 옷으로는 잘 몰라요. 저희는 아무래도 드레스를 맞추니까 몸에 많이 핏 되는 옷들이잖아요. 그래서 대번에 알죠."

직원에 말에 서희의 얼굴이 밝아졌다.

"그래도 조심해서 빼. 사람 건강이 먼저야."

"네, 할머니."

손님을 맞기 위해 황 여사가 대기실에서 나가고 메이크업을 마친 직원도 다른 일을 돕기 위해 밖으로 나갔다. 모두가 자리를 뜨고 혼자 남은 서희가 거울을 가만히 응시했다.

난생처음 해 보는 풀 메이크업에 처음 입어 보는 드레스까지 모든 것이 꿈만 같았다. 아니, 최근 몇 달 동안 일어난 일들이 모두

꿈같았다. 지금이라도 누군가가 흔들어 깨우면 이 꿈이 깨질 것 같아 겁이 났다.

"엄마, 엄마 딸 정말 시집가나 봐."

거울을 보며 그녀가 낮게 읊조렸다. 그리고 예쁘게 화장한 얼굴이 금세 빨개졌다.

"나 정말 그동안 바보처럼 살았나 봐. 이제 잘 살면 되겠지? 나, 도와줄 거지?"

식이 시작되기 전, 그녀의 얼굴을 보기 위해 대기실을 찾았던 수혁이 본의 아니게 거울을 보며 혼잣말을 하고 있는 서희의 모습을 보게 되었다.

지금 자신이 들어갔다가는 서희가 감정을 추스르지 못할 것 같아 수혁이 조용히 문을 닫고 화장실로 향했다. 자신이야 조부모님이 살아계시지만 서희는 모두 돌아가셔서 허전하고 외로울 것이라는 생각을 했다. 하지만 막상 저렇게 허전한 표정으로 앉아 있는 서희를 보니 수혁의 마음이 아팠다.

가족들에 대한 생각을 떠올리다 보니 서희의 외가에 대해서는 들어 본 기억이 없다는 것을 깨달았다. 나중에 할아버지에게 여쭤 봐야겠다고 수혁은 생각했다. 그리고 거울을 다시 한 번 더 본 뒤 서희가 있는 대기실로 향했다.

똑똑똑.

"네."

서희의 대답 소리가 들리자 수혁이 안으로 들어갔다.

"우와, 최서희 너무 예쁜 거 아냐?"

그의 말에 서희의 얼굴이 붉어졌다.

"장난치지 마세요."

"장난 아냐. 얼굴 한번 보자."

고개를 숙이는 서희의 얼굴을 한 손으로 들어 올려 수혁이 그녀를 바라봤다. 어릴 때 업고 다니면 인형이냐고 물었다더니 한껏 꾸며 놓은 서희의 모습이 수혁의 가슴을 쿵쾅거리게 하기에 충분했다. 무릎에 다소곳이 놓여 있는 서희의 손을 가져다 자신의 왼쪽 가슴에 올려놓고 수혁이 물었다.

"이렇게 가슴이 뛰는데 거짓말이야?"

손 아래에서 느껴지는 그의 심장 박동에 서희가 놀라 그를 쳐다봤다.

"오빠도 긴장한 거예요?"

"난 사람 아닌가? 긴장한 데다가 네가 너무 예뻐서 가슴이 두 배는 빨리 뛰는 것 같아. 일어나 봐."

앉아 있는 서희를 수혁이 조심스럽게 일으켜 세웠다. 그리고 조심스럽게 품에 안았다.

"내가 너무 빨리 몰아쳐서 정신없던 건 아니지?"

"네. 제가 너무 늦어서 오빠 속 탄 거 아니죠?"

"쿡쿡. 아니야. 너무 잘 따라와 줬어. 서희야, 사랑해."

"저도 사랑해요."

"할머니나 할아버지가 들으시면 불효막심한 놈이라고 하실 테지만, 미국에 혼자 있을 때, 생활도 여유롭고, 친구가 없는 것도 아닌데 외롭더라. 그런데 이젠 아니야. 서희 네가 옆에 있어서 괜찮아. 서희도 그랬으면 좋겠어."

"저도 그래요. 오빠가 옆에 있어서 좋아요."

자신의 허리에 감겨진 서희의 팔에 힘이 들어가자 수혁이 그녀의 얼굴을 들어 올렸다. 그리고 가볍게 입맞춤을 했다.

"마음 같아선 지금 이 드레스 당장 벗기고 널 안고 싶은데, 그렇게 했다간 밖에서 난리 나겠지?"

수혁의 말에도 서희는 당황하지 않고 그저 입을 가리며 호호 웃을 뿐이었다.

"보자, 한 번만 더 맛보고 가야겠다."

수혁이 다시 그녀의 입술에 가볍게 키스를 했다. 그러다 살짝 벌어지는 서희의 입술을 가르고 들어가 좀 전과는 다르게 그녀의 입 안을 휘젓고 다녔다. 한참을 그녀의 입술을 맛보던 수혁은 밖에서 들리는 노크 소리에 키스를 멈추었다.

"저 봐, 금세 찾으러 왔잖아. 립스틱 다시 발라 달라고 해."

아쉬운 듯 그녀를 품 안에서 놓아준 수혁이 문을 열고 나갔다. 그러자 메이크업 직원이 알 만하다는 표정으로 들어왔다.

"조금 있으면 식이 시작돼요. 마지막 점검 해 드릴게요."

직원이 시키는 대로 다시 의자에 앉아 메이크업을 고치는 서희의 얼굴은 그 어느 때보다 밝았다.

식은 조용하지만 화기애애한 분위기에서 이루어졌다.

"이렇게 와 줘서 고마워요. 그래도 한 집안 식구라고 우리 수혁이 약혼식에 다들 참석해 주니 얼마나 고마운지 몰라요. 알다시피 이번에 우리 손부로 들어오는 서희는 우리 집안하고 특별한 사이라는 거 설명 안 해도 다들 알 거고, 지금처럼 우애 있게 지내자고, 인사나 하는 자리니깐 마음껏 먹고 놀다 가요."

별다른 사회자 없이 임 회장이 약혼식이 참석해 준 친지들에게 가볍게 인사하는 것으로 공식적인 예식을 대신했다.

그리고 두 사람을 데리고 다니며 친지들에게 인사를 시켰다.

"큰아버님 축하드려요."

"그래. 고맙다."

계열사 중 건설 쪽을 맡고 있는 작은아버지가 인사를 했다.

"최 실장, 아니지 이제 조카며느리지. 잘 살아."

"네. 고맙습니다."

작은아버지의 말씀에 서희가 고개를 숙여 인사를 했다.

"큰아버지, 새아기가 가족들 얼굴을 모르는 것도 아닌데 식사나 같이 해요."

"그래?"

"그럼요. 우리 집안에 새아기 모르면 간첩이죠."

작은아버지의 말에 식구들도 동조했다.

"그렇게 하세요. 회사에서 맨날 보는 얼굴들인데 뭘 새삼스럽게 인사를 해요. 큰어머님 애들 밥부터 먹이세요."

주위의 성화에 황 여사가 서희의 팔을 당겼다.

"이리 와. 친척들 말이 맞아. 다 아는 얼굴들인데 뭘. 나중에 안 식구들만 따로 모여서 밥 한번 먹자."

그렇게 하자는 친척들의 말에 수혁이 서희를 데리고 테이블에 앉았다. 그리고 식사를 시작했다. 서로를 챙겨 가며 식사를 하는 두 사람의 모습에 임 회장의 얼굴에서는 웃음이 떠나지 않았다. 그는 옆에 앉아 있는 아내에게 말했다.

"잘 맺어 주는 것 같지?"

흐뭇해하는 남편의 말에 황 여사도 웃으며 말했다.

"네. 저렇게 잘 어울리는 애들은 처음 봤어요. 그리고 서희가 살이 좀 내렸다네요."

"그래? 아직은 잘 모르겠는데?"

아내의 말에 임 회장이 서희를 한 번 더 쳐다봤다.

"아까 드레스 입혀 준 사람이 그러데요. 자기들은 옷을 입혀 보면 안다고."

"그래? 전문가가 빠졌다면 빠진 게지."

"노력하는 게 얼마나 예뻐요."

"그러게. 에헤이, 이렇게 좋은 날 다들 없으니……."

남편의 말에 황 여사도 입을 다물었다.

"그쪽은 알아봤어?"

"김 비서가 그러는데 아직이래요. 워낙 꽁꽁 숨었나 봐요. 시간이 좀 걸리지 싶어요."

"결혼식까지는 시간이 좀 있으니깐 잘 알아보라고 해."

"김 비서 몰라요? 잘 알아보고 있을 거예요."

말을 마친 황 여사가 식사를 하고 있는 서희와 수혁을 바라봤다.

약혼식 겸, 가족들과의 식사가 끝난 뒤, 모두들 돌아가기 위해 준비를 할 때 수혁의 사촌 동생인 정혁이 옆으로 다가왔다.

"형, 집으로 갈 거야?"

"아마도. 왜?"

"이거 받아."

수혁은 정혁이 내미는 것을 받아 들었다. 손에 쥐어진 것을 들여다보니 열쇠였다.

"이게 뭐냐?"

"여기 꼭대기 층 스위트룸 키야. 형수 기껏 예쁘게 치장하고 나왔는데 그냥 집으로 간다는 건 아깝잖아. 동생들이 해 주는 약혼 선물이야."

"고맙다. 누구 생각이냐?"

"선아. 형수님 온종일 꾸미고 치장했을 텐데, 밥 한 끼 먹고 헤어지는 거 너무 아깝다고 사촌들 들쑤셔서 예약했어."

사촌 동생들 중 유일하게 여자인 선아는 아까부터 서희가 너무 예뻐졌다며 감탄을 하는 중이었다. 사촌들의 주머니를 털어 스위트룸을 예약하고는 대표로 정혁에게 키 전달을 맡긴 모양이었다.

"나도 생각을 못 했는데. 고맙다. 다음에 술이나 한잔하자."

"그래. 할아버지 원하시는 증손주 빨리 보여 주면 더 좋고."

"하하하. 알았어. 부지런히 노력할게."

"하하하."

수혁의 말에 정혁이 웃으며 인사를 고했다.

신부 대기실에서 서희의 옷 갈아입는 것을 도와주던 직원이 무전을 받더니 서희에게 다시 옷을 입혔다. 어리둥절해진 서희가 그녀에게 물었다.

"갑자기 왜 그래요?"

"회장님께서 같이 가실 곳이 있다고 드레스 다시 입으시랍니다."

"어디요?"

"그건 저희도 잘 모르겠어요."

빠른 손놀림으로 서희의 드레스가 다시 입혀졌을 때, 수혁이 문을 노크하고 들어왔다.

"준비 끝났어?"

"갑자기 어디를 간다는 거예요?"

"가 보면 알아. 고생했어요."

수고한 직원에게 약간의 팁을 건넨 수혁이 서희를 데리고 밖으로 나왔다. 그리고 그녀를 데리고 조심스럽게 엘리베이터에 올랐다. 집에서 기다리고 있을 행복이는 이미 성산댁에게 부탁해 놓았다. 지난 명절에 행복이에게 푹 빠진 세 어른이 걱정 말라며, 서희 집에 들러 행복이를 데리고 본가로 돌아가기로 했다. 그리고 돌아가기 전 임 회장은 수혁에게 다시 손주 이야기를 꺼냈다가 기어코 아내에게 한 소리를 들었다.

어른들이 모두 돌아가시는 것을 본 뒤 수혁은 서희에게로 갔다. 하루 종일 봤음에도 불구하고 나중에 일어날 일에 대한 기대가 있어서일까 서희를 보는 눈빛이 뜨거웠다.

서희도 그것을 느꼈는지 엘리베이터 안에서 그에게 물었다.

"우리 어디 가는 거예요?"

"가 보면 알아."

정확한 대답은 해 주지 않고 가 보면 안다고만 대답하는 수혁 때문에 서희는 하는 수 없이 엘리베이터 문만 바라봤다. 마지막 층에서 내리고 수혁이 객실 문을 여자 서희의 입에서 탄성이 나왔다.

"우와!"

몇 송이인지 헤아릴 수 없이 많은 장미들이 만든 길이 침실까지 이어져 있었다. 그가 이끄는 대로 침실로 가자 침대 위에는 붉은 장미 꽃잎이 이불처럼 펼쳐져 있었다. 약혼식을 할 때 준비한 것이라고 했는데, 호텔 측에서 얼마나 바빴을지 안 봐도 눈에 훤했다.

"어떻게 된 거예요?"

"사촌들 축하 선물. 꼭 집어 말하면, 선아가 생각해 내고 나머지 동생들은 찬조했지. 그래도 여자라고 선아가 너 그냥 집에 데려가는 거 아니라고 나서서 추진한 거래. 이럴 때 보면 여자가 세심하기는 해. 나도 빨리 가서 쉴 생각만 했지. 이런 건 생각 못 했거든."

수혁이 말하는 동안 서희가 침실을 둘러보았다. 꽃잎으로 수놓아진 침대, 그 옆에 있는 작은 테이블에는 미니 케이크와 와인, 그리고 간단한 술안주가 있었다. 그리고 천장에는 풍선들이 있었다.

"고마워서 어떡해요?"

"나중에 술 한잔 사기로 했어. 이리 와 봐."

수혁이 서희의 손목을 잡고 침실과 이어진 욕실로 이끌었다. 욕실 문을 열자 두 사람이 들어가고도 남을 정도의 큰 욕조가 밖이 보이는 통유리를 마주하고 있었다. 밖에서는 안이 보이지 않는 유리라 목욕을 하면서도 야경을 볼 수 있는 구조였다. 올라올 시간을 미리 말한 것인지 욕조에는 따뜻한 물이 이미 받아져 있었다.

"일단 먼저 씻자."

"네? 어, 어."

욕실을 확인하고 난 수혁이 서희의 팔을 잡아당겼다. 그리고 침대 앞에 그녀를 세웠다.

"오, 오빠."

"오늘 너 얼마나 예쁜지 아까 내가 이야기했지?"

"네."

기어 들어가는 목소리로 서희가 대답했다. 부끄러워 얼굴을 못 드는 서희를 수혁이 품에 안았다.

"아! 좋다. 이제 최서희 내 거잖아. 너무 좋은데?"

드레스를 입어 드러난 서희의 목덜미에 코를 박으며 수혁이 깊이 숨을 들이마셨다. 저도 모르게 올라오는 간질거림과 설렘에 서희의 가슴이 세차게 뛰기 시작했다. 그것을 느낀 것일까 수혁이 서희를 안은 팔에 힘을 더 주었다. 그리고 등 뒤에 있는 드레스의 지퍼를 내렸다. 수혁이 지퍼를 내리자 서희의 얼굴이 빨개졌다. 그런 서희의 얼굴을 들어 올려 수혁이 키스를 시작했다.

"흡."

매번 부드럽게 시작하는 수혁이었는데 오늘은 평소보다 거칠게 그녀를 대했다. 지퍼가 열린 드레스를 한 손으로 밀어 버리고, 서희가 도망가지 못하게 뒷머리를 세게 끌어당겼다. 그리고 그녀의 모든 것을 빨아들이듯 키스를 했다.

항상 부끄럽고, 수줍어하던 서희도 오늘만큼은 수혁이 하자는 대로 따를 생각이었다. 그래서 조금 숨이 차고 힘들었지만 그를 밀어내지 않고 그를 더욱 세게 끌어안았다.

그녀가 자신을 세게 끌어안자 수혁이 급하게 자신의 옷을 벗기 시작했다. 재킷과 조끼, 그리고 셔츠를 한꺼번에 벗어 던진 수혁이 서희를 침대 위에 눕혔다. 그리고 목덜미에 다시 코를 묻고 서희의 냄새를 깊게 빨아들였다.

요즘 함께 밤을 보내는 경우가 많아 같은 바디용품을 쓰는데도 서희에게만 나는 서희만의 향취에 수혁은 정신을 차릴 수가 없었다.

목덜미에 고개를 묻고 중심을 비벼 오는 수혁 때문에 서희도 정신을 차릴 수가 없는 건 매한가지였다. 짜릿하면서도 이제는 자연스럽게 젖어 오는 중심 때문에 서희는 저도 모르게 몸을 비틀었다.

"아! 오, 오빠."

그녀의 목소리에 수혁의 허리 놀림이 더욱 거칠어졌다. 그때 서희가 그를 살짝 밀어냈다.

"오빠."

"응?"

서희의 행동에 수혁이 놀라 대답했다.

"왜?"

"오빠 버클 때문에 아파요."

아직 바지를 입고 있던 수혁의 허리띠 버클이 그녀의 아랫배를 찔러 아팠던 것이다. 그제야 정신을 차린 수혁이 서둘러 바지 버클을 풀었다. 그리고 얼른 바지를 벗었다.

그리고 다시 그녀에게 키스를 시작했다. 이번에는 서희도 편안하게 그를 받아들였다. 수혁은 자신의 목을 감고 있는 서희의 한쪽 손을 자신의 손안에 쥐었다. 그리고 손을 아래로 내려 터질 듯이 부풀어 있는 자신의 중심 위에 올렸다. 처음 만져 보는 남성에 서희가 놀랐다. 하지만 손을 빼지 않고 팬티 위로 그의 중심을 살살 어루만졌다.

"아."

낮게 터져 나오는 수혁의 목소리에 자신감을 얻은 서희가 팬티 속으로 손을 밀어 넣었다. 그리고 잔뜩 성이 나 있는 수혁의 중심을 위아래로 천천히 쓰다듬었다.

"윽!"

참을 수 없는 쾌감에 수혁이 신음을 내뱉었다. 당장이라도 그녀를 가지고 싶었다. 하지만 오늘은 특별한 날이라 다른 날과는 다르게 서희를 안고 싶었다. 그래서 최대한의 자제력을 끌어모아 몸을 일으켰다. 갑자기 키스를 그만둔 그가 몸을 일으키자 서희가 그를 쳐다봤다.

"일어나 봐."

누워 있는 서희를 일으켜 세운 수혁이 그녀를 데리고 욕실로 향했다. 서희도 아무 말 없이 그가 이끄는 대로 욕실로 향했다.

욕실로 들어온 수혁이 샤워기를 집어 들었다. 그리고 물의 온도를 맞춘 뒤 서희에게 뿌렸다. 아직 벗지 못한 드레스와 같은 색깔의 흰 레이스 속옷 위로 물이 뿌려지자 그녀의 하얀 살결이 비쳤다. 수혁은 천천히 드레스를 벗겨 내렸다.

속옷을 입은 채 물을 뒤집어쓰는 건 처음이라 서희가 놀라 수혁을 쳐다봤다. 그런 서희를 수혁이 훑어봤다. 침대에서 나눈 진한 애무로 서희의 가슴 끝은 속옷의 레이스를 뚫고 나올 것처럼 솟아 있었고, 레이스 사이로 비치는 아래의 거웃에 수혁이 다시 흥분했다.

서둘러 바디 젤을 손에 따른 뒤, 수혁이 얌전히 서 있는 서희의 몸에 문지르기 시작했다. 레이스 사이로 느껴지는 그의 체온과 거품의 느낌에 서희는 서서히 다리에 힘이 빠지는 것을 느꼈다. 그런 서희를 살짝 밀어 타일 벽에 기대고 서게 한 수혁이 양 엄지손가락으로 솟아나 있는 서희의 가슴 끝을 문질렀다.

평소에 맨손으로 만지던 것과는 다른 느낌에 서희가 흐느꼈다.

"아, 흐흐흥."

"기분 좋아?"

말은 못하고 고개만 끄덕이는 서희를 보던 수혁이 그녀의 팬티를 벗겨 버렸다. 이미 주체할 수 없을 정도로 젖은 서희의 중심에 손을 가져가자 서희의 무릎이 꺾였다.

"오, 오빠."

그를 원하는 열망에 흐릿해진 눈으로 서희가 수혁을 바라봤다. 그런 서희에게서 눈을 떼지 않고 수혁도 팬티를 벗어 버렸다.

그리고 서희의 손을 가져다 손바닥에 바디 젤을 부었다. 그의 행동을 눈치챈 서희가 젤이 묻어 있는 손으로 그의 중심을 쥐었다. 그리고 좀 전에 한 것처럼 움직이기 시작하자 수혁의 머리가 빠르게 숙여졌다. 서희의 귓가에 가쁜 숨을 내쉬며 한 손으로 그녀의 가슴을 쥐고 문지르기 시작했다.

누가 먼저라고 할 것 없이 두 사람은 서로에게 깊이 빠져들었다. 그렇게 한참 서로를 애무하던 중, 수혁이 서희의 손안에 자신을 쏟아 내었다. 손바닥에 느껴지는 따뜻한 느낌에 서희가 그를 쳐다봤다.

"이런, 마녀!"

장난스럽게 말하며 거품이 묻은 손으로 수혁이 서희의 코를 잡았다 놓았다.

그리고 잠시 숨을 고르더니, 서희를 데리고 욕조 안으로 들어갔다. 수혁이 먼저 욕조에 앉고 자신의 앞에 서희를 앉혔다. 그녀의 어깨에 턱을 괴고 수혁은 창밖을 바라봤다. 두 팔은 그녀의 가슴 아래로 넣어 꼭 끌어안고 있었다.

잠시 숨을 돌리며 야경을 구경하던 수혁이 다시 손을 움직여 남아 있던 속옷을 마저 벗겨 버렸다. 그리고 그녀의 가슴을 만졌다.

그러자 힘이 빠지는지 서희가 그에게 기대어 왔다.

한 손으로 그런 서희의 고개를 돌려 다시 키스를 시작했다. 계속 되는 자극에 서희가 본인도 모르게 엉덩이를 움직였다. 그러자 조금 전 분출로 힘을 잃은 수혁의 중심이 다시 기지개를 폈다.

엉덩이에서 느껴지는 그의 중심에 이번에는 서희가 엉덩이를 대고 비볐다. 늘 수동적이던 그녀의 변화에 수혁이 더 자극을 받았다. 서희를 살짝 일으켜 자신의 허벅지 위에 그녀를 앉혔다.

평소와는 다른 체위에 서희가 머뭇거렸으나 허리에 손을 대고 도움을 주는 그 때문에 서희는 쉽게 리듬을 탈 수가 있었다. 두 팔은 욕조를 잡고 지탱하며 서희가 움직이자 뒤에 있는 수혁의 숨소리가 커졌다.

"아!"

그러면서 참을 수가 없었는지 서희의 움직임에 맞춰 자신도 허리를 튕겼다. 그러자 이번에는 서희의 입에서 비명 소리가 나왔다.

"아악! 오, 오빠. 그, 그만."

매번 그렇듯이 수혁은 서희의 애원을 무시하고 열심히 움직였다.

"아, 아, 아악!"

좀 전보다 크게 소리를 지른 서희가 중심을 잃고 앞으로 고꾸라졌다. 그런 서희의 양팔을 잡은 수혁이 마지막 힘을 다해 정상을 향해 움직였다.

"으윽!"

결국 그도 서희에게 모든 것을 쏟아 낸 뒤, 그녀를 품에 안고 욕조에 기대었다. 그리고 힘없이 늘어져 있는 서희의 머리를 쓰다듬어 주었다.

다음 날 호텔을 나서기 전까지 수혁과 서희는 세는 것도 잊을 만큼 몇 번이고 사랑을 확인했다.

약혼식을 했어도 서희와 수혁의 생활에는 큰 변화가 없었다. 이제는 직원들이 알아서 점심시간에는 자리를 비켜 주고, 출근 시간에는 둘만의 티타임을 가지는 것 빼고는 회사에서도 크게 달라진 것이 없었다. 그리고 수혁과 서희도 일을 할 때에는 공적인 관계를 유지했다. 그것이 직원들이나 두 사람 모두에게 좋겠다는 서희의 의견 때문이었다.

가끔 짓궂게 제희와 민경이 서희를 약 올리기는 하지만 그것이 싫지 않은 서희였다.

오늘은 외근으로 수혁과 박 대리가 오후까지 못 들어오는 상황이라 서희는 여직원들과 사무실에서 도시락을 시켜 먹었다.

구내식당을 이용해야 하지만 그렇게 되면 한 사람이 사무실을 지키고 있어야 돼서 서희가 도시락을 시켜 먹자고 제안한 것이었다. 두 사람도 오랜만에 도시락을 먹자는 서희의 말에 흔쾌히 승낙을 했다. 막내인 제희가 로비로 내려가 도시락을 받아 들고 와 모처럼 여자 셋이서 점심 식사를 했다.

"실장님, 회장님께서 잘해 주세요?"

두 사람의 연애담이 궁금했던 제희가 물었다.

"응, 잘해 주셔."

"어떻게요?"

"그게 궁금해?"

"네, 궁금해요. 회장님 솔직히 좀 차가운 면이 있으시잖아요. 저희야 같이 일을 하니깐 이젠 성격 파악이 대충 돼서 영 그렇지만은 않다는 걸 알지만 다른 직원들은 안 그래요. 회장님이 진짜 차갑고, 냉혈한인 줄 알아요."

제희의 말에 서희가 웃었다.

"그 정도야?"

"네. 회장님이 이렇게 하고 쫙 눈 내리고 쳐다보시면 다들 얼잖아요."

수혁의 흉내를 내며 제희가 말하자 나머지 두 사람이 웃었다.

"걱정 마. 나한테는 안 그러시니깐. 잘해 주셔. 내가 미안할 만큼."

서희의 말에 두 사람은 고개를 끄덕였다. 언젠가부터 밝아진 서희의 얼굴을 보더라도 수혁에게 사랑을 얼마나 많이 받고 있는지 알 수 있었기 때문이다.

한편 세 사람이 화기애애하게 식사를 할 때 수혁은 본가 할아버지 댁으로 향했다. 오전과 오후 스케줄 사이에 잠시 시간이 나 점심 식사도 하고 지난번 약혼식 때 궁금했던 서희 외가에 대해 물어보기 위해서였다.

이미 본가에 기별을 넣어 뒀던 덕분에 수혁은 도착하자마자 할아버지 할머니와 식탁 앞에 앉을 수 있었다.

"그렇게 바쁜 게야?"

밥을 다 먹고 소파로 자리를 옮겨 와 앉은 수혁에게 임 회장이 물었다.

"다음 달 프랑스 합작 건 때문에 조금 바빠요."

"그래? 어떻게 될 것 같으냐?"

"실무진들이 준비를 잘하고 있지만 그래도 뒤에서 지원 사격을 해 줘야죠. 오후에는 대사관에 들어가 보려고요. 현지 직원들이 보내오는 정보에 뭔가 석연치 않은 것이 있어서 직접 확인해야 할 것 같아서요."

"그래? 잘 알아서 하겠지."

"네. 저기 할아버지."

"왜?"

"서희 외가 쪽 이야기 들으신 적 있으세요?"

수혁이 조심스럽게 이야기를 꺼내자 임 회장이 의외였는지 놀란 표정이 되었다.

"새아기 외가? 갑자기 그건 왜?"

"약혼식 때 보니깐 외로워 보여서요. 저야 할머니 할아버지에 친척들도 있지만 그날 서희는 혼자였잖아요. 마음이 쓰여서요."

손자의 말에 임 회장이 물을 들이켰다.

"사실, 김 비서 시켜서 알아보고 있는 중이야."

"그러세요?"

"그래."

임 회장의 말에 수혁이 물었다.

"안 계신 것이 아니었군요. 그런데 왜 연락을 안 하고 살았어요?"

"그게, 서희 외삼촌 되는 사람이 좀 그래."

"좀 그렇다니요?"

"자세한 건 모르겠고, 허망하게 간 서희 부모 앞으로 나온 보험금 죄다 챙겨서 도박했다더라. 그나마 최가가 여유가 있으니 그 돈

266

없이 서희 키웠지, 최가가 먼저 가거나 여유가 없었으면 서희는 꼼짝없이 고아원 가야 할 상황이었어. 나중에 아들이 찾아와서 보험금 챙겨 간 거 알고 서희 외할머니가 다시는 안 나타난다고 맹세를 하고 사라지셨단다. 그러고는 아직까지 얼굴 한 번 못 본 거고."

할아버지 말씀에 수혁이 고개를 끄덕였다.

"안 그랬음 서희도 수월하게 컸지. 여자아이니 남자인 최가가 돌보는 것도 한계가 있었거든."

"네. 그런 일이 있었군요."

"기다려 봐. 내 연락이 닿으면 말해 줄 테니깐."

"네. 그럼 전 이만 갈게요."

"저 녀석이 할애비 얼굴 보러 온 게 아니라 제 처 일 때문에 왔구먼. 허허허."

"아니에요. 겸사겸사예요."

"알았다, 이놈아! 손주나 빨리 만들어."

"할아버지!"

오늘도 빠지지 않는 손주 이야기에 수혁이 반사적으로 큰 소리를 냈다.

"인석은 그 얘기만 하면 왜 소리를 질러."

조손간에 투덕거리자 주방에서 쇼핑백을 들고 나오며 황 여사가 한 소리 했다.

"그렇게 조급증 가지면 생길 아기도 안 생긴다고 했죠? 얘들 아직 결혼도 안 했어요. 할아버지가 돼서 창피한 것 좀 알아요. 그리고 수혁이 이거 가져가."

"이게 뭐예요?"

"밑반찬 몇 가지하고, 갈비 재운 거야. 둘 다 아침 굶지 말고 챙겨 먹고 다녀."

"알았어요. 감사합니다, 할머니. 저 갈게요."

쇼핑백을 받아 들며 수혁이 말했다.

"그래. 고생해."

두 분의 배웅을 받으며 수혁이 본가를 나섰다.

12장

    약혼을 할 때 이미 황 여사가 결혼 날짜도 잡고 다른 것들도 알아보았던 터라 결혼 준비는 여유롭고, 차분하게 진행이 되었다. 결혼식은 봄이고 지금은 아직 본격적인 겨울이 시작되지도 않았지만 황 여사는 본인이 준비에 하나하나 다 신경을 쓰고 싶어 일찌감치 준비를 시작했던 것이다.

    드레스는 지난번 약혼식 때 했던 샵으로 정하고 예식장은 아직 서희에게 미안한 마음을 가지고 있던 김 회장이 자신이 보유하고 있는 특급 호텔의 예식장으로 선뜻 내주었다. 마음 같아서는 거절하고 싶었지만 자식 잘못 키운 죄라며 아버지 같은 분이 사죄를 하고 부탁을 하니 거절할 수 없었다.

    결혼을 하고 나면 서희의 집을 세놓고 수혁의 집으로 들어가기로 했다. 인테리어도 한 지 얼마 안 돼서 서희의 짐만 옮기고 낡은 가구들은 그냥 버리기로 했다.

모든 것이 순조롭게 하나둘 진행이 될수록 서희의 가슴은 허전해졌다. 견물생심이라고, 앞만 보고 살 때는 모르고 살았는데, 황여사와 같이 드레스샵이나, 이불을 고르러 다닐 때 보이는 다른 모녀의 모습이 솔직히 부러웠다.

말은 안 해도 서희의 얼굴을 보는 황 여사의 마음도 편하지는 않았다. 살면서 여자가 가장 아름답고 예쁘다고 하는 결혼식 날, 그 모습을 봐 줄 부모가 옆에 없다는 사실에 얼마나 서럽고 허전할까, 하는 생각에 착잡했다.

전날에도 좋지 않은 안색이었던 서희를 떠올리며 마음이 무거워졌을 때 김 비서에게서 반가운 전화가 왔다.

– 여사님, 사모님 외조모를 찾았습니다.

"그래? 살아 계시고?"

– 네. 그런데 외삼촌 되시는 분은 5년 전에 돌아가셨습니다.

"그래? 뭣 때문에?"

– 알콜 중독이었던 것 같습니다.

"그래……."

도박을 한다더니 결국에는 좋지 않은 모양새로 세상을 뜬 모양이었다. 더 이상 곤란한 일은 없겠구나, 안심이 되면서도 이왕이면 삼촌까지 살아 있었으면 얼마나 좋았을까 하는 생각이 들었다.

"그래, 사부인께서는 어떻게 지내시는가?"

– 작은 반찬 가게를 하고 계십니다. 직원 한 명을 두고 장사를 하시는데 근방에서는 꽤 장사가 잘 된다고 소문이 난 가게였습니다.

"수고했으이. 그래, 위치가 어딘가?"

– 강원도 삼척입니다.

"그래? 자네 내일 회장님하고 크게 바쁜 일 없지?"

– 네.

"그럼 나랑 다녀오세."

– 네, 그럼 준비하겠습니다.

김 비서와의 전화를 끊은 황 여사가 수혁에게 전화를 했다.

– 여보세요?

"수혁이니?"

– 할머니, 어쩐 일이세요?

"새아기 할머니 찾았다."

– 정말요? 어디 계신데요?

수혁의 질문에 황 여사가 자초지종을 이야기했다.

"그래서 내일 내가 가 보려고."

– 혼자서 괜찮으시겠어요?

"김 비서하고 같이 가니 크게 걱정 마. 내 다녀와서 이야기하마, 아직까지는 새아기한테 아무 말 마."

"네. 그럼 조심해서 다녀오세요."

"그래."

아침 일찍부터 서둘러 삼척으로 향한 황 여사는 중앙시장 한 귀퉁이에 있는 작은 반찬 가게를 한동안 지켜봤다.

평수가 그리 커 보이지 않는 가게에 서희의 할머니로 보이는 사람과 50대 중반 정도 돼 보이는 사람이 분주하게 움직이고 있었다. 장사가 꽤 된다는 김 비서의 말이 거짓은 아니었는지 가게를 들고 나는 사람들의 수가 꽤 되었다. 한참을 그렇게 지켜보던 황 여사가 잠시 사람이 뜸해지자 차에서 내려 가게로 들어갔다.

"어서 오세요."

야무지게 틀어 올린 머리에 비녀를 꽂은 노인이 황 여사를 맞이했다.

"뭘 좀 드릴까요?"

"저기, 뭐 하나 물어도 되겠습니까?"

근방에서 보기 드문 고급스러운 옷을 입은 우아한 부인이 들어오자 주방에 있던 직원도 고개를 빼꼼히 내밀고 쳐다봤다.

"네. 물어보세요. 어디 길 찾으세요?"

"혹시…… 따님 이름이 박민숙 아닙니까?"

"누, 누구신데 제 딸을……."

"아이고 맞게 찾아왔네요."

뜬금없이 죽은 지 20년도 넘은 딸아이 이름을 부르는 황 여사를 서희의 외할머니가 바라봤다.

"손녀딸이 최서희 되지요? 전 서희 시할머니 될 사람입니다."

"아, 아니 어떻게……."

두 사람의 대화를 듣던 직원이 냉큼 밖으로 나왔다. 그리고 가게 한편에 있는 의자를 끌어다 황 여사에게 권했다.

"여기 앉으세요."

"고마워요."

직원이 권하는 의자에 황 여사가 앉자 직원이 커피믹스를 종이컵에 타 가지고 왔다.

"여기 드세요, 사장어른. 드릴 것이 이것밖에 없네요."

직원이 사장어른이라고 부르자 황 여사가 놀라서 쳐다봤다.

"서희 외숙모 됩니다."

그 눈길을 이해한 서희의 외할머니가 그녀를 소개했다.

"아, 떠나시고 나서 외삼촌께서 결혼을 하셨나 봅니다."

"제 동생 보험금 다 날리고 나서야 정신 차렸는지 뒤늦게 결혼 했습니다."

"네."

외할머니의 말투에는 아직도 회한이 묻어 있었다.

"그런데 여긴 어쩐 일로 오셨습니까?"

황 여사가 착잡한 마음에 종이컵을 만지작거리고 있자 외할머니 가 물어 왔다.

"서희가 석 달 뒤에 결혼합니다."

"그래요?"

서희가 결혼을 한다는 소식에 외할머니는 반가웠다. 망나니 같은 아들 때문에 혹여 사돈에게 피해가 갈까 그동안 연락을 끊고 살았 는데 잘 커서 결혼을 한다니 고맙기도 했다.

"네. 그래서 결혼식에 참석해 주십사 부탁드리러 왔습니다."

황 여사의 제안에 외할머니는 두 눈을 휘둥그레 떴다.

"저희가 무슨 면목으로요, 제 부모 보험금 도박으로 다 날린 외 삼촌에 이제껏 도와준 것도 없이 산 할미인데요. 바깥사돈에게도 약속했습니다. 다신 눈앞에 안 나타나겠다고……."

하나밖에 없는 조카 앞으로 나온 보험금을 도박으로 날린 아들 때문에 인연을 끊고 살았던 외할머니였다. 서희가 크는 동안 해 준 것 하나 없는데 이제 와 친척이라고 나타나는 것은 사람 된 도리가 아닌 것 같아서 외할머니는 황 여사의 제안을 거절했다.

"네. 이야기 들었습니다. 저는 BS그룹 전 회장이었던 사람의 안사람입니다. 서희 친할아버지와 우리 바깥사람이 친우였었죠."

황 여사는 자신이 서희의 가족 이야기에 대해 알고 있다고 말하다 문득 자신을 제대로 소개하지 않았다는 것을 깨닫고 말했다.

"아이고, 몰라봐서 죄송합니다."

"아니요, 그저 서로 알음알음 말로만 듣고 살았을 테니 당연하지요."

어쩐지 말하지도 않은 아들 이야기를 알고 있다 했더니 살아 있을 때 딸이 자신의 시아버지가 호형호제한다는 재벌에 대한 이야기를 했던 것이 생각이 났다.

"그럼 얼마 전에 약혼 기사가 난 최서희가 아가씨 딸이라는 거예요?"

옆에서 이야기를 듣고 있던 외숙모라는 사람이 물었다.

"네. 예쁘게 잘 커서 우리 손자하고 연을 맺어 주기로 했습니다. 이런 기쁜 자리에 오셔야 하지 않겠습니까?"

"다시 말씀드리지만 저희가 무슨 면목으로요. 안 갑니다. 아니 못 갑니다."

외할머니의 단호한 모습에 황 여사는 쥐고 있던 커피를 한 모금 마셨다.

"서희 할아버지가 돌아가신 지 10년이 다 되어 갑니다."

"네? 정말입니까?"

서희를 곱게 예쁘게 길러 줄 것이라고 여겼던 사돈의 부음에 외할머니가 놀라서 물었다.

"네. 그러니 지금 서희에게 남은 가족은 외할머니와 외숙모뿐입니다. 우리 수혁이가 우겨서 서두르는 바람에 약혼식에는 못 오셨지만 결혼식에는 오셔야지요. 지금 혼수 준비하러 다니는 중인데 말은 안 해도 제 엄마랑 나온 다른 신부들이 부러운 눈치였습니다."

"흐흐흑. 불쌍한 내 새끼."

참고 있던 울음을 끝내 참지 못 하고 외할머니가 울기 시작했다. 할아버지마저 없이 홀로 외롭게 지냈을 서희를 생각하니 한없이 미안하고 죄스러웠다. 그 어린것이 힘들고 어렵게 컸을 생각을 하니 눈물이 쉽게 멈춰지지가 않았다. 황 여사도 여러 가지 감정이 섞인 외할머니의 눈물을 이해했다. 또, 그 모습에 가슴이 아팠다.

"어린것이 너무 아프게 컸어요. 왜 안 가신다고 하시는지 짐작은 합니다만, 그래도 피붙이가 아예 없는 것도 아니고 이렇게 외할머니하고 외숙모가 살아 계시는데 오셔서 제일 예쁜 날 봐 주시고, 축하해 주셔야죠."

황 여사의 말을 들으면서도 대답을 못 하고, 서희 외할머니는 울기만 했다. 그런 시어머니에게 따뜻한 물 한 잔을 건넨 외숙모가 황 여사에게 말했다.

"저희 어머님이나 먼저 간 남편도 항상 서희 이야기를 했어요. 특히 저희 남편은 항상 죄책감을 가지고 살았고요. 그래서 술을 더 마셨는지 모르겠어요. 기사를 보니 서희가 마음의 상처가 크겠던데, 저희가 나타나서 더 힘들게 하는 거 아닌지……."

외숙모의 걱정을 이해한 황 여사가 말했다.

"심성이 착한 아이라 앞뒤 사정 이야기하면 이해할 겁니다."

가까스로 울음을 멈춘 외할머니가 물었다.

"잘 컸습니까? 예쁘게 컸어요?"

"네. 예쁘게 잘 컸어요. 아무 걱정 마시고 마음의 결정이 되시면 연락 주세요."

외숙모에게 전화번호를 가르쳐 준 뒤 황 여사는 가게를 나왔다.

황 여사의 전화번호가 적힌 메모지를 들고 서희의 외할머니는 다시 한 번 대성통곡을 했다.

황 여사가 서울로 돌아가고 서희의 외할머니는 가게 문을 닫았다. 마음이 편하지 않아서 일이 손에 잡히지 않았기 때문이다. 며느리와 가게 문을 닫고 집으로 들어간 외할머니는 정말 오랜만에 술상을 봐 며느리와 마주 앉았다.

시어머니의 잔에 소주를 따른 뒤 외숙모가 말했다.

"만나 보세요, 어머니."

"내가 뭔 면목으로 서희를 봐."

며느리의 말에 소주 한 잔을 마신 외할머니가 대답했다.

"민석 씨 잘못이지 어머님이 그 돈 가져다 쓰신 거 아니잖아요. 그리고 다른 것도 아니고 결혼한다는데 가 보는 게 맞는 거 같아요. 휴, 한동안 서희 일로 나라가 시끌시끌했잖아요. 남이어도 안됐다 그랬는데, 그게 서희일 줄 누가 알았겠어요."

"그 정도야?"

"네."

며느리 입에서 쏟아져 나오는 서희의 이야기에 할머니는 또 눈물바람이었다.

"가서 어머니가 잘 다독여 주세요. 그래도 결혼식 날 신부 측에 누구라도 앉아 있어야죠."

"아이고, 불쌍한 내 새끼."

또다시 대성통곡을 하는 시어머니의 모습에 외숙모도 쓴 소주를 삼켰다.

삼척엘 다녀오겠다던 할머니의 전화를 받고 며칠이 지났다. 수혁이 안 그래도 소식이 없어 초조해지려는 참이었는데 마침 황 여사에게서 전화가 왔다.

– 수혁아. 서희 외숙모한테 전화가 왔단다.

"만나신대요?"

– 그래. 외숙모가 할머니를 설득했나 보더라. 그러니 너도 서희 놀라지 않게 말 잘해서 날짜 잡아.

"네. 그런데 놀라지 않을까 걱정이에요."

– 놀라겠지. 그렇다고 가족인데 안 만나고 살아? 네가 잘 다독여서 만나게 해.

"네, 알겠어요."

할머니와의 전화를 끊은 수혁은 한동안 생각에 잠겼다. 그리고 인터폰을 눌러 서희를 호출했다. 잠시 뒤 서희가 사무실에 들어와 수혁 앞에 서자 수혁이 물었다.

"오늘 오후에 별다른 약속 없지?"

"네. 갑자기 그건 왜요?"

"그냥."

"오빠 가끔 싱거운 거 알아요?"

"그럼 네가 소금 좀 치든지."

수혁의 말에 서희가 어이없다는 듯이 수혁을 바라봤다.

"아무튼 오늘 약속 잡지 말고 바로 퇴근해."

"알았어요."

서희에게 어떻게 설명을 해야 할지 한참을 고민하던 수혁은 퇴근 후 서희와 함께 마트에 들렀다. 오랜만에 유학 시절에 자주 해 먹었던 스테이크를 하기 위해 장을 봤다. 수혁이 집에서 음식을 만드는 동안 서희는 집으로 가 옷을 갈아입고 행복이를 데리고 수혁의 집으로 왔다.

현관문을 열자 나는 맛있는 냄새에 서희가 거실로 들어오며 말했다.

"우와! 맛있는 냄새."

"기대해 환상적인 스테이크를 먹게 될 테니까."

"멍, 멍!"

"그래 너도 좀 줄게."

수혁의 말에 행복이가 꼬리를 흔들었다.

어느 정도 요리가 마무리가 되자 수혁이 식탁에 세팅을 하기 시작했다. 그리고 와인 냉장고에서 괜찮은 와인도 한 병 꺼내 테이블의 세팅을 끝냈다. 수혁이 움직이는 것을 가만히 보던 서희가 말했다.

"오빠. 꼭 레스토랑에 온 것 같아요."

"자! 여기 앉으세요."

수혁이 웨이터처럼 의자를 빼 주자 서희가 식탁 의자에 앉았다. 행복이에게 간을 하지 않고 구운 고기를 조금 준 뒤 수혁도 자리에 앉았다. 식사 내내 분위기는 화기애애했다. 하지만 서희에게 외할머니의 말을 꺼낼 시기를 노리고 있는 수혁은 서희의 눈치를 살피기에 바빴다. 서희도 웃고는 있지만 뭔가 망설이는 듯한 수혁의 모습에 들고 있던 포크를 내려놓았다.

"오빠, 저한테 할 말 있죠?"

"왜?"

"대화에 집중을 못 하고 제 눈치만 보고 있잖아요."

서희의 말에 수혁도 더 이상 망설이지 않고 말을 꺼냈다.

"그래, 할 말 있어."

"그럼 망설이지 말고 해 보세요. 신경 쓰여서 더 이상 못 먹겠어요."

서희의 말에 수혁이 그녀의 잔에 와인을 부었다.

"마셔. 그러고 나면 이야기해 줄게."

수혁의 말에 서희가 단숨에 와인을 비웠다.

"이제 말해 봐요."

이렇게까지 뜸을 들이는 수혁을 본 적이 없어 서희가 그를 재촉했다.

"휴, 서희야 네 외가 쪽 이야기 들어 본 적 있니?"

"외가요?"

"그래. 외할머니라든지 이모나 외삼촌이라든지."

"어릴 때 만난 기억은 있는데 엄마, 아버지 그렇게 되고는 만난 적이 없는 것 같아요. 갑자기 그건 왜요?"

"약혼식 때 대기실에 앉아 있는 네 모습이 너무 허전해 보이고 외로워 보였어. 그래서 할아버지에게 여쭤 봤는데, 할아버지도 네 외할머니를 찾고 계신다고, 찾게 되면 연락 주신다고 하셨어."

수혁의 말에 서희가 직접 와인을 부어 마셨다.

"그래서 찾으셨대요?"

"응. 찾았어. 강원도 삼척에 사신다고 하셨어."

수혁의 말에 서희의 행동이 순간 멈추었다.

"……왜 안 찾아오셨대요? 왜 그동안 연락 안 하셨대요?"

다소 격양된 목소리로 서희가 물었다.

"그게, 지금은 돌아가시고 안 계시는 네 외삼촌 때문이었어."

"외삼촌이 왜요? 제가 짐이 될까 걱정이 돼서 그런 건 아니고
요? 이제 재벌 집으로 시집간다니 얼씨구나 만나자고 해요?"

화가 올라오는지 얼굴이 붉어진 서희를 수혁이 자리에서 일어나
안았다.

"놔요, 나 싫다고 얼굴 한 번 보여 준 적 없는 사람들은 왜 찾아
요. 내가 그동안 얼마나 무섭고, 외로웠는데, 하필 지금이냐고요."

그를 뿌리치는 서희를 수혁은 더 꼭 껴안았다.

"너 때문에 연락 안 하신 거 맞아! 네 외삼촌이 네 부모님 보험
금, 돌아가신 할아버지에게서 받아 가서는 전부 도박에 쓰셨대. 그
래서 외할머니가 너 힘들까 봐, 곁에 살면 외삼촌이 또, 할아버지
에게 돈 뜯어낼까 봐 일부러 연락 안 하고 삼척으로 이사 가셨어.
할아버지 돌아가신 것도 모르고 계셨다더라. 너 얼굴 보는 것도 미
안해서 안 만난다고 하시는 거 할머니가 설득했나 봐. 서희야 너한
테 피해 갈까 봐 연락 안 하고 사신 거야."

"거짓말. 오빠 지금 저한테 거짓말하는 거죠? 저 놀리는 거죠?"

서희는 수혁의 말을 이해할 수가 없었다. 부모 잃은 어린 손녀가

불쌍해서라도 한 번쯤은 연락이 왔어야 한다고 생각했다. 20년이
넘도록 연락이 없었다는 건 그녀를 짐으로 생각했거나, 아니면 진
즉에 돌아가신 거라고 생각해서 서희도 굳이 할아버지에게 물어보
거나 찾을 생각을 안 했던 것이다.

그런데 살아 계신다는 말에 그간의 외로움과 서러움이 터져 나
왔다. 수혁에게 말한 것처럼 그녀가 인터넷 동영상으로 유명해지고
재벌가로 시집을 간다니 만난다고 하는 것 같아 그가 전해 주는 말
을 믿기 힘들었다.

어느새 눈물범벅이 된 서희를 일으켜 세워 수혁이 다시 품 안에
꼭 안았다.

"아니야. 장난하는 거, 거짓말하는 것도 아니야. 한없이 우셨단
다. 추석에 있었던 일을 보시고 참 불쌍한 아가씨다, 그랬는데 그
게 우리 서희였다고 대성통곡하셨단다. 만나 보자 서희야, 응?"

"싫어요. 언제부터 저한테 가족이 있었다고요. 안 만날래요."

훌쩍이면서도 단호하게 말하는 서희를 품에 안고 수혁이 한숨을
쉬었다.

"휴, 당장은 결정이 힘들다는 거 알아. 천천히 생각해 봐."

여전히 훌쩍이는 서희의 등을 두드려 주는 수혁의 입에서 깊은
한숨이 새어 나왔다.

그 일이 있은 후 서희는 수혁에게도 냉랭해졌다. 말도 잘 하지
않고 눈도 마주치지 않았다. 억지로 해결될 일이 아니었기에 수혁
도 서희가 생각할 시간을 가질 수 있게 잠시 내버려 두는 것도 괜
찮겠다 싶어 더 이상의 말을 꺼내지 않았다.

하지만 서희의 대답을 기다리는 황 여사는 수혁에게서 대답이 없자 전화를 걸었다.

"어찌 된 게야. 가타부타 왜 말이 없어?"

– 서희가 좀 혼란스러운 것 같아요. 잠시 생각할 시간을 줘야겠어요.

짐작은 했지만 막상 수혁의 대답을 듣고 보니 황 여사의 마음도 편하지만은 않았다.

"그래?"

– 말 꺼낸 이후로 며칠째 말도 못 붙이게 해요.

서희가 커 온 과정을 옆에서 본 황 여사라 서희의 행동이 아예 이해가 되지 않는 건 아니었다. 하지만 언젠가는 풀고 살아야 할 일이었다. 이번 두 아이의 결혼으로 서로 왕래를 하고, 서희도 늦게나마 외할머니의 정을 느꼈으면 하는 황 여사의 바람이었다.

잠시 생각에 빠져 있던 황 여사가 수혁에게 말했다.

"아무렇지도 않다면 그게 더 이상한 거지……. 그럼 며칠 안으로 서희 집으로 보내. 넌 오지 말고."

– 왜요? 할머니가 말씀해 보시게요?

"그래. 내 알아서 할 테니, 저녁 먹으러 불렀다 하고 보내."

– 네, 할머니.

"고생하거라."

전화를 끊은 수혁은 할머니의 지혜로 서희가 하루빨리 외할머니와 화해를 했으면 하는 바람이었다.

며칠 뒤, 황 여사가 불렀다는 말에 서희는 퇴근을 하고 수혁의 본가로 향했다. 가는 길에 백화점에 들러 황 여사가 좋아하는 화과자를 사 들고 갔다.

"인제 가족이니까 이런 거 안 사 들고 와도 돼."

"할머니 좋아하시잖아요."

과자를 내미는 서희의 얼굴을 본 황 여사는 속으로 한숨을 삼켰다. 마음고생이 얼마나 심했는지 얼굴이 반쪽이 되어 있었던 것이다. 이제 마음 추스르고 잘 사는 애를 괜히 나서서 흔들었나 싶기도 했다.

"오냐, 사 온 거니 내 맛나게 먹으마. 손 씻고 나와. 준비 다 됐어."

"네."

서희가 손을 씻고 오자 저녁 식사가 시작되었다. 임 회장은 약속 때문에 집을 비워 서희와 황 여사 둘만 하는 조촐한 식사였다. 식사 내내 서희에게 아무것도 묻지 않고, 황 여사는 식사를 했다. 그리고 식사가 끝나자 성산댁에게 차를 부탁하고 서희를 데리고 안방으로 향했다. 그리고 두툼한 앨범을 꺼내 서희에게 내밀었다.

"이게 뭐예요?"

"수혁이 앨범. 한번 봐."

서희가 앨범을 꺼내서 펼치자 수혁의 백일 사진을 시작으로 어릴 때 모습, 그리고 미국에서 생활할 때 찍은 사진까지 많은 사진들이 앨범에 꽂혀 있었다.

앉아서 찬찬히 보고 있는 서희를 향해 황 여사가 말을 꺼냈다.

"나도 수혁이 부모 그렇게 허망하게 보내고 힘들었다. 그렇게 애잔하고 짠한 내 새끼 한시라도 떼어 놓기 싫었는데, 회사를 물려받아야 되니 공부하라고 미국에 보내 놓고는 얼마나 보고 싶던지. 너도 알다시피 일할 때는 좀 차가워도 수혁이가 좀 살가운 구석이 있지 않니? 자주 전화하고 사진도 수시로 찍어서 보내 주는데, 그래도 품에 안고 보듬어 주는 거하고는 다르지. 내 몸이 건강하지 못한 게 그렇게 한이 되더라."

황 여사의 말에 서희가 앨범을 내려놓고 그녀를 바라봤다.

"자식이라는 게 그래. 서희 너도 나중에 자식 낳아 보면 알겠지만, 나는 굶어도 내 새끼 입에 밥 들어가면 배고픈 것도 잊어. 그래, 행복이. 너도 행복이가 아프니 얼마나 짠하더냐, 뭐라도 하나 더 챙겨서 먹이고 싶고 그렇지?"

"네."

본가에 오기 전에 어느 정도 짐작을 했었던 서희였다. 주위의 사람들이 모두 자신을 걱정하고 있다는 것을 알았다. 하지만 이번 일은 그녀가 쉽게 수긍하고 이해하기에는 어려운 일이었다. 표정이 복잡해져 가는 서희의 얼굴을 보며 황 여사가 말을 이었다.

"짐승도 그런데 하물며 사람은 더하지. 네 외삼촌이 그렇게 망나니짓만 안 하고 살았으면 네가 외할머니랑 떨어져 사는 일은 없었을 텐데……. 휴."

말을 하다 보니 다시 속이 상한 황 여사가 깊은 한숨을 내쉬었다. 그리고 말을 이었다.

"그래도 어쩌겠니? 이젠 이 세상 사람이 아닌데. 서희 네가 원망하는 것도 알고, 쉽게 용서가 안 된다는 것도 알아. 네가 어떻게 컸는지 내가 다 아는데……. 하지만 그 긴 세월 하나밖에 없는 손녀한테 피해 갈까 봐 연락 한 번 못 하고 사신 네 할머니도 속이 말이 아닐 게야. 잠시 공부하러 보낸 나도 그렇게 혁이가 보고 싶었는데, 네 외할머니는 오죽하시려고. 이제 그만 생각하고 한 번 만나자. 속상하고 외로웠던 건 지나온 그 세월로 끝내자, 서희야."

자신에 대해서 제일 잘 아는 황 여사가 다독이는 말에 서희가 눈물이 글썽한 얼굴로 물었다.

"어, 어떻게 해야 할지 모르겠어요. 진짜 외삼촌 때문에 그러셨대요? 저 떠맡는 게 싫어서 그런 게 아니구요?"

울먹이는 서희의 손을 잡고 다독이며 황 여사가 말했다.

"그래. 네 외삼촌 때문에 그러셨단다. 할아버지도 그 말씀을 하신 적이 있단다. 도박에 빠져 네 엄마한테 돈을 달라고 한 적이 몇 번 있었던 모양이라고 말이다. 그러니 할머니 그만 미워하고 만나자. 만나서 네가 자세히 들어."

황 여사가 달래는 말에 서희는 결국 울음을 터뜨리고 말았다.

"흐흐흑."

"그래 울어라. 울어서 좀 씻어 내. 그리고 결혼해서는 웃고 살아."

앨범을 끌어안고 엎드려 우는 서희의 등을 황 여사가 조용히 다독였다.

13장

이제나저제나 서울에서 연락이 오기만을 기다리던 삼척에서는 황 여사의 전화를 받고 분주해졌다.

실력을 십분 발휘해 갖가지 반찬에 강원도에서만 난다는 특산물로 담근 각종 장아찌까지 두 사람이 들고 다닐 수 없을 정도로 서희에게 줄 것들을 바리바리 쌌다.

그리고 마지막으로 외할머니는 작은 상자 하나를 챙겼다. 수혁이 보낸 차를 타고 서울로 오는 도중에도 그것만은 손에서 놓지 않고 꼭 쥐고 있었다.

장소는 수혁의 본가로 정했다. 낯선 이들의 눈치를 보지 않고 만날 수 있는 장소가 필요해서였다.

차가 어느새 서울 톨게이트를 지나 수혁의 집으로 향하고 있었다.

긴장이 되는지 상자를 쥐고 있는 손에 땀이 나 외할머니는 언제 맞춰 입었는지 기억에도 없는 낡은 한복 치마에 자꾸 손을 닦았다. 그 모습을 보던 며느리가 손수건을 쥐어 주었다.

"작은사모님께서 지금 본가에 도착하셨답니다. 조금만 있으면 저희도 도착할 겁니다."

기사와 함께 내려온 김 비서가 조수석에서 뒷좌석을 돌아보며 두 사람에게 말했다.

"우리 때문에 고생이 많아요."

"아닙니다. 두 분 덕분에 저희도 오랜만에 드라이브하는 겁니다. 신경 쓰지 마세요."

"고마워요."

김 비서의 말에 대꾸를 하는 동안 어느새 차가 수혁의 본가에 도착했다.

"도착했습니다. 짐은 저희가 가지고 들어갈 테니 먼저 들어가십시오."

김 비서가 차 문을 열어 주며 말했다. 그리고 벨을 눌러 두 사람의 도착을 알렸다.

"작은사모님 외할머니께서 도착하셨습니다."

큰 철제 대문이 열리고, 두 사람은 정원을 가로질러 안채로 향했다. 현관 앞에 도착하자 수혁이 문을 열고 나왔다.

"먼 길 오신다고 고생하셨습니다."

"아니에요. 편하게 왔어요. 우리 서희 신랑 될 사람이구면."

"네. 얼른 들어오세요. 서희 기다립니다."

벨이 울릴 때부터 초조하게 서성이던 서희는 현관에서 수혁과 대화를 나누는 외할머니의 목소리에 황 여사를 쳐다봤다.

"뭐해? 나가서 인사드리지 않고."

말을 마친 황 여사가 서희의 등을 살짝 밀었다. 마지못해 현관으로 향하자 한복을 입고 쪽 찐 머리를 한 외할머니를 보게 되었다.

"서희야, 이리 와. 외할머니셔."

수혁의 말에 그제야 두 사람의 눈이 마주쳤다.

"네가 서희니? 우리 희야 맞아?"

할머니가 '희야'라고 부르자 어릴 때 기억이 머리를 스쳤다. 달콤한 강정을 손수 만들어 주시며 '우리 희야 맛있어?' 하고 물어보시던 것이 생각이 났다.

"할, 할머니……."

"그래 오냐. 내 새끼. 불쌍한 내 새끼."

"할머니."

자신을 부르는 서희의 목소리에 외할머니의 눈가가 뜨거워졌다. 서희 역시 내 새끼라는 소리에 자신도 모르게 눈물을 흘렸다.

"오냐, 오냐. 아이고, 내 새끼. 불쌍한 내 강아지."

서희의 손을 잡아 품에 안은 외할머니가 주저앉아 대성통곡을 했다.

"이 예쁜 것을 두고 그렇게 허망하게 가다니 어디 얼굴 한번 보자. 내 새끼 얼굴 한번 봐."

두 사람의 모습에 성산댁은 눈물을 닦으며 주방으로 향했고, 나머지 사람들은 눈물을 훔쳤다.

"할머니."

"그래. 내가 네 할머니야. 미안하다. 미안해. 내가 생각이 짧았어. 끼고 살았어야 했는데. 그동안 맘고생이 얼마나 심했을꼬."

진이 빠질 정도로 한없이 우는 두 사람을 외숙모가 말렸다.

"그만하세요, 어머니. 너무 우시면 탈진해요. 서희야 너도 그
만해."

외숙모의 말에 수혁이 두 사람을 일으켜 세워 소파에 앉혔다. 그
리고 성산댁에게 물을 부탁했다. 소파에 앉아서도 외할머니는 연신
서희를 쓰다듬었다.

"어쩜 어릴 때 얼굴 그대로야. 하나도 안 변하고 예쁘게 잘 컸구
나, 우리 서희."

"할머님 물 한 잔 드세요. 서희 너도 한 잔 마셔."

성산댁이 가져온 물을 수혁은 두 사람에게 권했다.

"고마워요."

"손녀사윈데 말 놓으세요."

옆에서 황 여사가 외할머니에게 말했다.

"고맙습니다. 고맙습니다."

"아닙니다."

고마워 어쩔 줄 몰라 하는 외할머니를 황 여사가 말렸다.

"서희도 이제 가족인데요. 그런 말씀 마세요."

물을 마시고 마음을 다잡은 외할머니가 서희의 손을 잡았다. 그
리고 지나간 일을 설명하기 시작했다.

"내가 네 외삼촌 때문에 널 너무 외롭게 했어. 미안하다. 네 부
모 그리 허망하게 가고 모두가 정신없을 때, 네 외삼촌이 네 할아
버지를 찾아간 모양이더라."

"정말이에요?"

수혁이나 황 여사 하는 말을 곧이곧대로 믿지 않았던 서희가 물었다.

"그럼, 네 엄마가 살아생전에 넣어 놓은 보험이 있었는데, 그걸 어찌 안 건지 보험금을 거의 뺏다시피 해서 가져갔단다. 처음에는 네가 여자아이라 내가 데리고 있어야지 했는데, 네 삼촌을 보니 안 되겠다 싶더구나. 너 데리고 있으면 네 할아버지한테 또 돈 달라고 할 것이 뻔했거든. 그래서 내 작정하고 떠났어. 살고 있던 집 팔아서 네 삼촌 다 주고 삼척으로 이사를 갔다. 그 돈마저 도박으로 다 날리고 나서야 제정신이 들었는지, 마음잡고 네 숙모하고 결혼한 거야."

"……."

"그런데 벌을 받은 건지, 벌을 받으려고 작정을 한 건지, 술로 세월을 보내더니 5년 전에 먼저 네 엄마 옆으로 갔다. 난 네가 잘 살고 있는 줄 알았지. 네 할아버지 너에게 지극정성이니 잘 살고 있는 줄 알았지. 그런데…… 이렇게 아프게 살았을 줄이야."

말을 하면서 외할머니가 다시 눈물을 훔쳤다.

"아니에요. 이젠 괜찮아요."

"그래, 앞으로 살아갈 날이 더 많은데 앞으로 잘 살면 돼. 이렇게 좋은 시집 식구들이 어디 있어?"

"네."

"내 그동안 못해 준 거 앞으로 다 해 주마. 내 새끼 더 이상 혼자 안 둬, 내가."

서희의 머리를 쓰다듬으며 외할머니가 말했다.

"어머니 챙겨 오신 거……."

"그래 내 깜박했다. 사부인, 가지고 있는 재주라고는 음식 하는 거밖에 없어서 좀 챙겨 왔습니다. 입에 맞을지 모르겠네요."

"힘드시게 그런 건 왜 챙겨 오세요. 그냥 오시지."

"제 마음입니다. 그리고 이건 우리 서희 거."

"이게 뭐예요?"

외할머니가 내미는 작은 상자를 서희가 받아 들었다.

"열어 봐."

외할머니의 말에 서희가 상자를 열었다. 모여 있던 사람들의 시선의 모두 그곳으로 집중이 되었다. 상자 속에는 배냇저고리와 너무 만져서 귀퉁이가 색이 바랜 서희의 어릴 적 모습이 담긴 사진, 그리고 십자수가 놓여진 열쇠고리가 들어 있었다.

"이게 뭐예요?"

"이건 네가 아기 때 입었던 배냇저고리, 네 엄마가 직접 만들어서 너 입혔어. 그리고 이건 내가 가지고 있었던 네 사진."

얼마나 들여다본 것인지 손때가 묻은 사진 귀퉁이가 노랗게 변색이 되어 있었다.

"그리고 이것은 네 엄마가 마지막으로 만들었던 네 열쇠고리."

CSH라고 수놓인 열쇠고리를 서희가 집어 들었다.

"십자수 배우고 처음으로 만든 거야. 이제 주인 찾았으니 돌려줘야지."

서희가 열쇠고리를 손에 쥐었다.

"이제 자리를 찾아가는 거야. 서희야, 사람은 순리대로 살아야 돼. 보낼 사람은 보내고 새로 받아들일 사람은 받아들이고. 마음

속에 쌓아 놓고 있어 봐야 그건 병밖에 안 돼. 내 말 무슨 말인지 알지?"

"네."

"그래, 우리 서희는 어릴 때부터 똑똑해서 내 말 알아들었을 거야."

외할머니가 부모님의 일과 혜아의 일을 돌려서 말씀하시는 것을 서희는 알아챘다.

"자, 이제 그만하시고 식사들 하세요. 배고프시겠어요."

황 여사의 말에 모두들 주방으로 향했다. 성산댁이 준비한 음식에 서희의 외할머니가 챙겨 오신 장아찌들로 식탁에 빈틈이 없었다. 서희의 식구들까지 더해져 오랜만에 수혁의 본가는 시끌벅적한 저녁 시간을 보냈다.

식사 후 임 회장 부부의 배웅을 받으며 수혁을 포함한 네 사람은 서희의 집으로 향했다. 갑자기 사람들이 늘어나서인지 행복이가 좋아서 거실을 빙빙 돌며 꼬리를 흔들었다.

그런 행복이를 수혁이 안아 들며 서희에게 말했다.

"오늘 행복이는 내가 데리고 갈게. 오랜만에 할머니하고 푹 자."

"고마워요."

수혁의 배려에 서희가 그에게 인사를 건넸다.

"뭘. 할머님, 서희하고 재밌게 지내시다가 천천히 내려가세요."

"아냐, 우리도 가게 오래 비워 둘 수 없어. 서희도 출근해야지. 아무리 신랑이 하는 회사라도 일 대충 하고 그러면 안 된다."

"네. 걱정 마세요."

서희의 대답에 외할머니가 다시 말을 이었다. 한눈에 봐도 서희가 시댁 식구들에게 사랑받고 있는 모습이어서 외할머니는 수혁이 고마웠다.

"이제 어디 사는지도 알고 하니깐 자주 보면 되지. 안 그러냐?"

흐뭇한 미소를 지으면서 외할머니는 계속 서희에게서 떼지 못하던 눈을 돌려 수혁을 바라보았다.

"이보게 임 서방."

"네."

평생 못 들을 줄 알았던 임 서방이라는 소리에 수혁이 신이 나서 큰 소리로 대답했다.

"이렇게 신경 써 줘서 고마워. 지금처럼만 해 주게. 더 이상은 안 바라네."

"네. 걱정 마십시오."

대답을 한 수혁이 행복이를 데리고 자신의 집으로 건너가고 서희는 거실에 이불을 깔았다. 그리고 세 사람이 나란히 거실에 누웠다.

"서희야."

"네, 숙모."

자신을 다정하게 부르는 외숙모의 목소리에 마음이 따뜻해지는 것을 서희는 느꼈다.

"삼촌이 잘못은 했지만 너무 미워하지는 마. 정신 차리고는 너한테 몹쓸 짓 했다고 가는 그 순간까지 후회하며 살았어."

"네."

진심이 느껴지는 목소리에 서희가 조용히 대답했다. 그런 서희의 손을 끌어다 자신의 손에 쥔 외숙모가 말했다.

"앞으로 잘 살면 돼. 나도 자식이 없어서 허전했는데 잘됐네. 우리 서희 딸 삼아야겠다. 그렇죠, 어머니?"

"그래. 그렇게 살자."

모자란 아들을 만나 고생만 한 며느리가 서희를 다독이며 말하는 것을 들은 외할머니는 할 말이 없었다. 그리고 고마웠다.

망나니 같은 아들을 죽는 순간까지 사람 만들어 보겠다고 아옹다옹 살아온 며느리였다. 아들이 먼저 가고도 혼자 남은 자신을 두고 갈 수 없다며, 딸처럼 자신과 지내 온 며느리였다.

그런 며느리에게 어쩌면 또 다른 짐이 될 수 있는 서희를 찾았다. 그러나 황 여사가 다녀갔을때 자신을 적극적으로 설득한 것도 며느리였다. 그런 며느리가 한없이 고마운 외할머니였다.

그렇게 서로에게 고마운 마음을 가지고 이야기하는 세 사람의 말소리는 밤이 깊어지도록 끊이지 않았다.

다음 날 아침, 어린 시절을 제외하고 처음으로 외할머니가 차려 주는 아침상을 받은 서희는 말을 잇지 못했다. 수혁도 행복이를 데리고 서희의 집에 건너와 같이 식탁에 앉았다.

"어여들 먹어. 출근해야지."

"네. 할머님도 드세요."

"그래."

외할머니가 숟가락을 들자 식사가 시작되었다. 할머니는 직접 만들어 오신 고들빼기김치를 서희의 밥 위에 올려 주셨다.

"기억이 나는지 모르겠다만, 우리 서희, 고들빼기김치 좋아했는데 지금도 그래?"

"제가요?"

"그래. 너 맵다고 호호거리면서도 이 김치 하나면 밥 한 공기 뚝 딱이었어."

"크게 가리는 음식이 없어서 몰랐어요."

평소 서희가 제 앞에만 있는 음식만 먹는 버릇이 있었다는 것을 모르는 할머니에게 굳이 알릴 필요가 없을 것 같아 수혁이 옆에서 대답했다.

그리고 서희도 잘 먹는 음식이 있었다는 말에 외할머니가 건네는 음식들을 유심히 봤다.

"서희 준다고 사돈어른 다녀가시고 곧장 담근 거야. 사돈댁에 드릴 것하고 넉넉하게 나눴으니깐 챙겨 먹어."

"네. 맛있어요."

외할머니의 말에 서희가 대답했다.

"그래 얼른 먹어. 서희야, 잘 챙겨 먹어. 그리고 병원 열심히 다녀서 건강해지자."

"요즘 많이 좋아지고 있어요."

"그래야지. 인제 너 혼자가 아니니 행동도 조심하고."

"어머니. 서희 체하겠어요. 그만하세요."

외숙모가 말렸지만 할머니의 말을 듣고 있는 서희는 기분이 좋았다.

"그래그래. 출근하는 사람 붙들고 내가 뭐하나 모르겠다. 어여 먹어."

마치 어린 시절로 돌아간 것 같았다. 식사를 마친 뒤 두 사람이 출근하기 위해 현관으로 나섰다.

"할머님, 정말 오늘 가실 거예요?"

"그럼, 가야지. 그래야 내일 장사 준비하지."

"쉬시는 김에 며칠 더 계시다 가시지 그러세요."

수혁의 말에 할머니는 손사래를 쳤다.

"일해야지 몸이 안 아파. 임 서방이 한가할 때 한번 내려와."

임 서방이라는 소리에 또다시 기분이 좋아진 수혁이 대답했다.

"네. 내려가야죠. 10시쯤에 김 비서가 올 거예요. 그때 전화 다시 드리겠습니다."

"됐어. 바쁜 사람이 전화는 무슨. 내 도착하면 서희한테 전화함세."

이제는 정말 집을 나설 시간이 돼 서희와 수혁은 출근을 서둘렀다. 두 사람이 출근을 하자 설거지를 하면서 외숙모가 말했다.

"힘들게 컸다고는 해도, 잘 컸어요, 어머니."

"그래. 잘 컸어. 내 사돈어른들한테 이 은혜를 어떻게 갚아야 할지 모르겠어."

"보통 있는 집 사람들하고는 다른 것 같아요."

"그렇지? 서희 애미도 그러더라. 참 좋은 사람들이라고. 에효, 먼저 간 사람만 서러운 거야."

"이제 그만하세요. 그래도 전 서희 만난 게 꼭 딸 생긴 것 같아서 좋아요."

"민석이 죽고도 네가 옆에 있어서 얼마나 내가 의자가 되는지 몰라. 고맙다, 애미야."

외할머니는 어젯밤 마음속에 담아 뒀던 말을 며느리에게 건넸다.

"그 힘든 고생을 같이 한 너도 내 딸이야."

시어머니의 말에 눈가가 뜨거워진 외숙모는 잠자코 설거지만 했다.

한편, 그날 오후 삼척에 잘 도착했다는 외할머니의 연락을 받은 서희는 꼭 가까운 주말에 들르기로 약속을 하고 전화를 끊었다. 퇴근 후 집으로 돌아가는 차 안에서 수혁이 서희에게 말했다.

"서희야. 이제 집 합치자."

"네?"

"어차피 같이 지내는 시간도 많고, 괜히 두 집 살림 할 필요 없는 것 같아."

수혁의 말이 틀린 것은 아니지만 어른들이 어찌 생각하실지 걱정인 서희가 말했다.

"어른들이 어떻게 생각하시겠어요."

"괜찮아. 할아버지는 지금이라도 증손주 빨리 만들라고 성화시니깐."

수혁의 말에 서희의 얼굴이 붉어졌다.

"어차피 큰 짐들은 버리기로 한 거고. 네 옷하고 몇 가지만 옮기면 되는데 시간 끌 필요 없잖아. 그리고 이젠 너 없으면 잠이 안 와."

그의 말에 서희가 흘겨봤다.

"진짜야. 너 폭 안고 있으면 얼마나 좋은지 모르지?"

"몰라요. 암튼 할머님에게 물어보고 결정할게요."

"전화해 봐."

"뭘 그리 급해서 지금 전화해요. 나중에 집에 도착해서 전화해도 되잖아요."

서희의 말에 수혁이 머쓱해져 운전에만 신경을 썼다. 그런 수혁의 모습에 서희의 입가에는 미소가 떠올랐다.

집에 도착해 같이 저녁을 먹고 설거지를 하는 동안에도 수혁이 빨리 전화를 하자고 보챘다. 그런 모습이 꼭 아이 같아 서희가 웃으며 서둘러 설거지를 끝냈다. 그리고 수혁과 나란히 소파에 앉아 황 여사에게 전화를 했다.

– 여보세요?

"할머니, 저 서희예요."

– 그래. 사돈께서는 잘 도착하셨고?

"네 덕분에 편하게 가셨다고 전해 달라고 하셨어요."

– 그래. 편안하게 도착하셨다니 다행이다.

"저기…… 할머니."

– 그래. 뭔 할 말 있어?

"그게요."

말을 꺼내기가 영 어려운지 서희가 망설이자 옆에 앉아 있던 수혁이 전화기를 빼앗았다.

"할머니, 저희 합치려고요."

– 뭐? 집을?

"네. 어차피 둘 다 잠만 자고 나가는데 굳이 두 집 살림 할 필요 있나 해서요."

– 서희도 그렇게 하자고 해?

"할머니가 허락하시면요."

– 너희들 편할 대로 해. 네 할아버지는 좋아하시겠구나.

증손주 타령을 하는 임 회장을 빗대어 말했다.

"그럼 허락하시는 걸로 알고 전화 끊을게요."

– 오냐, 그래. 쉬어라.

수혁이 전화를 끊는 모습을 본 서희가 그에게 물었다.

"뭐라고 하세요?"

"뭐라고 하시긴, 알아서 하라고 하시지. 할아버지만 좋게 생겼다 하시는데?"

말을 마친 수혁이 서희의 허리를 끌어안았다.

"우리 할아버지 소원 성취하게 해 드릴까?"

수혁이 자신을 밀며 몸을 붙여 오자 서희가 그를 향해 눈을 흘겼다.

"오빠 진짜 응큼한 거 알아요?"

"내가 뭘……. 난 그저 효도하려고 노력하는 거뿐이야."

능글맞게 대답하며 자신에게 다가오는 수혁을 보니 기가 차 서희는 그저 웃음밖에 나오지 않았다.

한편 황 여사가 전화를 끊자 옆에서 듣고 있던 임 회장이 아내에게 붙어서 물었다.

"뭐래? 살림 합친대?

"그렇게 하기로 했나 봐요. 보나마나 수혁이가 몸이 단 게죠."

"허허허."

"뜬금없이 왜 웃어요?"

"손주 보게 생겼잖아."

"행여 애들 앞에서 그런 말 말아요."

"알았어. 내가 당신이니깐 하는 소리야, 허허허."

크게 너털웃음을 웃는 임 회장 때문에 황 여사도 같이 웃지 않을 수 없었다.

14장

점점 추워지는 날씨에 모두들 일찍 이불에서 나오기 싫어서 게으름을 피우게 되는 아침에 수혁은 더더욱 침대에서 나오기 싫었다. 언제나 그렇듯이 품 안에 안긴 서희를 놓치기 싫어서였다. 오늘도 품 안에서 빠져나가려는 서희를 꼭 안고 놓아주지 않았다.

"오빠, 이제 일어나요."

"아직 여유 있잖아. 아침 준비 아줌마가 다 해 놓고 가는데 바쁜 게 뭐 있다고. 조금만 더 누워 있자."

그러면서 서희의 목덜미에 코를 묻었다. 같이 살기 시작하면서 수혁이 오히려 게으름을 피워 서희는 난감했다.

"오늘 아침에 회의 있는 거 잊었어요?"

회의가 있다는 말에 수혁은 마지못해 서희를 풀어줬다. 그러다 아쉬운지 다시 안았다. 침대에서 빠져나오려다 그에게 이끌려 다시 침대에 눕게 되자 서희가 버둥거렸다.

"오빠. 출근해야죠."

"서희야, 더 이상 다이어트 하지 마. 오빠는 지금이 딱 좋아."

그동안의 꾸준한 운동과 수혁의 도움 덕분에 바뀐 식습관으로 서희는 제법 날씬해졌다. 하지만 살이 더 빠지면 품에 안았을 때 느껴지는 이 좋은 느낌이 사라질까 수혁이 더 이상의 다이어트를 말렸다.

그러면서 다시 서희의 목에 코를 박았다. 그리고 있는 힘껏 빨았다.

"아, 그렇게 하, 하지 좀 마요. 겨울이니깐 다행이지. 자국이 남아서 옷 입기 곤란해요."

스멀스멀 올라오는 쾌감에 서희가 더듬으며 말했다. 수혁이 가끔 욕망을 주체하지 못하고 키스마크를 남기는 바람에 서희가 난처했던 경우가 한두 번이 아니었다.

자신을 나무라는 말에서 싫지 않은 기색을 느낀 수혁이 빠르게 서희를 덮쳤다. 그리고 다리 사이로 손을 내렸다. 그 속에서 작은 진주알을 찾아내 문지르자 서희가 빠르게 젖어 갔다.

수혁은 침대 옆, 탁자에 있는 시계를 쳐다봤다. 그리고 급히 서희에게 들어갈 준비를 했다.

"오, 오빠 늦으면……. 아!"

말을 하는 서희의 안으로 수혁이 곧장 밀고 들어왔다.

"알았어. 아! 빨리 끝낼게."

말을 마친 수혁이 움직이기 시작했다.

"아! 아!"

수혁이 움직일 때마다 서희의 입에서 신음 소리가 나왔다.

이미 서희의 머릿속에도 아침 회의는 사라진 지 오래였다. 시간이 촉박해서인지 평소보다 힘차게 밀고 들어오는 수혁 때문에 서희는 정신을 차릴 수가 없었다.

"아, 아, 아흑."

"헉!"

평소보다 빠르게 정상에 도달한 서희가 비명을 지르자 수혁이 뒤이어 신음을 내뱉으며 그녀의 안에 모든 것을 쏟아부었다.

"서희야, 아침은 샌드위치 먹자."

밥보다 사랑이 더 중요하다는 듯이 말하는 수혁 때문에 서희가 헛웃음을 웃었다.

서울에 다녀온 지 한 달 정도 지난 어느 날, 서희의 외할머니의 작은 가게 안은 그 어느 때보다 분주했다.

이곳으로 이사를 내려온 지도 어느덧 20년. 그동안 명절을 제외하고는 오늘이 두 번째로 가게 문을 닫는 날이었다.

첫 번째는 지난번 서희를 만나기 위해 서울로 올라갔을 때이고, 오늘이 두 번째로, 서희와 수혁이 이곳 삼척으로 온다고 전날 저녁에 전화가 왔던 것이다.

가게 입구에는 대충 박스를 찢어서 임시 휴업이라고 써 붙여 놓고 두 사람은 음식 하기에 여념이 없었다.

"아니, 생전 쉬는 법이 없는 사람이 올해 들어 벌써 두 번째 쉬어? 뭔 일 있어?"

옆 가게에서 방앗간을 하는 부산댁이 물었다.

"오늘 저희 조카딸 내려와요."

"조카딸? 조카딸이 있었어?"

20년을 이웃한 자리에서 장사를 해도 서희의 이야기는 들어 본 적이 없어 부산댁이 다시 물었다.

"네, 있어요. 그동안 공부한다고 친할아버지하고 서울에서 살았는데, 신랑감하고 내려온다고 연락이 왔어요."

"그래? 하긴 공부하려면 여기보다 서울이 낫지. 그래도 어쩜 얼굴 한 번 안 보였대?"

"졸업하고 바로 취직이 돼서 그랬죠. 큰 회사에 취직됐어요."

음식 장만을 하면서도 외숙모는 서희 자랑에 열을 올렸다. 평소 같으면 쓸데없는 소리 한다고 한마디 했을 외할머니도 오늘은 웬일인지 잠자코 며느리가 하는 말을 듣고만 있었다.

"호호호. 웬일로 자네 시어머니가 조용하네? 좋은 회사야?"

"네. BS 아시죠? 그 회사 회장 비서실장이에요."

"어머나, BS라면 그 어마어마하다는 대기업 아냐? 거기 회장의 비서라고?"

"네. 그래서 바빠서 못 내려왔잖아요."

그동안 손녀딸 얼굴을 한 번도 본 적이 없으니 정말 바빠서 못 내려왔나 싶기도 하다가 설마 그 큰 회사의, 그것도 회장의 비서일까 싶어 부산댁은 반신반의했다.

하지만 평소 허튼소리 안 하는 서희 외할머니의 성품을 보아 영 거짓말은 아닌 것 같아 옆에서 재료 다듬는 것을 도와주며 사실 확인을 해야겠다고 생각한 그녀였다.

오전 내내 음식 준비에 여념이 없을 때 가게 전화가 울렸다.

"여보세요? ……응 그래, 서희야. 다 와 가?"

서희였다. 전화를 받은 외숙모의 얼굴에 확 미소가 번졌다.

─ 네, 조금 있으면 도착해요. 할머니는요?

"너희들 오면 주신다고 오전 내내 음식 장만하셨어. 얼른 와. 우리 두 사람 목 빠진다."

─ 네.

외숙모의 전화 통화를 엿들은 부산댁이 말했다.

"정말인가 보네."

"그럼요. 저희 어머니가 언제 거짓말하시는 거 보셨어요?"

외숙모의 말에 부산댁이 급하게 슬리퍼를 꿰신었다.

"있어 봐. 나 속초댁한테 좀 갔다 와야겠어."

20년을 넘게 이웃을 하고 살아도 그날이 그날에, 너무 평온하던 반찬 가게에 처음으로 서울에서 손님이, 그것도 큰 회사의 회장 비서인 손녀딸이 내려온다는 빅뉴스가 생겼다.

찾아올 조카딸이 있다는 게 확인되자 회장 비서라는 말도 덩달아 믿음이 갔던 것이다. 소문내고 싶어진 부산댁이 급하게 반찬 가게를 박차고 나갔다.

부산댁이 나가고 얼추 준비를 끝낸 두 사람이 뒷정리를 할 때, 가게 앞으로 고급 승용차가 섰다. 그리고 지난번에 속초로 외할머니와 외숙모를 모시러 왔던 김 비서가 차에서 내렸다.

시장과는 어울리는 않는 고급 차에 지나가던 사람들이 서서 구경을 했다. 거기에다 어느새 부산댁이 소문을 낸 것인지 시장 사람들도 하나둘 모여 구경하기 바빴다. 김 비서가 뒷문을 열자 수혁이 먼저 내렸다.

차가 가게 앞에 서는 소리에 외숙모가 하던 일을 멈추고 나왔다.

"서희야! 어머니, 서희 왔어요!"

"외숙모, 잘 계셨죠?"

"그래. 먼 길 온다고 고생했어. 임 서방도 어서 와요. 고생했어요."

"뭘요. 생각보다 그렇게 안 멀던데요."

외숙모가 수혁을 임 서방이라고 부르자 시장 안이 웅성거렸다.

근처에서 보기 드문 고급 차에서 젊은 나이의 남자와 여자가 나이 지긋한 비서의 에스코트를 받으며 차에서 내리는 모습에 모두들 웅성거렸다. 그중에 인터넷에서 떠도는 서희의 동영상을 본 젊은 사람들이 그녀를 하나둘 알아보고 핸드폰을 꺼내기 시작했다.

"회장님, 안으로 들어가시지요. 보는 눈들이 많습니다."

"네. 그럼 짐 좀 부탁드립니다."

"네, 걱정 마시고 들어가세요."

김 비서의 성화에 두 사람이 가게 안으로 들어갔다. 밖에서는 그런 두 사람을 구경하는 사람들로 웅성거렸다.

가게 뒤쪽에 있는 작은 방에 네 사람이 들어서자 방이 꽉 찼다.

"할머님, 먼저 절부터 받으세요."

"절은 무슨. 그냥 앉아. 방이 작아서 어쩌나 몰라."

외할머니가 한사코 절을 마다하자 수혁은 어쩔 수 없이 그냥 방석 위에 앉았다. 가게에 딸린 작은 방이었지만 두 사람의 성격을 보여 주듯 깔끔하고 정갈했다.

"일단 밥부터 먹자. 배고플 거야."

"그래요, 어머니."

외숙모가 밖으로 나가더니 오전 내내 준비한 음식으로 점심상을 차려 왔다. 김 비서와 운전기사를 위해 따로 상을 하나 더 준비해 가게 한쪽에 있는 평상에 올려 주고 얼른 방으로 들어갔다.

좁은 방에서 네 사람이 마주 앉아 점심 식사를 시작했다. 가리지 않고 잘 먹는 수혁과 서희의 모습에 외할머니와 외숙모는 흐뭇했다. 식사가 끝나고 외숙모가 커피를 가지고 들어오자 찻상을 받으며 수혁이 말했다.

"저 할머님한테 드릴 말씀이 있어요."

"나한테?"

"네."

"무슨 말인가?"

"그게. 사실 저희가 살림을 합쳤어요."

"그래? 사돈께서는 암말 없으시고?"

"네. 허락을 먼저 받았어야 되는데……."

"약혼하고 결혼 날까지 잡았는데 요즘 세상에 그게 뭔 흠이라고."

"그래도 먼저 여쭤 봤어야 했는데, 죄송합니다."

"임 서방이 그만큼 우리 서희 예뻐해서 그런 거라 내 생각할게. 그 마음 변하지 말고 평생 가지고 가. 난 그거 하나면 되네."

"네. 그건 걱정 마세요."

수혁이 믿음직스런 얼굴로 고개를 끄덕이자 옆에서 서희가 살며시 말을 덧붙였다.

"그리고 할머니."

"그래, 서희야."

"집 옮기시는 게 어떠세요?"

"집을 옮겨?"

"네. 가게는 계속 하시구요. 사시는 집만 옮기시는 게 어떨까 해서요."

"우리 둘 살기에 괜찮아. 뭣하러 집을 옮겨."

단호하게 안 된다고 하는 외할머니의 말씀에 서희가 수혁을 쳐다봤다. 안타까운 표정을 짓는 서희의 손을 다독인 수혁이 다시 말했다.

"이제 저희 자주 내려올 텐데, 그때마다 호텔 가서 자요? 저희 아기도 낳아서 데리고 오려면 여긴 너무 좁아요, 할머니."

"그래도. 내가 뭘 바라고 서희를 만난 게 아니야."

"알아요. 그래도 친정이라고 와서 하룻밤 자고 올라가야 되는데 아침에 왔다가 저녁에 올라갈 순 없잖아요."

계속된 수혁의 말에 외숙모가 말을 했다.

"그건 임 서방 말이 틀린 게 아닌데, 사돈들께서 어떻게 생각하시겠어?"

"시어른 도움 안 받아요, 할머니."

이번에는 서희가 말을 거들었다.

"그게 무슨 말이야?"

"이번에 같이 살게 되면서 제가 살던 집 전세 놓았어요. 그 돈이면 여기에 작은 집 하나 살 수 있을 것 같아요. 그렇게 하세요."

"그래도 내가 무슨 면목으로 그 돈을 써. 돌아가신 바깥사돈 뵐 면목도 없고."

외할머니의 말에 수혁이 할머니 쪽으로 다가앉아 손을 잡았다.

"할머니, 모르고 살았다면 어쩔 수 없지만 이렇게 만났잖아요.

서희하고 이야기 많이 해 봤는데요, 일하시던 분이라 당장 그만두시게 하는 것은 안 좋을 것 같아 가게 접으시라는 말씀은 못 드리겠어요. 하지만 이렇게 곁방에서 지내시면 서희 마음 불편해서 안 돼요. 팔불출이라고 흉을 보시더라도 저 서희 마음 불편한 건 못 봐요. 저희도 하룻밤 묵고 가고 싶어도 그렇게 못하잖아요. 그러니깐 서희가 하자는 대로 하세요. 영 마음이 불편하시면 서희 이름으로 하면 되잖아요. 세 들어 사신다 생각하세요."

수혁의 말에 외할머니는 외숙모를 바라봤다.

"그렇게 하세요. 어머니. 서희 명의로 집 사고 마음이 영 불편하시면 월세 서희한테 주면 되겠네요. 임 서방 말대로 한 번씩 와도 잘 곳도 없고 나중에 애기들까지 같이 내려오면 여긴 너무 좁아요."

이미 삼척에 오기 전에 서희와 말을 맞춘 외숙모가 수혁의 편을 들었다. 며느리까지 거들고 나서니 외할머니도 마지못해 허락을 했다.

"그럼 그렇게 해. 대신 월세는 꼭 받아라. 알겠지?"

"네. 꼭 받을게요."

외할머니에게 확답을 받은 수혁과 서희는 오후 내내 두 분과 삼척 시내를 돌아다니며 즐거운 시간을 보냈다.

여행이라고는 수혁을 보필하고 다녀온 출장이 전부인 서희에게는 이번 외출이 여행 같아 모든 것이 즐거웠다.

추운 날씨이기는 했지만 두 분과 함께 시간을 보낼 수 있다는 사실에 추운 줄도 모르고 구경을 다녔다.

두 분도 먹고살기 바빠 관광지에 살면서도 제대로 된 구경은 이번이 처음이었다. 그리고 수혁이 옆에서 살갑게 챙겨 준 덕분에 더욱 편하게 관광을 할 수가 있었다.

"자네 덕분에 오늘 정말 재미있었어."

"아닙니다."

서울로 돌아가기 전 저녁을 먹기 위해 들어온 호텔 식당에서 외할머니가 수혁에게 말했다.

"아니야. 움직일 때마다 버스 갈아탄다고 해 봐. 그것도 일이야. 그래도 임 서방 덕분에 편하게 다닌 게지."

굳이 말을 안 해도 옆에서 하루 종일 수혁이 신경을 썼다는 것을 아는 외할머니가 그에게 고마움을 표현했다. 그리고 온종일 손에서 놓지 않았던 작은 손가방에서 매듭이 지어진 손수건을 꺼내 서희에게 건넸다.

"서희야, 풀어 봐."

외할머니에게서 손수건을 받아 든 서희가 물었다.

"이게 뭐예요?"

"지난번에 내가 너 만난다는 생각에 마음이 들떠서 미처 챙기지 못한 거야. 열어 봐."

할머니의 말씀에 서희가 손수건을 풀었다. 그 안에는 작은 다이아몬드가 박힌 커플링이 들어 있었다.

"할머니, 이게 뭐예요?"

"네 엄마, 아빠 결혼반지."

"결혼반지요?"

"그래. 원래 네 엄마가 패물을 잘 안 하고 다녀. 산에 갈 때도 거치적거린다고 잘 빼 놓고 다녔어."

"그런데 할머니가 이걸 어떻게……."

"네 부모 험한 일 당하기 전에 우리 집에 다녀갔었어. 씻을 때 벗어 놓았던 건지 욕실에 있더라. 그래서 내 챙겨 둔 거야. 네 외삼촌 눈에 먼저 띄었으면, 지금까지 못 가지고 있었지. 임 서방하고 나눠서 껴."

할머니의 말에 서희가 반지를 꺼내 들어 만졌다. 그리고 눈가가 빨개졌다.

"서희야."

"네."

"할미가 넉넉하지 못해서 많이는 못 해 줘. 하지만 우리 서희 빈손으로 시집보내지는 않아."

외할머니의 말에 서희가 대답했다.

"괜찮아요. 옆에 계신 것만으로도 좋아요."

"서희 말이 맞습니다. 할머니."

"아니야."

수혁의 말에 할머니가 고개를 저었다.

"그래도 기본은 해 가야지. 자네 집 수준에서는 턱없을지 몰라도 내 힘닿는 데까지 해서 보내야지. 집은 네 마음대로 했으니 이번 일은 할미 마음대로 하련다."

할머니의 말에 모두들 웃었다. 모처럼 여유 있고, 훈훈한 저녁에 다들 시간 가는 줄 몰랐다.

15장

　사람들의 어깨를 움츠리게 만드는 겨울이 지나고 바람부터가 따뜻한 봄으로 가는 어느 날, 서희는 수혁과 웨딩샵에 있었다. 시간이 넉넉해 여유롭게 준비를 하긴 했지만 막상 결혼 날짜가 다가오니 긴장되고 미처 준비하지 못한 것들이 생각나 분주해지는 서희였다.

　그리고 오늘 서희는 웨딩샵에서 결혼 준비의 가장 큰 난관을 만났다. 바로 드레스였다. 그동안 꾸준히 노력한 결과 살이 많이 빠져 벌써 두 번째로 치수를 줄이게 되었다.

　"실장님, 다이어트 완전 성공이세요."

　"정말요?"

　"요즘은 실장님도 옷 입으시면 느끼시죠?"

　"네. 제가 생각해도 많이 빠진 것 같아요."

　"그냥 많이가 아니에요, 실장님. 노력 많이 하셨나 봐요."

직원의 말에 서희가 수줍은 듯이 웃었다. 하지만 두 사람의 대화를 듣고 있는 수혁의 얼굴은 어째 별로였다. 그런 수혁의 얼굴 표정은 아랑곳없이 직원이 서희에게 말했다.

"지켜보다가 안 되면 결혼식 날에는 뒤를 살짝 줄여야겠어요."

"그 정도예요?"

"네. 정말 많이 빠지셨어요. 면사포 때문에 뒤쪽 지퍼 있는 쪽은 안 보이니깐 당일 날 봐서 대충 시침질로 다시 수정해야겠어요."

말을 마친 직원이 수혁이 드레스 입은 서희의 모습을 볼 수 있게 눈치껏 잠시 자리를 비켜 주었다. 홀에 두 사람만 남자 수혁이 볼멘소리로 말했다.

"서희야, 이젠 다이어트 그만하자. 응?"

"결혼식 얼마 안 남았는데 부지런히 더 빼야죠. 드레스 잘 어울려요?"

수줍음이 많은 서희의 성격 때문에 드레스는 노출이 적고 차분한 스타일로 정했다. 목에서 시작된 레이스가 쇄골과 팔까지 덮고 나머지는 새틴으로 몸에 붙는 디자인이었다. 근래 들어 살이 부쩍 빠진 서희의 몸매를 얌전한 디자인으로 한껏 뽐낼 수 있는 드레스였다. 그런 서희를 가만히 보던 수혁이 품 안에 서희를 안았다.

"예뻐. 너무 잘 어울려. 근데 살이 너무 빠지는 건 싫어. 이 봐, 이제는 안아도 내가 좋아하는 느낌이 안 나잖아."

수혁의 투정에 서희가 그를 마주 안았다.

"그래도 결혼식에는 신부가 꽃인데 예쁘게 보이고 싶어요."

"넌 나한테만 예쁘면 돼."

수혁의 말에 서희가 한숨을 쉬었다.

"오빠!"

"응?"

"제가 왜 살 빼는지 알아요?"

"글쎄 결혼식에서 예뻐 보이고 싶어서?"

"아뇨. 보여 주고 싶어서요."

"보여 주다니?"

서희의 말에 수혁이 그녀를 품에서 살짝 떼어 얼굴을 봤다.

"그게 무슨 말이야?"

"그동안 저 무시하고 깔봤던 사람들에게 보여 주고 싶어서요. 너희들이 그렇게 무시하던 고아에 뚱뚱했던 최서희가 이렇게 꿋꿋하게 잘 견뎌서 임수혁하고 결혼한다고 보여 주고 싶어요. 물론 오빠에게 잘 보이고 싶은 게 우선이지만요."

서희의 말에 수혁이 다시 그녀를 품에 안았다. 그저 날씬해지고 싶어서 다이어트에 열을 내는 줄 알았지 속으로 그런 생각을 하고 있는지 몰랐었다. 생각한 대로 실천하는 모습이 대견하기도 하고 아직 마음의 응어리를 떨쳐 내지 못한 것 같아서 한편으로는 짠하기도 했다.

"그리고 저도 여자예요. 남들처럼 예쁜 옷 입고 싶고요, 오빠 한 팔에 쏙 들어가고 싶기도 해요. 그러니깐 이제 그 이야기 그만해요. 네?"

그를 다시 마주 안으며 서희가 이야기했다.

하긴 그 긴 세월을 남들의 뒷말을 들으며 살았으니 마음속에 응어리가 없다면 그것이 이상할 터였다.

"그럼 더 빼지 말고 지금처럼만 유지하자. 아무리 운동을 한다고는 하지만 갑자기 너무 빠지면 몸에도 무리가 와. 그러니깐 여기서 감량하는 건 끝내자."

걱정이 한가득인 수혁의 목소리에 서희가 대답했다.

"알았어요. 하지만 자연스럽게 빠지는 건 저도 몰라요."

"그래. 알았어."

품 안에 안겨 있는 서희의 등을 쓰다듬어 주며 빨리 서희의 마음의 응어리가 풀리기를 바라는 수혁이었다.

막바지 결혼 준비에 정신이 없는 가운데 황 여사가 서희를 본가로 불렀다. 둘 다 조실부모하고 조부모들이 나서서 혼사를 치르는 만큼 복잡한 예단은 생략하기로 했음에도 수혁과 임 회장의 위치를 고려해야 해서, 결혼 준비에 들어가는 시간이 만만치 않았다. 하지만 그 바쁜 와중에 황 여사는 서희에게 전해 줄 것이 있어 그녀를 불렀다.

이제는 사무실 직원들이 일 처리를 곧잘 해 서희도 예전보다 편하게 외출을 할 수 있게 되었다. 평소보다 이른 퇴근을 한 서희가 본가에 도착하자 황 여사가 반갑게 맞이했다.

"어서 와. 바쁜데 자꾸 불러내는 건 아니지?"

"괜찮아요. 요즘에는 직원들이 많이 양해해 줘요."

"그래도 평소에 일을 똑 부러지게 하니깐 이해해 주는 거야. 아무리 회장 사모님이라도 일 못하면 뒷말 나오게 되어 있어."

"네. 열심히 할게요."

성산댁이 들고 나오는 찻상을 받으며 서희가 황 여사에게 권했다.

"할머니 차 드세요."

"그래. 너도 마셔."

"네."

향이 좋은 차를 한 모금 마신 황 여사가 서희에게 작은 상자를 내밀었다.

"열어 봐."

그녀의 말에 서희가 상자를 열었다. 그 속에는 갖가지 패물이 들어 있었다. 놀라서 쳐다보는 서희의 얼굴을 본 황 여사가 웃으며 굵은 쌍가락지를 가리켰다.

"그건 네 시할아버지가 사 주신 거야. 네 시할아버지 한창 힘들 때 결혼해서 변변찮게 뭘 받아 본 적이 없어. 회사 차리고 5년 만에 결혼반지라고 사 주신 거다. 원래는 네 시어머니한테 물려줬어. 그런데 먼저 가고 없으니 내가 너한테 주는 거야. 잘 갖고 있다가 너도 나중에 물려줘."

"네. 잘 가지고 있을게요."

"그리고, 나머지는 네 시어머니 패물이다. 너는 얼굴이 기억이 안 나겠지만, 네 시어머니가 너 어릴 때 예뻐했다. 이건 그 아이가 주는 거다. 나는 그저 전해 주는 거야. 그때 우스갯소리로 갓난쟁이인 너 며느리 삼아야겠다고 하더니……."

서희를 무척 예뻐하던 며느리가 생각나 자신도 모르게 한숨이 나오는 황 여사였다.

"휴……. 나는 요즘 그런 생각 해. 너희 둘, 너희 부모들이 묶었지 싶어. 위에서 넷이서 너희 보살핀 것 같아. 위태위태하면서도 한눈 안 팔고 잘 자라 준 너를 봐도 그렇고, 어릴 때부터 외국 나

가서 살아도 있다는 집 자손들이 하는 나쁜 짓 안 하고 잘 있다 와
준 우리 혁이를 봐도 그렇고……. 위에서 네 할아버지까지 다섯이
서 너희 둘 잘 지켜 준 것 같아. 서희야."

"네. 할머니."

"지금처럼만 서로를 위하고 살자. 우리도 그렇고 네 외할머니도
그렇고 살날 얼마 안 남은 사람들이다. 그저 내 자손들 잘 살면, 그
거면 돼. 내 말뜻 알겠지?"

"네. 할머니 잘 살게요."

"그래. 우리 서희야 잘하지. 그건 나도 알지."

서희의 손을 도닥이며 황 여사가 눈물을 훔쳤다.

"에고, 안 울어야지 했는데. 이렇게 좋은 일에 다들 없으니 짠하
네."

그 말에 서희도 고개를 숙였다.

"이제 다들 행복할 일만 남았다고 생각하세요."

"그래. 우리 한번 다 같이 잘 살아 보자."

"네."

마주 잡은 두 사람의 손에 따스한 기운이 솟아났다.

16장

결혼 준비로 하루하루가 어떻게 흘러갔는지 모를 정도로 정신이 없는 가운데 드디어 결혼식 날이 밝았다. 간밤에 소파에서 잔 수혁은 행복이가 얼굴을 핥는 바람에 잠에서 깼다. 온종일 바쁠 텐데 피곤하면 안 된다고 서희가 간밤에 옆에 오지도 못하게 했다. 덕분에 골이 난 수혁은 이불을 들고 거실로 나와 잠을 청했던 것이다.

"행복이 잘 잤어?"

"멍, 멍."

"그래 오빠도 잘 잤어."

수혁이 깨어나자 행복이가 소파에서 이리저리 뛰었다.

"행복이, 좋아?"

"멍, 멍."

"그래. 일어나자. 오늘은 진짜 바쁜 날이야. 행복이 집 잘 보고 있어야 돼. 나중에 할머니 오실 거야."

"멍."

비어 있는 밥그릇에 물과 사료를 채워 준 뒤 수혁이 안방 문을 열었다. 언제 일어났는지 욕실에서 서희가 샤워하는 소리가 들렸다.

똑똑.

"서희야."

"오빠? 일어났어요?"

서희의 말에 대답하지 않고 수혁이 욕실 문을 벌컥 열었다.

"오빠!"

갑자기 문이 열리자 서희가 당황해 소리쳤다. 그리고 몸을 가릴 것을 찾았다.

"문 닫아요."

그녀의 말에 수혁이 문을 닫기는커녕 오히려 옷을 벗었다.

"같이 하면 시간 절약되잖아. 할머니가 아침에 너 뭐 좀 먹여야 된다고 했어. 어서 서두르자."

아무렇지도 않게 샤워기 밑으로 들어오는 수혁 때문에 서희가 한 걸음 물러섰다. 그런 서희의 팔을 잡아당긴 수혁이 서희를 다시 샤워기 밑에 세웠다. 그리고 바디퍼프에 샤워 젤을 부은 뒤 서희의 몸을 닦기 시작했다.

"엉큼한 생각은 꿈도 꾸지 말아요."

"알았어. 너 잘못하면 온종일 아무것도 못 먹을까 봐 걱정돼서 그러는 거야. 자, 돌아 봐."

정말 아무런 사심이 없다는 듯 수혁이 바디퍼프로 몸을 닦자 서희가 의심스러운 눈초리로 쳐다봤다. 하지만 수혁의 말대로 간단하게 요기라도 하기 위해서는 서둘러야 했기에 서희도 씻는 데 열중했다.

그의 말이 아니더라도 아침을 챙기지 않으면 온종일 힘들 것 같아 두 사람은 간단하게 아침을 해결했다. 그런 뒤, 두 사람이 하나가 되기 위해 나란히 예식장을 향해 출발했다.

혜아의 아버지인 김 회장이 내어 준 호텔은 말 그대로 인산인해를 이루었다. 재계의 유명 인사들은 다 모였는지 식장이 시끌벅적했다. 신부 측에 서서 인사를 받던 외숙모가 시어머니에게 말했다.

"어머니, 임 서방 집안이 대단하기는 하네요. 이 손님들 보세요."

"행여 사돈들에게 누가 될라. 행동 조심해."

"네. 알았어요."

며느리에게 주의를 주긴 했지만 외할머니도 TV에서나 보던 사람들을 눈앞에서 보니 솔직히 얼떨떨했다.

"아이고, 최 실장 할머님 되시나 봅니다."

한 중년 남자가 할머니에게 알은척을 해 왔다.

"네. 서희 할밉니다. 누구신지?"

"허허허, 얼굴 모르시는 게 당연하죠. 저는 S사 이사 김한석이라고 합니다. 최 실장이 임 회장 보필하면서 알게 된 사이입니다."

"몰라뵀습니다."

"아닙니다. 그나저나 손녀딸 하나는 잘 두셨습니다. 최 실장이 탐이 나서 스카우트하려고 노력을 꽤나 했는데 이젠 그것도 못할 것 같습니다. 허허허."

"예쁘게 봐 주시니 고맙습니다."

"아닙니다. 최 실장이 워낙 일을 잘해요. 그래서 눈독 들이는 회사가 많았습니다. 이젠 말도 못 꺼내게 됐지만 말입니다. 어른신은 밥 안 드셔도 배부르시겠습니다."

"칭찬해 주시니 감사합니다."

오는 손님마다 하나같이 서희를 칭찬하는 통에 할머니는 어찌할지를 몰랐다.

한편 대기실에 앉아 있는 서희는 긴장감에 자꾸 몸이 떨려 왔다. 그런 모습을 보던 직원이 냉수 한 잔을 가져왔다.

"긴장 많이 되시나 봐요. 물 드세요, 실장님."

"고맙습니다. 저 너무 떨죠?"

"다른 신부님들도 떠세요. 그게 정상이죠."

두 사람이 대화를 나눌 때 사진 촬영을 위해 수혁이 들어왔다. 화장하는 모습만 보고 먼저 호텔로 향했던 수혁인지라 모든 것을 완벽하게 준비하고 앉아 있는 서희의 모습에 입을 다물지 못했다.

"우와, 최서희 맞아?"

"실장님 정말 예쁘시죠?"

그의 너스레에 서희가 얼굴을 붉혔다.

"진짜 예뻐. 그동안 고생한 보람 있어."

엄지손가락까지 들며 칭찬하는 수혁 때문에 서희가 웃었다.

서희가 밝게 웃는 모습이 보기 좋아 사진작가는 얼른 카메라 셔터를 눌렀다. 아마 서희가 가지고 있는 본인 사진 중에 가장 환한 웃음을 담은 사진이 될 터였다. 두근거리는 서희의 마음을 모르고 시간은 야속하게 흘러 드디어 결혼식이 시작될 시간이 되었다.

입장은 두 사람이 함께 하기로 했다. 주례는 두 사람을 가장 잘 아는 김 박사가 맡았다.

"장내 귀빈 여러분께서는 모두 자리에 앉아 주시기 바랍니다. 곧 결혼식이 시작될 예정입니다."

사회가 마이크에 대고 방송을 하자 다들 제자리를 찾아가느라 잠깐의 소란이 있었다.

"지금부터 신랑 임수혁 군과 신부 최서희 양의 결혼식이 있겠습니다. 주례는 두 분과는 인연이 깊은 김명학 박사님이 맡아 주셨습니다."

사회자의 말에 김 박사가 인사를 했다.

"그럼 지금부터 임수혁 군과 최서희 양의 결혼식을 시작하겠습니다. 신랑 신부, 입장!"

미니 오케스트라의 연주에 맞춰 수혁의 손을 잡은 서희가 식장으로 들어섰다. 그러자 여기저기서 탄성이 새어 나왔다.

"세상에 신부가 저렇게 예뻤어요?"

"노력을 엄청 했나 봐요."

사람들의 수군대는 소리를 들은 수혁의 어깨에 힘이 들어갔다. 그런 모습을 보는 김 박사의 입가에 짓궂은 웃음이 올라왔다 사라졌다. 서희가 원하는 게 이런 뿌듯함이었구나 하는 것을 깨달은 수혁은 서희를 쳐다봤다. 긴장을 했는지 그가 쳐다보는 줄도 모르고 서희는 주례 앞으로 걸어가기 바빴다.

"신랑, 신부가 아무리 예뻐도 앞은 보고 걸읍시다."

김 박사의 말에 하객들이 웃었다. 손자의 팔불출 같은 모습에도 임 회장은 마냥 기분이 좋았다. 김 박사의 말에 얼굴이 붉어진 두 사람이 단상 앞에 섰다. 그리고 주례와 인사를 한 뒤 김 박사의 주례사가 이어졌다.

"어릴 때부터 두 사람과 닿은 인연으로 이렇게 주례까지 보게 됐습니다. 남이라고는 하나 둘 다 내 자식 같아서 신랑이 주례를 부탁할 때 마다하지 않고 흔쾌히 승낙했습니다. 남들보다 어려운 길을 걸어온 두 사람입니다. 한 사람이 어떻게 살아왔는지는 좋지 않은 사건으로 모두가 알게 되었습니다."

김 박사의 말에 지난 추석에 있었던 일을 기억하는 사람들로 약간의 웅성거림이 생겼다. 하지만 이내 이어지는 주례사로 곧 그 웅성거림은 사라졌다.

"하지만 제가 장담합니다. 앞으로 이 두 사람의 앞길은 꽃밭일 겁니다. 신랑이 돈이 많아서? 신부가 큰 회사 사모님이라서? 아닙니다. 두 사람이 얼마나 깊이 사랑하는지 알기 때문에 감히 장담합니다. 하나를 보면 열을 안다고 두 사람 모두 서로에게 얼마나 열심이고, 진심과 사랑으로 대하는지 제가 봤기 때문에 드리는 말씀입니다. 신랑!"

"네."

"앞으로 같이 살아가면서 이거 하나만 기억 하세요. 신부의 건강을 찾아 주기 위해서 얼마나 많은 노력을 했는지, 그렇게 해서라도 내 옆에 두고 싶어서 얼마나 안달했었는지 그것만 기억하세요. 그럼 아무리 짜증나고 힘든 일이 생겨도 사랑으로 이겨 낼 수 있을 겁니다. 알겠습니까?"

"네. 알겠습니다."

"그리고, 신부!"

"네."

"지금 하는 행동으로 봐서는 그럴 일 없겠지만, 만약에 신랑이 속상하게 하거나 잘못한 일이 생기면 이거 하나만 기억하세요. 신부가 아파서 사경을 헤맬 때, 병원으로 업고 뛴 사람이 누군지. 그리고 사랑하는 사람 병 고쳐 보겠다고 도시락 배달에 이사까지 한 신랑의 모습을 떠올려 보세요. 그럼 모든 게 용서가 될 겁니다."

"네."

김 박사의 말에 서희의 눈가가 붉어졌다. 그동안 그가 자신에게 했던 모든 행동들이 주마등처럼 지나갔다. 고열에 시달릴 때 병원으로 데려간 일, 편식을 고쳐 보겠다고 일일이 반찬에 도시락까지 챙겨 줬던 일, 하나하나 새록새록 떠오르자 눈물을 참을 수가 없었다. 그런 서희의 모습을 보는 가족들의 눈시울도 뜨거워졌다.

"서희야."

"네."

김 박사의 부름에 서희가 대답했다.

"그동안 맘고생 몸 고생 심했다. 이렇게 좋은 가족들을 만나려고 그랬던 것 같아."

"네."

"잘 살아라."

주례사 뒤에 이어진 아버지 같은 김 박사의 말에 결국 서희의 눈물이 터졌다. 수혁이 얼른 손수건을 꺼내 그녀의 눈물을 닦아 주었다. 김 박사의 목소리가 마이크를 타고 장내로 나가자 하객들도 눈물을 훔쳤다.

"여러분 앞으로 두 사람 잘 살라고 박수나 쳐 줍시다."

김 박사의 말에 장내가 떠나갈 듯 박수 소리가 났다.

하루를 어떻게 보냈는지 정신이 없었던 두 사람은 신혼여행을 가는 비행기 안에서 누구라고 할 것 없이 잠에 곯아떨어졌다. 평소에 체력을 자신하던 수혁도 온종일 이어지는 행사에 긴장까지 겹치니 밀려오는 피곤함을 뿌리치지 못했다.

한참 단잠에 빠져 있던 수혁이 시장기를 느끼고 눈을 떴다. 그리고 옆에 앉아 있는 서희를 바라봤다. 자신의 어깨에 기대어 세상 모르고 자고 있는 모습에 수혁이 담요를 끌어 덮어 주었다. 그리고 지나가는 승무원을 불렀다.

"식사 시간 지났죠?"

"네. 너무 깊이 주무셔서 못 깨웠습니다."

"괜찮습니다. 뭐 간단하게 요기할 거라도 있겠습니까?"

"두 분 기내식이 남아 있는데 드시겠어요?"

"고맙습니다."

승무원의 배려로 식사를 할 수 있게 된 수혁이 서희를 깨웠다.

"서희야, 일어나 봐."

흔들어 깨우는 수혁 때문에 서희가 눈을 떴다.

"도착했어요?"

"아니, 아직 멀었어."

"그런데요?"

피곤이 가시질 않는지 서희가 비몽사몽간에 대답을 했다.

"뭐 좀 먹고 다시 자자. 일어나 봐."

다시 눈을 감으려는 서희를 억지로 깨워 식사를 했다. 막상 잠에

서 깨니 서희도 허기가 왔는지 맛있게 식사를 했다. 그 뒤로도 몇 시간 더 비행한 뒤 두 사람은 남태평양의 한 섬에 도착했다.

공항에서 곧바로 호텔로 이동해 객실로 들어온 서희는 곧장 침대 위로 쓰러졌다.

"아, 너무 피곤해요."

"그러게, 나도 그렇네."

서희 옆에 누워 수혁도 기지개를 폈다. 아침 일찍부터 설쳐 대며 다녔더니 온몸에 진이 다 빠지는 느낌이었다. 옆에 누워 있는 서희를 끌어다 품에 안은 수혁이 깊이 숨을 들이켰다.

"아, 좋다. 최서희 냄새."

그의 말에 서희가 웃었다.

"쿡쿡. 내 냄새가 뭔데요?"

"그런 게 있어."

그러면서 다시 서희를 품에 꼭 안았다. 이제 진짜 부부가 되었구나 하는 생각에 수혁은 기분이 좋았다. 잠시 그렇게 포옹을 하고 있을 때 초인종 소리가 들렸다. 수혁은 서희를 안고 있던 팔을 풀고 입구로 향했다.

[누구십니까?]

[룸서비스입니다.]

[시킨 적이 없는데요.]

[김혜아 씨가 보낸 겁니다.]

김혜아라는 낯익은 이름을 듣고 수혁이 문을 열었다. 그러자 직원이 수레를 밀고 안으로 들어 왔다.

[이게 뭡니까?]

[김혜아 씨가 보내 드리는 결혼 축하 선물입니다. 그리고 이 편지는 신부님에게 전해 달라고 하셨습니다.]

직원은 편지 한 통을 수혁에게 건네고 밖으로 나갔다. 수레 위에는 스테이크와 작은 케이크. 그리고 꽤 고가로 보이는 와인이 있었다. 밖에서 들리는 말소리에 서희도 거실로 나왔다.

"무슨 일이에요?"

"혜아 씨가 보낸 거라는데?"

"혜아가요?"

"응."

"우리가 여기로 신혼여행 온 걸 어떻게 알고요?"

"글쎄, 그건 나도 모르겠어. 그리고 이거."

"그건 뭐예요?"

수혁이 내미는 편지를 받아 들며 서희가 물었다.

"혜아 씨가 서희한테 전해 달라고 했다는데?"

"그래요?"

수혁에게서 편지를 받아 든 서희가 소파로 가서 앉았다. 그리고 편지를 봉투에서 꺼냈다. 어느새 수혁도 서희의 옆에 앉았다. 한동안 소식을 알 수 없었던 혜아가 어떤 내용으로 편지를 보냈는지 궁금했기 때문이다.

「최서희에게.

기분 좋은 결혼식 날 내 편지를 받아서 놀랐지? 나도 내가 이 짓거리를 하고 있을 줄 몰랐어. 웃기지 않니? 천하의 김혜아가 최서희한테 이런 편지를 쓴다는 게……. 하지만 어쩌겠어. 내가 잘못한 게 있는데

327

내 쪽에서 낮춰야지.

예전에 철없던 김혜아가 네게 했던 행동들, 용서해 줘. 다른 친구 말대로 내가 좀 있는 집에서 싸가지가 없게 커서 그런 거라고 생각해. 어쩌겠어. 나도 내가 컨트롤이 안 되는데.

나보다 잘난 것도 없는 네가 나보다 잘나가니깐 열 받더라. 솔직히 네가 나보다 예쁘기를 하니? 날씬하기를 하니? 내가 왜 너한테 밀려야 하니? 아! 쓰다 보니 또 열 받네. 너도 적당히 했어야지. 전교 일등을 한 번 정도는 양보해야지 어쩜 뻔뻔하게 매번 일등이니? 거기다 과외 한 번도 안 하니 더 열 받아!

아, 내가 쓰려던 말은 이게 아닌데. 사실 네 덕분에 요즘 병원에 열심히 다녀. 그래서 너한테 내가 미안해해야 한다는 거 알게 된 거야.

황 여사님이 네 신혼여행지 안 가르쳐 주시려고 해서 나 고생 좀 했다. 내가 무슨 폭탄이니? 아무튼 지난 일은 미안해. 네 신랑이 사 주는 것보다 싸겠지만 그래도 꽤 비싼 와인으로 준비했어. 우리 아버지가 요즘 내 자금줄을 묶어서 내가 좀 간당간당해. 이해해라. 마시고 분위기 좀 잡아. 결혼 축하한다. 그리고 그동안의 일은 잊어. 그게 세상 살기 편해.」

혜아의 편지를 같이 읽은 수혁이 서희를 바라봤다.

도도한 평소 혜아의 성격을 고스란히 드러내는 편지였다. 하지만 자존심이 하늘을 찌르는 그녀가 이 정도의 편지를 보냈다는 건 어찌 됐든 예전보다 달라졌다는 의미인것 같아 수혁이 서희에게 말했다.

"혜아 씨가 자신의 잘못을 느꼈나 봐."

"……."

"이제라도 자기 잘못을 알았으니 다행이다."

계속되는 수혁의 말에도 서희는 편지지만 뚫어져라 쳐다봤다.

"정말 혜아가 보낸 게 맞을까요?"

"맞을 거야. 한동안 안 보인다 했더니 병원에 다녔었나 보네."

말을 마친 수혁이 서희의 어깨를 안았다.

"좀 얼떨떨해요. 진짜 나한테 용서를 구하는 건지. 김 회장님 때문에 억지로 용서를 구하는 척하는지 혼란스러워요."

지난 시간 동안 오래 봐 왔고 또 그만큼 괴롭힘도 많이 당했던지라 서희에게는 혜아의 변화가 와 닿지 않았다. 절대 변하지 않을 거라는 생각이 믿음처럼 굳게 서희의 마음 한구석에 자리 잡고 있기 때문이었다.

"사실 지난번 추석 때 김 회장님이 미안하다고 전화를 하셨어. 그때 내가 말했지. 혜아 씨도 병원 치료를 받아 보는 게 어떻겠냐고. 너도 치료를 받고 있으니 같이 받아 보는 것도 괜찮을 것 같다고……. 그때 이후로 병원을 다녔나 봐. 그리고 느꼈겠지. 그동안 자신이 한 행동이 얼마나 잘못된 것인지……. 그러니깐 서희야, 우리도 털자."

그녀의 관자놀이에 입을 맞추며 말했다.

"난 하고 싶은 말이 많은데, 나한테 한 만큼 돌려주고 싶은데 이렇게 먼저 선수 치는 게 어디 있어요?"

"그러게. 혜아 씨 끝까지 영악하다."

허탈해하는 서희의 어깨를 수혁은 더욱 꼭 껴안았다.

혜아의 편지를 읽은 뒤 간단하게 짐을 푼 두 사람은 호텔을 벗어나 해변으로 향했다. 어둑어둑 해가 넘어가는 바닷가는 말 그대로 장관이었다.

"너무 예뻐요."

학창 시절 제대로 된 여행 한 번 해 본 적 없는 서희라 눈앞에 펼쳐진 풍경에 넋을 잃었다. 수혁과 팔짱을 끼고 있던 손을 풀고 해변으로 뛰어갔다. 아이 같은 그녀의 모습에 기분이 좋으면서도 그동안 제대로 된 여행 한 번 못 해 본 서희가 수혁은 안쓰러웠다.

"오빠 빨리 와 봐요."

자신을 재촉하는 소리에 수혁이 서희에게로 뛰어갔다.

"봐요. 물이 진짜 맑아요."

"정말이네? 내일은 일찍 일어나서 수영하자."

"네."

대답을 하며 서희가 신발을 벗었다. 그리고 발목이 잠길 정도의 깊이까지 물에 들어갔다.

"생각보다 물도 많이 안 차고 좋아요."

서희의 말에 수혁도 신발을 벗었다. 이렇게 좋아하는데 신혼여행 기간만큼은 그녀에게 맞춰 줄 생각이었다. 한국으로 돌아가면 남들 이목 때문에 마음껏 즐기지 못할 것이 뻔했기 때문이다. 수혁이 내미는 손을 잡은 서희가 천천히 걷기 시작했다. 발목까지 밀려왔다 밀려가는 바닷물의 느낌이 정말 좋았다.

"오빠, 저는 아기를 많이 낳고 싶어요."

"많이? 몇 명이나?"

"세 명 정도요."

"세 명?"

"네. 오빠나 저나 형제가 없잖아요. 그게 얼마나 외로운지 잘 알잖아요."

"하긴 혼자는 너무 외롭지. 그래도 세 명은 서희가 너무 힘들지 않을까?"

"아뇨. 힘들어도 좀 북적북적하게 살았으면 좋겠어요."

그동안 얼마나 외롭게 지냈는지 알 수 있을 것 같아 수혁이 안쓰러운 마음에 서희의 어깨를 안았다.

"그래. 많이 낳자. 그럼 나 밤낮으로 열심히 해야겠는데?"

수혁의 말에 서희가 그를 노려봤다.

"맞잖아. 낮에는 돈 벌려고 노력해야 되고, 또, 밤에는 아기 가지려고 노력해야 되잖아."

"아이고, 못 살아 정말."

"그럼 서희의 꿈을 위해서 우리 빨리 호텔로 돌아가야겠네?"

수혁이 그녀를 잡아당기며 말했다.

"어, 어, 오빠 구경 더 하다 가요."

끌려가며 서희가 말했다.

"내일 구경하면 돼. 우린 얼른 아기 만들러 가야 돼."

"오빠!"

서희의 애처로운 비명만 백사장에 울렸다.

먼저 샤워를 하고 나온 서희는 쑥스러운 마음에 괜히 거울만 보고 있었다. 그와 보내는 밤이 처음은 아니었지만, 결혼이라는 새로운 상황과 집이 아닌 다른 장소라는 점이 서희를 설레게 했다.

사무실 식구들이 선물한 다소 민망한 속옷을 입은 서희는 욕실에서 나던 물소리가 그치자 얼른 침대 속으로 들어갔다. 그리고 눈을 감고 잠든 척을 했다.

　샤워를 마치고 나온 수혁은 서희가 침대에 누워 이불을 머리끝까지 쓰고 누워 있는 모습을 발견했다. 새삼스러울 것도 없는데 아직까지 부끄러움을 타는 서희가 귀엽기도 하면서 오늘만큼은 서희가 먼저 자신을 초대해 주었으면 하는 마음도 생겼다. 그래서 수혁은 로션을 바른 뒤 침대로 들어가 서희에게 말했다.

　"서희야, 자?"

　하지만 잠든 척하는 서희는 대답을 할 수 없었다. 그녀가 깨어 있다는 것을 뻔히 알면서도 수혁은 아쉽다는 듯이 말을 이어 갔다.

　"많이 피곤했나 보네. 하긴 나도 피곤한데……."

　말끝을 흐린 수혁이 이불을 정리해 주며 이마에 입맞춤을 했다.

　"잘 자."

　그리고 수혁도 피곤하다는 듯이 눈을 감고 잠든 척을 했다.

　이불을 정리하고 이마에 입맞춤을 한 수혁에게서 고른 숨소리가 나자 서희가 이불을 내리고 고개를 내밀었다. 그리고 수혁을 쳐다봤다. 평소처럼 반듯하게 누워 금방 잠이 든 수혁의 얼굴을 한 번 쳐다본 뒤 서희는 한숨을 폭 내쉬었다. 그리고 수혁을 살짝 흔들었다.

　"오빠, 자요?"

　터져 나오는 웃음을 참으며 수혁이 대답했다.

　"안 피곤해? 얼른 자자."

　그러면서 서희를 품에 안았다. 넓은 그의 품 안에서 서희가 꼼지

락거리며 다시 물었다.

"진짜 자요?"

자신을 다시 부르는 소리에 수혁이 실눈을 떴다.

"잠든 거 아니었어? 종일 바쁘게 움직였더니 피곤하네. 아함!"

수혁이 하품까지 하며 말했다.

"아, 아기 만들자면서요."

기어들어 가는 목소리로 서희가 말했다.

"샤워하고 나오니깐 피곤이 몰려오네. 서희야, 우리 아기 내일
만들자."

자신을 더욱 꼭 껴안는 수혁의 품 안에서 서희의 얼굴은 울상이
되었다. 평소에는 잘 입지도 않는 야한 속옷에 향수까지 뿌렸는데
피곤하다며 수혁이 잠이 들자 서럽다는 생각까지 들었다.

아무리 그동안 많은 밤을 보냈어도 오늘은 신혼 첫날인데 그냥
잠을 자는 수혁이 야속하고 미웠다. 그에게 등을 보이고 돌아누운
서희가 다시 한숨을 폭 내쉬었다. 서희가 품에 안겨 있어 웃을 수
가 없는 수혁은 한숨을 쉬는 척하며 숨을 몰아쉬었다. 그리고 잠결
에 움직인 것처럼 서희의 가슴을 한 손에 쥐었다.

"하아."

본인도 모르게 몸이 달았었는지 서희의 입에서 작은 한숨이 새
어 나왔다. 그리고 엉덩이를 수혁에게 살짝 밀었다. 그런데 정말
오늘은 그냥 잘 생각인지 수혁이 자신의 엉덩이를 뒤로 뺐다. 그의
행동에 약이 오른 서희가 다시 엉덩이를 밀었다. 그러자 이젠 수혁
이 대놓고 서희 엉덩이를 다시 밀었다.

"안 피곤해? 얼른 자자니깐. 내일 수영하고 싶다며."

짜증이 약간 섞인 그의 목소리에 서희는 오기가 생겼다. 신혼 첫 날밤을 이렇게 그냥 보낼 수 없다는 생각과 기필코 자신에게 넘어 오게 만들겠다는 생각이 들었다. 그래서 서희는 다시 몸을 돌려 그를 마주 봤다.

"오빠는 자요. 난 나대로 놀 테니깐."

"그럴래? 그럼 난 잔다."

약이 오른 서희의 목소리에도 수혁은 눈을 감고 다시 잠을 청하는 척했다. 뾰로통한 자신의 목소리에도 다시 잠을 청하는 수혁을 본 서희가 그의 가슴에 손을 가져갔다.

평소의 버릇대로 잠옷 바지만 입은 수혁의 맨가슴이 손끝에 만져졌다. 서희는 손을 놀려 그의 젖꼭지를 찾아내어 손끝으로 빙글 돌렸다. 그러자 수혁이 그녀의 손을 치웠다.

"혼자 논다며."

"혼자 놀고 있잖아요. 오빠는 자요."

말을 마친 서희가 손가락으로 누르던 것을 이번에는 입속으로 빨아들였다. 매번 그에게 받기만 하다가 되돌려 주는 기분도 나쁘 지는 않았다. 머리 위에서 그가 쳐다보는지도 모르고 서희는 열심 히 그의 가슴을 애무했다. 한쪽을 어느 정도 애무하고 이번에는 다 른 가슴을 물었다.

"음."

수혁의 입에서 자신도 모르게 신음 소리가 새어 나오며 저절로 눈이 감겼다. 자신의 행동에 수혁이 자극을 받은 것을 눈치챈 서 희의 행동이 더 과감해졌다. 약혼식 이후로 만져 본 적 없는 그의 중심에 손을 가져갔다. 그리고 잠옷 위로 그의 중심을 천천히 만졌다.

"흠."

그녀의 행동에 수혁이 긴 한숨을 내쉬었다. 그리고 눈을 떠 그녀를 바라봤다. 이불 속에서 그의 중심을 만지느라 그가 쳐다보는 줄도 모르고 서희는 그저 애무에만 열중하고 있었다.

서툴기만 한 손길이었지만 수혁은 금세 흥분이 되었다. 그의 중심이 커지자 놀란 서희가 고개를 들었다. 때를 맞춰 수혁은 다시 눈을 감았다. 그가 잠든 것으로 생각한 서희가 조심스레 침대에서 나갔다.

그녀가 침대에서 나가자 수혁은 많이 아쉬워 눈을 떴다. 하지만 거실로 나갔던 서희가 다시 방으로 들어오는 소리가 나자 수혁은 얼른 눈을 감았다.

그가 깨는지 확인하며 조심스럽게 이불 속으로 들어온 서희가 이불을 폭 뒤집어쓴 채 이제는 그의 바지를 내리고 중심을 다시 만지기 시작했다. 그리고 잠시 뒤 이불 속에서 희미한 불빛이 새어 나왔다. 수혁은 몸부림을 치는 척하며, 이불을 들춰 그 안을 쳐다봤다. 서희가 핸드폰 플래시를 이용해 그의 것을 쳐다보고 있었다.

"진짜 이상하게 생겼다. 작았는데 어떻게 이렇게 커지지?"

호기심이 다분한 목소리로 서희가 말했다. 그리고 손가락으로 그의 중심을 튕겼다.

"헉!"

그녀의 행동에 수혁이 신음을 삼켰다. 머리 위에서 소리가 들리자 서희가 황급히 고개를 올렸다. 하지만 눈을 감고 있는 그를 발견하고는 다시 고개를 숙였다.

"자면서도 느끼는구나."

마치 신기한 장난감이라도 발견한 것처럼 서희가 중얼거리며 다시 중심을 만졌다.

혼자 논다더니 자신을 이렇게 괴롭힐 줄 몰랐던 수혁은 이제라도 잠에서 깬 것처럼 일어나야 하나 하고 고민을 했다.

그때 중심에 와 닿는 축축하고 따뜻한 느낌에 수혁이 놀라서 다시 이불을 들추었다. 서희가 혀끝으로 그의 중심을 어루만지고 있었다. 순간 그의 엉덩이에 힘이 들어갔다. 그리고 본인의 의지와는 상관없이 그녀의 얼굴 쪽으로 엉덩이를 밀었다. 하지만 그의 중심에 정신이 팔린 서희는 눈치채지 못했다.

평소에 그는 그녀의 모든 것을 사랑해 주었다. 자신은 한 번도 본 적이 없는 꽃잎까지 지저분하다고 느끼지 않고 그녀를 위해 애무해 주는 수혁의 기분을 서희도 느껴 보고 싶었다. 그래서 심호흡을 크게 한 뒤, 그의 중심을 물었다.

그녀의 행동에 더 이상은 참을 수가 없게 된 수혁이 이불을 걷었다. 그러자 자신의 중심을 물고 눈을 동그랗게 뜬 서희와 눈이 마주쳤다.

"오, 읍."

그를 부르려는 서희의 뒷머리를 잡고 수혁이 천천히 움직이는 바람에 서희는 그를 끝까지 부를 수가 없었다. 그가 이끄는 대로 몇 번 움직이던 서희가 이제는 요령을 터득해 그가 손을 뗐음에도 혼자서 움직였다.

수혁은 서희가 선물한 쾌감에 정신이 혼미해졌다. 지금 당장 그녀에게 들어가고 싶었다. 자신을 물고 있는 서희의 입에서 중심을 빼낸 뒤 수혁은 그녀를 끌어 올렸다. 그리고 그녀의 입술에 키스를 했다. 손으로는 그녀의 속옷을 벗겼다.

"이 마녀. 혼자 논다며."

"혼자 놀았어요. 오빠 잔다면서요."

수혁은 그녀의 가슴을 크게 베어 물었다.

"하악."

"누가 못 자게 내 주니어를 가지고 놀더란 말이지."

그가 가슴 끝을 이로 물었다.

"하악, 어, 어느 집 신랑이 첫날밤에 신부를 혼자 둬서 신부가 심심했단 말이죠."

자신의 가슴을 빠는 수혁의 머리를 끌어안으며 서희가 대답했다.

"그 신부가 먼저 자는 척한 것은 모르나 봐."

그녀의 아랫배로 내려가며 그가 말하자 서희가 간지러움에 몸을 뒤틀었다.

"진짜 그냥 자려고 했어요?"

"아니. 최서희가 얼마나 용감한지 보려고 했는데 이렇게까지 용감한 줄은 몰랐지."

다리 사이 꽃잎에 와 닿는 그의 입김에 서희의 몸이 또 한 번 뒤틀렸다. 그리고 곧 다가올 쾌락에 대한 기대로 몸이 떨렸다. 이미 꽃잎은 그를 받아들일 수 있을 만큼 젖어 있었다. 수혁은 망설이지 않고 곧장 꽃잎에 입술을 가져다 대었다. 그리고 서희가 그에게 한 것처럼 혀로 그녀를 괴롭히기 시작했다.

"아, 오, 오빠."

소름이 돋을 정도로 짜릿하게 치고 올라오는 쾌감에 서희의 다리가 저절로 오므려졌다. 수혁은 양팔로 그녀의 다리를 다시 벌렸다. 움직이지 못하게 양손으로 잡고 다시 그녀를 맛봤다.

"아, 아. 어떡해, 어떡해!"

할 말을 못 찾고 같은 말만 되풀이하는 서희를 한동안 수혁은 놓아주지 않았다. 그렇게 잠시 뒤 서희의 온몸이 경련을 일으켰다.

"아악!"

그녀가 절정에 도달한 것을 본 뒤에야 수혁은 다리를 잡았던 팔을 풀었다.

"하악, 하악."

거친 숨을 몰아쉬는 그녀를 돌려 눕힌 수혁이 엉덩이를 잡아 당겼다. 그가 이끄는 대로 움직이자 가슴 끝이 시트에 쓸려 자극이 왔다. 그러자 서희는 다시 한 번 몸을 떨었다. 그런 서희에게 수혁이 천천히 들어갔다.

"헉!"

"아응!"

뒤에서 치고 들어오는 그를 감당할 수 없어 서희의 입에서 신음 소리가 터져 나왔다. 그녀 안에서 자리를 잡은 수혁이 본격적으로 움직이기 시작했다.

"아, 아."

그가 밀고 들어오는 힘을 견디지 못하고 그녀의 상체가 무너지자 수혁이 서희를 모로 돌려 눕혔다. 그리고 다시 그녀에게로 들어갔다.

한 팔로 얼굴 옆의 베개를 부여잡으며 서희는 연신 신음 소리를 토해 냈다. 목까지 빨개진 그녀의 모습에 수혁이 잡고 있던 서희의 발목 안쪽에 키스를 했다. 온몸에서 돋아나는 소름 때문에 서희의 몸이 떨렸다.

잠시 움직임을 멈춘 수혁이 그녀를 돌려 바로 눕혔다. 그리고 다시 서희에게로 들어갔다.

"아, 아, 오빠!"

"헉, 헉."

손을 뻗어 그의 목을 감싼 서희가 수혁에게 매달렸다. 상체를 숙여 그녀에게 키스를 하는 수혁의 허리 움직임이 더욱 빨라졌다.

"악! 오, 오빠!"

숨을 쉴 수 없을 만큼 세게 수혁을 끌어안으며 서희가 절정에 도달했다. 땀에 젖은 서희의 머리를 쓸어 주며 수혁도 잠시 숨을 골랐다.

"알면 알수록 최서희가 마녀란 말이지."

"정말요?"

그의 말에 서희가 웃으며 물었다. 그러자 아직 끝을 보지 못한 수혁의 중심이 다시 자극을 받아 그가 신음 소리를 냈다.

"음. 빨리 끝내고 재우려고 했는데 최서희가 자꾸 자극하네?"

"내가 언제요?"

당치도 않다는 듯이 서희가 고개를 흔들었다. 그녀가 움직일 때마다 자극이 오자 수혁이 몸을 일으켜 세웠다. 그리고 서희의 허리를 잡고 다시 움직이기 시작했다.

"오, 오빠 끝난 거 아니었어요?"

"얘기했잖아. 난 아직 멀었고, 넌 오늘 못 자."

그녀와 함께 절정을 맛보기 위해 수혁의 움직임이 빨라졌다. 좀 전에 맛본 쾌락이 사라지기도 전에 수혁이 다시 움직이자 서희의 몸은 또다시 흥분으로 들떴다.

"아, 오, 오빠."

다시 그가 이끄는 대로 절정을 향해 가는 서희는 거의 울부짖었다. 그렇게 한참을 움직이던 수혁이 갑자기 움직임을 멈추었다.

"윽."

그리고 그녀의 안에 자신을 온전히 쏟아 내었다. 그런 수혁의 땀에 젖은 등을 서희가 손으로 쓸어내렸다.

"하아."

"사랑한다. 최서희."

"사랑해요. 오빠."

그녀의 대답에 수혁이 서희의 입술을 찾았다. 길고 긴 키스가 이어지고 수혁은 서희와 할아버지가 원하시는 손자를 만들기 위해 또다시 그녀를 가졌다.

감긴 눈 위로 느껴지는 따뜻한 햇살에 감겨 있던 서희의 눈이 서서히 떠졌다. 등 뒤에서 느껴지는 따뜻한 온기에 뒤를 돌아보니 수혁이 자신을 꼭 안은 채 아직 잠들어 있었다.

자신의 가슴을 가로질러 놓여 있는 팔을 살짝 들어 한쪽으로 치운 서희가 조심스럽게 침대에서 일어났다. 가이드 없이 하기로 한 신혼여행이라 시간에 쫓기는 일이 없어 모처럼 만의 여유로운 아침이었다.

자고 있는 그를 한 번 돌아본 뒤 서희는 욕실로 향했다. 지난 밤 수혁이 얼마나 열정적으로 그녀를 가졌는지 온몸이 뻐근하고 나른했다. 하지만 서희는 서둘러 샤워를 했다. 그리고 옷을 입고 수혁을 깨울까 봐 조심스럽게 방을 나와 어제 나갔던 바닷가로 향했다.

노을이 물들던 어제와는 달리 아침햇살이 바다 위에서 반짝이는 모습에 서희의 눈이 다시 커졌다.

"우와! 진짜 예쁘다."

TV에서나 보던 에메랄드빛 바다가 눈이 부시도록 반짝이는 모습을 서희는 한동안 넋을 잃고 바라봤다. 난생처음 보는 광경에 서희는 한동안 입을 다물지 못했다.

[안녕하세요?]

언제 다가온 것인지 한 외국인 남자가 서희에게 인사를 해 왔다.

[네, 안녕하세요?]

눈앞에 펼쳐진 광경 때문일까, 서희는 처음 보는 사람이 인사를 해 왔음에도 스스럼없이 대답을 했다.

[바다가 너무 아름답죠?]

[네. 너무 아름답네요.]

[여행 오셨나 봐요?]

[네. 신혼여행 왔어요.]

[허니문?]

[네.]

그녀의 말에 믿을 수 없다는 표정으로 남자가 말을 이었다.

[설마요. 남편께서 이렇게 아름다운 신부를 혼자 내보낸단 말이에요?]

[정말이에요. 자고 있는 사이에 나온 거예요. 바다가 너무 예뻐

서요.]

[에이. 거짓말하시는 거죠? 저랑 차 한 잔 하시는 게 어때요? 전 혼자 여행 왔거든요. 처음 해변으로 나올 때부터 계속 보고 있었어요.]

남자가 치근대자 서희가 미간을 찌푸리며 불쾌한 기색을 내비쳤다.

[아뇨. 진짜 결혼했고 허니문 왔어요.]

수혁 없이 혼자 바다로 나온 것을 후회하며 서희가 서둘러 발길을 돌렸다. 그런 서희의 팔목을 남자가 잡았다.

[저 이상한 사람 아니에요. 그쪽이 정말 마음에 들어서⋯⋯.]

[죄송하지만 그 손 놔주시겠습니까?]

그때 그녀를 붙잡는 남자의 말을 자르는 여자의 목소리가 들렸다.

[죄송하지만 그분 손 놓으십시오.]

어디서 나타났는지 작고 다부진 체격의 여자가 서희와 남자 사이를 막았다. 그리고 서희에게 깍듯하게 인사를 했다.

"안녕하십니까, 사모님. 경호팀의 김서라입니다."

그리고 다시 남자에게 돌아섰다.

[이분 결혼하신 분 맞습니다. 그리고 전 이분의 남편이 고용한 경호원입니다.]

그녀의 말에 남자가 잡았던 손을 놓았다.

[죄송합니다. 전 거짓말인 줄 알았습니다.]

그의 사과에 서희가 대답했다.

[괜찮습니다. 그럼 즐거운 여행 되세요.]

멋쩍은 듯 머리를 긁적이며 자리를 뜨는 남자를 보며 서희가 말했다.

"갑시다. 김서라 씨."

"네, 사모님."

서라의 경호를 받으며 서희는 호텔로 향했다. 그러면서 서라에게 물었다.

"그런데 서울에서부터 같이 온 거예요?"

"네. 사모님."

"그런데 전 왜 몰랐을까요?"

"회장님이 아니라 큰회장님의 지시셨습니다."

"할아버님요?"

"네. 그 이상의 자세한 사항은 저도 모릅니다."

경호원의 말에 서희는 더 이상 질문을 하지 않고 호텔로 들어갔다. 그녀가 엘리베이터에 오르는 것을 본 뒤에야 서라는 자신의 자리로 돌아갔다.

자신의 방이 있는 맨 꼭대기 층에 도착하니 수혁이 문에 기대어 기다리고 있었다.

"깼어요?"

"마녀가 출타하셨다가 봉변을 당했다는 소식을 듣고 기다리고 있던 중이지."

그녀가 룸 안으로 들어서자 수혁이 문을 닫고 뒤따라갔다.

"오빠도 알고 있었어요?"

"뭐? 경호원?"

"네."

"아니. 정확하게 말하면 할아버지가 말씀하신 거 나는 싫다고 했는데 따라올 줄 몰랐어."

수혁은 몰랐다는 말에 서희가 되물었다.

"왜 그러셨을까요?"

"난 알겠는데?"

파우치 룸에 서서 서희가 카디건을 벗는 것을 바라보며 수혁이 물었다.

"혜아 씨가 집으로 전화했다잖아. 아마 걱정이 되셔서 보내신 거겠지."

수혁의 말에 서희가 고개를 끄덕였다.

"하긴 저도 아직 혜아가 보낸 편지 못 믿겠어요."

서희는 바지를 벗으려다 말고 수혁을 쳐다봤다.

"저 옷 갈아입잖아요. 안 나갈 거예요?"

"뭐 어때? 이제 부분데."

수혁이 대답을 하며 품 안에 서희를 안았다. 그리고 팔을 앞으로 뻗어 서희의 바지 버클을 풀었다.

"그 외국 놈이 뭐래?"

"외국 놈이 뭐예요?"

서희가 거울 속으로 수혁의 행동을 보며 말했다.

"그럼 외국 놈이지, 한국 놈이야?"

버클을 푼 바지를 벗기며 수혁이 말했다.

"할아버지가 사람 안 붙였으면 큰일 날 뻔했잖아."

"그러게요."

"이제 혼자 다니지 마."

수혁의 걱정스런 목소리에 서희가 미안해하며 대답했다.

"알았어요. 어제 못 본 바다가 보고 싶었어요."

"아침 먹고 수영장에 나가자."

"네."

말을 하며 수혁이 서희의 윗도리도 벗겼다. 어젯밤 그가 얼마나 물고 빨았는지 하얀 피부 위로 울긋불긋 꽃이 피어 있었다. 그가 혀로 서희의 귀를 애무하자 그녀의 입에서 한숨 소리가 나왔다.

"하, 수영복 어떻게 입어요?"

"내가 알아서 할게. 걱정하지 마."

그녀를 거울 앞 테이블을 짚고 엎드리게 한 수혁이 무릎을 꿇고 앉았다. 그리고 서희의 팬티를 벗긴 뒤, 엉덩이에 얼굴을 묻었다.

"헉!"

놀란 그녀가 비명을 질렀다. 수혁은 거기에 아랑곳없이 그녀의 엉덩이에 얼굴을 묻었다.

"오, 오빠."

수혁이 양손으로 엉덩이를 벌리고 본격적으로 그녀를 맛보기 시작했다.

"하앙, 하앙, 오, 오빠."

함께 살고부터는 욕심나는 대로 마음껏 그녀를 가지지만 매번 서희에게 목이 마르니 수혁도 이 갈증을 어떻게 풀어야 할지 막막했다.

그녀의 꽃잎이 젖어 오자 수혁이 일어나 서둘러 잠옷 바지를 벗었다. 그리고 천천히 그녀의 안으로 들어갔다.

"아!"

"흑!"

두 사람의 입에서 동시에 신음 소리가 났다. 부드러운 곡선으로 유연하게 휜 서희의 허리를 붙잡고 수혁이 천천히 움직이기 시작했다.

"아, 아."

긴 머리를 폭포처럼 늘어트린 채 서희는 수혁이 밀고 들어오는 대로 몸을 움직였다.

"오, 오빠!"

힘차게 밀고 들어오는 그의 힘을 견딜 수가 없어 서희는 상체를 숙여 아예 테이블 위에 엎드렸다. 그리고 팔꿈치로 몸을 지탱했다.

그 모습을 보던 수혁이 팔을 앞으로 뻗어 엎드려 있는 서희의 상체를 세웠다. 거울 속에 비치는 자신의 모습을 똑바로 쳐다볼 자신이 없어 서희는 눈을 감았다. 수혁은 그런 서희의 귓불을 애무하며 더욱 세게 치고 들어갔다.

"항, 항, 오, 오빠."

사랑을 나누는 자세가 달라서일까, 서희는 평소보다 빨리 절정이 다가옴을 느꼈다. 자신의 가슴을 만지는 수혁의 팔을 부여잡았다. 그때 열심히 움직이던 수혁이 갑자기 움직임을 멈추었다. 그리고 그녀에게서 빠져나갔다.

"아!"

이미 커질 대로 커진 그의 중심이 자신의 꽃잎을 쓸고 나가자 서희가 신음을 뱉었다.

"하아, 하아."

숨을 고르는 서희를 돌려세운 수혁이 그녀를 안아 선반에 앉혔다. 그리고 서희의 가슴 끝을 물었다.

"하앙."

그가 있는 힘껏 가슴을 빨아들이자 서희의 허리가 휘었다. 그리고 양손으로 그의 머리를 잡았다. 입으로는 여전히 가슴을 빨며 수혁이 다시 그녀 안으로 천천히 들어갔다.

"헉!"

그리고 젖어 있는 그녀의 꽃잎을 찢어 놓을 것처럼 세게 움직였다.

"하악. 서희야."

"오, 오빠. 헉! 사, 사랑해요."

"나도 사랑해."

말을 마친 그가 마지막을 위해 열심히 움직였다. 서희는 신음 소리도 내지 못한 채 가쁜 숨만 내쉬었다.

"악!"

숨만 내쉬던 서희가 갑자기 비명을 지르며 그에게 매달렸다. 그리고 온몸에 경련을 일으켰다. 평소보다 훨씬 큰 절정에 서희는 자신의 몸임에도 불구하고 마음대로 움직일 수가 없었다. 그런 서희를 가슴에 안고 수혁도 뒤이어 절정에 도달했다. 그리고 여전히 몸을 떨고 있는 서희의 이마에 입맞춤을 했다.

"좋았어?"

그의 말에 서희의 얼굴이 더 붉어졌다.

"창피하니깐 그런 거 묻지 마요."

"왜? 뭐가 창피해?"

"몰라요."

그의 얼굴을 보기 부끄러워 서희가 수혁의 어깨에 얼굴을 묻었다.

"하하하."

수혁이 크게 웃으며 서희를 품 안에 꼭 안았다. 그리고 서희를 안아 들고 욕실로 향했다. 좀 전에 서라에게 전화를 받은 후 욕조에 받아 놓은 물에 서희를 안고 들어갔다.

"음."

발끝부터 따뜻하게 온몸을 감싸 오는 물에 서희의 입에서 나른한 신음 소리가 났다.

수혁이 욕조에 기대어 앉자 서희는 자연스럽게 수혁에게 기대게 되었다.

따뜻한 물속에서 수혁이 그녀의 등을 쓰다듬자 서희는 온몸이 나른해지는 것 같았다. 아기 코알라처럼 자신에게 꼭 매달려 있는 서희의 머리를 쓰다듬으며 수혁이 말했다.

"아침 먹고 수영하러 가자."

수혁의 말에 서희가 고개를 끄덕였다. 하지만 평소보다 격렬하게 사랑을 나눈 탓에 서희의 몸은 나른하게 늘어졌다.

"오빠, 시간이 얼마나 됐어요?"

그녀의 말에 수혁이 고개를 돌려 욕실 문 밖으로 보이는 시계를 봤다.

"10시 다 되어 가네. 왜?"

"우리 조금만 누웠다가 나가요."

"쿡쿡. 많이 피곤해?"

"네."

그의 목을 끌어안으며 서희가 코맹맹이 소리를 내자 수혁이 다시 웃었다.

"하하. 그래 좀 쉬었다가 나가자."

그날 점심시간이 돼서야 서희와 수혁은 수영장으로 향했다.

17장

　여유롭고 행복한 신혼여행을 마치고 돌아온 두 사람은 밀린 일을 처리하느라 정신이 없었다. 연일 계속되는 회의와 모임으로 수혁도 몹시 피곤했다. 늦은 밤 퇴근을 하고 집으로 돌아가면 언제나 서희가 먼저 잠들어 있어 그녀와 함께 느긋한 시간을 보낸 게 언제였는지 기억도 가물가물했다.

　"오빠 일어나요."

　출근 준비를 해야 할 시간이 되었는데 아직 잠에 취해서 일어나지 못하는 수혁을 서희가 흔들었다.

　"네? 늦어요. 일어나요."

　"음, 몇 시야?"

　"6시 30분이에요."

　"그래?"

　"네."

회사와 집이 가깝기는 해도 아침을 챙겨 먹고 여유롭게 움직이려면 지금 일어나야 했다. 하지만 눈꺼풀은 천근만근이라 수혁이 돌아누우며 말했다.

"아, 출근하기 싫다."

그런 수혁이 안쓰러워 서희는 침대에 걸터앉았다. 그리고 손으로 그의 머리를 쓸어 넘겼다.

"피곤하죠?"

"응. 피곤해."

대답을 하며 수혁이 서희의 허벅지를 베개 대신 베었다.

"이틀만 더 일하면 주말이에요. 이번에는 골프 약속도 없어요. 조금만 더 고생해요."

"오늘 오전 스케줄이 어떻게 돼?"

"오전요?"

"응."

서희의 허리를 감싸 안으며 수혁이 말했다.

"10시에 기획팀하고 회의 있어요."

"결재서류는?"

"오늘은 급한 건 없어요."

서희의 대답에 수혁이 그녀의 치마를 밀어 올렸다.

"오, 오빠 뭐해요?"

하지만 수혁은 그녀의 말은 들은 체도 하지 않고, 그녀를 뒤로 밀었다.

"출, 출근 안 해요?"

"해야지 회의 전에만 들어가면 되잖아."

서희를 자신의 아래로 끌어다 눕힌 수혁이 침대 옆 탁자에 있는 휴대폰을 들었다. 그리고 서희에게 건넸다.

"박 대리한테 전화해 나 몸살 기운이 있는 것 같아서 좀 늦게 출근한다고."

말을 마친 수혁이 셔츠를 밀어 올려 그녀의 가슴을 물었다.

"헉, 오, 오빠."

"얼른 전화해."

그의 입술이 움직일 때마다 가슴 끝에서 올라오는 쾌감에 서희의 온몸이 떨렸다. 손으로 그의 머리를 밀어냈지만 수혁은 좀처럼 떨어질 생각을 하지 않았다. 하는 수 없이 서희가 박 대리에게 전화를 걸었다.

— 여보세요?

"박 대리님."

— 네, 실장님. 이른 시간에 어쩐 일이십니까?

필요한 것이 있거나 지시할 일이 있으면 하루 전날 미리 일러 주는 편이어서 박 비서는 아침 일찍 걸려 온 서희의 전화에 놀랐다.

"회장님께서 몸살 기운이 좀 있으신 것 같아요."

— 네? 병원에 가야……

수혁이 아프다는 말에 놀란 박 비서가 머릿속으로 병원 번호를 떠올렸다.

"아뇨. 집에 있는 약을 먹긴 했어요. 좀 더 누워 있다가 출근해야 할 것 같아요."

병원에 가야 하는 것 아니냐는 박 비서의 말을 서희가 급하게 끊었다. 혹여 꾀병인 것이 들통 날까 걱정이 되었던 것이다.

- 네, 크게 아프신 건 아니죠?

"네. 오전 회의 전에는 출근하실 거예요."

- 네. 그렇게 하십시오. 그럼 실장님도 그때 같이 출근하시는 겁니까?

"아무래도 그렇게 해야 할 것 같아요."

- 네, 알겠습니다.

전화를 끊은 서희는 가슴을 쓸어내렸다. 그리고 수혁을 째려봤다. 하지만 그런 서희의 눈빛은 아랑곳없이 전화를 끊는 것을 본 수혁은 곧장 그녀에게 달려들었다. 수혁의 잔꾀에 서희는 웃음이 났지만 자신을 안아 오는 수혁을 마주 안았다.

"회장님이 회사일은 뒷전이고 이러면 안 되죠."

"난 가정의 평화가 먼저라서."

그날 아침 수혁과 서희에게 새 식구가 찾아온 것은 아무도 몰랐다.

"실장님!"

서희는 민경이 부르는 소리에 잠이 깼다.

"응?"

"피곤하세요?"

"왜?"

민경의 말뜻을 이해 못한 서희가 다시 물었다.

"조셨어요."

"내가? 또?"

"네. 요즘 많이 피곤하신가 봐요."

"그러게. 정신을 못 차리겠네."

최근 들어 나른하고 자꾸 잠이 쏟아져 서희도 당황스러웠다.

"아주머니가 계셔도 집안 살림 하고 회사 일까지 하시려니 힘들어서 그런가 봐요."

"아무래도 그런가 봐."

찌뿌둥한 몸을 쭉 펴서 기지개를 편 서희가 말했다.

"나 잠도 깰 겸 커피 마실 건데 마실 사람?"

서희의 말에 제희가 벌떡 일어났다.

"제가 가져올게요."

제희가 준비실로 들어가자 서희가 자리에서 일어났다. 양손을 위로 쭉 뻗어 스트레칭을 하며 맞은편에 있는 거울을 봤다. 몸이 노곤한 느낌 때문인지 살이 다시 찐 것 같기도 하고, 거울 속에 비치는 자신의 모습이 좀 부어 보이기도 했다.

"민경 씨."

"네, 실장님."

"나 요즘 다시 살찐 것 같지 않아?"

"좀 부으신 것 같아요."

"그렇지?"

"네."

"실장님 다시 다이어트 하시게요?"

"글쎄 모르겠어. 해야 하지 않을까?"

"지금도 괜찮으세요."

제희가 커피를 책상 위에 얹어 놓으며 말했다.

"그래?"

옆구리에 손을 얹고 요리조리 거울에 자신의 모습을 비춰 봤다.
그리고 제희가 가져다준 커피 잔을 들었다.

"욱!"

잔을 입에 대자 확 치밀고 올라오는 구역질에 서희가 들고 있던
잔을 놓쳤다.

쨍그랑.

잔이 바닥으로 떨어져 요란한 소리를 내며 깨졌다.

"어머, 실장님! 괜찮으세요?"

"욱, 욱."

계속 치밀어 오르는 구역질에 서희가 서둘러 화장실로 향했다.

비서실에서 들리는 웅성거림에 수혁이 밖으로 나왔다.

"무슨 일입니까?"

"실장님이 몸이 안 좋으신가 봐요. 구역질을 하면서 화장실로 가
셨어요."

"그래요?"

"네."

제희의 말에 수혁이 서둘러 화장실로 향했다. 여자 화장실이라
안으로 들어가지는 못하고 밖에서 서희를 불렀다.

"서희야! 괜찮아?"

"……."

"서희야!"

"괜찮아요."

힘들게 대답하는 서희의 목소리에 수혁이 다시 물었다.

"괜찮아? 체한 거 아냐?"

355

세면대에 물 떨어지는 소리가 나더니 서희가 하얘진 얼굴로 밖으로 나왔다.

"괜찮아요. 오빠 말대로 체한 것 같으니 약 먹으면 될 것 같아요."

"그래? 다행이다. 얼마나 놀랐는지 몰라."

"괜찮아요."

"집에 먼저 들어가. 가서 쉬어."

서희를 부축해 사무실로 가면서 수혁이 말했다.

"아니에요. 퇴근 시간도 얼마 안 남았는데요, 뭘."

"아냐. 너 이러고 있으면 내가 신경 쓰여서 일 안 돼. 그러니깐 들어가."

수혁의 단호한 말에 서희는 하는 수 없이 가방을 챙겼다.

"실장님 들어가시게요?"

"응. 아무래도 체한 것 같아."

얼굴이 창백한 서희를 보고 민경이 걱정이 가득한 목소리로 물었다.

"가서 쉬세요."

"응. 내일 봐."

"네."

자리에서 가방을 챙긴 서희가 퇴근을 서둘렀다.

몸이 안 좋아 헛구역까지 해 소화제를 사 들고 집으로 돌아왔다. 생각하지도 못한 시간에 서희가 집에 돌아오자 놀란 도우미가 현관으로 나왔다.

"이렇게 일찍 어쩐 일이세요?"

"체했나 봐요. 속이 별로 안 좋아서요."

놀라서 물어보는 도우미에게 대답을 하며 서희가 거실로 향했다.

"어떡해요? 병원에는 가셨어요?"

"아뇨. 약 사 왔어요."

"그럼 물 가져다 드릴게요."

주방으로 향하는 도우미를 보며 서희가 소파에 가방을 내려놓았다. 그때 주머니에서 핸드폰이 울렸다.

이름을 확인해 보니 외숙모였다. 서희는 힘없는 손가락을 움직여 통화 버튼을 눌렀다.

"여보세요?"

– 서희니?

"네. 외숙모. 잘 지내시죠?"

– 우리야 잘 지내. 넌 어떠니?

"저도 잘 지내요."

– 그래. 퇴근했니?

"네. 지금 막 집으로 들어 왔어요."

– ……서희야.

"네, 말씀하세요."

퇴근한 그녀를 보고 안아 달라며 보채는 행복이를 품에 안고 서희가 소파에 앉았다. 평소보다 일찍 퇴근한 서희가 마냥 반가워 행복이는 얼굴을 핥고 난리였다. 그런 행복이의 등을 쓰다듬으며 서희가 말했다.

전화를 한 외숙모가 선뜻 말을 못 꺼내자 서희가 물었다.

"무슨 일인데 그러세요."

- 그게, 할머니가 꿈을 꾸셨는데 아무래도 네 태몽인 것 같다고 하셔서.

"태몽이요?"

- 응. 그래 태몽. 큰 용이 똬리를 틀고 앉아 있다가 서희 너한테 확 달려가 안기는 꿈을 꾸셨대. 요즘 너 몸이 이상하거나 그러지 않아?

"글쎄요. 잘 모르겠는데요."

- 그래? 나도 임신을 해 본 적이 없어서 뭐라고 물어봐야 할지 모르겠네. 있어 봐. 할머니 바꿔 줄게.

외숙모의 말이 끝나고 잠시 뒤, 외할머니가 전화를 받았다.

- 서희냐?

"네, 할머니. 잘 계셨죠?"

- 그래. 우리 걱정은 말고, 너 몸은 괜찮아?

"네. 괜찮아요."

이제는 배를 만져 달라며 벌러덩 누운 행복이의 배를 살살 만져 주며 서희가 대답했다.

- 괜찮다고만 하지 말고 잘 생각해 봐 처음에는 다들 모르고 넘어가.

아무리 생각해도 별다른 것이 없어 서희가 대답했다.

"모르겠어요."

- 음, 요즘에 잠이 자주 온다든지, 체한 것처럼 속이 안 좋고 그렇지 않아? 달거리는 언제 했어?

할머니의 말씀을 듣고 보니 요즘의 자신의 증세와 같아 서희가 대답했다.

"요즘 좀 그렇긴 한데 날씨가 더워지려고 그런 거 아니에요?"

그러면서 소파에서 일어나 안방으로 들어갔다. 화장대에 놓인 달력을 넘기며 날짜를 세기 시작했다.

- 아이고. 태몽이 맞네, 맞어. 서희야 약 함부로 먹으면 안 된다. 혹시 애가 든 거면 큰일 나. 알았지? 너 살도 좀 오르지 않았어?

"할머니, 어떻게 아셨어요? 그리고 지난달에 생리가 없었어요."

- 맞네. 너 아무래도 태기가 맞는 거 같다. 임 서방은?

서희는 할머니가 하시는 말씀을 도통 알아들을 수가 없었다.

"할머니 진짜 아기예요?"

- 내 생각에는 그렇구나. 임 서방하고 같이 있는 거야?

"아뇨. 체기가 있어서 먼저 집에 들어왔어요."

- 그래? 그럼 늦기 전에 병원 가 봐. 아니다. 시간이 병원 끝날 시간이네. 그 머시기냐 요즘에 약국에서 파는 거 있다며. 그거 사다가 한번 해 봐. 장하다 내 새끼. 내 나중에 다시 전화하마. 얼른 약국부터 다녀와.

할머니와 전화를 끊고 나서도 서희는 한동안 멍하게 앉아 있었다. 그리고 정신을 차려 달력을 다시 한 번 더 확인을 했다. 바쁘고 피곤해서 생리를 신경 못 쓰고 있었는데 할머니의 전화를 받고 보니 한 달을 건너뛰어 있었다. 다리에 몸을 비벼 오는 행복이를 품에 안고 서희가 수혁에게 전화를 했다.

- 응, 서희야. 집에 도착했어?

"저기, 오빠."

- 왜? 계속 속이 안 좋아?

"아니 외할머니가 전화를 하셨는데요."

- 응, 그래. 요즘 괜찮으시대?

"네. 그런데요……."

- 응, 말해.

"제 태몽을 꾸셨대요."

- 태몽?

"네."

서희의 입에서 태몽이라는 말이 나오자 수혁이 흥분해서 물었다.

- 그래? 넌 어떤 것 같아?

"할머니 말씀이 맞는 거 같기도 하고, 아닌 것 같기도 하고."

- 그래? 있어 봐. 내가 약국에 들렀다 갈게.

수혁과 전화를 끊은 뒤 서희는 옷을 갈아입었다. 그리고 화장대
에 서서 거울에 몸을 비춰 봤다. 할머니 말씀을 듣고 보니, 임신을
한 것 같기도 하고, 아닌 것 같기도 했다. 그렇게 거울에 자신의 모
습을 비춰 볼 때, 현관문이 열리는 소리가 났다.

"서희야!"

수혁이 흥분된 목소리로 그녀를 불렀다.

"오빠 왔어요?"

서희가 거실로 나가자 행복이도 같이 뛰어나가 수혁에게 매달렸
다. 그런 행복이를 안고 수혁이 그녀에게 약국 봉투를 내밀었다.

"서희야 이거, 임신 테스트기야. 원래 아침에 잘 나온다고 하는
데 요즘에는 워낙 잘 나와서 지금 해도 알 수 있대."

"정말 사온 거예요?"

"그래. 해 봐, 얼른."

행복이를 쓰다듬으며 수혁이 서희를 밀었다. 그에게서 봉투를 받아 든 서희가 주뼛거리며 화장실로 향하자 수혁이 행복이를 소파에 내려놓고 재킷을 벗었다. 그리고 매달리는 행복이를 다시 품에 안고 안방 욕실 앞으로 갔다.

"서희야, 어떻게 됐어?"

"……."

안에서 대답이 없자 수혁은 속이 탔다.

"서희야. 임신 아니어도 돼. 얼른 나와."

계속되는 수혁의 재촉에 서희가 고개를 숙인 채 화장실 문을 열고 나왔다.

"어떻게 됐어?"

수혁의 말에 서희가 고개를 들었다. 눈물범벅인 서희의 모습에 수혁이 놀라 행복이를 바닥에 내려놓았다.

"왜 그래? 아기 아니야? 결혼한 지 아직 일 년도 안 됐어. 천천히 가지면 돼."

서희를 품에 안고 수혁이 등을 두드렸다.

"흐흐흑, 오빠."

"그래. 괜찮아."

괜히 자신이 설레발친 것 같아 수혁은 미안했다.

"오, 오빠."

"그래. 왜, 배고파? 아직 저녁 안 먹었지?"

"낑낑."

서희가 울자 행복이도 불안한지 낑낑대며 두 사람 주위를 맴돌았다.

"오빠. 김 박사님한테 전화해 줘요."

"왜? 계속 속이 안 좋아?"

안고 있던 서희를 놓고 수혁이 주머니에서 핸드폰을 꺼냈다.

"오빠. 산부인과로 예약해야 돼요."

"그래. 산부인과……. 뭐? 산부인과?"

"네."

수혁이 놀라 서희를 쳐다봤다.

"아무래도 우리 아기 생긴 것 같아요."

"뭐? 하하하. 정말?"

"병원 가 봐야 알겠지만 일단은 테스트기에 두 줄이 나왔어요."

"우와. 하하하! 사랑한다. 최서희!"

수혁이 서희를 다시 품에 안고 힘줘 안았다.

"고맙다, 서희야. 고마워. 그리고 정말 사랑해."

두 사람 모두가 형제 없이 혼자 커 온 터라 아기 소식에 수혁은 날아갈 것 같았다. 서희를 다시 힘줘서 안은 뒤, 수혁은 김 박사에게 전화를 했다.

"박사님 저 수혁이입니다."

- 그래. 잘 지내지?

"네."

- 어쩐 일이냐?

"매번 죄송한데 내일 서희 예약 좀 해 주셔야겠어요."

- 그리 어려운 일도 아닌데 뭘 죄송해. 이럴 때 써먹으라고 주치의가 있는 거 아니냐? 그런데 서희가 어디가 안 좋아?

서희의 예약을 부탁하자 김 박사가 걱정이 가득한 목소리로 물었다.

"하하하. 박사님 할아버지 되십니다."

– 뭐야? 서희가 임신한 거야?

"네. 하하하. 박사님 저 아빠가 된답니다."

– 축하한다. 하하하.

"테스트기 했는데 두 줄이래요."

– 그럼 확실하지. 요즘에 잘 만들어서 거의 100%라고 보면 돼. 축하한다, 수혁아.

"감사합니다. 박사님."

– 큰회장님은 아시고?

"이제 연락 드려야죠."

– 그래. 내 얼른 예약하마. 전화부터 드려.

"네."

김 박사와의 전화를 끊은 수혁이 다시 서희를 꼭 안았다. 그리고 본가에 전화를 했다.

– 여보세요.

짧은 신호음 끝에 전화를 받은 것은 황 여사였다.

"할머니 저 수혁이입니다."

– 그래. 퇴근했어?

"네. 지금 집이에요."

– 고생하는구나. 오늘은 퇴근이 빨랐네?

"집에 일이 좀 있어서요."

– 왜? 안 좋은 일이야? 둘 중에 누가 아픈 거야?

일이 있다는 소리에 황 여사가 걱정스러운 목소리로 물었다.

"할머니."

― 그래. 부르지만 말고 얘기를 해 봐.

"저 아빠 된답니다."

― 뭐야? 정말이야?

"네. 정확한 건 내일 병원 가 봐야 알겠지만 김 박사님도 테스트기에 두 줄이면 거의 확실하다고 하셨어요."

― 아이고. 고생했다. 고생했어. 여보, 서희가 아기 가졌대요.

임 회장도 옆에 있는지 황 여사가 수화기에서 떨어지지 않은 채 말을 전하는 것이 들렸다. 그러자 잠깐 소란이 일더니 임 회장의 목소리가 날아들었다.

― 정말이야? 수혁아, 새아기 임신했어?

"네. 할아버지."

― 장하다! 허허허. 장해.

두 분 모두 기뻐하시자 수혁의 어깨가 으쓱해졌다.

― 서희 몸은 괜찮고?

"네. 삼척 할머님이 태몽을 꾸셨대요. 그래서 저희도 혹시나 하고 약국에 다녀온 거고요."

― 그래? 사돈께서 태몽을 꾸셨어?

"네. 안 그래도 서희가 요즘 계속 깜박 졸고, 오늘은 헛구역질까지 하더라고요."

― 처음이라 잘 몰랐던 게지. 아무튼 축하한다. 내일 병원 갔다가 집으로 들르거라. 네 할머니 서희 좋아하는 거 해 놓고 기다리신단다. 사돈댁에도 전화해 드리고.

"네. 그럼 전화 끊어요, 할아버지."

– 오냐. 서희 잘 챙겨.

"네."

전화를 끊은 수혁에게 서희가 물었다.

"뭐라고 하세요?"

"좋아하시지. 너 내일 병원 갔다가 집으로 들르래. 맛있는 거 해놓고 기다리신대. 잠깐만. 삼척에도 전화 드려야지 할머니 궁금해하시겠다."

수혁이 삼척에도 전화를 해 임신 소식을 알리자 두 분 모두 기뻐하셨다. 그리고 조만간 서울로 한 번 올라가마 약속까지 하시고 전화를 끊었다.

전화를 끊은 수혁이 서희를 다시 품에 꼭 안았다.

"정말 고마워, 서희야."

"이게 나 혼자서 돼는 일이에요? 고마워요. 나 엄마 만들어 줘서."

두 사람이 다정하게 안고 있는 모습에 샘이 난 것인지 행복이가 발밑에서 낑낑거렸다.

"하하하. 행복아, 언니 아기 가졌단다. 좋지?"

"멍, 멍."

수혁의 말을 알아들은 것인지 행복이가 꼬리까지 흔들며 짖었다.

"그래. 행복이도 좋대."

제멋대로 해석하는 수혁의 모습에 서희가 웃었다.

"축하합니다. 7주 되셨어요."

"감사합니다."

의사의 말에 수혁이 얼굴에 웃음이 떠나질 않았다. 그런 두 사람
의 모습에 마주 보고 앉아 있는 의사의 얼굴에도 미소가 지어졌다.

"첫 아기시죠?"

"네."

"초기에 조심하셔야 돼요. 다행히 검사 결과가 정상으로 나왔네
요. 하지만 철분제나 칼슘제 꼭 챙겨 드시고요. 뭐든지 골고루 잘
드시는 게 가장 좋지만 야채 종류는 꼭 챙겨 드세요. 산모분들 대
부분 변비가 와서 고생을 하시거든요."

"네. 감사합니다."

"나가시면서 산모 수첩 챙기시고요. 다음에 봬요."

"네. 수고하셨어요."

진료실에서 수혁과 서희가 나오자 김 박사가 기다리고 있었다.

"서희 고생했지?"

"아니에요, 박사님."

"이제 아기 엄마니깐 네 몸 더 잘 챙겨야 한다."

"네."

김 박사의 말에 서희가 수줍어하며 대답했다. 그 모습이 행복해
보여 김 박사도 덩달아 기분이 좋아졌다.

"이제 어디로 가니?"

김 박사의 질문에 수혁이 대답했다.

"본가로 가려고요. 할아버지 할머니 기다리셔서요."

"그래. 얼른들 가 봐. 난 회진 시간이 다 돼서 멀리 못 나간다."

"네. 고맙습니다."

로비를 가로질러 가는 두 사람의 모습에 김 박사의 입가에는 웃음이 떠나질 않았다.

서희와 수혁이 본가에 도착하자 부엌에서 진동하는 음식 냄새가 먼저 그들을 맞이했다. 마치 잔칫집 같은 느낌이었다.

"어서 와. 축하한다, 새아기."

"네. 할아버님."

"허허허."

서희의 임신 소식이 마냥 좋은 임 회장의 입가에도 웃음꽃이 떠나질 않았다.

"네 할머니 너 좋아하는 음식 하느라 온종일 정신없이 바빴어."

"네, 주방에 들어가 볼게요."

"그래라."

서희가 주방으로 들어가자 임 회장이 수혁을 보고 말했다.

"회사는 어떻게 하고?"

"오후에 들어가면 돼요."

"새아기는 일 계속한다고 하더냐?"

"당장 그만두면 저도 힘들고, 직원들도 힘들 것 같아서 천천히 하기로 했어요."

"조심해야 되는데 일이 너무 많아."

"그래서 직원 한 명 더 채용하려고 해요."

"그래. 잘 알아서 하겠지만, 새아기 몸부터 신경 써 알았지?"

"네. 걱정 마세요."

서희 덕분에 집 안에 웃음꽃이 떠나지 않는 것 같아 기분 좋은 임 회장이었다.

그 날, 모처럼 식구들이 모두 모여 점심 식사를 하는 내내 식탁에는 웃음꽃이 피었다. 그리고 때 이른 더위를 식혀 주듯 집 밖에는 선선한 바람이 불었다.

—fin

에필로그

　며칠째 내리는 눈으로 서희는 꼼짝없이 집 안에서만 생활을 하게 돼 갑갑했다. 그건 행복이도 같은지 옆에서 낑낑거렸다. 이젠 제법 부른 배를 쓰다듬으며 서희가 창밖을 보곤 중얼거렸다.

　"희망아. 눈이 그쳐야 병원에 갈 텐데 큰일이다. 그치?"

　그녀의 말에 대답이라도 하듯이 배 속에서 희망이가 움직였다.

　따르릉. 따르릉.

　요란하게 울리는 벨소리에 서희가 핸드폰을 집었다.

　"오빠."

　— 그래. 병원 갈 준비는 했어?

　"전 외투만 입으면 되는데 눈이 안 그쳐서 큰일이에요."

　— 그럼 일찍 서둘러, 천천히 가면 되지. 차 보낼 테니깐 먼저 가 있어. 난 좀 늦을 것 같아.

　특별히 출장이나 급한 회의가 아니면 항상 병원에 같이 가는 수혁이 오늘은 나중에 온다는 말에 서희가 대답했다.

"바쁘면 안 와도 돼요."

— 아니야. 결재할 게 몇 개 남았는데, 하나는 오늘 꼭 해야 하는 거라 기다리고 있어. 먼저 가 있어. 곧 뒤따라갈게.

"알았어요. 서두르지 말고 와요."

— 그래.

수혁과 전화를 끊은 서희는 서둘러 외출 준비를 했다. 서희가 나가는 것을 눈치챈 행복이가 같이 가자며 그녀의 발밑에서 빙빙 돌았다.

"행복아, 나중에 오빠 오면 나가자. 언니는 힘들어서 너 데리고 못 나가. 오빠 퇴근해서 오면 오늘은 산책시켜 달라고 하자. 그러고 목욕하면 되겠다."

머리를 쓰다듬으며 서희가 달래자 행복이의 꼬리가 축 처졌다.

따르릉, 따르릉.

그때 핸드폰이 또 울렸다. 얼른 거실로 걸어가 거실 테이블에 올려 뒀던 핸드폰을 집어 들었다.

"여보세요?"

— 사모님, 저 박 기사입니다.

"도착하셨어요?"

— 네.

"알았어요. 내려갈게요. 행복아, 언니 금방 다녀올게."

다시 한 번 머리를 쓰다듬어 준 서희는 집을 나가 박 기사가 운전하는 차를 타고 병원으로 향했다.

눈으로 인해 도로 위의 차들은 모두 거북이 걸음이었다. 일찍 서두른 탓에 늦지 않게 병원에 도착한 서희는 시간이 남아 병원 한쪽에 있는 카페에서 코코아를 한 잔 샀다. 임신하고 단 것을 엄청 먹어 대는 서희였다. 뜨거운 코코아를 들고 조심스럽게 진료실로 향할 때 누군가가 서희를 불렀다.

"야! 최서희."

서희는 목소리가 들리는 쪽으로 고개를 돌렸다. 거기에는 예전보다 훨씬 수수한 모습을 한 혜아가 서 있었다.

"어…… 안녕."

신혼여행 때 사과의 편지를 받았음에도 영 달가운 사람은 아닌지라 서희의 기분은 별로였다. 그 편지를 받고 반신반의했었는데 그 의심을 제대로 풀어 주지 않고 시간을 보냈더니 혜아에 대한 생각이 다시 예전으로 돌아가 버렸던 것이다. 자신에게 인사를 하는 서희를 아래위로 훑어보던 혜아가 말했다.

"임신했니?"

"응. 그런데 넌 병원에 어쩐 일이니?"

"꿩고기 먹었니? 덕분에 진료받는다고 했잖아. 너 진료 끝났니?"

"아니. 예약 시간 다 됐어."

"그래? 그럼 진료 끝나면 나랑 차 한 잔 마시자."

마치 친한 친구를 오랜만에 만난 것처럼 혜아의 행동에는 스스럼이 없었다. 기분이 나쁘면서도 얼떨떨한 서희는 약속을 하고 진료실로 향했다.

아기도 산모도 모두 건강하며 임신 후기이니 조심해야 한다는 의사의 말을 듣고 서희는 진료실에서 나왔다. 그리고 수혁에게 전화를 했다.

"오빠."

– 그래. 진료 끝났어? 병원에 거의 도착했는데.

"안 와도 된다니까요."

– 그래도 어떻게 그래. 희망이는 건강하대?

"네. 건강하대요."

– 다행이네.

"저기 오빠."

– 왜?

"혜아를 병원에서 만났는데요."

– 혜아 씨를?

"네. 차 한 잔 하자는데……."

– 거절하기 곤란해?

"네. 좀 그래요."

– 그럼 만나. 박 기사하고 같이 가.

"네."

– 최대한 빨리 갈게.

"알았어요."

전화를 끊은 서희는 약속했던 병원 안 카페로 향했다. 수혁이 전화를 한 것인지 카페 한쪽에 박 기사가 이미 와서 자리를 잡고 있었다. 아직 혜아가 오지 않은 것 같아 서희는 최대한 박 기사와 가까운 곳에 자리를 잡고 앉았다. 의자에 앉아서 잠시 기다리자 혜아가 카페 안으로 들어왔다.

"애! 너 뭐 마실래?"

"난 좀 전에 코코아 마셨는데."

"그래? 그럼 나만 먹으면 되겠네."

같이 차 한 잔 하자더니 자기가 먹을 커피만 사러 가는 혜아를 바라보는 서희는 어이가 없었다. 커피를 받아 들고 다시 테이블로 돌아오는 혜아를 보고 서희는 자세를 고쳐 앉았다.

"신혼 재미는 좋니?"

"응."

"남의 남자 빼앗아서 결혼했으면 잘 살아야지."

혜아의 말에 서희가 황당해 그녀를 쳐다봤다. 그런 서희의 얼굴을 본 혜아가 말했다.

"농담이야. 넌 농담하고 진담도 구분 못 하니?"

혜아의 말에 서희가 대답했다.

"그걸 농담으로 받아들일 사람이 몇이나 되겠어? 네가 오빠한테 들이댔다는 거 다 아는데."

혜아는 예전하고 다르게 꼬박꼬박 제 할 말 다 하는 서희가 신기하다는 듯이 쳐다봤다.

"너 예전하고 많이 달라졌다."

"당연하지. 나도 이제 엄만데."

서희가 자신의 부른 배를 만지며 말했다.

"배불뚝이를 해서는 뭐가 좋다고."

"김혜아!"

혜아의 말에 화가 난 서희가 소리를 질렀다.

"왜 소리를 지르고 그래? 그럼 네 배가 홀쭉해?"

"너!"

"너, 뭐?"

신혼여행 때 보낸 사과의 편지가 진심이었는지 의심스러워진 서희가 자리를 박차고 일어났다.

"너 미안하다고 편지는 왜 보냈니? 진심이기는 했어?"

두 사람의 목소리에 커피숍에 있던 사람들의 시선이 집중이 되었다. 다른 곳에 앉아 있던 박 기사가 자리에서 일어났다.

"최서희 너 많이 변했다. 어디서 소리를 질러? 수혁 씨랑 결혼하더니 눈에 보이는 게 없니?"

"네가 사람 열 뻗치게 하잖아."

임신했기 때문에 몸에 열이 많아 힘든 서희가 혜아 때문에 다시 열이 오르자 앞에 놓인 냉수를 벌컥벌컥 마셨다.

"부러워서 그런다. 부러워서. 난 무슨 벌레 보듯 하는 수혁 씨가 너라면 껌벅 죽는 게 부러워서 그래. 그래서 심통 좀 부렸어 왜? 안 돼니?"

혜아의 말에 서희가 기가 찬 표정으로 혜아를 바라봤다.

"아씨! 말해 놓고 보니깐 더 열 받네. 내가 너보다 못났기를 해. 아님 더 뚱뚱하기를 해. 왜 난 안 되냐고?"

좀처럼 목소리가 줄어들지 않자 박 기사가 서희에게 다가왔다.

"사모님, 흥분하시면 안 됩니다."

박 기사의 달래는 소리에 서희가 가방을 챙겨 들었다.

"가요. 박 기사님."

"최서희! 말하다 말고 어딜 가는 거야."

자리를 뜨려고 하는 서희에게 혜아가 다시 소리를 질렀다.

그런 혜아는 아랑곳하지 않고 박 기사가 서희의 가방을 받아 들려고 하자 언제 온 것인지 수혁이 그 가방을 받아 들었다.

"차에 시동 걸어요."

뒤늦게 수혁의 존재를 알아챈 박 기사가 서둘러 주차장으로 나갔다.

"오빠!"

"왜. 흥분하고 그래."

"혜아가 사람 열 뻗치게 하잖아요."

마치 아빠에게 친구가 괴롭혔다고 고자질하는 것 같은 모양새에 혜아가 기가 차다는 듯이 바라봤다.

씩씩거리는 서희의 등을 쓸어내리며 수혁이 말했다.

"우리가 잘 사는 모습에 혜아 씨가 부러워서 그러잖아. 그러니깐 흥분하지 마."

"……네?"

수혁의 말에 서희가 그를 바라봤다.

"수혁 씨는 바로 알아듣는데 넌 왜 이렇게 예민하게 구는 거니?"

뾰로통한 얼굴로 둘을 지켜보고 있던 혜아가 말했다.

"저희 먼저 가겠습니다."

수혁이 서희를 데리고 카페를 나오자 혜아가 다시 소리쳤다.

"야! 최서희 너, 잘 살아야 돼. 못 살기만 해 봐. 가만 안 둘 거야!"

그러고는 의자에 앉아 아무 일도 없었다는 듯 커피를 마시는 모습에 주위 사람들도 다시 자신들의 일에 집중하기 시작했다.

병원을 나서면서까지 씩씩거리는 서희를 차에 태워 집으로 돌아온 수혁이 참았던 웃음을 크게 터트렸다.

"하하하!"

아직 화가 덜 풀린 서희가 그런 수혁을 노려봤다.

"남은 화나서 죽겠는데 오빠는 왜 웃어요?"

서희의 눈빛에 수혁이 가까스로 웃음을 참았다.

"역시 혜아 씨야. 너 부러워서 약 올리는 거 모르겠어?"

"내가 부럽다구요?"

"그래. 마지막에 나오면서 하는 말 못 들었어?"

"뭔데요?"

수혁의 말대로 혜아의 말에 잔뜩 열 받은 서희는 그녀가 마지막에 하는 말을 듣지 못했다.

"잘 살라고 했잖아. 못 살면 가만히 안 둔다고."

수혁이 서희를 당겨 품에 안았다.

"아직도 모르겠어? 혜아 씨만의 방법으로 사과하는 거잖아."

"정말이에요?"

"그래. 편지 내용 기억 안 나? 그때도 사과하는 사람 말투였어? 남에게 미안함을 표현하는 게 서툴러서 그래. 그러니깐 그만 열 내."

등을 쓰다듬는 그에게 기대서 서희가 말했다.

"정말이죠?"

"그럼. 내가 언제 거짓말하는 거 봤어?"

"아까 배불뚝이라고 하는데 확 열 받는 거예요."

"뭐 어때. 우리 희망이 때문에 배부른 건데."

수혁의 말을 듣고 보니 혜아의 말에 예전 자신의 모습이 떠올라

과민반응을 보인 것 같아 약간 부끄러워지는 서희였다.

"씻고 저녁 먹자, 서희야. 나 배고파."

"내 정신 좀 봐. 얼른 씻어요."

혜아에게 정신이 팔려 수혁의 저녁을 생각 못 한 서희가 서둘러
그의 품에서 빠져나와 주방으로 향했다.

"아줌마, 우리 저녁 먹어요."

서희가 주방에 들어가는 모습을 본 수혁도 씻기 위해 안방으로
향했다.

저녁 식사 후, 따뜻한 물에 목욕을 하고 잠자리에 누운 서희의
다리를 수혁이 로션을 발라 마사지를 해 주고 있었다. 낮에 서희가
약속한 대로 수혁과 산책한 후, 목욕까지 한 행복이도 서희의 옆자
리에 자리를 잡았다.

자신을 쓰다듬어 달라는 행복이의 애교에 서희가 행복이의 배를
만져 줬다.

기분이 좋은지 발라당 누운 행복이가 꼬리를 흔들었다.

"그나저나 희망이 태어나고 나면 행복이는 잠시 할머니 댁에 맡
겨야 하지 않을까?"

"저도 그게 걱정이긴 한데, 인터넷 보니깐 같이 키우는 게 아기
면역력에는 더 좋대요."

"그래? 옛날에는 털 날린다고 안 좋다고 했잖아."

"예방접종을 사람보다 더 잘하는데 크게 걱정 안 해도 될 것 같
아요. 어차피 희망이 나오고 나면 한 달 정도는 산후조리원에 있을
건데 괜찮을 것 같아요."

"그래 그럼. 요 녀석이 희망이하고 친하게 지내야 할 텐데."

"행복이가 착해서 희망이하고 잘 지낼 거예요. 그치, 행복아."

"멍, 멍."

"봐요. 잘 지낸다잖아요."

그녀의 말에 수혁이 웃었다.

"하하하. 그래 행복이가 착해서 잘 지낼 거야."

수혁의 칭찬에 행복이가 꼬리를 더욱 힘차게 흔들었다.

"깨갱. 끼끼."

아침부터 들리는 행복이의 비명 소리에 수혁이 잠에서 깼다. 이젠 알람처럼 어김없이 이 시간이면 들리는 소리에 수혁은 늦잠을 잘 수 없었다.

"임재영! 그러는 거 아니라고 했지? 행복이 아야 한단 말이야!"

행복이의 비명 소리에 이은 서희의 목소리에 수혁은 침대에서 일어났다. 아마 오늘 아침에도 재영이 행복이의 꼬리를 잡아당긴 것 같았다. 시계를 보니 어김없이 6시 30분을 가리키고 있었다.

"이건 뭐 자명종이 필요 없어요."

혼잣말을 한 수혁이 침대에서 내려와 거실로 향했다. 거실 매트 위에 재영이 앉아 있었고 그 옆에는 행복이가 꼬리를 잡아당겨지는 수모를 당하고도 태연하게 앉아 있었다.

"임재영, 그러다 행복이가 정말 화나면 물어 버린다."

수혁이 재영이를 안아 들고 말했다.

"빠, 빠."

수혁을 본 재영이 좋다고 웃으며 그의 얼굴을 손바닥으로 때렸다.

"야, 아빠 아파."

"빠, 빠."

하지만 수혁의 말은 아랑곳없이 재영이 좋다며 엉덩이를 들썩였다.

"아무래도 할머니가 태몽을 잘못 꾸신 것 같아요."

주방에서 서희가 소리쳤다.

"왜?"

재영의 볼에 뽀뽀를 하며 수혁이 물었다.

"용이면 아들이라는데 재영이는 딸인 데다 성격만 남자잖아요."

"용처럼 한 가닥 하는 딸이 되려나 보지. 우리 공주님 잘 잤어?"

"빠빠."

"그래, 아빠도 잘 잤어. 그런데 우리 공주 행복이를 너무 괴롭힌다."

수혁이 재영이를 안고 주방으로 향했다.

"행복이 불쌍해 죽겠어요."

"행복아!"

서희의 말에 수혁이 행복이를 찾았다. 그렇게 재영이에게 괴롭힘을 당했으면서도 그에게 안긴 재영이를 따라 행복이도 어느새 주방으로 와 있었다.

"놔둬. 재영이가 진짜 괴롭히는 거면 행복이도 옆에 안 와."

수혁이 안고 있던 재영이를 주방에 내려놓자 행복이가 옆에 와 꼭 붙어 앉았다.

그 모습을 본 수혁이 서희에게로 다가갔다.

"아침에 뭐 맛있는 거 해?"

서희가 회사를 쉬게 되면서 도우미는 오후에만 오는 것으로 시간을 바꾸었다. 그래서 가족들의 아침은 서희가 항상 준비를 했다.

"어제 백숙 해 먹고 남은 육수에 죽 끓였어요."

간을 하기 전에 재영의 몫을 덜면서 서희가 말했다.

"잘됐네. 재영이도 먹고."

대답을 하며 수혁이 서희를 등 뒤에서 안았다.

"음, 좋다! 최서희."

재영이를 낳고 다이어트를 다시 하려는 서희를 어르고 달래서 지금 서희의 몸매는 결혼 전만큼은 아니지만 다시 통통한 몸매로 돌아가 있었다. 서희가 다이어트 한 자신의 몸매를 너무 마음에 들어 해서 임신 전에는 다시 살찌우라는 소리를 못 했던 것을 수혁은 내내 안타깝게 여기고 있었다.

하지만 출산 후 그의 바람대로 무리하게 다이어트를 하지 않은 서희의 몸매가 마음에 들어 시간만 나면 그녀를 껴안는 수혁이었다. 품 안에서 느껴지는 말랑함에 수혁이 슬며시 중심을 그녀의 엉덩이에 밀었다.

"꿈도 꾸지 마요. 당신 오늘 아침에 회의 있어요."

재영이를 낳고 회사로 복귀하지는 않았지만 그의 스케줄은 서희에게 보고되고 있었다.

그녀가 없어도 비서실 직원들이 잘하고 있긴 했다. 하지만 아무래도 몇 년 동안 서희의 보좌를 받아 온 수혁이 다른 사람과 다시 손발을 맞춘다는 건 힘들었다. 그래서 조만간 서희가 다시 회사로 복귀를 하기로 결정이 돼, 그의 스케줄이 그녀에게 보고가 되기 시작했던 것이다.

"금방이면 돼. 어제도 재영이 재우다가 당신 먼저 잠들었잖아."

이번에는 수혁이 셔츠 안으로 손을 넣어 가슴을 만졌다.

"중요한 회의라면서요. 얼른 씻어요."

그의 손길이 싫지는 않으면서도 회사에 늦을까 봐 서희는 얼른 그의 손을 떨쳐 냈다. 그리고 돌아서 수혁을 떠밀었다.

"재영이 아빠, 출근 준비 하세요."

"칫, 알았어."

등을 미는 서희 때문에 수혁은 마지못해 안방을 거쳐 욕실로 향했다. 잠옷 바지를 벗고 샤워기 밑으로 들어가는 수혁의 귀에 서희의 고함 소리가 들렸다.

"임재영! 그러면 행복이 아야 한다고 했지!"

재영이 또 행복이를 괴롭힌 것 같았다.

"못살아 정말 내가!"

서희의 고함 소리에 맞춰 수혁이 물을 틀었다.

안녕하세요. 재롱이입니다.

드디어 완결이네요.

작년 무더위가 시작될 때 쓰기 시작한 〈내 사랑 최 비서〉를 드디어 종이책으로 출간하게 되었습니다. 여느 로맨스와 달리 여주인공의 캐릭터가 쭉쭉빵빵(?)에 청순가련이 아니어서 독자님들께 크게 어필을 못 할 거란 생각에 처음에는 연재를 많이 망설였습니다.

하지만 머릿속을 헤매고 다니는 두 아이를 그냥 묵혀 둘 수 없어 조심스럽게 시작한 글이 종이책 출간이라는 어마무시한(?) 사고를 치고 말았습니다.

철없고 무식한 놈이 용감하다고 아무것도 모르고 썼던 〈엄마가 필요해〉와는 달리 이번 최 비서는 쪼끔 힘들었습니다. 잘나가던 글이 중간에 꽉 막혀서 고생도 좀 했구요, 연재 중간에 일은 왜 그렇게 많이 생기는지……

그래도 격려해 주시고 기다려 주신 독자님께 감사할 따름입니다.

중간중간 로망에 연재하시는 다른 작가님 글도 눈팅을 했는데 저보다 다들 글을 잘 쓰시는 것 같아 나름 소심해지기도 했습니다. 하지만 쪽지에 댓글로 항상 격려해 주시는 여러분들 덕분에 힘을 얻어 썼습니다. 엄필 때도 울컥하는 장면이 많았는데요, 이번 최비서도 울컥하는 장면에서는 저도 울었답니다. 교정까지 통틀어 3번은 넘게 운 것 같아요.

어쩌다 보니 마음에 상처가 많은 서희가 여주인공이 되었습니다. 서희의 일만으로도 힘들었는데 교정을 시작하기 전 국민의 가슴을 아프게 하는 큰 사고가 생겼습니다. 근 한 달을 눈물로 보낸 것 같아요. 서희가 어려운 일을 딛고 일어섰듯이 남아 계신 모든 유가족분들도 하루빨리 상처를 추스르시길 바랍니다.

아무것도 모르고 겁 없이 쓰기 시작했던 엄필 때부터 지금까지 연재 되는 글마다 항상 응원을 해 주시는 부자 엄마님, 민지 이모님. 넌누구야님, *연필님, 미리내61님 Elizabeth0121님 모두 감사드려요. 머리가 나빠서 다른 분들의 닉네임을 다 외우지 못한 점 사과드릴게요. 하지만 댓글에 어김없이 올라오는 독자님들의 닉네임에 아! 또 와 주셨구나 하고 재롱이는 기억하고 있답니다. 더 열심히 노력해서 진짜 글 잘 쓰는 재롱이가 되겠습니다.

내
사
랑
최
비
서

초판 2쇄 찍음 2016년 11월 22일
초판 2쇄 펴냄 2016년 11월 29일

지은이 | 재 롱 이
펴낸이 | 정   필
펴낸곳 | (주)뿔미디어

출판등록 | 2002년 9월 11일 (제1081-1-132호)
주소 | 경기도 부천시 원미구 소향로 17, 303(두성프라자)
전화 | 032)651-6513 / 팩스 | 032)651-6094
E-mail | dahyangs@naver.com
블로그 | http://blog.naver.com/dahyangs
비북스 | http://b-books.co.kr

값 9,000원

ISBN 979-11-315-2507-4 03810

www.bbulmedia.com

www.bbulmedia.com